은유를 넘어서

산지니평론선 • 12

은유를 넘어서

구모룡 평론집

산지니

머리말

시인은 누구인가? 시인은 무엇을 하는가? 경계인의 긴장된 비전을 놓치고, 소외되거나 추방된 자의 시각을 지니게 된 현대 시인들에게 주어진 길은 무엇일까?

실존은 외부의 타자와 관계 맺는 가운데 열린다. 시쓰기는 자신의 바깥으로 나아가는 과정이다. 이러한 점에서 시적 감각은 시적 지평과 연관된다. 힘든 창조적 반복을 통하여 점진적으로 지평을 개진하는 과정이 중요하다. 시쓰기를 감각이라고 할 때 이를 오감으로 환원하는 것은 곤란하다. 무엇보다 이것은 존재의 감각이다. 시인의 감각은 생의 감각, 신생의 예감이라고 할 수 있다. 시적 감각은 추상화되어가는 삶 속에서 구체성을 되찾는 과정이다. 그것은 분리되고 파편화된 개별 감각이 아니라 공감각, 공통감각에 이르려는 노력으로 이어져야 한다.

시는 주체로부터 대상을 향해 지속적으로 확장되는 의식 현상이다. 주체에서 시작되지만 세계로 열려간다. 시의 지평은 보이는 것과 보이지 않는 것, 부재와 현전, 자기애와 이타성, 무의식과 원초 공간 등으로 오가는 운동이다. 그러므로 방황과 반복은 시인의 숙명이다. 그는 시를 만나기 위해 길 위에 서 있는 존재이다. 그는 부재와 현전 사이에서 요동하면서 힘겹게 부재의 언어, 침묵의 문장을 얻는다.

오늘날 일상의 내부에 도사린 거대한 구조적 폭력을 이해하려는 성찰의 태도에서 시의 수행 가치는 배가되고 있다. 그러나 많은 시인들이 시의 나라를 벗어나지 못한다. 단지 소통 부재의 난해성에 한정된 문제는 아닌 것인데 세계와 맺는 맥락이라는 관점에서 분리미학의 한계를 보인다. 말할 것도 없이 시가 죽어가는 대지를 구할 수는 없다. 그러나 시인이 자기로 회귀하는 감성의 순환 회로 속에 갇혀 있는 동안 외부를 볼 수 있는 지평은 사라지고 만다. 분리 독립이라는 미적 행보가 구조적 폭력을 보지 못하는 귀결이 된다면 진정한 자유의 공간은 결코 열리지 않을 것이다.

좋은 시를 만난다는 것은 시라는 장치와 만나는 것이 아니다. 무엇보다 오늘날의 현실에 대한 시적 대응이라는 관점이 중요하며, 이는 주체와 세계가 만나는 과정에서 잘 드러난다. 생동하는 주체의 감각이 사물과 만나 빛나는 언어는 그 자체로 오늘날 균질화되고 추상화된 삶을 깨우치는 경험이 된다. 시인의 살아 있는 감각과 그가 개진하는 시적 지평을 통해 우리는 시를 만나는 기쁨을 얻을 수 있다.

책의 표제를 '은유를 넘어서'라고 하였다. 시가 은유의 도서관에서 나와 현실 속으로 나아가자는 의도를 품는다. 특히 이것은 이 책에 실려 있는 시인 최영철론의 제목이기도 하다. 구체적인 것을 주목하면서 사물들의 관계를 유기적으로 사유하는 그의 시적 지향은 애써 은유의 동일성을 극복하려는 노력으로 이해된다. 이는 또한 내가 고민하고 있는 '제유의 시학'과 이어지기도 한다. 이런 점에서 '은유를 넘어서'라는 표제는 제유를 말하기 위한 가교라 할 수 있다.

비평적 글쓰기의 활력이 현저하게 떨어지고 학문적인 성과를 내어야 한다는 조바심에 흔들리고 있는 50대 중반 즈음이라, 또 하나의 책을 더하는 일이 망설여졌던 것이 사실이다. 그럼에도 내가 읽고 쓴 글에 대한 공적 책무를 다하기로 하였다.

나는 시는 하나의 장르가 아니며 문학의 모든 장르와 인문학의 바탕이라고 생각한다. 그렇기 때문에 문학하는 이라면 시에 대한 공부를 게을리

하지 말아야 한다고 믿는다. 그럼에도 내가 시 공부에 열심이라 자부하는 것은 아니다. 이 책을 계기로 시학에 더욱 정진할 것을 다짐해본다. 그리고 깊은 심연의 어둠 속에서 나와, 시의 천사가 역사의 천사가 되어, 우리에게 빛나는 희망을 선사해주기를 간절히 바란다.

내게 시를 읽게 한 시인들, 함께 공부하는 동학들, 또한 학문적 동지로 내 글의 훌륭한 비판자인 사랑하는 아내에게 이 책을 전한다. 이번에도 도서출판 산지니에 신세를 진다. 강수걸 대표와 편집을 맡은 양아름 편집자의 노고에 감사한다.

2015년 봄

구모룡

차례

제3부 존재와 타자의 지평

제1부

시의 천사, 역사의 천사

서정시의 진자운동

극단의 착시 현상

진자운동은 양 극단만 보이게 하는 착시를 일으킨다. 중간의 무수한 진자의 위치는 간과되거나 무시되고 양 끝만 보이는 것이다. 지금 우리 시단에서 일어나고 있는 현상이 이와 같다. 최근 '극서정시' 논의는 신세대 시인들의 시쓰기가 보이는 극단에 대한 대응이다. 요설과 장광설, 난해한 독백과 해체가 주류를 이루는 일군의 시인들의 시쓰기는 이른바 '미래파' 논쟁을 통하여 이미 검증된 바 있다. 이 과정에서 서정과 반서정이라는 이분법적 프레임이 설정되기도 하였는데 이분법이 내포한 한계를 어느 정도 드러낸 바 있다. 허다한 이분법이 그러하듯 비판 대상을 확대하면서 자신의 주장도 확장하는 방식은 불필요한 동어반복을 낳게 마련이다. 그럼에도 미래파 논쟁은 '새로움'의 미학적 준거나 당대 현실에 대한 시적 대응 그리고 표현이 지니는 정치적 주관성 등에 대한 논의를 심화하였다. 비록 '서정/반서정' 담론이 지닌 한계가 있다 하더라도 생산적인 국면이 없지 않았다는 뜻이다.

그런데 '미래파' 논쟁이 과거지사가 된 최근 '짧은 시 운동'(정일근 등 '채송화' 동인)이 전개되고 '극서정시'(최동호)라는 개념이 제시되고 있다. 이들은 약간의 편차가 있지만 둘 다 한편으로 '미래파'로 지칭되는 시적 흐름에 반동하면서 다른 한편으로 우리 시의 흐름을 서정주의로 회귀시키려는 의도를 보인다. '극서정시'라는 개념이 시학 용어로 의도된 것인지는 분명하지 않다. 그럼에도 비평가가 자신이 만든 개념으로 비평적 목적을 나타낸다고 할 때, 이는 단순한 호사가의 취미 수준에 그칠 일은 아닐 것이다. 그만큼 일정한 시적 경향을 지지하겠다는 발언이다. 당초 "소통불능의 과소비적 시들에 대해서는 서정시 본연의 절제와 여백의 적극적 활용이 필요하다"는 충고에서 시작되었지만, "디지털 문화의 첨단적 활성화와 더불어 최근 우리 시단의 양적 팽창을 가속화시켰음에도 불구하고 시대적 대응과 진취적 모색에는 둔감했던 것이 아닌가"라는 반성과 함께 '극서정시' 개념을 적극적으로 가져온다. '짧은 시 운동' 또한 마찬가지인데 동인 운동을 표방하고 있듯이 시의 장(場)에서 의도된 지위나 경향을 성취하려 한다. "우리시가 대책 없이 길어지고 있는 것에 대한 반성"에서 출발하여 난해시의 엔트로피가 임계에 와 닿았다는 인식에 이른다. '극서정시'로 명명하든 '짧은 시'로 부르든—'극서정시'는 다분히 서정시 장르의 한 유형으로 승격시키려는 의도를 지닌다. '짧은 시' 또한 '노래와 생각'을 담아내야 한다는 장르의 요건을 제시하고 있다—내부와 외부의 위기를 넘어서려는 노력이라는 점에서 진정성을 지녔다고 할 수 있다.

> 극서정시를 제안한 것은 형태나 길이의 규칙성을 강조한 것이라기보다는 최근 방만하게 통용되는 시적 허용이 더욱 강하고 견고하게 다져질 필요가 있다는 점을 강조하기 위한 것이다. 어쩌면 극소지향의 극서정시야말로 서정시 본연의 서정성을 훼손하지 않는, 극도의 제약을 통해서 디지털 시대의 시대정신이라고 할 수 있는 고집적회로의 농축된 정신을 충족시키자는 시도일 것이다.
>
> — 최동호, 「극서정시의 기원과 소통」, 『유심』 2011년 7~8월호, 20쪽.

이처럼 '극서정시'는 두 개의 전략을 지녔다. 그 하나는 방만한 시적 허용에 대응하는 것이고 다른 하나는 디지털 시대의 시대정신인 '고집적 회로의 농축된 정신'에 적응하는 것이다. 이는 한편으로 소통을 염두에 두되 다른 한편으로 '서정시 본연의 서정성'을 보존하는 방안이라 할 수 있다. '극서정시'로 명명되는 '짧은 서정시'가 매력이 없는 것은 아니다. "이슬 한 방울에서 우주를 보는" 단순성은 고래(古來)의 미적 지향과 수사학을 대표한다. 특히 생명가치에 대한 시적 경사(傾斜)는 이러한 단순성의 의미를 제고한다. 시가 노래에서 비롯하였다는 음악성의 논거(이승하)나 연금술사와 같이 순금의 시어를 도출하여야 한다는 입장(정일근) 또한 수긍이 가는 바 없지 않다. 서정적 순간을 노래하자는 주장도 있을 수 있다. 모두 부박한 현대를 살아가면서 순수한 의식, 야생의 경험, 생명의 호흡을 견지하려는 시적 지향이자 방법이라는 점에서 이의가 없다. 그럼에도 서정의 본질을 궁구하자는 주장에는 의문을 갖지 않을 수 없다. 서정이라는 자명한 본질이 있는지도 궁금하거니와 그러한 자명성에 대한 물음이 과연 필요한 것인가에 대하여 회의가 생긴다. 나아가서 서정시가 지니는 매력을 기억하고 되살려 보자는 주장과 현대시의 주류를 이로 대체하자는 주장은 너무 큰 간극이 있는 것으로 보인다.

서정시의 매력은 오늘날 자연의 글쓰기(nature writing)가 강조되는 상황에서 여전하다. 게리 스나이더도 주장한 바 있는 단순성의 감정양식은 자연과 더불어 살아가려는 이에게 요긴하다. 가령 일찍이 김영랑이나 박용래 그리고 김종삼에게서 느낄 수 있었던 서정의 깊이는 근래 김지하, 고은, 이시영 등의 시에서 거듭 확인할 수 있다. 선시의 경지가 그러하듯 단순성이 단지 짧은 시를 추구하는 데서 얻어지는 것은 아니다. 그것은 세계 내 존재의 감각이 아니라 나누어질 수 있는 존재의 상호공생을 지향하므로, 고차원적이며 성찰과 명상 그리고 경험의 축적에서 우러나오는 양식이다. 이러한 점에서 엄밀한 의미의 '극서정시'는 고도의 시적 과정—정신의 높이(최동호 등이 말하는 정신주의)에서 나타나는 현상일 가능성이 높다. 따라서 이를 신세대 시에 대한 반동일화 담론으로 배치하거나 그러한 담론효과를 얻으려는 것은 무리가 있다. 우리는 황지우가 해체시 이후에 서정의 심화에 이른 과정을 경험한 바 있다. 또한 이시영이 후기에 이룬 단형 서정시의 성취를 기억한다. 이처럼 '극서정시'도 시적 과정의 산물이 되어야 한다. 현상적으로 '극서정시'는 신세대의 난해시와 대척관계로 보이나 그 실상은 다른 맥락에 놓여 있다. 그러므로 '극서정시' 논의를 배타적으로 몰아가는 태도는 시와 독자, 시와 대중의 거리를 좁히려는 '극서정시' 혹은 '짧은 시 운동'의 선량한 의도를 왜곡할 가능성이 높다. 다시 말해서 이는 '미래파' 논쟁이 그러했듯이 서정시라는 진자운동의 양 극단만을 바라보게 한다.

서정시의 진폭

시적 경험을 형성하는 것은 주체와 언어 그리고 세계이다. 이들 세 가지 요인 가운데 주체와 언어가 강조되는 한편 세계는 자주 간과된다. 서정을 자기표현으로 이해하는 것은 일반적이다. 말할 것도 없이 자기표현이 자아의 고백에 그치는 것은 아니다. 누가 자기 자신을 말하기 위하여 그토록 힘들게 시에 매달리겠는가? 자기를 말하는 동시에 자신의 시적 경험이 타자와 공명하기를 원하는 것이 시인이다. 한편 언어를 중시하는 시인은 시어의 미학—자기 지시성—을 탐구한다. 형식주의의 오류는 시적 경험의 중요한 두 측면을 간과한 데 있다. 세계는 표현과 언어가 만나는 자기 확장의 장이이므로 외부를 향한 의식의 확대나 그로 인하여 발생되는 변증법이 없는 시적 과정은 불가능하다. 그러므로 우리는 이러한 시적 과정에 주목해야 한다. '극서정시'든 '미래파'의 시든 개별 시인의 시적 과정 안에서 논의되는 것이 요긴하다.

시인에 따라 주체, 언어, 세계의 상호작용이나 변증법이 다르다. 서정시의 진자운동은 시인들이 이들 세 가지를 결합하는 방정식의 차이에서 다양하게 나타난다. 단순화시켜 말하더라도 표현과 언어 그리고 세계라는 세 가지 진자운동이 있을 수 있다. 하지만 표현과 재현 그리고 형식으로 나누어 시를 이해하는 것은 잘못이다. 좀 더 세심하게 이들의 조합을 고려한다면 진자운동을 이야기하는 일이 무의미하게 될 지도 모른다. 그만큼 시적 지향이 다양하며 '시적 개별성'이 논의의 단초가 되어야 하는 것이다. 주체와 세계가 화해하는 아름다운 모습이 시의 궁극적 지향이지만 주체와 세계는 자주 대립하거나 갈등하는 것이 현실이다. 그러므로 뒤틀리고 수다스러워지거나 이해할 수 없는 말을 토하기도 하는 법이다. 언어보다 뜻이 강조되는 지점도 여기에서 발생한다. 가령 예를 들어 공자의 "문질빈빈(文質彬彬)"이라는 구절을 상기해보자. 이를 현대적으로 해석하면 형식(문)과 내용(질)의 완벽한 조화이다. 장파[張法]는 이를 비유적으로 풀이하여 "질은 나무이고 문은 나무에 핀 꽃"이라 한다. 그리고 공자가 이러한 주장을 한 연유를 문질이 분리된 난세에서 문질이 계합(契合)된 이전의 시대를 동경한 데서 찾는다. 춘추시대에 이르러 예악이 무너지고 문이 질을 파괴하는—"자색이 붉은 색을 앗아가는"—형국에서 공자의 안타까움이 "문질빈빈"이라는 말 속에 고스란히 담겨 있다는 것이다. 여기서 우리는 공자의 개념을 본연의 시적 지평이 와해되는 과정으로 받아들여도 무방할 것이라 생각한다. 이후 맹자는 심기(心氣)로써 아름다운 꾸밈—문식—을 대체하였고 장자는 마음을 비우는 일로 외형적 속박을 벗어나려 했다. 다시 말해서 이들에 이르러 시학의 핵심개념이 '문'에서 '기'로 변전하는 것이다. 서구의 경우도 이와 유사한 경로를 거치는데 그리스의 형식과 내용의 통합이 중세에 이르러 빈껍데기 형식이 중심이 되며 근대는 둘 사이의 각축으로 다양한 미적 동요가 이어진다. 지나친 단순화에도 불구하고 여기서 시학사적 사례를 예거한 것은 서정의 본질주의를 경계함에 있다. 그것은 이미 사라진 시대의 소산인데 이를 현대에 가져오는 것은 순진한/위장된 유토피아 의식에 그칠 가능성이 크기 때문이다.

서정(들)은 변화하는 시대에 상응하여 구성되는 개념이므로 역사적으로 다양한 시적 흐름이 전개된다. 따라서 서정적 화해를 드러내는 명징한 언어에 특별한 위계를 부여하는 행위는 권력관계를 내포한 '장치'(아감벤은 생명체들의 몸짓, 행동, 의견, 담론을 포획, 지도, 규정, 차단, 주조, 제어, 보장하는 능력을 지닌 모든 것을 장치라 부른다)에 가깝다. 실제 시를 한정된 범주의 전형인 서정시로 이끌어 가려는 입장은 우리 사회의 교육현실에서 제도화되어 있다. 그토록 많은 시인들이 주체와 언어의 매끄러운 만남을 욕망하고 있는 것도 사실이다. 그러나 이런 시인일수록 자기표현이 타자와 세계의 지평에 가닿지 못하는 경우가 많다. 자연스럽게 시어로써 시로의 위상을 가늠하게 되는데, 시와 시인들은 그들만의 성채에 갇히고 만다. 이러한 점에서 서정성 회복의 담론들은 현대적 삶의 모순들을 극복하려는 의지를 내포하고 있다고 하더라도 서정시라는 장치를 벗어나지 못하게 되는 것이다. 이러한 장치는 세대 간의 미학을 둘러싼 권력 투쟁과 연관된다. 서정담론은 난해성, 소통불능, 과잉된 수사학, 무잡과 무질서 등의 수식으로 신세대를 비난하면서 그들의 시가 우리 시대의 사회가 안고 있는 모순의 징후임을 지적한다. 그러면서 이들로 인하여 좁아지거나 상실되어가는 서정의 영토를 지키고 회복하려는 의지를 보인다.

그런데 시적 담론의 외형이 현실과 유비되는 아니다. 신세대의 난해성은 그들이 현실에 대응하는 방식에서 나타나는 담론의 난해함이지 세상의 무잡과 무질서를 드러내는 지표가 되는 것은 아니다. 마찬가지로 단아하고 아름다운 서정이 현실의 모순을 비판하고 그것을 대신하는 것도 아니다. 오히려 이것은 세상을 난폭과 무질서로 이해하는 경향이 크다. 역설적이게도 본질주의 시인들은 그들이 실제로 주변적인 위치에 처해 있음에도 불구하고 늘 중심적이라 생각한다. 그래서 이들은 자본주의적 현실을 비난함과 동시에 그러한 자본주의와 고투하는 시적 진술들의 치열함에 등을 돌린다. 전통과 유기적 감수성 그리고 생(Leben)을 강조하지만 현실, 감수성의 분열과 해체, 구체적인 삶의 과정을 따지지 않는다.

소통의 문제는 자주 신세대와 기존의 서정 시인을 가르는 기준으로 제시된다. 불통의 책임이 난해한 시를 쓰는 신세대에 있다는 것인데, 그럼에도 신세대는 그들의 시가 불통이라고 불만을 드러내지 않는다. 그렇다면 정작 소통의 책임은 다른 데 있는 듯하다. 무엇보다 우리 사회의 현실이나 교육 시스템, 압도적인 상품의 폭력과 스펙터클, 공감능력과 감정이입의 소멸 등이 먼저 거론될 수 있겠다. 젊은 층으로 갈수록 시를 쓰고 읽는 사람들이 줄어들고 있는 현상을 분석하는 일은 복잡한 문화사회학적 성찰을 요구한다. 따라서 신세대 시인의 난해성을 소통불능의 원인으로 드는 것은 매우 제한된 발상이다. 소통의 심리학은 자신의 작품이 읽히기를 바라는 욕망에 기초한다. 그래서 '짧은 시 운동'은 이러한 욕망을 진실하게 표명하고 있다. 소통은 궁극적으로 합의에 이르는 과정을 의미한다. 시가 독자와 소통하는 일은 독자와 합의하는 것인데 독자의 마음을 깨우치고 때론 충격하여 혼란에 빠지게 하거나 불만이나 고통을 느끼게 해야 하는 미학적 패러다임과는 거리가 있다. 아이러니컬한 것은 소통에 관한 한 신세대의 덕을 보고 있는 측이 서정시파라는 사실이다. 따라서 소통 문제가 문학적 장에서 서정담론의 지위를 유지하고 서정적 감성을 분할하여 관리하려는 의도와 무연하지 않다고 생각한다.

서정시의 다양한 진자운동

아우슈비츠 이후의 서정시에 대한 논란을 상기하자. 그토록 참혹한 세계에서 서정시는 아무 짝에도 쓸모없는 것일 뿐 아니라 쓰일 수도 없다는 생각(아도르노)과 그와 같은 상황에서 쓰일 수 있는 것은 서정시뿐이라는 주장(지젝)이 있다. 상반된 듯하나 서정시가 삶에서 차지하는 위상을 말하기에 족하다. 극한상황에서 최후까지 발화될 수 있는 문학이 서정이지만 평상시 자유와 행복을 서술하는 장르도 서정이라는 이야기이다. 아울러 서정은 살아남은 자의 슬픔을 노래하기도 한다. 이렇게 볼 때 서정은 추억의 공간이나 상상의 미지를 말할 뿐만 아니라 지금-이곳의 실존적 물음에 대한 직접적인 답을 진술한다. 또한 연속적으로 이야기를 서술하는 양식이 지니는 시차를 뛰어넘어 수행적이 되며 쉽게 세계와 접촉한다. 그렇기 때문에 변화가 심한 현대에 이르러 새로움의 시한이 단축되는 곤경을 겪고 있다. 낡은 것에서 새로운 것으로 이행하는 과정이 빨라지면서 새로움의 진정성에 대한 논란은 이제 거의 일반화되었다고 해도 과언이 아니다. 이러한 가운데 새로운 것에 대한 회의와 전통에 대한 보전이라는 관념이 형성되고 있는 것이다. 그래서 새로운 자유를 위한 저항이냐, 과거로부터 지혜를 배울 것이냐는 논쟁을 피할 수 없게 된다.

새로운 이론에 대한 거부가 낡은 이론에 대한 의존이거나 자기가 지닌 낡은 이론에 대한 망각이듯이 서정에 대한 관념 또한 이와 흡사하다. 순백의 서정이라는 오랜 관념에 사로잡혀 있는 동안 우리는 변화하는 시대를 역동적으로 개입하지 못하고 뒷걸음치게 된다. 시적 자유는 지금-여기의 시간에 대응하는 데서 형성된다. 이러한 점에서 우리는 당대의 시를 시적 자유를 성취하려는 기투로 보아야 하고 개별시인들의 시적 과정에서 이러한 기투가 어떠한 의미를 가지는가를 살펴야 한다. 이처럼 두 가지 일을 병행하는 것은 한편으로 새로움을 세대론에 귀속시키지 않고 다른 한편으로 개별시인들의 역사를 우리 시의 역사와 만나게 하려는 데 있다.

서정시의 진자운동은 극단을 뚜렷하게 보이게 하는 착시현상을 가져다주지만, 양극 사이의 무수한 점들이 시적 개별성을 나타내는 것임을 알게 한다. 그런데 이러한 진자는 좌우로만 흔들리는 것이 아니다. 전후와 좌우 그리고 모든 방향으로 진자운동이 가능할 터인데 개별 시인들의 시적 지향과 한 시대의 문학적 경향이 진자운동을 정향한다. 그렇다면 지금 우리 시대가 요구하는 시인상과 서정시는 어떠한 것일까? 스스로 이방인이 되는 것과 외부를 향한 시적 지평의 개진을 들고자 한다. 경계인의 긴장된 비전을 놓치고, 소외되거나 추방된 자의 시각을 지니게 된 현대의 시인들에게 주어진 길은 무엇일까? 타자들과의 교통과 연대가 아니겠는가? 그러나 자기들만의 내적 망명 집단의 형성이라는 경향이 없지 않다. 타자를 향하여 열린 세계로 자기를 개진해 가는 시인에 대한 더 많은 관심이 요청된다. 실존은 외부의 타자와 관계 맺는 가운데 열리는 탈존(ex-position)이므로 시쓰기는 자신의 바깥으로 나아가는 과정이다. 자기에 머무는 나르시시즘의 감각은 시적 미성숙을 드러낼 뿐만 아니라 타자에 대한 냉담을 생산한다. 시의 과정은 끊임없이 외부를 향하면서 타자와의 관계를 창조적으로 반복하는 일이 되어야 한다. 그리고 이러한 실행이 시인의 자유를 보장하는 출구임을 인식하여야 한다. 시적 자유는 자유를 수행하는 동안에 가능한 것이며 그것을 멈출 때 그것은 사라지고 만다. 서정시의 다양한 진자운동의 진정한 의미들은 이러한 시적 자유를 추구하는 시인들의 궤적에 다를 바 없을 것이다.

시를 만나는 기쁨

시적 감각과 추상에 대한 저항

오늘날 시의 존재 의의를 생각할 때 가장 먼저 이야기될 수 있는 것이 시적 감각이다. 시적 감각이 추상화되어가는 삶 속에서 구체성을 되찾는 과정이 되기 때문이다. 시인은 무엇보다 살아 있는 감각의 소유자이다. 그는 일상의 반복에 매몰되고 교환가치에 지배당하여 삶의 진정한 의미를 놓치고 사는 일상인이 아니다. 그는 일상과 생활에 내재한 허위에 민감하고 삶의 본질적인 연관성을 놓치지 않으려는 비극적 감성의 소유자이다. 말할 것도 없이 모든 시인들이 이와 같다는 것은 아니다. 공허한 공상에 사로잡히거나 언어공학에 매몰된 시인도 없지 않다. 그저 '시라는 제도' 안에서 '시인이라는 위신'에 만족하는 이들도 존재하는데 이러한 이들의 시가 지닌 사인성(私人性) 감각에서 공감을 얻긴 어렵다. 하지만 안타깝게도 자기중심적 감정을 벗어나지 못한 미성숙한 시들도 생각보다 많이 발표되고 있다. 소수 시인들에 한정하여 작품을 엄선하는 종합문학지와 달리 많은 시인들의 작품을 싣고 있는 시전문지에 이러한 현상이 두드러진다. 편집자들의 비평적 안목이 요구되는 대목이다. 특히 지역의 잡지 가운데 연고나 관계의 원칙이 시적 가치와 잡지의 위상을 일순 추락시키는 경우가 없지 않다. 경계되어야 할 것은 시인의 나르시시즘과 더불어 편집자의 권력에 틈입하는 나르시시즘이다. 그러므로 우리 시대의 시운동은 일차적으로 시적 감각의 쇄신과 부합해야 한다. 먼저 시인 스스로 항상 깨어 있는 정신의 소유자여야 하고 이러한 시인의 감수성을 통하여 시를 읽는 이 또한 삶의 구체적인 실감을 얻게 되는 것이다.

다 가버리고, 남아 있구나!
손바닥에 오른 국화꽃 몇 잎.

짧은 가을이 갔다.
떨어진 나뭇잎들 땅에 몸을 문지르다 가고
흰머리 날리며 언덕까지 따라오던 억새들도 갔다.
그대도 가고
그대 있던 자리에 곧 지워질 가벼운 나비 날갯짓처럼
마른 국화꽃 내음이 남았다.

우리의 체온이 어디론가 가지 못하고 끝물 안개처럼 떠도는
골목길에 잘못 들어섰다든가
술집 주모 목소리가 편안해
겨울 도시의 얼굴이 참을 만해졌다든가
그대에게 무언가 알릴 거리 생기면
나비 날갯짓 같은 이 내음을 통해 하겠네.
나비 날갯짓이 지구 반대편에 가서 폭풍을 낳는다고도 하지만
가을이 아직 남아 있다고 생각하지는 마시게.

— 황동규, 「마른 국화꽃 몇 잎」 전문

이 시의 발상은 매우 단순하다. 늦은 가을날 "마른 국화꽃 몇 잎"을 손바닥에 두고 그 '내음'을 맡으며 얻은 상념에 불과하다. 하지만 이처럼 사소해 보이는 상념 속에 삶의 진실이 담겨 있다. 세월이 가고 사람도 가도 마침내 모든 것이 사라질 것이라는 예감이 있기에 "곧 지워질 가벼운 나비 날갯짓처럼/마른 국화꽃 내음이 남았다"는 실감이 큰 것이다. 소위 말년(末年)의 감각이 '나비 날갯짓처럼 가벼운 마른 국화꽃 내음'이라는 등가물을 통해 구체화되고 있는 것이다. 시적 화자는 "나비 날갯짓이 지구 반대편에 가서 폭풍을 낳는다"는 추상적인 담론에 기대를 걸지 않는다. 이보다 몸("체온")과 장소("끝물 안개처럼 떠도는/골목길")의 구체가 주는 의미를 되새긴다. 다시 말해서 계절의 순환이나 삶과 죽음의 이치와 같은 관념을 내세우지 않고 가장 직접적인 몸의 지각을 표현함으로써 생의 의미를 증폭한다. 개별화된 시적 감각은 정보와 교환의 형태로 평균화하고 표준화하는 자본주의 사회의 종속된 삶을 일깨운다. 비록 인용시처럼 소박하고 단순한 형식이라 하더라도 다종다양한 생의 감각들을 무력화하려는 현대사회에 대한 대응이 되는 것이다.

타자와 외부로 향하는 시적 지평

시쓰기는 자신의 바깥으로 나아가는 과정이다. 시의 과정은 끊임없이 외부를 향하면서 타자와의 관계를 창조적으로 반복하는 일이 되어야 한다. 만일 어떤 시인이 유사한 시법의 반복에 머문다면 그는 이미 지평을 개진하는 일을 포기하였으므로 아무리 멋진 시적 조사(措辭)를 구사한다고 하더라도 자기를 표현하는 시인의 사정과 흡사하다. 따라서 힘든 창조적 반복을 통하여 점진적으로 지평을 개진하는 과정이 중요하다.

시원(始原)에 대한 확신으로 길 위에 서는

사람들은 어느 시절에나 있다
시야 저쪽 아련한 미답(未踏)들이
문득 구걸로 떠돌므로 미지와 만난다는
믿음으로 그들은 행복하리라

그러나 길어 올린 하루를 걸쳐 놓기 위해
바다는 쓰고 지운다, 요동치는 너울이 고쳐 적지만
부풀거나 꺼져 들어도 언제나 그 수평선이다

— 김명인, 「문장들」 부분

시쓰기에서 "시원에 대한 확신"이나 "미지와 만난다는 믿음"은 한꺼번에 주어질 수 없다. 이 시가 말하듯이 시인의 시적 지평은 시행착오와 도로(徒勞)의 경험을 필요로 한다. 방황과 반복은 시인의 숙명이다. 그는 시를 만나기 위해 길 위에 서 있는 존재이다. 그는 부재와 현전 사이에서 요동하면서 힘겹게 부재의 언어, 침묵의 문장을 얻는다. 물론 이러한 규정에 대하여 지나친 엄숙주의라고 반발하는 이들도 없지 않을 것이다. 시를 편지나 광고 카피와 같은 소통의 한 형식으로 보자는 실용주의적 견해도 없지 않다. 그렇다면 사물에 대한 내적 생명의 감각을 누가 표현하며 교환가치로 메말라가는 현실에 누가 제동을 걸 것인가. 시인은 개별적으로 만들어내는 시적 지평을 통하여 지금-여기의 삶이 지닌 허위와 진실을 드러내어야 한다.

평안하다.

이제 막 꽃잎을 여는 수선화, 그 옆에 할미꽃,
감자밭 이랑을 고르는 노파의 호밋날,

잣나무 울울한 숲길,
아직도 김이 오르는 개똥 무더기,

어디에도 나는 없다.

한때 내 눈의 그림자에 가려
어두워졌던 모든 풍경들이
비로소 제 빛깔을 찾는 봄날,

아름답구나, 내가 없는 세상은.

— 송기원, 「휴일」 전문

이 시에서 우리는 시쓰기가 자기를 파고드는 대신 외부를 향할 때 얻어지는 미학의 경계와 만나게 된다. 시를 이해하는 세 요소가 주체와 세계와 언어라 할 때 이 시는 특히 세계와 주체의 관계에 대한 이해를 돕는다. 주체의 감옥에서 해방될 때 개진되는 세계의 아름다움을 이 시의 화자는 "아름답구나, 내가 없는 세상은"이라고 표현하고 있다. 하지만 주체의 무화는 수사학의 차원은 아니지만 실제 불가능하다. 그것은 주체와 세계 사이의 비율의 문제이다. 가령 선시를 예를 들 때 주체의 무화 문제가 가장 핵심인데 이 경우에조차 무화된 주체라는 지평을 상정하고 있다고 할 수 있다. 따라서 이 시는 마음의 심층과 풍경의 바탕을 동시에 탐험하는 과정의 산물이다. 달리 말해서 깊은 마음을 갖지 못했다면 풍경 또한 드러나지 않았다는 것이다. 수선화, 할미꽃, 노파의 호밋날, 숲길, 개똥 무더기는 있는 그대로 재현된 풍경이 아니라 상호 연관된 생명관계를 말한다. 이처럼 주체와 세계의 관계 속에서 시적 지평이 열리는 과정을 고진하는 시인은 "맑은 새소리에 몸을 일으킨 어슴새벽,/내 안의 폐가를 리모델링하는 걸 거들러 너도 일찍 일어났느냐./개집 앞에 핀 첫 민들레, 민들레야."(「봄, 리모델링」)라고 진술한다. 마음 혹은 주체라는 폐가를 리모델링하는 가운데 외부의 사물과 풍경이 생생한 감각으로 다가오는 것이다. 이렇게 하여 시는 사랑과 이타성의 의식형태가 되고 소유와 지배의 현실세계에 대한 저항의 언어가 된다.

시를 만나는 기쁨

서정이냐 반서정이냐, 전통파냐 미래파냐는 식의 논의는 시를 만나는 바른 길이 아니다. 무엇보다 오늘날의 현실에 대한 시적 대응이라는 관점이 중요한데 그렇다고 시가 주는 메시지에 주목하라는 뜻이 아니다. 이는 주체와 세계가 만나는 과정에서 드러난다. 생동하는 주체의 감각이 사물과 만나 빛나는 언어의 세계는 그 자체로 오늘날 균질화되고 추상화된 삶을 깨우치는 경험이 된다. 따라서 시인의 살아 있는 감각과 그가 개진하는 시적 지평을 통해 우리는 참다운 시를 만나는 기쁨을 누리게 되는 것이다.

눈 온 밤의 들판 가득 고독한 흰 빛이다

어둑하고 그윽한 흰 빛이 살갗에
물빛처럼 스민다
밤이 깊을수록 빛나는 은빛의 어둠을
머리에 이고

걸어가다 멈추다 다시 가만가만 걸어보는,
한 채의 불 켠 비닐하우스가 애벌레처럼
웅크리고 엎으려 있는 겨울밤

멀리 전조등 켜고 긴 더듬이 앞세운
한 줄기 길
겨우 꾸물꾸물 기어가고 있는 낙타고개

유령처럼 서 있는 능골 아랫길의 키 큰 느티나무들

다시, 싸락눈 내린다
조관동 가는
길이 모두 흐릿해진다

— 조용미, 「겨울밤」 전문

이 시는 자동차로 눈 내리는 길을 가고 있는 정황을 서술하고 있다. 눈길의 불편함이나 그로 인한 지체가 주는 여유 가운데 화자는 그 어느 쪽도 주된 대상으로 삼고 있지 않다. 무엇보다 이 시의 대상은 "어둑하고 그윽한 흰 빛"인데 이것이 "물빛처럼 스민다." 이 특별한 느낌의 경험은 이 시 전체의 분위기를 이끈다. 시적 주체는 대상에 압도당하는 것이 아니라 그것을 차분하게 받아들임으로써 개성적인 시적 지평을 열고 있다. 이 아름다운 시를 만나면서 우리는 무엇을 생각할 수 있을까? 한 특수하고 예외적인 삶의 국면일까, 아니면 우리가 속한 현실의 비루함과 부박함일까? 나아가서 난폭한 속도와 진정한 가치들을 무력화하는 자본과 권력일까? 만일 이 시가 이러한 물음에 대한 답이 된다면 시적인 것은 분명 현실에 대한 대안이라 할 수 있을 것이다.

확장되는 시의 지평

시의 존재 가치가 날로 줄어들고 있다고 한다. 단지 서점에서 팔리는 시집이 줄고 시를 읽는 독자의 수가 늘지 않는 사실을 말하고 있는 것은 아닐 것이다. 일찌감치 문화의 주변으로 밀려난 시적 현상을 동어반복하려는 의도는 더욱 없다. 무엇보다 시인들의 사회적 위치나 시작 행위 규범이 바뀌고 있는 것을 말하려 한다. 그동안 시인은 사회의 경계로 밀려나도 정신적 우월성을 견지해왔고 비록 세상을 변화시키지 못한다 하더라도 시적 가치를 포기하지 않았다. 엄정한 분석이 요구되는 바이지만 최근 들어 시인의 자부는 약화되고 시를 작품으로만 인식하는 경향이 커지고 있는 것으로 보인다. 하지만 시의 줄어든 위상에 비해 발표되는 작품은 기이할 정도로 많다. 이를 두고 낭만적 시인의 소멸과 직업적 시인의 대두라고 한다면 지나칠까? 말할 것도 없이 시적인 것을 찾아 온몸을 기투하는 시인들이 없지 않다. 그럼에도 시를 쓰는 일이 직업처럼 보이는 시인들이 더욱 늘고 있는 것도 사실이다. 그만그만한 기교로 만들어진 시들이 많아졌다는 것이다.

기교로서의 시와 정신으로서의 시가 이분법으로 나누어지는 것은 아니다. 높은 경지에서 둘은 하나다. 낮은 경지에서 둘 모두 시적 미숙에 그친다. 그런데 기교와 정신의 문제는 오래된 형식과 내용 논의와 다르다. 이는 시인의 지향과 의지, 시를 대하는 태도와 연관된다. 기교로서의 시는 최근 신세대 시인들의 주된 흐름이 되고 있다. 하나의 작품을 완성한다는 태도와 언어적 세련과 기지를 목표로 삼는 입장이 대세이다. 시작 초기에 기대를 이끌던 시인들조차 기교를 통한 단순 재생산에 만족하는 경향을 보이기도 한다. 신세대 논쟁을 재연하고 싶은 생각은 아니지만 여하튼 2000년대 들어 등장한 일군의 시인들이 자기 쇄신을 통해 시적 지평을 어떻게 넓혀갈 것인가는 지속적인 관심사가 될 것이다.

노년의 관조와 의지

시적 지평은 시인의 일생을 두고 지속적으로 확장되어야 한다. 도(道)의 과정학처럼 시학은 필생의 과업이 될 때 하나의 경지로 남게 된다. 그동안 우리는 김수영, 김춘수 등 훌륭한 시적 과정을 보아왔다. 이들은 말년과 노년에서 시학의 수준을 치세운 바 있다. 이처럼 노년에 이르러 의미 있는 시적 지평을 꾸준히 개진하고 있는 시인들이 많다. 기교에 충실한 신세대 시인들과 다른 모습으로 눈여겨보게 된다.

어제 오후엔,
여태껏 모르고 있던 것을 한 가지 더 발견했다.
그것은 백운대 옆 만경대의 갈라진 암벽의 형상.

사랑하는 사람들끼리 이마를 맞대고
무엇인가를 골똘히 의논하는 모습과 흡사했는데,
그 밖에도 거기엔 온갖 형상들이 담겨져 있다고

만경대라는 이름이

붙여진 것이나 아닐는지?

— 김종길, 「만경대」 부분

특별한 기교 없이 일상적 관조가 지배적이지만 사물을 새롭게 인식하고 교감하려는 시인의 태도가 각별하다. 발견의 기쁨이 존재의 희열로 상승하는 결구에서 시인이 펼치고 있는 시적 지평이 엿보인다. 그러므로 이러한 일상시는 사소함으로 환원되지 않는다. 그 배후에 생의지가 개입하고 있기 때문이다. 암벽의 형상에서 시인은 사랑하는 사람들의 다정한 모습을 그려낸다.

또 다른 암벽인 "낙화암"을 통해 허만하는 수직적 의지를 부각하고 있다. 수직적 의지는 허만하의 시에서 자주 반복되는 이미지이다. 「비는 수직으로 서서 죽는다」는 역설이다. 중력에 저항하는 시인의 의지가 떨어지는 비를 일으켜 세우고 있는 것이다. 따라서 그의 시는 메마른 기하학적 상상력을 지향하고 있지 않다. 오히려 생의 근원이나 야성을 염원한다. "벼랑은/미리/솟구쳐 있는 수직의 높이가 아니다"로 시작되는 「낙화암」은 "높이를 향하여/아슬아슬한 위기의 순간을/끊임없이/기어오르는 과정"을 말하면서 "중력을 거부하는 물결의 높이"를 강조하는데 이는 생명에 대한 절대적 의지의 표상이라 하겠다.

쓰러진 언어가
벼랑처럼
똑바로 일어서기 위해서는
계곡 밑까지
다시 걸어내려 가지 않으면 안 된다
죽음의 심연을 향하여
꽃처럼 몸을 던지지 않으면 안 된다

이와 같은 「낙화암」의 마지막 연은 허만하의 시학을 집약하고 있다. "죽음의 심연을 향하여/꽃처럼 몸을" 던질 때 신생의 언어가 개화한다는 것이다. 그의 시는 "쓰러진 언어"를 일으켜 세우고 허위와 가식으로 점철된 삶을 벗어나 순수지각, 존재의 기원에 가닿으려는 노력이다. 따라서 허만하의 시는 끊임없는 연단과 쇄신의 과정을 보여준다. 정신으로서의 시의 지평이 그를 통해 크게 확장되고 있는 것이다.

김종길과 허만하, 두 원로 시인에게서 우리는 조용하면서 힘찬 시적 탐문의 과정과 만난다. 시가 젊음의 양식이라는 말은 그것이 청년의 소유물이라는 뜻이 아니며 나이와 무관하게 시적 지평을 열어가야 함을 의미한다. 그래서 노년에 이르러 드물지만 눈부신 지평을 개진하는 시인들이 있는 것이다.

존재의 심연

내면에서 곰삭아 표출된 언어와 시를 만들기 위해 동원된 수사는 말할 것도 없이 확연히 다르다. 내면의 심연을 길어 올리려는 시인의 노력은 자기표현의 한정된 장벽을 넘어서게 할 뿐만 아니라 공감의 지대를 넓히게 한다. 소위 공감의 언어란 가볍고 감미로운 수사가 아니다. 오랜 고뇌와 슬픔이 서서히 배어나는 데서 찾아진다.

삼월과 사월 사이, 비가 내렸다 빛이 내렸다
마른 땅이 젖었다 말랐다 꾸들꾸들 구겨지기도 했다

실컷 차려 놓은 밥상 저쪽 숟가락이 빠져버린 듯
진달래 꽃잎으로 속옷 만들어 주고 싶은 그 사람
늘 배보다 배꼽이 더 커서

온 산에 꽃불 놓고도
천지사방 티끌이란 티끌을 다 긁어모아야
겨우 가릴 수는 있을 거야, 잘 나나
못 나나 누구에게나 갈망이라는 눈꺼풀이 있다

지금 누가 감춰둔 울음 꺼내 울며 간다고 가고 있니
우리에겐 황사라는 새로운 막부가 있다
사월이 가면
기차피리 불어 먹고 살던 정거장에
누렁개 한 마리 멀뚱멀뚱 남는다. 삐릿삐릿 삘릴리

— 서규정, 「황사」 전문

서규정은 이 시에서 "감춰둔 울음 꺼내" 든다. 그러나 그것은 "황사라는 새로운 막부"로 가려져 있다. 한갓 감상이 아니라 존재의 기저에 내재한 속울음인 탓이다. "삼월과 사월 사이" 시 속의 주인공은 "진달래 꽃잎으로 속옷 만들어 주고 싶은 그 사람"을 그리워한다. 하지만 그는 "실컷 차려 놓은 밥상 저쪽" 빠져버린 숟가락처럼 부재한다. 부재하는 그에 대한 "갈망"은 "온 산에 꽃불 놓고도/천지사방 티끌이란 티끌을 다 긁어모아야/겨우 가릴 수는 있을" 정도로 압도적이다. 화자가 처한 시적 정황은 부재와 갈망의 심연이다. 그런데 이러한 심연이 존재를 해체하지 않는다. "황사"를 "새로운 막부"로 받아들이는 자기에의 배려가 있는 탓이다. 시인에게는 단순한 자기애가 아니라 삶의 황량함을 인간현상의 근원적 풍경으로 이끌어내는 힘이 있다. "기차피리 불어 먹고 살던 정거장"은 시인의 오랜 정서적 기원이다. 유년 이래 그는 상실과 허허로움을 안고 살아온 듯하다. 그럼에도 그에게는 깊은 사랑, 채워지지 않은 갈망이 있다. 그의 시가 탄생하고 그 지평이 확대되는 원동력은 이러한 갈망이다. "황사"가 구원이

되는 갈망! 이러한 역설과 함께 서규정의 시는 심연의 빛깔을 드러낸다. 그리고 묵은 슬픔과 그치지 않는 갈망이 교차하면서 긴장한다. 서규정은 여전히 "황야의 정거장"에 뿌리를 내리고 있다. 절대적인 부재의 공간에서 울려오는 기적 혹은 보리피리 소리는 그의 내면을 사로잡는 주조음이다. 그에게 시는 기억의 노래이자 몸의 노래이고 영원한 연인이다.

> 나 여기서 만나기로 한 애인 있었으면 좋겠네 햇살이 억새의 목에 보랏빛 머플러 감싸주듯 나도 그렇게 따뜻한 엄지손가락 있었으면 좋겠네 풀벌레 뛰어다니는 언덕, 무명 머리카락 어루만져주는 바람 그대가 나의 애인인가 무덤 속에서 흘러나오는 나무 향기 그대를 따라 걷는다 바람의 창과 창 사이 배고픈 낮달 보인다 투명한 지문 노출되는 정오 나는 햇살갑옷 입은 애인 기다리며 세 귀 달린 물항아리를 인다
>
> — 송진, 「노출 박물관」 전문

시인은 한 박물관에서 현재와 과거, 죽음과 삶을 영원으로 풀어내는 신화의 시간을 찾고 있다. 박물관이란 무엇인가? 과거와 죽음의 시간이 전시된 공간이 아니겠는가? 시인은 박제된 시공간에서 "풀벌레 뛰어다니는 언덕, 무명 머리카락 어루만져주는 바람" "무덤 속에서 흘러나오는 나무향기"을 느낀다. 그래서 "바람의 창과 창 사이 배고픈 낮달"을 바라보는 화자에게 박물관은 생을 수식하고 삶을 환기하는 살아 있는 시간으로 상상된다. 다시 말해서 그녀는 영원한 지속을 꿈꾸고 있는 것이다. "햇살갑옷 입은 애인"은 화자의 지향이 집약된 대상이다. 따스하고 강건한 사랑에 대한 염원이 아니겠는가. 그러므로 그녀에게 박물관은 영원한 사랑의 공간이 된다.

풍경의 깊이

언어유희, 놀이와 재미를 이끄는 조사(措辭)도 시쓰기의 목표가 될 수 있다. 의지와 심연의 깊이가 억압이 되는 것이 사실이다. 그래서인지 신세대 시인들은 자주 진지함에서 놓여나려 한다. 가볍고 경쾌한 감성의 언어들이 신세대를 유인한다. 하지만 이로써 유발되는 즐거움은 일회적이거나 반복적이다. 낱낱의 가치와 효과는 뚜렷하나 꾸준한 시적 지평 확산이라는 관점에서 한계가 있다. 이러한 점에서 여전히 깊이를 강요하지 않을 수 없다.

내가 반하는 것들은 대개 단추가 많다
꼭꼭 채운 단추는 풀어보고 싶어지고
과하게 풀어진 단추는 다시
얌전하게 채워주고 싶어진다
참을성이 부족해서
난폭하게 질주하는 지퍼는 질색
감질이 나면 좀 어떤가
단추를 풀고 채우는 시간을 기다릴 줄 안다는 건
낮과 밤 사이에,
해와 달을
금단추 은단추처럼 달아줄 줄 안다는 것

무덤가에 찬바람 든다고, 꽃이 핀다
용케 제 구멍 위로 쑤욱 고개를 내민 민들레
지상과 지하, 틈이 벌어지지 않게
흔들리는 실뿌리 야무지게 채워놓았다

— 손택수, 「꽃단추」 전문

사물을 통하여 찬찬히 은유 혹은 제유의 원리를 찾아내는 손태수는 서정의 이념에 충실한 시인이다. 물론 내가 말하는 서정의 진폭은 확장을 지향하는 개념이어서 본래의 좁은 개념으로 회귀하는 것이 아니다. 손택수가 서정의 이념에 충실하다는 뜻도 이와 같을 것이다. 그가 지닌 시적 능력에 비하면 비교적 소품인 이 시가 주목되는 것은 그 나름의 입장을 개진하고 있기 때문이다. 이 시를 통해 그는 "난폭하게 질주하는 지퍼"로 표상되는 속도와 폭력에 대한 거부를 분명히 한다. 일반화된 서정의 이념으로 단순하게 읽어버릴 수 있는 일이기도 하지만 최근의 시적 경향과 연관할 때 그 의미는 증폭되는 대목이다. 달리 이 시는 신세대 시인들의 시적 감성에 대한 비판으로 읽히기도 한다. 참을성이 줄고 기다림이 없는 시쓰기가 눈에 띄게 늘어나고 있는 것은 사실이다. 사물과 사물의 연관이나 해와 달의 순환과 같은 유기적 삶에 대한 해체가 일상화된 세계를 그대로 추수하는 경향이 많아지고 있고 경우에 따라 그러한 경향이 예찬되기도 한다. 이러한 점에서 인용시의 두 번째 연은 손택수의 시관을 집약한다. 지퍼와 같이 빈틈없이 채워진 세계는 죽음이다. 그러나 구멍과 틈으로 이어진 공간은 생명의 세계다. 시적인 것의 범주를 확대하면서 정작 시의 토대를 망각하고 있는 최근의 경향과 손택수의 위치는 확연히 다르다. 나는 그의 이러한 위치 감각에 무거운 신뢰를 보낸다. 그럼에도 그가 지닌 가능성의 지평들이 위축되고 있다는 느낌을 우려한다.

이하석의 「오래된 뜨락」은 "환한 그늘"에 대하여 말하고 있다. 많은 기억과 사물과 존재와 생명을 품은 그늘이다. 그 그늘에는 씨앗도 숨어들고 사람도 숨어든다. 가을엔 햇빛이 스며들기도 한다. 다니자키 준이치로의 일본적 음예(陰翳)와 다른 우리 풍경의 깊이를 시인은 그려내고 있다.

> 자주 쓸어도 뜨락은 쉬 그늘들이 복잡하게 얽힌다
> 뜨락의 경계를 수런대는 풀들 때문이다

그 씨앗들 반짝이며 뜨락으로 숨어들어
구석구석마다 풀들로 돋아나
환한 그늘이 핀다

「오래된 뜨락」의 1연이다. 시인은 어둠과 밝음, 기억과 소멸, 생성과 고갈이 교차하는 뜨락을 오래도록 탐문한다. 시시각각의 변화를 능숙한 회화적 수법으로 포착한다. 그러나 초기시와 달리 시각의 문제를 부각하고 있는 것은 아니다. 느림, 그늘, 존재의 깊이 등의 의미맥락을 말하고자 한다.

빈 마당 닫은 중문은 이따금 바람에 빠끔하니 열린 채 대낮의 안팎을 방심한 상태로 보여준다
마루 밑에는 더는 아무도 숨어들지 않으나
누가 조심스레 그 속에서 숯불처럼 피는 어둠을 헤적여본다

이 시의 마지막 연인데 해석이 어렵다. "숯불처럼 피는 어둠"도 그렇지만 이를 헤적이는 이는 누구일까? 그만큼 시인의 심경이 깊다.

露骨같네
맑은 이슬의 뼈 같네
제 몸의 물기란 물기 다 말리며, 뼈 하나로 서서
울타리도 못되는 울타리로 서 있는 것
마당이란, 안의 바깥이며 바깥의 안이라고 하지만
안과 밖의 경계도 지우며 울타리가 되어 주고 있는 것
그 울타리가 소담스레 피워놓은 마당가에는
고요만이 빈 장독처럼 놓여 있겠지만

거기 앉아 맑게 트인 하늘을 쳐다보는 일은
아직도 물렁한 바위를 딛고 가는 중생대의 쓸쓸한 노을빛 같겠지만
벌판 가에 버려지듯 놓인 컨테이너집을 두르고 있는
바자울이, 저 갈대로 엮은 울타리가
마치 가늘게 뛰는 심장을 보듬어 안은 야윈 늑골처럼 보여
돌아보면, 돌의 살에 파묻혀 수억 년을 견디는 물고기도 있지만
제 몸 차갑게 얼려 누대의 빙하를 건너오는 물고기도 있지만
햇살의 화석이 되어 겨우 한 철 견디는, 그 햇살 벗겨내면 빈손이듯 도드라지듯 形骸밖에 없겠지만
마당 한 바구니 가득 햇살 입히면, 살이 있는 것이 되는—
빛나는 것이 되는— 저 갈대로 엮은 울타리, 바자울이
露骨같네
맑은 이슬의 뼈 같네

— 김신용, 「바자울」 전문

고통의 시인 김신용이 사물의 "뼈"를 드러내는 장관이 연출되고 있는 지점이다. 갈대로 엮은 울타리 "바자울"을 시인은 "露骨", "맑은 이슬의 뼈"에 비유한다. 이하석의 "뜨락"처럼 김신용의 "마당" 또한 햇살이 비치고 바람이 드나들고 고요와 쓸쓸한 노을이 함께한다. 그런데 김신용은 "바자울" 울타리에 주목한다. 그것은 안과 밖의 경계이지만 경계의 기능보다 그것을 지우는 역할을 보인다. "마치 가늘게 뛰는 심장을 보듬어 안은 야윈 늑골처럼" 그것은 생의 이편과 저편을 잇고 있다. 시인은 마른 "바자울"을 통해 화석이 된 물고기나 빙하 속 물고기를 연상하기보다 "마당 한 바구니 가득 햇살 입히면, 살이 있는 것"이 되고 "빛나는 것이 되는" 바자울의 직접적 지각을 강조한다. 이 시에서 유난한 직유는 곧 생의 감각이자 풍경을 바라보는 존재의 민활한 현상이다.

아래로 초월하는 시

송경동 문제

송경동 시인을 주목하려 한다. 이는 잊혀져가는 민중시의 전통을 되새기려는 의도와 무관하다. 만일 그를 통해 민중시의 복원을 생각한다면 그것은 그를 낡은 그릇에 담는 일이 될 것이다. 그렇다고 특별히 그의 시적 성취를 부각하려는 것도 아니다. 그에게 시적 성취는 그가 당면한 실천적 과제에 비하면 차선이다. 그는 '시 이전의 시인'이라는 입장을 견지한다. 사회적 행위가 앞서고 시는 그 뒤를 따른다. 이러한 송경동의 시인관은 시를 시인을 식별하는 준거로 삼는 현금의 일반적인 흐름을 벗어나 있다.

> 나도 알고 보면 그냥 시인만 되고 싶은 시인
> 하지만 이 시대는 쉽게, 시를 쓸 수 없는 시대
>
> — 송경동, 「미안하다, 시야」 부분

이와 같이 그는 자신의 위치 감각을 분명하게 드러낸다. 그는 문학적 장의 논리에 따른 시인이 되기를 원하지 않는다. "쉽게, 시를 쓸 수 없는 시대"라는 그의 세계인식이 앞선 탓이다. 송경동의 시관과 시인관은 사실 80년대까지 익숙한 관념에 지나지 않은 것에 속한다. 그러나 현금의 상황에서 그의 입장은 특별한 위상을 지닌다. 그는 어떤 의미에서 논쟁적 대상이다. 따라서 '송경동 문제'는 이미 토론을 거친 '미래파 문제'처럼 중요한 비평적 과제가 되었다.

> 미안하다, 시야.
> 오늘도 광화문 청계광장 변에서 달달달 떨고 있는 시야
> 서울교육청 앞에서 오들오들 떨고 있는 시야
> YTN 앞에서, MBC 앞에서 바들바들 떨고 있는 시야
> 용산 참사 현장 골목에 앉아 바득바득 떨고 있는 시야
> 까닭 모를 경제위기로 생존권을 박탈당하며
> 이 땅 어느 그늘진 곳에서 부들부들 떨고 있을 수천만의 시야
>
> — 같은 시, 부분

확실히 특정 사실을 시로 말한다는 점에서 송경동은 80년대 민중시의 계승자이다. 하지만 오늘날 그는 매우 예외적인 시인이다. 그는 문학적 장 내부의 논리에 편입되기를 거부하면서 고독한 행보를 지속한다. 말할 것도 없이 그의 예외성이 그를 두드러지게 하는 일면이 없는 것은 아니다. 그의 시가 낯설게 하기의 효과로 비칠 정도로 현금의 우리시가 사회현실과 이반되어 있기 때문이다. 시적인 것의 범주가 줄어들거나 이것이 문학제도 내부의 문제로 환원되는 경향이 일반화되고 있는 것이 사실이다. 그렇다고 이러한 현상을 들어 송경동의 시가 지닌 예외성을 시적 성취로 받아들이기는 이르다. 다만 그의 존재가 시와 시인 그리고 시적인 세계를 반추하는 계기가 될 것이라 생각한다. '송경동 문제'의 또 다른 측면은 "세계화 시대의 시쓰기"라는 문제의식에서 찾아진다. 가령 「칸쿤에서—이경해 열사를 추모하며」와 같은 시에서 그가 보인 시각을 들 수 있다. 실제 반(半)주변부 한국 사회에서 일어나는 일들은 일국적인 요인에 그치지 않고

전지구적인 원인에 연루되어 있다. 이러한 인식이 우리시에서 지구 유기체적 상상력이라는 형태로 등장한 것은 오래지만 구체적인 맥락을 결여한 경우가 적지 않았다.

시적 초월의 방향

'송경동 문제'를 80년대의 반복으로 받아들이는 것은 한계가 있다. 21세기의 시각과 현금의 시적 관습이 종합적으로 참조될 때 이는 지엽으로 치부되지 않고 새로운 쟁점이 될 것이다. 한동안 우리 문학계를 떠돈 가라타니 고진의 '근대문학의 종언론'에서 시는 제외되어 있다. '근대문학=근대소설'이라는 등식에 비출 때, 시는 이미 관심의 대상이 되지 못한다. 그렇지만 그가 아룬다티 로이가 보인 문학적 행로—소설쓰기에서 정치적 에세이로—를 한 예로 든 것처럼 시쓰기가 대안이 될 수는 없었을까? 아니면 시는 이미 죽은 양식인가?

고진의 종언론을 신봉할 까닭은 없지만 그를 통해 경계로 삼는 것은 유익한 일이다. 그동안 서정을 근대 넘어서기의 역사철학으로 설정하기도 하고 근대적 주체를 해체하고 새로운 주체를 세우는 일과 연관시키기도 하였으나 그 결과는 이론주의에 그친 감이 없지 않다. 어찌 보면 소설 못지않게 시의 활력이 떨어져 있는 듯도 하다.

화해(和諧)가 최고의 미적 범주이고 시적 지향의 궁극이라 하더라도 이를 안이하게 받아들일 때 서정은 관습으로 전락한다. '서정/신서정' 혹은 '서정/반서정'이라는 잘못된 비평 준거들이 세워지는 까닭이 여기에 있는데 동일한 문법의 반복이라는 한계를 드러내는 시인들이 많은 것이다. 중요한 것은 서정이 아니라 개별 시인들의 시적 과정이다. "난 새로운 내일/관습이라는 똥통에서 기어 나온 흉측한 애벌레"(송경동, 「너의 교훈이 지겹다」)라는 '송경동 문제'를 포함하여 서정적 발화에 대한 전반적인 반성이 요청되는 시점이 아닌가 한다. 그만큼 서정이 제도화되거나 시적 감성들이 관리되는 국면에 처해 있다는 것이다.

저물녘 내가 바라보는 사강에서
모래가 되어 흘러가는 이름들이 그립다.
생이 결국은 모래 몇 알로 남아
저렇게 반짝이면서 흘러간다는 것이
때로는 우리를 겸허하게 하지만
몇 줌 모래가 되기 전까지
우리는 기고만장해 천둥 번개 같은 힘을
과시하고자 했던 어리석은 날도 있었다.
모래강가에 나와 모래로 흘러가는 이름을
추모하는 풀이며
물새며
저녁이며 내 지친 발끝이며
하모니카를 부는 어린 소녀며
그들로 인해 모래와 모래로 당기고 밀며
사강은
이 밤 또 몇 천리 꿈속으로 흘러가는 것이다.

— 김왕노, 「사강」 전문

이 아름다운 시는, 그러나 요약과 추상으로 일관되어 있다. 소멸이라는 압도적인 주제는 이 시에서 하나의 전제에 가깝다. 이 시는 생의 과정이 단순하게 요약되는 가운데 강과 모래, 풀과 물새와 저녁 그리고 하모니카 부는 어린 소녀 등의 이미지들이 조합되어 만들어내는 분위기에 의존하고 있을 뿐이다. 다시 말해서 "모래강가에 나와 모래로 흘러가는 이름"

들의 사연을 알 길 없을뿐더러 "이름"에 상응하는 생애들이 소거되어 있다. 한편으로 주제의 무게가 우리를 이끌고 다른 한편 고운 이미지들이 우리들 감싼다. 하지만 첫 행에 등장하는 시적 주체의 진면목은 보이지 않는다. 다만 대상화된 풍경에 흡수되고 있어 "사강은/이 밤 또 몇 천리 꿈속으로 흘러가는 것이다"라는 결구가 큰 감동을 도출하지 못한다. 서정의 기본 문법에다 모래며 강이 응당 가질 수 있는 상투적 의미를 좇아가고 있기 때문이다. 서정이 힘겨운 과정이며 기투라는 인식이 요긴하다. 이러한 인식의 결여가 성급한 초월과 익숙한 화해를 불러온다. 가령 같은 시인의 또 다른 시 「몸춤」은 "날아보기 위한 꿈마저 접어버린 우리도 시궁창 같은 이 도시 밑에서/구더기처럼 정심없이 바글거리다가 몸춤으로 정신없이 역겹게 놀다가/그래서 날자, 한 번 날아보자꾸나"라고 끝을 맺고 있다. 역시 과정의 구체보다 이분법적인 단정이 앞서 있다. 서정의 기저를 이루는 비극적 감성은 약화되고 궁극의 의미가 전면에 배치되고 있다.

바다는 온통 잿빛이다
어두운 하늘에서 무(無)의 새싹 같은
별들이 돋기 시작한다

텅 빈 해안에는
고독이라는 거대한 등뼈가 솟아 있다
그것은 발이 두 개다
그것은 어둠 속에서
어둠 속으로 느릿느릿 걸어다닌다

어쩌면 밤의 바다는 한때 광활한 사막이었는지 모른다. 고대의 낙타들, 그것들은 현재 먼지들이다. 형상 있는 것들의 미래는 붕괴, 해골, 흙먼

시, 무형이었던 것이다.

밤바다에서 찬 바람이 불어온다
밤은 보이지 않는 것들
이름 붙일 수 없는 것들로 파도 친다
하늘과 땅을 갈라놓았던 수평선을 지우며
밤이 깊어간다
낮의 바닥에는 이글거리는 공허가 있고
밤의 심연에는 꿈틀거리는 무가 있다

마땅히 갈 곳도 없이 어두운 해안을 괴물체처럼 방황하던 그것—고독이라는 거대한 등뼈가 발걸음을 멈춘다. 그것은 우두커니, 밤바다를 향해 서있다. 그것은 날개가 없다. 그것은 아가미도 없는 모양이다. 아가미가 있었다면 벌써 밤바다로 들어가 모습을 감추지 않았을까.

— 최승호, 「이름 붙일 수 없는 것」 전문

난해한 이 시에서 먼저 관심을 끄는 것은 표제다. "이름을 붙일 수 없는 것"은 그러나 회피가 아니다. "밤은 보이지 않는 것들/이름 붙일 수 없는 것들로 파도 친다"라는 구절이 말하듯 이름을 붙이는 것이 초래할 무의미성에 초점이 있다. 그렇다고 이 시가 모든 존재를 무로 돌리고 있는 것도 아니다. 존재와 무, 소멸과 생성 그리고 이러한 재귀적 반복 과정에 처해 있는 고독한 존재의 조건들이 서술되어 있다. 바다와 하늘, 낮과 밤은 이 시에서 통상적인 상징으로 그치지 않는다. "형상있는 것들의 미래는 붕괴, 해골, 흙먼지, 무형이었던 것이다"라는 모순된 구문이 시사하듯 형상과 무형이 상호 변전하듯이 사물의 자리와 의미는 바뀌고 있다. "낮의 바닥에는 이글거리는 공허가 있고/밤의 심연에는 꿈틀거리는 무"가 있는 것이다.

그런데 이 시의 의도는 이러한 무의 존재론이 아니다. 마지막 연이 그리고 있는 존재의 형상에서 의미는 빛을 발한다. "고독이라는 거대한 등뼈"라는 이미지가 집약하고 있듯이 "날개"도 "아가미"도 없는 존재의 "방황"이 절실하게 다가온다. 그저 그려진 허무가 아니라 전 존재가 기투된 인식과 만난다. 이처럼 이 시는 끝나지 않는 서정의 과정에 충실하다. 유한한 몸을 지닌 인간인 시인에게 시는 손쉬운 초월이 될 수 없다.

아래로 초월하는 시

서정은 하나가 아니며 다수다. 아니 시인만큼 많은 서정이 있다 해도 과언이 아니다. 그럼에도 서정이라는 공통의 논리는 존재한다. 그동안 서정과 관련한 논란들은 대부분 공통의 논리를 설명하는 방식에서 비롯하며 서정의 이론과 시적 지평 또한 풍요로워졌다. 하지만 여전히 서정이 과정이라는 문제의식은 더 확대되어야 한다. 달리 '서정의 과정학'이라는 생각들이 공유되어야 할 필요가 있는데 이를 통해 새로움에 근거한 유형학의 반복을 탈피할 수 있을 것이라 본다. 그동안 '새로운 서정'이나 '미래파' 등 논의의 중심에는 개별 시인들의 시적 심화나 지평 확대에 대한 관심보다 세대론적인 단층론이 놓여 있었다. 이런 가운데 새로운 세대에 대한 지나친 기대와 기존 시인들에 대한 방관이라는 양립된 현상을 불러왔다. 자연 과정보다 성취의 결과를 경배하는 풍조가 확산된 것이다. 현금의 시단에는 새로움에 대한 과도한 경쟁의 한편에 서정에 대한 안이한 인식이 공존하고 있다. 그리고 이를 타개하기 위한 과정학의 확대가 긴요하다.

이 글의 모두에서 '송경동 문제'를 제기하면서 시와 시인의 제도화를 지적한 바 있다. 이는 제도화된 담론 내부에 시가 있고 일정한 지위를 부여받은 집단 속에 시인이 존재함을 뜻한다. 시인의 정신적 귀족주의가 계급적 상징으로 전화하는 현상이 커지고 있는 것이다. 이러한 가운데 시가 지녀야 할 구체적인 것, 사회적인 것, 정치적인 것의 내용은 줄어들기 마련이다.

시인이 뭐하는 사람이냐, 묻길래 시시한 사람이라 했다
일 년 중 10개월을 바다 위에서 사는 어린 선원들이 갸우뚱 하길래
시시한 일로 파도처럼 날마다 우는 사람이라 답했다
낚시 바늘에 꿰인 지렁이처럼 지렁이 따라 우는 사람이라 했다
밤바다처럼 막막해서 밤마다 제 몸 때리는 사람이라 했다
물거품처럼 아무것도 아닌 것이라 했다
아들 뻘 되는 선원들이 박장대소하며 덥석 안아주길래
시시한 것 때문에 웃는 사람이라 답했다
포옹만으로도 행복한 세상에서 젤 시시한 사람이 시인이라 했다
행복할 때 동그라미 하나 흘리고 신이라 착각하는 족속이라 했다
짚신 고무신처럼 납작 엎드려 신겨지는 물건이라 했다
깔창 밑으로 지렁이 웃음소리를 듣는 짐승이라 했다

— 김해자, 「시인」 전문

시인은 누구인가? 시인은 무엇을 하는가? 그리고 무엇을 할 것인가? 이 시는 이러한 세 가지 물음을 함축하고 있는 것으로 보인다. 경계인의 긴장된 비전을 놓치고, 소외되거나 추방된 자의 시각을 지니게 된 현대의 시인들에게 주어진 길은 무엇일까? 그 하나는 타자들과의 교통과 연대이고 다른 하나는 내적 망명 집단의 구성이다. 그런데 오늘날 시인들의 선택은 후자에 더 가깝다. 감성의 차이로 상호 구별 지으며 자기들만의 소통을 도모한다. 말할 것도 없이 특권 집단이 형성되고 있는 것이다. 이런 과정에서 조급한 자기기만의 언어가 없을 수 있겠는가? 그러나 시의 길은 멀고 험하다. 시적 지평은 항상 열려 있다. 타자를 향한 열린 세계로 자기를 개진

해 가는 시인에 대한 더 많은 관심이 요청된다. 다시 말해서 아래로 초월하는 서정 시인에 대한 열망이 큰 것이다.

시원의 감각들

시에 대한 물음

시란 무엇인가? 자명한 답이 주어지지 않을 것임에도 불구하고 거듭 묻게 되는 질문이다. 굳이 어떠한 답을 기대해서가 아니라 이러한 물음이 만드는 자의식이 자가발전의 동력이 될 수 있다는 점에서 이것이 가지는 의의가 크다. 『시인세계』 2008년 가을호는 시인들에게 "시란 무엇인가"라는 물음을 던진다. 응당 대부분의 시인들은 시를 정의하기를 회피하면서(가령 김언희는 "나는 모른다, 시는, 알까?"라고 되묻고 김종철은 "시가 무어냐고?" "똥이야!"라고 야유한다) 시가 되는 과정을 말한다. "최고의 연가를 꿈꾸는 것"(강은교), "삶의 극점에서 단 한 번 피우는 꽃"(고두현), "삶과 꿈, 운동과 정지의 어느 한 쪽에 치우쳐 머물지 않고, 꿈과 삶이 맞닿는 지점, 또는 정지가 운동으로 바뀌는 찰나에 탄생하는 것"(김광규), "어쩔 줄 모르는 삶의 흔들리는 언어, 흔들리는 삶의 어쩔 줄 모르는 언어"(김중식), "삶의 궁기, 궁리"(문인수), "최초의 눈으로 최초의 사물을 언어로 옮기는 일"(이건청), "극점의 언어, 극한의 언어"(이승하), "심득된 세계"(조정권), "언어의 질서를 넘어서는 언어의 완성"(채호기). 미세한 지향의 차이에도 불구하고 시란 늘 지연되는 '최고' '극점' '궁리' '완성'을 향한 과정이라는 것이다. 그러므로 시인은 시를 사는 존재들이다. 최영철은 "아무 쓸모없음의 모든 쓸모 있음"이라는 시쓰기 과정의 역설을 말한다. 그냥 반복되는 도로(徒勞)가 아니라 무용지용(無用之用)이라는 것이다. 천양희는 "절망이 부양한 내 목숨에 대한 반성문"이라 하고 노향림은 "삶 그 자체"라고 한다. 이들처럼 이성부 또한 "시를 '산행'과 같은 것으로 생각하며 살아간다." 그리고 정진규는 "시는 몸이며 생성이다"라고 말한다.

도달할 수 없는 궁극인 시를 찾아가는 시인들은 스스로 "가시면류관"(나태주)을 선택한 이들인가? 시인은 천형(天刑)의 존재인가? 아마 이에 대한 답은 시인에 따라서 편차가 있을 것이다. 여기서 과도한 낭만주의적 시인관을 경계하면서 균형 있는 시인존재론을 찾는다면 시인은 살아 있는 감각으로 삶의 궁극과 존재의 시원을 노래하는 이들이라고 할 수 있을 것이다. 손택수의 지적처럼 시인은 "없는 그 한 줄", "수평선"과 같이 "부재하는 아름다움"을 노래하는 "가객"이 아닐까? 또한 이러한 아름다움에 "허기진 사람"(박형준)이 아닐까? 그렇다면 시는 그 궁극의 도달점이 아니라 그 궁극을 향한 살아 있는 감각을 표출해야 할 것이다. 적어도 좋은 시, 생동하는 시, 생성하는 시는 이러한 시인의 감각이 시인의 언어를 통해 읽는 이에게 전달되어야 하는 법이다.

풍경의 근원

시쓰기를 감각이라고 할 때 이를 오감(五感)으로 환원하는 것은 곤란하다. 무엇보다 이것은 존재의 감각이다. 이는 육체를 가진 인간인 시인의 삶과 사물이 만나는 과정을 의미한다. 그러므로 시인됨은 이러한 감각의 깊이에 달려 있다. 사물의 표피를 스쳐 지나가는 감각은 말할 것도 없이 모든 평범인의 전유물이다. 시인은 범인들의 느낌을 흔들어놓는 존재들이다. 단지 그들과 낯선 감각을 소유하고 있기 때문이 아니라 그들의 감각을 뒤덮고 있는 일상과 관습의 역사를 반성하게 하는 생동감을 표출할 수 있어야 하는 것이다. 이러한 시인의 감각을 생의 감각, 신생의 예감이라고 할 수 있다.

빈농(貧農)을 먹칠하러 오는
저녁나절의 빗소리여, 산막(山幕) 후드리는
속수무책(束手無策) 소슬바람이여!
구부렸던 고개만큼 절삭당한
키 큰 수숫대가
서걱서걱 먹구름들 썰어 넘기고 있다
그 소리에 불려오는지
수수밭 뭉갠 검은
화판에 새기듯
빗살무늬 희끗희끗 흩뿌린다

— 김명인, 「속수무책」 전문

이 시의 압권은 "빗살무늬"에 있다. 풍경을 서술하면서 시의 결구에 슬그머니 가져다 놓은 것처럼 보이나 풍경의 이면을 읽는 시인의 감각이 만들어낸 등가물이다. "빈농" "속수무책"이 말하듯 이 시의 기본 정황은 가난한 농촌이다. "절삭당한 키 큰 수숫대"는 가난을 더욱 절실하게 드러낸다. 수수농사가 끝난 들판에 내리는 비인만큼 "빈농을 먹칠하러 오는" 것이라 할 수 있을 것이다. 비 젖은 수수밭을 연상해 보라! 그러나 시인은 여기서 멈추지 않는다. "절삭당한 키 큰 수숫대가 서걱서걱 먹구름들을 썰어 넘기고 있다"라는 반전을 만든다. 그리고 검은 먹구름 덮인 수수밭에서 시인은 "빗살무늬"를 보게 된다. 가난한 농촌의 역사를 거슬러 그 기원을 그려내고 있는 것이다.

이마주름이 발등으로까지 내려와 같이 늙어버린 맨발.
언 강에 수감된 교각의 흰 등어리.
밟히고 밟혀 화강암처럼 굳어진 손등.
실명한 한 쪽 눈.
바짝 옴츠린 채 한기 속에 갇힌 허연 빙폭의 잔등.
논에 시멘트를 부어놓고 쇠못을 심으며
속에서 매일 치솟아 오르는 불길로 스스로를 폭행해버린 한 생의 화염.
평생 돌밭을 갈고서도 거친 숨소리 한번 내지 않고
땅에 꽂혀있는 부삽.
서 있는 삽자루가 목불상으로 보인다.
굽이굽이 파도치는 사막의 물결주름을
삽날에서 구릉처럼 일으키다가
손잡이쯤에 와서 스스로 박살내버린 마음. 오, 저 마음을 움켜쥔 빈주먹
이여.

— 조정권, 「삽자루」 전문

분류하기의 유혹에 이끌려 이 시를 배치한다면 생태시의 한 유형으로 볼 수 있을 것이다. "논"이 도로가 되거나 논 위에 "교각"이 세워지는 현상은 어디에서나 접할 수 있고 다소의 과장이 있다 하더라도 이를 "사막"이 되어가는 것으로 비판하는 시적 발상이 가능하기 때문이다. 실제 이 시가 이러한 발상을 전제하고 있는 것도 사실이다. "속에서 매일 치솟아 오르는 불길로 스스로를 폭행해버린 한 생의 화염"이라는 구절이 이를 시사한다. 그러나 이 시가 말하고자 하는 것은 직접적인 비판이 아니다. "땅에 꽂혀 있는 부삽"을 통한 연상에 초점이 있다. 이러한 연상은 단지 오브제로 그려지는 "삽자루"가 아니라 마치 고흐의 "구두"처럼 그 주인의 삶의 진실을 드러낸다. 따라서 이 시 속의 삽자루는 단지 땅을 파는 도구를 의미하

지 않는다. 이것은 내지를 잃고 현대식 도로와 교량을 건설하는 노동자의 소외된 삶을 표상한다. 그래서 시인은 "삽자루"를 보면서 그 주인의 신체를 겹쳐 읽는다. 시인의 의도는 "삽자루"를 "목불상"에서 비유하는 데서 그치지 않고 "손잡이쯤에 와서 스스로 박살내버린 마음. 오, 저 마음을 움켜쥔 빈주먹"이라는 결구에 이르러 명료해진다.

시원을 찾아서

김명인은 풍경의 기원을 읽고 조정권을 사물을 통해 존재의 진실을 드러낸다. 송재학은 사막에서 죽은 낙타의 소멸을 통하여 존재의 근원적인 모습을 말하고자 한다.

> 사막의 모래 파도는 연필 스케치풍이다 모래 파도는 자주 정지하여 제 흐느낌의 像을 바라본다 모래 파도는 빗살무늬 종종걸음으로 죽은 낙타를 매장한다. 모래葬을 견디지 못하여 모래가 토해낸 주검은 모래 파도와 함께 떠다닌다 모래 파도는 음악은 아니지만 한 옥타브의 음역 전체를 빌려 사막의 목관을 채운다 바람은 귀가 없고 바람 소리 또한 귀없이 들어야 한다 어떤 바람은 더 많은 바람이 필요하다 모래가 건조시키는 포르말린 뼈들은 작은 櫓처럼 길고 넓적하다 그 뼈들은 모래 속에서도 반음 높이 노를 저어 갔다 뼈들이 닿으려는 곳은 모래나 사람이 무릎으로 닿으려는 곳이다 고요조차 움직이지 못하면 뼈와 櫓는 증발한다 물기 없는 뼈들은 기화되면 이미 내 것이 아니다 너무 가벼워 사라지는 뼈들은,
>
> — 송재학, 「모래葬」 전문

우연한 일이지만 김명인의 "빗살무늬"와 조정권의 "모래 파도"가 이 시

에서도 재현된다. 인간의 역사가 시작되기 이전의 삶을 표상하는 전자와 인간의 근원을 무로 돌리는 후자의 이미지는 모두 시원을 지향하는 시인의 시적 등가물들이다. 이 시에서도 시원은 시인이 찾아가려는 시적 지향이다. 그것은 "뼈들이 닿으려는 곳은 모래나 사람이 무릎으로 닿으려는 곳이다"라는 구절이 함축한다. 그러나 이러한 시원은 또한 소멸이다. 생과 사, 존재와 소멸이 하나의 차원 속에 있다는 의미일 것이다.

> 바위의 침묵은 도발적이다. 지구의 중심에서 흘러내리던 불의 진흙이었던 태생기를 회상하는 바위. 산짐승 자취를 감춘 계곡에 목 쉰 바람소리 쌓이듯, 최초의 언어가 태어나기 이전의 세계에 은백색 눈송이가 쌓인다. 청동거울만한 태양을 쫓아 남으로 길을 잡아 자작나무 숲을 헤치며 힘겹게 얼음판을 건던 우랄 알타이 발자국 소리. 그 미끄러운 번들거림을 압축된 흙을 몸으로 기억한다. 시간은 흙처럼 쌓인다. 서해 바다 먼 노을이 묻어있는 바위의 단면 앞에서 나는 석탄처럼 조용히 절망했다.
>
> — 허만하, 「채석강의 공포」 전문

허만하에게 청마 유치환의 영향이 여전하게 생산적인 양상으로 발휘되고 있는 것은 하나의 경이이다. "바위의 침묵은 도발적이다"라는 구절에서 그는 "내 죽으면 차라리 하나의 바위가 되리라"는 청마의 시의식을 넘어선다. 그는 "바위"로 하여금 말하게 한다. 다시 말해서 "바위"의 역사를 거슬러 오르는 것이다. 그리하여 마침내 인류의 기원과 만나는 것이다. 시인은 "바위의 단면"을 통하여 존재의 시원을 찾는다.

허만하와 송재학의 시적 경향에는 유사한 지향이 있다. 그것은 현실의 존재를 압도하는 시원의 세계가 전제되고 있다는 것이다. 시원을 찾아가는 시인의 시적 행보에 이것이 가지는 의의는 분명하다. 시인이 추구할 수 있는 궁극의 지평이기 때문이다. 그럼에도 이것이 실존과의 팽팽한 긴장을 늦추게 되는 순간 시적 진실은 크게 줄어들 수밖에 없다. 하지만 현재로서 이러한 지적은 하나의 우려에 불과하다. 가령 허만하의 「영천가는 길」이 좋은 예가 된다. "회상의 모래사장에 찍혀 있는 네 살배기 어린 아이 발자국"이란 결국 민활한 생의 감각에서 그려진 이미지가 아니겠는가? 이러한 의미에서 인용된 송재학의 시에서 마지막 결구, "물기 없는 뼈들은 기화되면 이미 내 것이 아니다 너무 가벼워 사라지는 뼈들은"이 시사하는 의미가 크다.

> 바위에 올라 오도마니 앉아 있으면 사실 아무 접속도 없다. 높이 더올라 있다고 저절로 오는 어머니와 외할머니는 없다. 무주고혼들의 장난이 있을 뿐, 생활의 모양을 잠깐 짖어붙이기 해준 고혼들의 장남이 맘에 맞았을 뿐. 연년이 일월광 문지르며 백운 빨며 바람을 미역 감는 바위에게서는 그런 고혼들의 냄새가 나고 소리가 난다. 바위는 無住가 有住가 된 고혼들의 주소. 그 외로운 주소가 너무 타오를 때면 왠지 내 아픈 살이 낫는다. 쑥뜸의 뜨거운 열과 향내를 쐬드키 나는 낫는다. 아무려나 아픈 내가 나을 수 있는 곳이 집 아닌가. 후배야 나는 진짜 집에 가지 않고 여기 내 진짜 집에 있으려네. 후배야 난 엉터리이니…내 사는 집을 그대가 봐버리지 않았더라도 난 엉터리다…
>
> — 이진명, 「바위-집 그리고 내 꿈을 시처럼 꿔준 S시인에게」 부분

이진명의 "바위"는 "집"과 같다. 그러나 실제 주거공간은 아니다. 그녀는 "바위"에서 고혼이 된 "어머니와 외할머니"를 만난다. 바위는 현실 속의 집은 아니지만 상상 속의 집임엔 틀림이 없다. 그리하여 그곳은 "무주가 유주"가 된다. "바위"를 매개로 그녀는 초월과 일상을 넘나든다. 그녀의 시가 가지는 강점은 이러한 두 세계가 이분법적으로 존재하지 않는다는 사실이다. 이들은 서로 다르지만 단절되어 있는 것은 아니다. 따라서 그녀는

현실의 집을 버리고 초속의 집인 "바위"를 선택하지 않는다. 다만 이 둘의 세계를 오가면서 존재의 확장과 생명의 연쇄를 확인한다.

많은 시들이 발표되고 있지만 감동을 주는 시들이 적은 것이 사실이다. 한편으로 신기(新奇)를 좇는 시인들이 갈수록 증가한다는 사실을 원인으로 생각할 수도 있지만 다른 한편으로 시쓰기가 과정이라는 엄연한 원리에 충실하지 못한 데 기인하는 바 크다고 간주된다. 서정시학은 근본적으로 자기로부터 시작하지만 그 지향은 자기를 넘어서는 데 있다. 그리고 시적 성패의 열쇠는 이 글의 모두에서 많은 시인들이 말하고 있듯이 과정의 철학에 얼마나 자신을 투신하느냐에 있는 것이다.

그러므로 시쓰기는 시를 사는 것이다. 시는 만들어지는 것이 아니라 시와 시인의 몸이 분리되지 않는 생성의 과정에서 표출되어야 한다. 그리하여 생의 감각을 견지하면서 사물을 살려내고 시원을 말하면서 또 다른 세계를 꿈꿀 수 있어야 하는 것이다.

감성을 넘어 세계를 여는 시

신세대라는 곤경

세대 간의 감성의 단층은 피할 수 없는 일이다. 시도 사회적으로 구성되는 문화의 한 형태이므로 세대와 젠더 차이에서 오는 소통의 장벽을 인정하지 않을 수 없다. 여성시인들의 시를 읽으면서 그녀들의 발화를 제대로 이해할 수 없다는 낭패감을 자주 느껴온 터인데 최근 신세대의 시를 읽으면서 타협되지 않는 해독(decoding)의 상황에 처하면서 큰 곤경을 경험한 바 있다. 이는 소위 '미래파 논쟁' 이후 줄곧 스스로 감식안의 한계라고 간주해온 사정과 이어지면서 시에 대한 고민을 거듭하게 된다. 도대체 우리 시대에 시는 무엇이어야 할까? '시의 정치'에 대한 논의가 아직 진행 중이지만 그것이 보여준 논란만큼 시쓰기의 변화를 이끌고 있는 것처럼 보이진 않는다. 어쩌면 존재와 세계를 생성하고 변혁하는 시적 지평이 예전 같지 않게 줄어든 것으로 보인다.

> 별의 유언이/바닥에 내리는 것을 보았어요/푸드득 푸드득/붉은 나비들이 날아올라요/별의 주검이 하얀 날개를 토해요//사라지는 입들이/사라지는 이름을 자꾸만 불러요/사라지는 사람이/웅얼웅얼 바닥을 들어올려요/8월의 혀처럼 뜨거운/바닥이 등을 구부리고 언덕이 돼요//우린

붉은 언덕을 사랑하고/푸른 죽음을 사랑했지만/바람으로 바람을, 순간으로 순간을/말할 수 있을까요?//누가 타오르는 다섯 망루를/별의 높이에 세우려 하나요?/기도문이 손을 흔들며 입 안으로 들어가요/임인 몸 안에 맺혀요//우리의 무게를 꽉 마물어요/저 깃털 같은 입들이

— 박시하, 「타인의 고통」 전문

『창작과비평』 2010년 가을호는 〈신예시인〉 특집으로 김상혁(1979년생), 김승일(1987년생), 민구(1983년생), 박소란(1981년생), 박시하(1972년생), 박준(1983년생), 심지아(1978년생), 이장근(1971년생), 주하림(1986년생), 최정진(1980년생) 등 10명의 20대 중반에서 30대 후반에 이르는 일군의 시인들의 시를 게재하고 있다. 편집위원 유희석은 발간사를 통하여 "젊은 시단의 풍향을 짐작하게 해주는 신예시인 특집"이라는 정도로 조심스럽게 기획의 의도를 밝히고 있다. 그만큼 평가를 자제하고 있는 터이다. 열 명의 시인들의 시편들을 기대를 갖고 읽어보았지만, 나는 왜 이들이 신예라 불리며 문제적인지 알 길이 없었다. 유희석의 말대로 '젊은 시단의 풍향' 정도를 이해하는 데 그치고 만 것이다. 도대체 요설과 환상(fancy)으로 버무려진 잡다한 시어들의 나열이 아닌가 하는 느낌이다. 언어를 통하여 존재를 탐구하고 세계를 기술하려는 고투를 찾기 힘들었다. 가령 최정진의 「동경 2」는 "골목에서 거리가 어떻게 높이를 따돌릴 수 있겠어"라는 알쏭달쏭한 구절이 시의 전문이다. 전반적인 요설과 대비되는 예외적이고 특이한 국면이다. 여기서 인용한 박시하의 「타인의 고통」은 그나마 존재와 세계에 대한 일말의 시적 과정이 배어나는 작품인데 이 또한 표제와 "누가 타오르는 다섯 망루를/별의 높이에 세우려 하나요?"와 같은 구절을 통해 암시받을 뿐이다. 말할 것도 없이 이 시가 수잔 손탁의 "타인의 고통"을 패러디하여 그것을 말로 그려낼 수 없다는 생각의 일단을 보이고 있는 것은 틀림이 없다. 그럼에도 '타인', '고통'에 대한 진지한 시적 고뇌는 문면에서 휘발되

고 없다. 다시 말해서 표현이 지닐 법한 자발적인 에너지가 약하고 재현이 드러낼 수 있는 세계의 진실도 희미하다.

울림을 지닌 단순성과 장소의 구체성

솔직하게 말해서 요설과 환상에 의존하는 신세대라면 나는 결코 그들을 옹호할 생각이 없다. 있을 수 있는 나의 몰이해와 오독—가령 박소란 등의 시가 지닌 가능성을 간과하였다는—을 비판하더라도 피하지 않겠다. 그래서 『창작과비평』 2010년 가을호 〈신예시인 특집〉에 대하여 다음과 같은 의문이 생긴다. 이들이 신세대를 대표할만한가? 과연 이들이 '신예'에 걸맞은 시인들인가? 이들을 '신예'라고 판정할 때 어떤 비평적 기대를 품고 있는가? 단지 '젊은 시단의 풍향' 정도를 말하고자 하였다면 없어도 좋았을 기획은 아니었을까? 보다 근본적이고 종합적인 접근이 필요한 시점인데 이는 폭넓은 시학적 토론을 전제한다. 물론 개별 시인들이 수행하는 낱낱의 작업들은 존중되어야 한다. 그 어느 시인인들 존재와 세계와 언어라는 세 개의 기본 지평 위에서 고민하지 않는 이 있겠는가? 시적인 진정성은 결국 자기와 세계에 대한 언어적 책임에서 나온다 할 수 있다. 적어도 "골목에서 거리가 어떻게 높이를 따돌릴 수 있겠어"(최정진, 「동경2」)와 같은 구절로 한 편의 시를 대신하려 드는 무모함은 없어야 한다.

> 오전 10시 3분 서울역을 출발한 순천행 1271 무궁화호는 늘 가던 서대전, 익산, 전주 노선을 버리고 갑자기 방향을 바꿔 대전, 동대구, 삼랑진, 마산, 내서, 가야, 진주, 하동, 진상, 우곡을 거쳐 해가 설핏 기울 무렵인 저녁 6시 13분 머리를 들어 슬픈 기적을 울리면 조랑말들이 낮은 발굽을 치며 우는 구 순천역사에 도착하다.
>
> — 이시영, 「옛날 열차」 전문

이 시의 언어가 그 제목만큼 낡았는가? 오히려 속도와 자본이 만든 환상에 젖어 있는 감성을 깨우치는 새로움은 없는가? 여기서 힘주어 새로움을 강조할 의도는 없다. 다만 구체적인 단순성이 주는 시적 감흥에 대하여 공감하긴 어렵지 않을 것이라 생각한다. 또한 잊고 사는 것들을 다시 떠올리게 하는 향수에 그치지 않는데 이는 "조랑말들이 낮은 발굽을 치며 우는"이라는 구절과 연관된다. 보이는 풍경이 아니라 구체적인 장소에서 순조롭고 화평한 삶의 지평을 상상하게 되는 것이다.

> 나는 아직 북지장사에는 가보지 않았지만/북지장사 아래 차도 건너, 또 다리 건너/느티나무식당 둘째딸을 아는데, 서른 다/돼 가는 그 아이의 학교 선생이기 때문이다/느티나무식당에는 효동이라는 순한 암캐가/살고 있었는데, 북지장사 노스님이 기르던/차돌이라는 수캐가 효동이를 알고부터/날이면 날마다 2km 넘는 산길을 내려와/전속력으로 오가는 차들을 피해 길을 건너고,/또 다리를 건너 느티나무식당에 찾아오더니/어느 날은 아예 절로 돌아갈 생각도 않아/북지장사 상좌스님이 차돌이 찾아 내려오기도/했고, 그러면 식당 안주인은 아이고, 사돈/오셨습니까! 하며 그 집 메뉴인 오리고기도/싸주어 돌려보냈다는 것인데, 그해 겨울부터/배 불러오던 효동이가 기어이 제 애비를 쏙/빼닮은 새끼를 낳자 식당 안주인은 외동이라는/이름을 붙여주었다 한다 일전에 느티나무식당에/들러 물어보았더니, 젖 뗀 지 며칠 안 된 외동이는/산 너머 과수원집에 주었다 하고, 또 그렇게/뻔질나게 찾아오던 차돌이도 요즘은 도통 산을/내려오지 않는다 하니, 이따금 손님 차 들어올/때마다 한번씩 무슨 생각난 듯이 짖는 효동이의/마른 울음 속에는 시골 마을에 버려진 폐가의/적막 같은 것이 잠시 어른거리기도 하였다
>
> — 이성복, 「북지장사 아래 느티나무식당 1」 전문

이 시의 경험 지평은 구체적인 장소에 근거하고 있다. 화자의 시선에 비친 풍경을 그리고 있는 것이 아니라 장소의 내부로 들어가 그 속에 내재한 삶의 형질을 서술한다. 시 속에 등장하는 수캐와 암캐, 식당 안주인과 스님 그리고 "나"는 모두 공동체적인 연관 속에 이어져 있다. 그런데 장소와 이야기는 이러한 연관성을 이끄는 구체적인 매개이다. 시인은 담담하나 생의 리듬을 담은 목소리로 상호 관계 속에서 살아가는 삶의 의미를 전달한다. 결코 자신의 감동이나 주장을 내세움 없이 교감의 지평을 확장하려는 것이다. 그렇다 보니 "마른 울음", "폐가의 적막" 등과 같은 결구의 시어가 던지는 잔잔한 파장 또한 간과할 수 없다.

세계를 향한 존재의 열림

말할 것도 없이 이시영이나 이성복이 보인 태도와 목소리를 신세대에게서 찾으려 할 필요는 없다. 신세대의 경험 세계가 이들보다 훨씬 공간적이고 추상적이기 때문이다. 문제는 신세대들이 보이는 공간적이고 추상적인 언어들을 새로움으로 부추기는 비평적 입장이다. 오히려 신세대로 하여금 공간적인 추상화에 저항하게 하는 비평적 관점이 요긴하다. 그들에게 익숙한 환상, 이미지, 테크놀로지, 스펙터클이 지닌 이데올로기들을 소격(疏隔)하는 비평적 개입이 절실한 시점이다. 문학사에서 그 흔한 세대 논쟁이 아니라 이미 전개되어온 시의 정치 담론의 연장선에서 21세기와 시학적 과제를 신세대를 매개로 풀어가야 하는 것이다. 그들이 우리 사회의 미래인 것이 틀림이 없다면 더불어 시적 지평을 넓혀갈 수 있는 다양한 가능성들이 지금-여기에서 논의되어야 한다.

이곳 패션센터 건물 앞에, 붉은 대리석 조각 매끈한 상단에 이 무엇이,/ 왠 조그만 새 한 마리가, 입가가 노란 참새새끼 한 마리가 반듯하게 죽어 있다.//돌에 싹터 파닥거린 새의 날개가 허공에 눌리는, 그리하여 끊임없이/돌에 스미는 중인지,/가슴의 보드라운 깃털 아래 늑골 여러 가닥이 희미하게 세세히 도드라지기 시작해,/현(絃)인가 싶다.//그 전후 사정이, 말라가는 새의 모양이//?//아무 것도 풀 수 없는 무슨 열쇠 같은데, 아무튼 어찌/죽음의 자리는 어디든 몸치수에 이리 꼭 맞는 건지./아하, 작품의 부분인가 싶어 다시 가 들여다봤는데, 분명 새의 주검이다. 오히려/한 점 생생한 의문이 커다란 돌덩이가 말하는 무거운 내용을 다 입은 채….//새는 이윽고/목관(木管)의 석물을 열고, 햇볕이며 구름이며 그 바람 다 열고 높이 올라가는지.

— 문인수, 「죽은 새를 들여다보다」 전문

이토록 사소한 응시와 몽상이 어찌 시적 의미를 가질까? 시인은 아무도 눈여겨보지 않는 어린 "새의 주검"을 통하여 섬세한 감각으로 생을 이야기한다. "패션센터 건물 앞에, 붉은 대리석 조각 매끈한 상단"이라는 장소 설정조차 그저 우연에 그칠 일은 아니다. 삶을 추상화시키는 공간이기 때문이다. 이러한 공간 앞에서 시인은 자신의 감성을 근사하게 봉합할 풍경을 찾는 대신에 새 한 마리의 주검이 지닌 존재론적 위상에 집중한다. 또한 "붉은 대리석 조각"에도 관심을 보이지 않는다. 그것은 단지 "커다란 돌덩이"에 지나지 않을 뿐이다. 오히려 새의 주검은 조각의 "무거운 내용을 다 입은" 것으로 이해된다. 이처럼 시인은 오래도록 죽은 새를 응시한다. 하지만 "패션센터"와 대비를 통하여 "새"의 의미를 증폭하려는 방법을 선택하지 않는다. 그러한 대비가 지닌 상투성을 이미 알고 있기 때문이다. 아울러 생명을 지닌 것이 보이는 비장미를 강조하려 들지도 않는다. 너무 흔해빠진 생명담론 속에 그의 시를 흘려보내고 싶지 않은 탓이다. 이 시는 "?" 모양으로 죽은 새를 보면서 시인이 생각하고 상상한 과정에 그친다. 그러므로 이러한 절제에서 이 시의 묘미가 유발된다. 그만큼 존재와 세계를 바라보는 시인의 깊고 넓은 안목이 구체적인 언어를 붙들게 하는 것이다. 다시 말해서 패션이라는 환상, 추상화된 도시에서 환상을 상상으로 깨트리고 구체를 되찾으려 한다. 시인의 이러한 숨은 의도는 추상적인 언어를 남발하는 신세대들에게 하나의 귀감이 될 듯하다.

김경미의 「어둠의 생김새」와 허수경의 「독일 남쪽 마을에서 꾸는 꿈」은 큰 울림을 주는 시편들이다. 김경미가 "모든 생은 끝내/제 몸 밖에서의 풍찬노숙인 것"이라며 내부의 어둠과 외부의 세계가 교섭하는 과정을 말하고 있다면, 허수경은 낯선 세계에서 내부에 은폐된 꿈들을 개진하는 모습을 보인다. 하지만 두 편의 시에 대한 이러한 요약이 그녀들의 시를 이해하는 데 별로 도움이 될 것 같지 않다. 그녀들의 시가 주는 감동을 제대로 해석할 수 있을 만큼 나의 감수성이 열려 있는 것은 아니다. 여전히 여성시는 어렵다. 그러나 김경미와 허수경 등 여성시인들에게서 받는 곤혹과 신세대가 던지는 곤경은 질적 차이가 있다.

젊은 시인들의 고투 혹은 유희

젊은 시인들의 곤경

서정의 열린 지평을 염두에 두고 시를 읽어 왔지만 그럼에도 내가 서정에 관한 엄숙주의에 빠져 있는 것은 아닌가는 의문을 갖게 된 것은 「우리 시대 51인의 젊은 시인들」(『서정시학』 2010년 겨울호)이라는 특집을 읽으면서 생긴 일이다. 이것은 이천 년대에 등단한 새로운 시인들의 시적 경향을 그려주고 있어 신세대의 감성과 감수성을 한꺼번에 경험할 수 있는 계기가 되었다. 벌써 수년의 시간이 흘렀지만 소위 '미래파' 논쟁 이후 꾸준히 성장해온 일군의 시인들에 대한 나의 관심과 이해가 부족했던 것은 사실이다. 돌이켜 '미래파'라는 용어에 대한 불만이 없진 않았다. 이 또한 알게 모르게 견지해온 그 어떤 세계관의 간섭 탓인데 정작 '미래파'가 새로운 세계의 형성보다 세계에 대한 주체의 대응에 치중하고 있다는 점에서 상호 간 오해의 소지가 발생하고 있었던 것이다. 입장을 바꿔 이들의 관점에서 나는 이미 낡은 세대에 불과한지도 모른다. 나름대로 창공의 별을 보며 꿈을 꾸었던 이전 세대와 전지구적인 자본주의의 지배 속에서 쉽사리 출구를 찾거나 희망의 거처를 발견할 수 없는 이들 세대가 만드는 낙차는 뚜렷하다. 아울러 우리 세대보다 이들의 곤경이 어쩌면 더할 수 있을 것도 같다는 생각이 든다.

새로운 세대의 곤경은 이들이 품음직한 이념의 부재만 아니다. 시인으로서의 사회적 존재감이 약화되고 있는 현실도 이들에겐 새로운 조건임에 틀림이 없다. 적어도 80년대까지 우리 사회에서 시인의 위치는 뚜렷했다. 모두 지사가 될 수는 없었지만 사회적 감수성의 안테나로 인정되었던 것이다. 그렇다면 오늘날 시인의 위상과 역할은 어떠한가? 예를 들어 고현정의 「압생트, 랭보의 에메랄드빛 하늘」에서 화자가 압생트를 마시는 랭보를 호출한 연유는 무엇일까? 이는 "내겐 그러한 특정한 공간이 없다"는 진술에서 드러난다. 또한 "얼어붙은 경계, 랭보의 잔과 나의 잔 사이/모든 것이 납작하게 보이고/모든 것이 차갑게 느껴진다"라는 결구에 그 해답이 있다. 다시 말해서 이전과 같은 시적 공간의 부재와 앞선 시인과의 차단된 소통 혹은 얼어붙은 경계를 말하고자 함이다. 이처럼 시인은 랭보를 말하기보다 자신이 처한 시인으로서의 위치를 전달한다. 고현정이 시사하듯 신세대 시인들은 전통적인 시인의 위광을 입고 있지 못하다. 이들은 이러한 존재감으로 선배 시인들에 대한 존경을 철회한다. 류인서는 "새들이 사람의 혀로 말하던 시절"(「추억의 스타」)은 이제 추억 속으로 사라졌다고 말한다. 또한 황성희는 "공자를 붙들고 앉아 생활난이나 읊조리는 남자, 매력 없어"(「코칭 맘 어드벤처」)라고 김수영을 가차 없이 격하한다. 이처럼 신세대는 시적 관습과 전통을 부정하면서 그들의 존재 위치를 확인한다. 하지만 이러한 태도가 "형체불명의 반죽덩어리"를 생산할지도 모른다는 불안과 "내일"에 대한 곤경과 무관하지 않은 것이라 생각된다. 이미 달라진 사회와 문화의 지형에서 신세대 시인들에게 이전 시대의 선배 세대는 모방의 대상이 되기에 부족하다. 그들을 모방한다는 것은 변화를 몰각한 돈키호테의 우스꽝스런 행위로 비칠 공산이 크다. 유난스럽게 이들이 새로움의 지평에 집착하는 까닭이 여기에 있는 것은 아닌가 한다. 그런데 문제는 이러한 새로움에서 유발된다. 새로움 그 자체야 미적 쇄신을 시도하는 모든 세대의 몫이지만 이들 세대에게 새로움은 돌림병과 같은 상호 모방 욕망으로 이들이 형성하는 감성의 분할과 차이를 약화시키기도 한다는 것이다. 그만큼 이들의 미적 출구가 다양하지 못하다.

새로운 세대와 감수성의 단층

신세대 시인들과의 만남에서 처음 받은 느낌은 익숙하지 않은 시적 관습에서 오는 소통의 어려움이었다. 사물을 탐문하는 기존의 시적 지평과 달리 이들은 많은 경우 구체적인 현실을 우회하거나 환상을 끌어들여 지평을 확장하는 경향을 보였다. 또한 과정의 진지함이나 대상에 대한 경의 없이 가볍고 경쾌하게 건너뛰거나 뒤틀면서 서술해 나가고 있었다. 주류적 흐름이 이렇다 보니 가령 실제 사건을 통하여 결코 간과할 수 없는 현실 문제를 다루고 있는 송경동의 「점거는 끝나지 않았다—이랜드 · 뉴코아 여성비정규직 투쟁 300일에 부쳐」와 같은 시가 예외적으로 인식되기도 한다. 거친 분류가 허락된다면 송경동의 시는 80년대 이래 민중시의 전통을 계승하고 있다. 실제 민중의 문제는 이념의 시대가 갔다고는 하나 여전히 중요하다. 시로서의 민중시가 낡은 패션이라고 하여 시가 사회적 모순에 눈을 돌리는 것은 결코 바람직한 일이 아닐 것이다. 이러한 점에서 송경동은 예외일 수 없으며 예외가 되어서도 안 된다. 하지만 이러한 요청이 이들 세대 시인들에게 쉽게 수용될 것이라고 생각되지 않는다. 여기서 "웅크리고 보호색을 띠고 있는 것들은 모두 슬프다"로 시작하여 "반짝이는 척하는 별들은 모두 떨어져야 한다"로 끝나는 박연준의 「웅크리다」가 주목되는 것은 폭압적인 시대를 살아가는 소시민, 사회적 약자, 소수자를 암시하고 있다는 점이다. 이 시에서 웅크리고 있는 이들의 모습은 문득 '난쟁이'와 같다. 살아남아야 한다는 생명의지가 침묵과 판단 중지가 되는 세계에서 이들은 "'고요'라는 그릇에 담긴 과거"에 불과하다. 게토 속에 갇혀 아무것도 하지 않고 오직 살기만을 강요당하는 이들은 우리 안의 약자요

소수자들이다.

현실 문학 장(field) 내에서 신세대 시인들의 위치 감각은 진은영이 말하듯 "세상의 모든 말들은 이미 내뱉어졌으니 무얼 덧붙일 필요가 있을까"(「전생」)라는 자조에서 비롯한다. 이러한 자조는 크게 두 가지 서로 다른 길을 예비한다. 그 하나는 진은영처럼 "심해 바닥에 세상 모든 물통을 짊어진 흰 나귀처럼 드러누울 수"밖에 없는 고통을 인식하거나 아니면 김이듬같이 모든 진지함을 소거하면서 유희의 길을 걷는 것이다.

시, 그런 건 갈수록 몰라
헌사와 찬미, 무엇에게 뭘 바쳐
슬픔에게 삥 뜯어 당신에게 기부할까
웩 당신이라니
푸닥거리, 뭘 세워야한다면 좆

— 김이듬, 「등단 칠 년」 부분

이처럼 자조는 위악적 언어유희로 표출된다. 왜 헌사와 찬미는 물론 슬픔조차 위선으로 받아들이는 것일까? 그것은 세계의 위악 탓이다. 위악의 세계를 위악의 언어로 맞서는 방식은 강성은, 김지녀의 시에서도 잘 드러난다. 강성은의 「카프카 정원의 나무들」은 잠든 사이 잘려나가는 정원의 나무들처럼 아무도 모르게 관리되고 지배되는 세계의 그로테스크한 풍경을 경쾌한 어조로 그리고 있다. 보이지 않는 권력에 의해 가꾸어진 정원에서 "혀 잘린 새"들은 노래할 수 없다. "새들의 소리도 낱낱이 잘려 날아가고/가지들은 모두 잠이 든 채로 잘리네". "그레고르 잠자"는 현실의 거대한 메커니즘에 무력한 존재의 자기증명으로 "밤마다 잘려도 다시 일어나는 불멸의 육체는 누구의 것"이란 의문은 더 이상 저항의 양상을 띠지 못한다. 김지녀의 「콰가얼룩말의 웃음소리」는 TV로 전달되는 이야기들을 병치시키면서 가족과 사회에 내재한 위험을 즐거운 목소리로 발화한다. 목소리와 전언의 불일치가 유발하는 아이러니가 일정한 비판을 담고 있지 않는 것은 아니다. 그러나 여기에 내재한 회의주의는 세계의 위악을 즐겁게 대처하는 표정을 만든다. 말할 것도 없이 이러한 표정 이면에는 거대한 세계에 대한 주체의 패배의식이 숨어 있다.

암컷과 수컷에게 물려받은 무늬가 반반씩 저렇게 정직하다니
추석 연휴 마지막 날이었다
뉴스에서는 일가족 사망 소식이 전해진다
완전히 찌그러진 자동차를 비추는데
목소리는 침착하고
한 가족이 지구에서 사라진 경위가 육하원칙 아래, 간결하다
아빠 엄마는 앞에 앉고 아이들은 뒤에 앉아
콰하콰하 웃었겠지
대(代)가 끊긴 사람들은 콰아콰아 울까
다음 소식입니다 제13호 태풍 살리코가……
아나운서가 사건을 옮기는 동안
나는 잠깐 아이들이 아빠 엄마를 반반씩 닮았으면 좋겠다,
아빠이면서 엄마이기도 아니
아빠가 아니면서 엄마도 아닌
우리가 콰가얼룩말처럼
정직한 종족으로 살았으면 좋겠다, 생각했다

이처럼 세계에 대한 저항이나 개선의지는 드러나지 않는다. 박장호의 「기술자」가 발화하는 방식도 즐거운 위악이다. 그는 기술이데올로기가 지배하는 사회를 학교와 미술시간을 통해 보인다. 이 시 속에서 나름의 풍경

을 창의적으로 그려 넣은 아이들은 규율을 따르지 못하는 적응불능의 신경증 환자로 배제된다. 상상을 허여하지 않고 제도화된 풍경 속에 배치하려는 지배이데올로기를 비판하고 있다는 점에서 이 시가 지닌 주제의식이 뚜렷하다. 하지만 "아이는 미술 시간마다 준비물을 잃어버렸고 미술 검사를 받을 때마다 허벅지에 가지가 늘어났다. 무성생식으로 자란 가지들 우거져 아이의 체모가 되었다"라고 이 시의 결구는 문제를 직면하지 않고 우회한다.

신세대의 시에서 시인과 시 속의 목소리의 주인공이 일치하는 고백적 발화는 빈번하다. 예를 들어 최금진의 「마흔 살」은 "술을 마시면 나비가 왱왱 사이렌을 불며 날고/나는 어린애처럼 주먹을 휘두르며 넘어지고 엎어지고/더 멀리 갈 수도 있었는데 벌써 마흔이 된 나는/주님, 주님, 오래전 애인의 이름을 부르면서 자꾸 외롭다"라고 진술한다. 이러한 그의 진술은 「꿈꾸는 눈사람」에서 다음처럼 반복되고 있다.

> 계획은 수정되었고, 과업은 완성되지 못했다
> 그늘진 곳에 비트를 파고 은신하기로 한다
> 잡히면 약을 먹는다, 흰 피를 쏟으며
> 헛된 희망을 경계하라.
> 불온문서처럼 머리에 햇살이 뿌려질 것이다
> 자급자족하면서 때를 기다리다가
> 백화만발 좋은 세상 못 본다고 후회하지 말자
> 한세상 진짜
> 사람답게 살고 싶었다

인용한 대목은 「꿈꾸는 눈사람」의 마지막 연 「4. 마흔 살」이다. 여기서 특히 첫 행과 끝 행의 마지막 과거형 종결어미가 관심을 이끈다. 젊은 시인은 왜 마흔의 나이에 회한을 갖는 것일까? 그만큼 희망 없는 세계에 대한 인식이 깊은 까닭이 아닐까? 아니면 이들 세대의 멘탈리티일까? 성급한 판단을 유보하되 이를 박순원의 「마흔넷」과 연관시켜 볼 수 있다. 마흔넷의 죽음을 상상하고 있는 이 시가 말하고자 하는 것 또한 대중을 사로잡고 있는 건강이데올로기와 배치된다. 이들 시인들은 우리 사회에서 가장 왕성하게 일할 나이로 알려진 마흔이 갖는 통념을 해체함으로써 건강과 자본의 이데올로기적 접합을 해체한다. 말할 것도 없이 이러한 해체가 부정과 저항의 포즈로 나타나지 않는 것은 여타 신세대 시인들과 유사하다. 이 점에서 즐거운 위악과 희망 없는 해체가 그리 먼 거리에 있는 것으로 보이진 않는다. 신세대 시인들에게서 목소리와 포즈는 두드러진 특징이다.

어떤 이는 감성과 감수성을 구분한다. 감성은 자기로 회귀하는 감정이고 감수성은 주체와 대상이 상호 교감하는 과정이라는 것이다. 만일 이러한 구분이 가능하다면 확실히 신세대 시인들은 감성에 치우쳐 있다. 이들이 보이는 주체 중심의 어법은 자주 소통보다 개성을 강조한다. 그렇다면 이들이 보이고 있는 새로움의 지평은 지속적인 서정의 확장으로 나아가기 어렵다.

서정의 지평들

서정은 주체로부터 대상을 향해 지속적으로 확장되는 의식 현상이다. 표현과 재현은 서정의 상이한 두 측면만을 말하는 데 그치기 쉽다. 자기표현은 서정의 단초일 뿐 주된 속성이 아니다. 자기표현론을 대표하는 시적 자기 동일성 이론은 서정을 끊임없이 자기를 파고드는 행위로 한정해버린다. 그렇다고 대상의 재현이 서정의 본령이 될 수는 없다. 서정은 주체에서 시작되지만 세계로 열려 간다. 달리 언어에 초점을 두는 경우에도 서정의 지평을 설명하는 데 부족함이 있다. 서정의 지평은 보이는 것과 보이지 않는 것, 부재와 현전, 자기애와 이타성, 무의식과 원초 공간 등으로 오가는 운동이다.

구체적인 매개과정이 없어 다소 공허하지만 박진성의 「연못의 나라」는 사물의 이면을 보려는 시인의 지평의식이 엿보인다. "네가 바라만 봐도 나는, 사랑이다"라는 결구에서 지평의 확장이 이타성으로 진화하고 있음을 감지할 수 있다. 이와 더불어 박성우의 「신혼가구의 힘」은 또 다른 측면에서 사물에 대한 시인의 인식 지평을 드러내고 있다. 신혼과 가구를 유비하는 발상은 사물과의 간단없는 교섭과정에서 가능한 일이라 생각한다. 물론 시인은 유비의 단순함에 고착되지 않아야 한다. 따라서 단순 유비가 아니라 사물의 저편을 보고 있는 타자의 존재에 대한 인식이 요청된다. 이럴 때 사물은 주체와 타자를 이어주는 가교가 된다. 시적 지평이 확장되는 것은 이러한 만남이다.

희끗한 골목길
간밤에 내다놓은 신문지 한 묶음의 자리가 두꺼운 침묵으로 앉아 있다
사라져버렸다
그 텅 빈 자리가 붕대를 풀어내고 보는 환부 같다 살 밖으로 삐져나온
흰 뼈 같다
비루한 생의 모서리를 스쳐간 걸음이 그 앞에서 고개를 숙인 듯 걸음이
동그랗게 얼어 있다
이 희끗한 상처를 한번 물리쳐보자고 할머니 한 분이 빗자루를 들고 나
오셨다
회색빛 바닥에 스러진 발자국을 눈과 함께 탁탁 털어서 뜯어내고 계셨다
콜록콜록, 전깃줄에서 현기증으로 떨어지던 발자국이 이국의 국경을 넘
어가는 걸음처럼

바람 속을 수상히 걷다 오후 늦게 중심을 잃어버리고 저녁노을을 사랑하다
탕! 총을 맞은 걸음이 뇌수를 흘리고 자빠져서 언 발자국을 하나 부축하였다
집에 어서 가지 못하는 걸음이 회색의 길바닥에서 얼어붙는 것 같았다
첫눈은 간밤에 너무 많은 슬픔을 사냥하였다 도처에 내린 눈이 파헤쳐져서 희끗하다
눈이 내린 길바닥은 온통 하얀 붕대를 칭칭 감고 있었더랬다

— 이기인, 「첫눈은 간밤에 너무 많은 슬픔을 사냥하였다」 전문

첫눈이 내린 정황을 이야기하고 있는 이 시는 시인의 지속적인 지평 확장을 보인다. 신문지 놓인 자리를 환부로 연상하면서 시작된 시인의 지각은 숱한 고통과 상처의 환기로 이어진다. 그리하여 자신의 고뇌를 고단한 현실과 조화시킨다. 특히 "이국의 국경을 넘어가는 걸음처럼"이라는 비유가 암시하듯 애초의 정황은 크게 확장된 지평으로 나타난다. 이러한 지평의 확장은 단지 공간의 문제만 아니며 타자의 상처를 감싸 안는 귀결을 포함한다. "눈이 내린 길바닥은 온통 하얀 붕대를 칭칭 감고 있었더랬다".

이혜미의 「링반데룽」과 장만호의 「저녁의 우주」는 '나-너'의 대화를 통한 지평 확대의 문법을 지니고 있다. '나-너'의 문법은 매우 전형적인데 이는 사람과 사물이라는 타자의 중층 공간으로 동심원을 그려나가게 된다. 확실히 시는 표현이나 재현의 문제만 아니며 조사(措辭)로 해명될 대상이 아니다. 자기만의 이야기를 하자고 시를 쓰는 사람은 없을 것이다. 마땅히 새로움은 나남을 새롭게 하는 지평을 지녀야 한다. 서정은 주체로부터 확장되거나 심화되는 지평이다. 새로운 세대의 시인들 또한 이러한 지평 확장의 책무를 안고 있다. 단지 이전 전통을 전복하는 것이 아니라 이전의 지평을 확대하는 일이 요긴한 것이다.

우리는 서로 다른 속도로 취하고
가로등이 두 개로 세 개로 무너지고
모서리가 둥글어지고
신발이 숨을 쉰다
우리는 같은 이름으로 자전거를 타자
바퀴를 굴리면 쏟아지는 달콤한 풍경들이
우리를 지울 때까지
우리의 이름이 될 때까지

— 이근화, 「우리는 같은 이름으로」 부분

신세대 시인들이 한결같은 것은 아니다. 또한 같은 감수성을 지녀야 할 이유도 없다. 차이와 분할이야말로 이들의 가능성이다. 그럼에도 서정의 지평을 넓히는 일은 "같은 이름"을 지녀도 좋을 것이다. 그리하여 심화된 지평 속에서 그 "이름"이 지워지기를 기대한다.

난파하는 세상과 시인의 눈물

범속한 트임

우리는 질서 잡힌 온전한 세상에 살고 있지 않다. 조화롭고 완전한 세계를 갈망하는 시적 지향은 역설적이게도 난폭하고 무질서한 세계를 드러낸다. 그러나 이러한 풍경의 대비는 단순하다. 오히려 훼손되지 않는 시원이나 원초적 고향은 환영에 가깝다. 현실은 복잡다단한 사건과 갈등, 우연한 죽음과 불행한 재난으로 점철되어 있기 때문이다. 최영철 시인은 서정적 동일성이 지닌 한계를 시작 초기부터 간파하고 삶의 이면에 드리운 구체적 진실을 드러내는 시적 탐구를 지속해왔다. 등단작 「연장론」(1986)은 일견 조화를 말하고 있지만 다른 한편으로 인간의 삶에 대한 회의를 함축한다. 그렇기 때문에 그는 잃어버린 고향을 추적하거나 도래할 희망을 과장하지 않는다. 삶의 구체적인 관계나 세계 속의 존재의 진실을 드러내는 것이 그의 일관된 시법이라 할 수 있다. 그의 시에서 변화는 대상과 어법의 차이에서 나타난다. 이는 최근작 「스마트 정진」, 「난파 2014」, 「벌레」 등이 보이는 차이처럼 시차를 두지 않고 교차한다.

「연장론」이 보여주고 있듯이 세속과 인간의 관계 속에서 시적 진실을 갈구하는 시인의 삶과 인식을 규정하는 말로 '범속한 트임'이 적합하다고 생각한다. 그의 즐거운 세속주의는 구체적인 발견의 언어와 더불어 인간학의 지평을 나타낸다. 가령 「스마트 정진」은 시인의 시법을 잘 알게 해준다. 도시철도 안에서 승객들이 스마트폰에 몰입하고 있는 광경을 서술하고 있는 이 시는, 사람들이 세상을 넓게 이해하는 지평을 상실하고 존재를 망각하면서 탈감정과 무책임에 이르는 양상을 비판한다. 시인이 "스마트 정진"이라 풍자한 정보사회의 풍경은 소통의 과정이지만 미디어가 주는 메시지의 한계에 봉착한다. 정보와 오락을 지나 지혜와 진리에 이르는 사유의 과정이 약화될 수 있기 때문이다. 시인은 "그 모든 진리의 말씀은 캄캄한 지하 갱도에/묻혔다"고 탄식한다. 지하철이라는 "수행처"의 "경전"에는 "몇 차례 더 이어질 천지개벽의 위험성을/불가항력의 말세를 해독할 단서"가 없다. 수행자들은 그저 "혼자 빙그레 울었다/혼자 애통하게 웃었다"하는 그로테스크한 동물의 표정들을 하고 있다. 이처럼 시인은 다중의 경관을 매우 비관적으로 그리고 있다. 그렇다면 무엇이 시인의 시선을 비관주의가 되게 하였는가? 정작 승객들이 모두 생각이 없거나 세상의 이치를 알려고 노력하지 않는 것은 아닐 것이다. 이들 가운데 적지 않은 이들이 "스마트 정진"을 통해 사유의 지평을 확장하고 새로운 연대를 꿈꾸고 있을 것이다. 그럼에도 시인은 시적 정황을 어두운 묵시의 분위기로 끌어간다. 왜? 그것은 다음과 같은 진술 때문이다. "먼 바다에 수장된 아이들의 아우성이/지상을 뒤덮었으나 오래전 펼쳐진 검은 장막으로 귀를 틀어막은/세상은 더 깊은 땅굴을 팠다." 그러므로 시인의 의도는 낱낱의 사람들을 한꺼번에 대상화하려는 것이 아니다. 더 이상 어찌할 수 없을 만큼 괴물이 된 사회체제와 그 구성원들의 운명을 말하고 있는 것이다. 시인의 오랜 회의주의는 이제 환멸의 넘어 묵시록의 언어로 터져 나온다.

난파하는 세상과 시쓰기

그러나 시인은 세상에 대한 환멸을 꾸준히 힘겹게 극복하려 한다. 천진성이나 자발성은 최영철의 시가 찾은 명랑한 멜랑콜리라 할 수 있다. 그는 시인의 과업을 "지나치게 진지하지도 지나치게 가볍지도 않는 것, 시와 잘 노는 것, 시가 드러내고자 하는 의미와 그 도구인 언어를 잘 가지고 노는 것, 잃었던 흥을 되살리는 것, 우리말의 묘미를 드러내는 것"이라고 열거한 바 있다. 가령 죽음과 같은 무거운 주제를 담으면서 결코 주제의 무게에 눌려 가라앉는 어법을 구사하지 않는다. 「스마트 정진」이 그러했듯이 「벌레벌레」는 "인간은 벌레다" 또는 "인간은 벌레보다 못하다"라는 무거운 의도를 어조와 어법을 통하여 경쾌하게 전달하려 한다. 말할 것도 없이 이러한 시인의 의도가 충분한 공감을 이끌 정도로 성취되었다고 볼 수는 없다. 주지하듯이 최영철은 수사학을 통하여 시적 성취를 이루려 한 시인이 아니다. 그는 늘 구체적인 삶 속에서 사물과 존재의 진실을 드러내려 했다. 자멸을 향해 달려가는 인간이라는 「벌레벌레」의 주제는 그의 시가 환멸의 세계인식으로 더욱 기울고 있음을 보여준다.

「난파 2014」의 직접적인 시적 계기는 '세월호 참사'라 할 수 있다. 메를로-퐁티는 "눈을 감은 채 순응하는 것이야말로 공포의 시작"이라고 하였다. 속도와 환호 속에서 사람들은 세계의 진면을 보지 못한다. 재난에 직면하고서야 사후약방문처럼 그에 대처할 뿐이다. 시인은 재난 이후의 공허한 처방을 말하기보다 사건의 본질을 직시하려 한다. "엎어진 채 전속력으로 달리고 있었습니다"라는 첫 구절처럼 시인은 근본에서 전도된 현실을 인식한다. 그리고 이러한 현실이 그 어떤 불길한 파국의 징후임을 말하려 한다. "축포"가 터지고 "거대한 준공식"이 이어졌지만 그 이면에 도사린 "우환"은 은폐되어 아무도 그것을 듣지도 보지도 못한다. 그러나 은폐된 것이 드러나는 순간 "정적"이 "아우성"이 되고 "환호"가 "통곡"이 되는 파국이 개시된다. "크리시나의 수레"와 같이 멈출 줄 모르는 진보의 역사는 이미 종말론을 철폐한 종교가 되었다. 시인은 '세월호 참사'를 경험하면서 "항로를 움켜쥔 채 내빼던 쾌속선은 처음부터 이미 목표를 이탈한 난파선입니다"라고 지적한다. 속도의 신화라는 거대망상증의 귀결은 파국일 뿐이다. 홀로코스트, 히로시마와 나가사키, 체르노빌, 후쿠시마 등 인류는 많은 재앙을 경험하였다. 그럼에도 학살과 핵폭발의 공포는 상존하고 있다. 또한 속도와 경쟁이 유발하는 대규모 사고는 끊임없이 이어지고 있다. 그러나 시인의 진술처럼 "밤마다 휘영청 달은 밝았지만 그건 선지자의 부릅뜬 경고 그만하라고 내젓는 손사래"라는 사실을 사람들은 자각하지 못한다. 그것은 진보라는 종교가 역사를 초월하는 종말을 그 내부에 포함하고 있지 않기 때문이다. 진보의 관념은 오직 미래로 나아갈 뿐, 종말론적인 발상이 아니라 목적론적인 발상을 견지한다. 그러므로 사회의 "하부"가 다 무너져도 "상부"는 그걸 딛고 서 있게 되는 것이다. 상부를 지배하는 것은 자본이며 자본은 재난과 파국마저 새로운 독트린으로 변화시키려 한다. 파국은 임박하였지만 진보의 신봉자들은 그 어떠한 파국도 "인큐베이터"를 통하여 극복할 수 있을 것이라 믿는다. 시인은 이토록 불길한 공포를 경험하고 있는 것이다.

'세월호 참사'에 대한 시적 대응으로 그 극단은 그것에서 종말의 어둠을 읽는 것이라 생각한다. 최영철 시인은 난파하는 배의 이미지를 통하여 "어두운 세상"이 결코 밝아지지 않을 것임을 경고한다. 그는 시적 지향이 유인하는 본질 환원의 함정을 스스로 차단하면서 구체적인 현실과 교감을 이뤄내고 있다. 사물과의 교감은 그에게 있어 삶과 시를 동시에 포용하는 방법이 되었다. 이러한 방법이 시를 고루한 성채에 가두는 본질주의의 울타리를 헐고 진정한 세속주의의 가능성을 열게 한 것이다. 시인이 내외를 향한 정화 충동을 가라앉히면서 타자와 사물과 교감하는 일은 힘든 연단을 필요로 한다. 최영철은 이러한 연단의 과정을 살아감으로써 범속한 트임을 이뤘다. 사물 안에서 그들의 생애와 역사를 함께 사는 지혜를 터득한 것이다.

시인의 눈물

여기저기 기웃거리며 보다가 엎드려 보다가 비스듬히 턱 괴고 보다가
안되겠다 슬며시 앉아 보다가 무릎 꿇고 보다가 엉엉 소리 내어 울며 보다가
죽기보다 힘든 삶을 살아내고 있는 저 언덕 넘쳐 이리로 흐르니
그대여 노 저어 오라 어서 노 저어 눈물범벅 온몸에 훈장처럼 두르고
한 번도 남을 위해 울어본 적 없는 한 번도 짓밟힌 풀잎 일으켜 세워준 적 없는
도도한 땅 앞에 뚝뚝 핏자국 멍자국 흘러내린 눈물 되게
한때의 열병 가라앉힐 약이라 적어두자 성장통에 먹는 독이라 적어두자
한 대접 받들어 마실 더운 탄식이라 적어두자

—「나눔 070」 부분

「나눔 070」 후반부에서 시인은 "걸핏하면 우는 사람의 정체는 저 깡마른 강을 깨워 먼 길 나아가려는 다짐/노도처럼 범람해 우르르 달려나가며 주린 길 다 적시며 가려는 각오/두레박 같은 걸로 고된 길 몹쓸 돌부리 다 길어 올리고야 말겠다는 다짐/제 한 몸으로 다 마셔 버리고 말겠다는 각오"라고 진술하고 있다. 난파하는 세계를 향한 시인의 수행의지를 뚜렷이 표현한 대목이 아닌가 한다. 그리고 시인은 「눈물의 이력」을 통해 가짜 눈물과 진짜 눈물을 분별함으로서 슬픔이 희망이 되는 눈물의 시학을 제출한다. "그 좋았던 시절 눈물은 익사하지 않으려고 열어놓은 수문/이제 눈물을 아껴야지 샘은 마르고 강은 흘러/바닥

을 긁는 소리 그녀는 새 눈물 몇 방울 처방해 주었지만/그걸로는 턱없지 상부로 거슬러 가보자 눈물이 쏟아지게/그러면 그렇지 누가 높고 견고한 둑을 쌓아놓았네." 이와 같은 구절에서 "상부"의 문맥적 의미를 알려주는 것은 「난파 2014」이다. 지배자와 피지배자 사이에 눈물의 계보가 다르다는 것이다. 시인은 장벽을 만들고 거대한 지배의 울타리를 친 사람들이 아니라 역사 없는 사람들의 눈물을 떠올리게 한다. 시인은 발터 벤야민이 바라보며 묵상한 "새로운 천사"의 눈빛으로 난파하는 세상을 바라본다.

파울 클레의 그림을 지니고 있었던 발터 벤야민은 이 그림을 통해 진보라 부르는 폭풍을 밀어내고 있는 천사를 보고 있다. 그는 1939년 8월 23일 모스크바에서 조인된 독소불가침 조약에 충격을 받았다고 한다. 진보가 모든 것을 파괴하는 폭풍이 될 수 있었던 것이다. '새로운 천사'는 이러한 폭풍을 끌어안고 그것을 밀어내는 몸짓을 하지만 그의 앞에는 재앙의 잔해들만 그득할 따름이다. 시적 비전은 '새로운 천사'와 같이 역사의 폭력과 맞서면서 눈앞에 펼쳐진 잔해 더미를 넘어 오래된 미래를 찾는 일과 다르지 않다. 물론 벤야민의 역사철학이 지닌 함의가 쉽게 해명될 수는 없을 것이다. 그럼에도 이를 통해 문명의 파국과 이러한 파국이 지닌 종말론적 역설을 읽을 수 있다. 이것은 파국이 오히려 구원이 되는 역설이다. 이러한 역설을 의미하는 벤야민의 '역사의 천사'는 시의 천사라 할 수 있을 것이다. 시의 천사는 문명의 광포함과 생태학적 재난에 직면하여 쉼 없이 쌓이는 잔해들을 목격한다. 그리고 그 잔해들이 온 세계를 뒤덮을 것이라는 불길한 예감에 사로잡혀 있다. 그는 먼 과거 속에 존재하는 시적 세계를 응시하면서 끊임없이 미래로 밀려간다. 그에게는 추방자와 구원자라는 두 가지 이름이 동시에 붙게 된다. 그는 세상의 경계로 밀려나면서 세상의 구원을 염원하고 있다.

최영철의 시에서 역사의 천사를 보는 것은 나의 과장일까? 적어도 「난파 2014」과 「눈물의 이력」 등의 신작시를 통해 '세월호 참사' 이후 시인이 흘리는 눈물의 의미를 새롭게 이해할 계기가 된 것임은 틀림이 없을 것이라 믿는다.

세월호, 비타 노바의 길

나는 잊지 않겠다
세상이 잊는다 해도
나는, 나로부터는 결코 잊지 않게 하겠다.

자이니치[在日] 김시종 시인이 쓴 『광주시편(光州詩片)』의 「서시」다. 김시종은 1980년 광주에서 일어난 민주항쟁과 이를 탄압하기 위해 자행된 국가폭력을 "결코 잊지 않겠다"고 맹세하면서 『광주시편』을 썼다. 조국이자 어머니의 고향인 전라도에서 일어난 사건은 그에게 중대한 의식전환의 계기가 된다. "거기에는 언제나 내가 없다"(「바래지는 시간 속」에서)는 생각이 그의 의식을 떠나지 않는다. 이러한 고통의 인식으로부터 그는 "나 자신이어야 할 때"를 찾아간다. 죄의식과 주체의 재발견이 맞물리는 대목이다. 제주의 4.3을 피해 일본으로 도주한 그이기에 광주는 그의 심부를 또 다시 파열하는 사건임에 틀림이 없다. 단지 애도하고 말 비극이 아니라 새로운 역사를 만들어가야 하는 책무가 된 것이다. 그럼에도 1980년 5월 이후 망각되고 지체되는 현실 앞에서 그는 괴로워하고 절망한다. 디아스포라의 추방된 비전이기에 그의 죄의식과 역사의식은 더욱 날카롭다. 김시종의 경우처럼 1980년대 한국 문학을 지배한 것도 죄의식이 아닌가 한다.

광주라는 원죄를 벗어나 구원을 갈망하는 과정에서 민중이며 민족이 더 절실한 대상이 되었다. 빛나는 6월 항쟁으로 죄의식의 굴레에서 어느 정도 벗어났다고 하지만 아직 우리가 광주의 원죄로부터 결코 자유로운 것은 아니라 생각한다.

> 바람은 끝없는 상(喪)의 사제이다.
> 계절을 불러내는 바람이 바람 속을 휘몰아치고 있으니
> 바람에 나부끼는 것이 어느 계절인지 사람들은 모른다.
> 단지 바람이 가로질러 가는
> 공허한 틈새를 느낄 뿐이다.
> 아가미가 기운다.
> 맞서 겨루는 계절에도
> 바람은
> 몰아치는 바람의 틈새에서 비명을 지른다.
>
> — 김시종, 「바람」 부분

5월 이후 김시종 시인은 계절의 순환과 무관하게 부는 바람을 느낀다. 그 바람은 1980년 5월로부터 불어오는 것이다. 그것은 언제든지 시인의 일상적인 삶을 공허하게 만들 수 있는 고통의 바람이다. 그런데 2014년 4월 이와 흡사한 바람이 이 땅에서 다시 불고 있다. 세월호의 바람이 그것이다. 참사 이후 "천 개의 바람이 되어" 부는 바람은 지금 사계절의 순환을 무로 돌리기에 족하다. 물론 5월 광주와 4월 팽목항을 동렬의 역사로 단순하게 등치하려는 의도는 없다. 그렇지만 하나의 사건이 역사직 트라우마가 되었다는 점에서 이들은 연결된다. 이러한 점에서, 다소 성급하게 말하는 것이 허락된다면, 1980년대 문학은 2010년대에 와서 반복되고 있다고 할 수 있다. 세월호는 1980년 광주와는 다른 양상이지만 진실의 뿌리

에 가닿지 않으면 안 되는 우리 시대의 원죄가 되었다. 그러므로 "잊지 않겠다" "기억하겠다"라는 애도와 맹세로 그치지 않을 것이다. 하물며 문학의 일이 진실의 뿌리를 찾아가는 것이라는 점에서 세월호 이후의 문학은 다시 1980년대를 상기하는 것이다.

가슴을 찢어놓은 대못
가슴 깊이 꽂혀 울고 있는 불화살
너와 나의 돌아선 등판에 날아와 박히는데
어쩌나 이를 어쩌나
혼자 살자고 황급히 도망간
부끄러운 족적들 어쩌나
금방 훌훌 벗어던지고 제 밥그릇에 목 터져라 응원하는
제 밥그릇에 목 터져라 분개하는
이 재빠른 망각을 어쩌나
눈물 닦던 손등이 마르기도 전
텔레비전 앞에 금방 또 하나가 된
이 소름 끼치는 환호를 어쩌나
우리의 무능이었다 기억하자
우리의 수치였다 기억하자
바다 깊이 가라앉고 만
우리의 자존이었다 기억하자
저 심해까지 내려가 다시 건져 올려야 할
공생공사의 깃발이라 기억하자
우리 가슴 깊이 새겨 품어야 할
잊을 수 없는, 잊어서는 안 되는
치 떨리는 비겁이었다 기억하자

— 최영철, 「기억하자 이 비겁을」,

『우리 모두가 세월호였다』(세월호 추모시집) 부분

시인이 세월호를 기억하는 일은 두세 가지 지평이 있을 것이다. 그 하나는 유족의 심정으로 슬픔의 뿌리를 헤아리는 것이다. 다른 하나는 증언의 목소리를 찾아 진실을 발화하는 것이다. 또 다른 하나는 애도와 더불어 책임을 묻는 방법이다. 최영철 시인은, 이러한 사건이 일어나게 한 원인이 된 우리 사회와 자신에 대하여 질타하고 반성하며, 깊은 죄의식을 품고서 진실을 찾고, 새로운 공동체로 나아가는 길을 구하고자 한다. 사실 유족이나 살아남은 이들에게 슬픔과 고통이 얼마나 큰 것인가를 알긴 어렵다. 어떠한 애도도 한계를 지니게 마련이다. 물론 슬픔과 애도가 끊어진 관계를 이어주고 윤리적 책임과 공동체를 복원하는 것임에 틀림이 없다. 그러니까 애도와 슬픔을 자원으로 새로운 주체와 세계를 구성하는 일로 나아가야 하는 것이다. "저 심해까지 내려가 다시 건져 올려야 할/공생공사의 깃발이라 기억하자"는 시인의 진술처럼 깊이 사라진 슬픔이 아니라 신생의 "깃발"을 건져올리는 행위가 되어야 한다. 정신의 폐허, 무기력과 공허가 아니라 진정한 슬픔이 생의 무기가 되는 과정을 회복하자는 것이다. 롤랑 바르트는 "진정한 슬픔은 그 어떤 내러티브의 변증법보다도 강력하다"고 했다. 어머니를 잃고 난 뒤에 그가 쓴 『애도일기』의 한 대목이다. 슬픔의 주체로서 그가 갱생을 희망했음을 전하는 말이다. 아울러 그는 헤어날 길 없는 슬픔이 글쓰기를 중단하게 하며 이것이 우울로 이어졌다고 증언한다. 슬픔은 우울로 귀결될 수 있다. 그러므로 우리는 슬픔에 갇히지 말고 슬퍼하는 행위를 사각해야 한다. 왜 무엇 때문에 우리는 슬퍼하는가? 여기서 롤랑 바르트는 비타 노바(Vita nova)의 길을 제시한다. 비타 노바는 "사랑하는 사람에 대한 애도가 불러일으키는 완전히 새로운 삶"을 뜻한다. 우리는 유족들에게서 존재론적인 비타 노바를 배우고 있다. "자발적

복종"(에티엔 드 라 보에시의 개념)을 거부하고 진실을 규명하고 자유를 되찾기 위해, 우리가, 우리 문학이 해야 할 일이 무엇일까? 사회적, 시민적인 비타 노바가 아닐까? 롤랑 바르트는 "애도의 변증법"을 말하고 있다. 이것이 내러티브의 변증법을 뛰어넘어 역사의 변증법으로 올라설 수 있을까?

> 남겨진 자들은 살아야했다. 처음엔 전국적인 성원이 알게 모르게 큰 힘이 됐다. 그러나 시간이 갈수록 유가족들도 지치기 시작했다. 하나들 떠난 자리를 대신 채운 사람은 결국 자신들이었다. 서러운 세상에서 그들은 다시 하나가 됐다.
>
> — 416 세월호 참사 기록위원회 작가기록단,
> 『금요일엔 돌아오렴』, 60쪽

세상은 유족들에게 산 사람은 살아야 한다고 끊임없이 주문한다. 삶과 죽음을 분리하려는 책략을 허무는 것도 애도의 변증법이다. 하지만 어렵다. 살아남은 이들과 죽은 이들의 유족이 지닌 아픔과 상처를 우리가 어찌다 헤아릴 수 있겠는가. 지금 최선은 그들에게 다가가 그들의 이야기를 듣고 동행하는 것이라 생각한다. 이런 점에서 『금요일엔 돌아오렴』을 읽게 된다. 직접 대면하여 이야기를 들을 수 없으니 그들의 이야기를 읽는 것이다. 단원고 학생 희생자가 가장 많이 발생한 안산 와동에서 유가족을 만나는 치유공간을 만든 정신의학자 정혜신의 활동(「세월호 트라우마, 어떻게 극복할까」, 『창작과비평』 2014년 겨울호)은 많은 것을 생각하게 한다. 트라우마와 치유의 개별적이고 구체적이며 복잡한 국면들을 우리는 잘 모른다. "모든 고통은 개별적인 것이고, 주관적인 것이고, 내 손톱 밑에 가시 박힌 것과 옆 사람 몸이 썩어 들어가는 게 다르지 않을 수 있는 것이 사람"이라고 한다. 노력을 한다 해도 우리가 세월호에 대한 추상화 경향을 다 떨치긴 힘들다. 진상규명을 위한 단식과 도보행진에 동참한다면 그들의 고통에 한발 더 다가설 수 있겠다. 이도 저도 아니지만 팽목항에 가서 세월호가 가라앉은 바다를 기억하고 희생자들의 명복을 비는 일도 좋겠다. 하지만 나는 이 가운데 아무런 일도 하지 못했다. 단지 애도의 마음을 보태며 진상이 규명되어 유족들에게 한이 남지 않길 바랄 뿐이다. 그렇지만 시와 문학이 그 어떠한 추상화에도 저항하면서 공감을 되살리고 슬픔의 뿌리에 이르러 진실을 말할 수 있을 것이라 믿는다.

두루 알다시피 참사가 일어난 지 300일이 지났지만 아직 진상규명은 답보상태다. 가라앉은 진실을 인양해야 할 책무가 우리 모두에게 있다. 이런 가운데 진상을 알고자 하는 유족을 모독하는 일이 생기고 신속한 보상으로 사태를 매듭지어야 한다는 주장도 이어진다. 교통사고에 다를 바 없다고 사태를 단순화하려는 이들도 적지 않다. 말할 것도 없이 세월호 이후에도 크고 작은 재난은 이어졌다. 큰 불이 나고 대형 교통사고도 발생하였다. 대부분 인재에 가까운데 방재 시스템 미비가 원인이었다. 이러한 원인만 따진다면 세월호 사건도 여타의 재난과 다를 바 없이 사람에 의한 사고라고 간주할 수 있다. 그러나 이러한 시각으로만 이해할 수 없는 영역이 있다. 그것은 해역이다. 항공영역이 첨단 시스템에 의해 움직인다는 것은 모르는 이 없을 것이다. 자동차와 기차 등 육상교통 또한 높은 수준의 기술시스템으로 운영된다. 선박을 수단으로 하는 해상교통 역시 시스템에 의하여 작동되는 것이 사실이다. 그러나 세월호 참사가 말해주듯이 해역의 시스템은 육역에 비하여 형편없이 낙후되어 있다. 세월호 사건을 구성하는 모든 우연들이 참사의 필연으로 해석될 만큼 인적, 물적 체계가 허술하기 짝이 없다. 출발하여 배가 기울고 마침내 침몰하여 많은 사람들이 희생되는 모든 과정이 마치 참사라는 하나의 귀결에 이르는 유기적인 서사로 받아들여지기에 족하다. 노후 선박의 인허가, 이윤 확대를 위한 선박개조, 평형수 방출과 화물과적, 운항 인력의 태만과 무책임성, 국가 기구의 관리 소홀, 해난 구조 시스템의 원활하지 못한 작동, 체계적인 구조 활동 부재, 국가 재난 시스템의 난맥상 등 어느 하나 참사의 원인이 되지 않은 것이 없다. 그나마 생사를 넘나드는 상황에서 자기를 던지는 용기를 보인 하급선원과 학생들에 대한 이야기가 전해질 뿐이다. 다시 말해서 세월호 참사는 어느 하나가 원인이라기보다 모든 것이 원인이 될 정도로 안전과 구호의 시스템이 작동하지 않는 국가의 현실을 백일하에 드러내놓았다. 여기에 세월호가 단순한 사고가 아니라 중대한 사건이 되는 지점이 있다.

많은 지식인과 문화예술인들 그리고 깨어 있는 시민들은 세월호를 우리 사회의 은유라고 말한다. 대통령이 개조와 혁신을 말한 시점에는 정부도 이와 흡사한 인식을 보이는 듯하였다. 하지만 진상이 차츰 드러나고 참사의 책임이 국가와 자본에 있음이 확연해지면서 국가권력의 태도는 변하고 만다. 자본과 국가의 동맹이 그토록 많은 학생들과 시민을 수장한 것이라는 인식이 커지자, 해경과 청해진 해운에 모든 책임을 떠넘겨 사태를 축소하려는 국가권력의 책략 또한 분명해진다. 해경 해체와 청해진해운과 세모그룹에 대한 수사가 그러하다. 그러나 유병언 일가에게 모든 책임을 지우려던 지배 권력의 의도는 실패하고 만다. 이러한 가운데 총체적인 진상 규명을 요구하는 유족과 시민사회의 입장이 국가권력과 대립하는 것은 피할 수 없는 상황이 되었다. 국가는 진실을 밝히기보다 사태를 빨리 매듭지으려 유족을 격리하고 애도를 통제하려는 시도를 지속한다. 마땅히 애도행위가 정치적인 수행이 될 수밖에 없다. 수많은 안티고네들이 오늘도 진실을 찾아 애도의 대열에 합류하고 있다.

여기서 나해철 시인을 소개하려 한다. 그는 세월호 이후 지속적으로 세월호 규명시를 써오고 있다. 현재의 시점에서 그는 「세월호 규명시 266」을 페이스북을 통해 발표하였다.

바다여/내 발에/무릎에 입 맞추고자/다가오고 밀려와서는/희게 부서지고야마는/내 아이의 방이여//내 아이의 혼백의 집이여/내 아이의 새로운 어미여//너에게 닿아보려 나도/흘러내리는 몸 들어올리며/스무날을 걷고 걸었다//내가 기억하는 건/내 자궁으로 부터 시작해서/17년이 되는 꽃피는 봄날까지일 뿐/영원한 시간을 이제 너에게/맡겨야만 하는 나는//이대로 보낼 수 없어/어여쁜 내 아이/멀고먼 계곡 검푸른 물결의 나라인 너에게 허망하게 주어버릴 수는 없어/이백일 이천일 이만일 넘는 것같은 낮밤을 혼자서 걷다가//오늘/ 슬픔과 비원의 친구들 이천명과 함께 스무날을 걸어/너에게 왔다//바다여/내 아이의 새로운 어미여/내 아이의 새로운 자궁이여/부디 나의 슬픔/나의 비애를 위해/영원히 출렁여다오/폭풍과 해일로 일어서서/새로운 시간을 창조해다오/17년전이 어제가 되게 해다오//모든 죄인들이 제 어미의/젖을 다시 빨게 해다오

— 나해철, 「세월호 규명시 266」 전문

나해철 시인은 제 아이를 잃은 심정으로 애도시를 쓰면서 유족들과 동행하고 있다. 이를 통하여 그는 비타 노바의 길을 찾는다. 세월호가 우리 모두의 삶을 변화시키는 계기라고 그는 말한다. 4.16을 기억하며 가만히 있지 않겠다는 유족과 시민사회의 의지가 가열하다. 애도에 동참한다는 것은 기존의 체제에서 벗어나 새로운 주체로 거듭나는 과정이다. 도보행진 대열에 합류하거나 팽목항에 타일 기록을 남기거나 애도의 시를 쓰고 그림을 그리는 행위들이 그렇다. 후쿠시마 이후의 일본사회가 그러하듯이 재난지역과 재난민이 소외되는 양상은 재난 이후의 안산도 흡사한 바 없지 않다. 그들의 정지된 시간과 내다수 대중의 흐르는 시간의 간극은 점점 멀어지고 있는 것도 현실이다. 그만큼 살아남은 이들과 유족들의 마음은 무겁고 대중의 일상은 가볍다. 무엇보다 살아남은 이들과 유족의 시간과 대중의 시간이 다르다는 사실을 주목해야 한다. 일상적인 것의 관성에

이끌려 진실에 이르려는 의지는 피로에 직면하기 쉽다. 이러한 피로를 이기려는 의지의 강도나 새로운 주체를 형성하는 경로를 구체적으로 이해하고 공감하는 일이 요긴하다. 그러므로 진실은 인양되어야 하고 우리 사회는 바뀌어야 한다.

제2부

사랑과 현대성

이웃과 자연과 신을 향한 사랑의 노래

— 이해인론

이해인 시인을 만날 수 있을 것이란 기대를 가졌다. 함께 만날 요량을 한 김종철 시인이 수녀님이 겨울 피정을 떠나 뵐 수 없단다. 내가 사는 해운대에서 지척인 광안리 올리베따노 성 베네딕도 수녀원, 이곳에서 이해인 시인이 30년 넘게 사셨는데 한 번도 대면한 적이 없으니 나도 참 정성이 부족한 사람이다. 따지고 보면 그분의 명성에 익숙했을 뿐, 쓴 글을 눈여겨보지 않았다. 그저 존경받는 종교인으로 간주한 것이다.

이해인은 종교인이지만 우리 문학의 장에서 제대로 논의되어야 할 시인이다. 이는 그가 발표한 글들이 많은 독자들로부터 호응을 얻고 있기 때문만 아니다. 그녀만의 개성적인 시쓰기에 대한 자리매김이 있어야 한다는 것인데, 순수한 서정적 발화가 지니는 가치에 대한 평가와 무관하지 않다. 이해인의 시를 처음 읽은 박두진 선생은 "감정적 진실"이 주는 감동(『민들레의 영토』 서문)을 이야기하고 있다. 종교적 이념을 내세우거나 신을 경배하는 기존의 종교시와 다른 측면을 지적한 셈이다. 그녀는 처음부터 "종교적 테두리를 방패로 한 순수 긍정적인 소명감적인 헌신의 노래, 그러한 기구이기보다는 인간 누구에게나 있을 수 있는 깊은 갈등, 종교적 헌신으로 도달될 수 있는 영원한 법열과, 인간이기 때문에 겪어야 하는 정직한 고민, 고독감, 슬픔 같은 것"을 노래하였다. 달리 말해서 그녀는 이미 선취

된 관념이 아니라 궁극적인 것에 이르기 위한 인간적인 도정을 구체적인 목소리로 고백하고 있다. 이러한 점에서 그녀의 고백은 자아의 폐쇄된 회로를 벗어날 뿐 아니라 끊임없이 존재의 안팎을 넘나드는 과정이 된다.

시쓰기의 처음부터 이해인은 말과 글과 삶의 일치를 실천해왔다. 말할 것도 없이 이러한 일치가 범인들에게 쉽게 주어질 리 없으며 수도자에게도 일치가 아닌 간극이 생기기 마련일 것이다. 홍윤숙 시인은 이러한 과정을 "시를 쓰듯 수도를 하고 수도를 하듯 시를 쓰는 이중의 고난"이라고 하면서 "수도와 시 이중의 고난을 통해 이중으로 그리스도를 만나는 기쁨을 향유할 것"(『민들레의 영토』 발문)이라고 한다. 이처럼 고난과 기쁨으로 직조된 이해인의 시는 한결같이 진실성과 연속성이라는 서정 원리에 충실하다.

> 내가 목 놓아 울고 싶은 건/가슴을 뒤흔들고 가 버린/거센 파도 때문이 아니다/한밤을 보채고도 끊이지 않는/목쉰 바람 탓도 아니다//스스로의 어둠을 울다/빛을 잃어버린/사랑의 어둠//죄스럽게 비좁은 나의 가슴을/커다란 웃음으로 용서하는 바다여/저 안개 덮인 산에서 어둠을 걷고/오늘도 나에게 노래를 다오//세상을 살면서도/우리는 서투른 이방인/언젠가는 모두가 쓸쓸히 부서져 갈/한 잎 외로운 혼임을/바다여 당신은 알고 있는가//영원한 메아리처럼 맑은 여운/어느 피안 끝에선가/종이 울고 있다//어제와 오늘 사이를 가로 누워/한 번도 말이 없는 묵묵한 바다여/잊어서는 아니 될/하나의 노래를 내게 다오
>
> —「바다여 당신은」 부분

첫 시집 『민들레의 영토』 첫머리에 게재된 시로 1965년 작이다. 『민들레의 영토』에서 1965년 작은 「바다여 당신은」, 「민들레의 영토」, 「촛불」, 「당신을 위해 내가」 등 네 편이다. 이 이전에 쓰인 것으로 1963년 제2회 신라문화제 전국남녀 고등학생 백일장 장원 작품인 「산맥」이 있다. 고교시절

부터 문재를 드러낸 증좌이지만 본격적으로 시를 쓴 것은 1965년부터라 생각한다. 이는 그녀가 1964년 수녀회에 입회한 사건과 이어진다. 「바다여 당신은」이 말하고 있듯이 이해인은 "사랑의 어둠"을 걷어낼 "하나의 노래"를 갈구한다. 성급하게 피안으로 이월하지 않고 좁은 내면과 어둠 그리고 낯섦과 외로움을 이겨낼 "노래"를 달라는 것이다. 사랑을 이루기 위한 또 다른 형식은 기도이다. 사랑의 성취라는 공동의 목표를 지녔지만 기도의 형식과 노래의 형식은 다르다. 전자가 믿음, 소망, 경배, 기념이라는 내용을 담는다면 후자는 나와 이웃, 나와 사물, 나와 신 등의 관계와 이를 통해 형성되는 경험적 진실에 대한 지향을 지닌다. 이러한 점을 감안하여 이해인은 『사계절의 기도』(1993년 초간, 2001년 개정, 2007년 재개정)를 통해 기도시와 기념시를 따로 모았다. 하지만 기도-사랑-노래는 이해인의 삶 속에서 분리되지 않는다. "기도는 나의 음악/가슴 한복판에 꽂아 놓은/사랑은 단 하나의/성스러운 깃발"(「민들레의 영토」에서)이다. 노래는 이러한 사랑을 실천하는 과정에서 불리게 된다.

이해인의 시를 중심 주제를 좇아 개념화한다면 그것은 "사랑의 시"가 될 것이다. 우선 그녀의 사랑은 그리스도를 향한다. 그리스도를 사랑함은 단지 그를 대상화하여 경배하는 것이 아니다. 그의 정신을 따라 실천하는 일이다. 따라서 이웃과 모든 자연 사물을 사랑해야 한다. 결코 쉬운 일이 아니다. 인간의 관계는 선망과 질시와 원한이 사랑에 앞서는 경우가 많다. 수도자라 하여 예외일 수 없을 것이다. 오히려 절제와 금욕이 요구됨으로 사랑의 범주가 자기로 한정될 가능성도 없지 않다. 그래서 "사랑은 외로운 투쟁"이다. 이해인 시인은 "인간은 죽을 때까지 얼마나 이기적이고 욕심이 많은지 모릅니다. 사랑한다고 하면서도 자기중심적일 때가 너무 많아요. 양보하며 손해를 보는 어리석음의 용기 없이는 참사랑이 불가능하다는 것을 저도 자주 경험한답니다. 사랑이 요구하는 자신과의 싸움에서 승리하기 위해 늘 외로울 준비가 되어 있다면, 이 외로움을 슬퍼하지 않고 겸손한 기도로 승화시킬 수 있다면 우리는 좀더 빨리 행복한 사람이 될 수 있을 것입니다."(『사랑은 외로운 투쟁』 서문)라고 말한다. 타자를 위한 사랑도 알고 보면 자기를 향할 때가 많다. 자기를 비우지 않고 타자를 영접할 수 없는 것이다. "이웃을 사랑하라"는 그리스도의 가르침은 사람들이 이웃을 사랑하기 어려움을 웅변한다. 이해인의 사랑의 시가 차지하는 위치는 자기를 줄이고 타자와 사물로 나아가는 "참사랑"의 경지에 있다.

이해인에게 그리스도가 궁극적인 사랑의 대상이라면 마더 테레사는 실존의 전범이다. 그녀는 테레사를 "말과 글과 삶이 그대로 일치하는"(이해인 역, 『마더 테레사의 아름다운 선물』 서문) 사람으로 생각한다. 그리고 테레사를 통하여 "우리는 늘 불필요한 것들을 덧붙여 삶을 복잡하게 만들고, 사랑하는 일을 자꾸 미루기만 한다는 사실", 즉 진리는 단순하다는 사실을 깨닫는다. 그렇다면 진리의 단순성은 어떻게 실현되는가? 그것은 어떠한 우회를 거침이 없이 사랑으로 직행하는 데서 가능하다. "오늘만이 전생애라고/근심 불안 슬픔마저 숨기고/사랑하는 일에만 마음을 쓰겠다고/자연스럽게 기도해 보세요/그러면 마음이 가벼워지고/삶이 저절로 단순해질 것입니다/아름다움의 시작은 단순함임을/예수님께 다시 배우는/오늘의 기끔이여"(「단순하게 사는 법」에서). 이처럼 이해인은 사랑이라는 진리를 살면서 그것을 실천하는 과정을 노래한다. 그리고 기도는 이러한 실천에 선행한다. 이해인에게서 기도와 시의 경중을 따지는 것은 무의미하다. 둘의 관계가 분리되지 않기 때문인데 그럼에도 "모든 것은 기도에서 시작됩니다"라는 마더 테레사의 말처럼 기도 없이 이뤄지는 사랑이나 노래는 없다. 사실 이해인의 일상은 기도에서 시작하고 기도로 끝날 것이다. 시는 몸을 지닌 인간으로서 사랑을 깨우치고 수행하는 과정의 기록이다. 만일 기도가 이를 뒷받침하지 않는다면 사랑의 시는 지금처럼 감응력을 갖긴 어려울 것이다. 기도와 사랑의 실천은 환류한다. 기도를 통하여 함양된 영성을 삶 속으로 가져오는 것이 사랑이기 때문이다. 그러므로 이해인의 시가 지닌 진정성의 토대는 기도이다. 마더 테레사는 "모든 것은 다 기도로부터 시작됩니다. 우리는 사랑할 수 있도록 하느님께 청하지 않고서는 사랑을 지닐 수가 없으며 다른 이에게 줄 수 있는 사랑의 정도 또한 극히 적습니다."라고 하면서 "오늘날 사람들은 그토록 자주 가난한 사람들에 대해 말을 하면서도 가난한 이들에 대해서 잘 모르듯이 기도에 대해서도 늘 많은 말을 하고 있지만 실제로 기도할 줄은 모릅니다."(이해인 역, 『모든 것은 기도에서 시작됩니다』, 23쪽)라고 지적한다. 기도를 위한 기도, 형식에 치우친 예배를 질타하고 있는 것이다.

마더 테레사의 문법은 이렇다: "오직 사랑만이 중요합니다. 그러나 기도 없이는 사랑할 수 없습니다." "사랑은 언제 시작됩니까? 우리가 함께 기도할 때 시작됩니다." 그러므로 영성적 실천으로서 기도와 사랑은 하나의 수행이다. 이해인이 마더 테레사에게서 배우고자 하는 바도 이러한 사랑의 수행이 아닌가 한다.

이해인은 한 인터뷰를 통해 자신의 시적 역정을 이야기한 바 있다. 여기서 그녀는 자신의 시가 주관적 고백에서 이웃과 타자와 자연을 향한 보편 사랑으로 나아왔음을 조심스럽게 말한다. 그야말로 서정이 확장되는 모범적인 사례가 아닌가 한다. 말할 것도 없이 이는 이해인의 시작 전체를 검토하면서 논급되어야 할 사안이다. 그럼에도 내부에서 외부를 향한 사랑의 열림이야말로 그녀가 평생 지속해온 삶이 아닌가 한다. 그녀에게 시는 이러한 삶의 증거이다. 그녀는 "나의 삶이 노래가 된다는 것은 그럭저럭 시간을 메우는 데 있지 않고, 순간순간 최선을 다하며 정성껏 살아가는 데 있는 것"(『사랑할 땐 별이 되고』, 17쪽)이라 진술한다. 그리고 "탁 트인 수평선을 바라보는 내 마음엔 그대로 푸른 시와 기도가 흐르네"(같은 책, 19쪽)라고 말한다. 초기시인 「바다여 당신은」에서 보인 갈망하는 마음의 요동이 사라진 대신 고요하고 단순한 수용성이 돋보인다.

2008년 이해인 시인은 암 선고를 받고 육신의 고통을 감당하는 일을 겪는다. 더한 고통 속에서 그리스도에 대한 사랑과 이웃에 대한 사랑은 더욱 절실해진다. 그녀에게 자신의 고통은 곧 타자의 고통이다. 그러나 그녀는 "아픈 것이/축복이라고/때가 되면/내가 직접 말 할테니/그대가/앞질러 미리/강조하진 마세요"(「환자의 편지」에서)라고 충고한다. 스스로 고통을 감내하면서 극복할 시간이 필요한 환자의 진솔한 목소리이다. 그만큼 타자의 고통에 가닿는 일은 어렵다. 이해인은 자신의 몸을 근거로 다시 한 번 고통과 사랑의 변증법을 경험하고 있다.

> 수술실에서/수십센티의 장을 절제한 이후//눈에는 안 보이고/느낌으로만 아는/불편한 결핍을/항상 안고 삽니다//짧아진 장의 길이 만큼/나의 인생도/나의 시도/전에 비해/짧아진 것이/정말 확실한데//길게 꼬인/내 욕심의 길이는/좀체 줄지를 않아/고민입니다
>
> —「병상일기」 전문

이처럼 시인은 진솔하다. 자신의 고통을 받아들이면서 거듭 자기를 돌아보는 태도는 범인의 것이 아니다. 『희망은 깨어 있네』(2010)는 투병과 병상의 과정을 노래한 시들을 싣고 있다. 병으로 인한 일상과의 단절이나 고절감, 자기와 타자에 대한 감정의 변화 등이 이야기되지만 이보다 시적 관심의 중심은 자기를 다스리면서 사랑의 마음을 잃지 않으려는 의지가 뚜렷하다. "의심을 버린 신뢰, 자신을 받아들임, 단순함, 고요함, 느긋함, 용기, 기다림, 참을성, 너그러움, 겸손함, 신앙심, 쾌활하고 긍정적인 감사의 태도." 이해인 시인이 병상에서 "환자가 갖추어야 할 덕목들"(『희망은 깨어 있네』, 189쪽)로 나열하고 있는 내용들이다. 이해인의 시세계를 하나의 전체라는 관점에서 살펴보지 못했지만 미리 가정해볼 때 2008년 이후의 시들이 가지는 어법과 지향의 차이가 드러날 것이라고 생각한다. 그 이전에도 중요한 흐름이 되었던 일상성은 더욱 자연스럽고 구체적인 목소리로

발화되는 경향을 보인다. 가령 「환자의 편지」나 「일기」를 읽으면 시가 시인의 삶과 한 치의 분리도 없이 발화되는 풍경을 만나게 된다. 그만큼 마음과 언어와 삶이 하나로 통일되어 있다는 것이다. 이러한 가운데서 드러나는 단순성의 감정양식은 일종의 경지가 아닌가 한다. 우리가 그동안 여타의 시인들에게서 보아온 것은 애써 찾으려드는 의식의 환원이나 동심으로의 귀환이다. 그러나 작위적인 의도를 발견하게 되면서 이들이 지닌 위장된 단순성의 한계를 알게 된다. 하지만 이해인 시인의 시에서 우리는 그 어떠한 가장이나 과장, 억지를 꾸며내는 의도를 만날 수 없다. 후기시가 주는 단순성의 미학은 읽는 이의 불편마저 덜어주려는 시인의 태도를 품고 있다.

> 오늘도/한줄기 햇빛이/고맙고 고마운/위로가 되네//살아갈수록/마음은 따뜻해도/몸이 추워서/얼음인 나에게//햇빛은/내가/아직 가보지 않은/천상의/밝고 맑은 말을/안고 와/포근히/앉아서/나를 웃게 만들지//또/하루를/살아야겠다
>
> —「햇빛 일기」 전문

수술 이후의 정황을 잘 알려주고 있는 시이다. 온전치 못해 차가운 몸과 햇빛의 따스함을 병치시키면서 영성의 삶을 꾸밈없이 전달한다. 이해인은 자기에의 배려와 이웃에 대한 배려, 모든 타자와 사물에 대한 사랑, 위안과 평화를 갈구하는 마음을 한시도 놓치지 않고 살아온 시인이다. 그녀의 시는 그녀의 영성적인 삶 속에서 자연스럽게 발화한다. 그 누구도 흉내낼 수 없는 어법의 단순성은 읽는 이의 마음을 물들이고 스며든다. 그녀가 보인 사랑의 시학, 단순성의 미학, 일상 속에 내재한 영성의 언어는 보다 세심하게 읽혀야 할 필요가 있다. 어둠 속에서 환하게 밝아오는 등불과 같은 그녀의 시들이 우리 곁에 있다는 것은 큰 기쁨이자 위안이다.

내가 가지고 있는 이해인의 제1시집 『민들레의 영토』(가톨릭출판사, 2010)는 개정 2판이다. 1976년 초판 발행이었는데 1998년 39판 7쇄를 기록하고 있다. 제2시집 『내 혼에 불을 놓아』(분도출판사, 2007)도 내가 지닌 것은 신정판 51쇄다. 이해인의 제3시집 『오늘도 내가 반달로 떠도』가 나온 것은 1983년이다. 이 시집이 나오고 얼마 되지 않는 1985년 1, 2, 3 시집이 모두 베스트셀러 대열에 함께 놓이는 장관이 연출된다. 굳이 1985년의 현상만 아니다. 오늘날도 이해인의 저작은 꾸준하게 많은 독자들을 품고 있다.

돌이켜 보면 1985년은 한국사회의 전환기가 아니었나 생각한다. 매일같이 시국선언이 계속되는 가운데 시민들과 학생 그리고 지식인들의 민주화 열망이 임계점을 향하고 있었다. 이 당시 다수 사람들의 일상과 생활을 통어하는 것은 지배 권력과 그에 저항하는 이념이라는 구도이다. 나남할 것 없이 억압으로부터의 해방이라는 프레임으로 세상을 이해할 수밖에 없었다. 쉼 없는 의지를 요구하는 세계에서 위안을 찾는 일은 자주 도피나 퇴각으로 비쳤다. 시인들 또한 저항시에 투신하는 것이 하나의 관습이었고 서정의 문법은 맺힌 한을 풀어내는 과정이 되었다. 어느 시인도 감히 내어놓고 위안의 노래를 부를 수 없었다. 그런데 이해인은 달랐다. 한결같은 목소리로 순수한 마음의 시를 쓰고 있었던 것이다.

이해인의 시가 독자들에게 던지는 메시지에는 수녀라는 그녀의 신분이 오버랩되는 것은 사실이다. 그냥 세속의 한 여성이 전하는 마음의 이야기와 달리 그녀의 고백은 많은 사람들에게 울림을 준다. 고독한 수행자의 목소리이기 때문이다. 독자들은 한편으로 그녀의 시를 통해 그 메시지에 공감하고 다른 한편으로 일상과 생활로부터 벗어나는 초절(超絶)의 삶에 대한 동경을 갖게 된다. 그들은 시인에 대한 연민이 아니라 그녀의 시를 통해 그들 자신의 삶에 대한 연민을 느끼는 것이다. 또한 부박한 삶을 벗어나지 못하는 자신을 돌아보고 순수한 열망이 주는 아름다움에 공감하는 것이다.

> 당신을 위한 나의 기도가/그대로/한 편의 詩가 되게 하소서//당신 안에 숨쉬는 나의 매일이/읽을수록 맛드는/한 편의 詩가 되게 하소서//때로는 아까운 말도/용기있게 버려서 더욱 빛나는/한 편의 詩처럼 살게 하소서
>
> —「서시」 전문, 『오늘도 내가 반달로 떠도』

이해인의 시가 보이는 고백은 일반적인 고백시와 다르다. 많은 경우 고백시는 자아중심의 나르시시즘과 연관되는 경우가 많다. 고통받는 현실적 삶 속에서 불행한 의식을 토로하는 목소리가 너무 흔한 것이 되어버린 시대가 1980년대이다. 모두가 아프기 때문에 아프다고 말하는 것이 상투어가 되어버린 시대! 더 이상 개인의 아픔을 토로할 수 없고 오로지 시대의 고통을 말해야만 하는 시대가 아니었던가? 이러한 상황에서 이해인은 지치고 목마른 사람들에게 안식을 주는 거처가 될 수 있었다. 그러나 그녀의 시가 단순한 도피의 장소가 된 것은 아니다. 기도와 삶과 시가 하나의 지평에 있는 삶이란 일상인의 선택이 될 수 없다. 그렇기 때문에 그녀의 시는 범인들을 매료한다.

이해인의 시는 기도와 다르다. 그녀는 기도시를 별도의 범주에 두는 일관된 태도를 취하고 있다. 기도는 그녀의 삶을 관류하는 일상이다. 시는 이러한 기도가 끝나는 자리에서 탄생한다. 몸을 지닌 구체적인 인간이 있고 그 인간의 신에 대한 갈구가 있다면 시는 신을 갈구하는 몸이라고 해도 될 것이다. 다시 말해서 그녀의 시는 고요한 영성의 기록이기보다 어쩔 수 없는 인간됨의 토로이다. 그리고 이것이 항상 기도 다음에 오는 것이기에 진정한 울림을 던진다. 많은 사람들에게 시는 일상과 생활을 소격(疏隔)하는 과정이다. 눈앞의 고통스런 시대를 껴안고 가야 하는 이들에게

구체적인 삶과의 격절이 만드는 감동은 그리 클 수 없다. 그런데 이해인의 시는 기도 가운데서 삶으로 내려오는 과정을 의미한다. 일반인의 시적 지향이 삶으로부터의 기원(祈願)이라면 이해인의 시적 과정은 이와 반대이다. 설사 그것이 그녀만의 일이라 하더라도 그녀의 시는 많은 이들에게 존재를 밝히는 등불이 될 수밖에 없는 것이다.

> 지울 수 없는/사랑의 火印/가슴에 찍혀//오늘도/달아오른/붉은 석류꽃//황홀하여라/끌 수 없는/사랑//초록의 잎새마다/불을 붙이며/꽃으로 타고 있네
>
> —「석류꽃」 전문, 『오늘도 내가 반달로 떠도』

만일 이 시의 주인이 이해인이 아니라면 어떨까? 흔한 연시 혹은 평범한 은유라고 하지 않을까? 그러나 이 시의 주인이 이해인이기 때문에 연시의 층위는 곧장 상승한다. 여기가 그녀의 시가 지닌 단순성의 미학이 발현되는 지점이다. 얼핏 참한 연시로 읽히지만 이내 읽는 이들의 마음에서 정념을 걷어내고 순수한 마음으로 이끈다. 이해인의 시가 보여주는 단순성은 시적인 미숙함과 반대이다. 그것은 사무사(思無邪)의 경지, 인간적인 고뇌와 고통이 지워지는 과정에서 성취된 단순함이다. 그것은 마음의 한결같음이자 궁극적인 것에 대한 순수한 열정의 반영이다. 많은 독자들이 이러한 단순함을 통해 그녀와 어렵지 않은 소통을 한다. 그러나 처음의 대화는 더욱 깊어질 수밖에 없다. 단순함을 형성하는 그 많은 이면들이 생각나기 때문이다.

고난은 어떤 경우든 이웃을 생각하게 만든다. 이해인은 『민들레의 영토』에서부터 기꺼이 고난의 길을 선택하였다. 고통의 시대에 그녀의 시가 많은 사람들에게 위안이 된 것은 뜻깊은 일이다. 그녀의 시를 읽으면서 의지의 피로를 회복하고 다시 이웃의 곁으로 돌아간 이들이 적지 않았을 것이

다. 또한 혼자 방황하다 다시 진정한 자아를 찾아 삶 속으로 되돌아온 이들도 허다할 것이라 믿는다. 신과 대화하는 기도가 아니라 기도 이후에 인간됨을 탐문하는 그녀의 시는 여전하다. 그녀의 시가 1980년대 암울한 시대의 등불이었던 것처럼 아직 지금-이곳에서 많은 이들에게 따뜻한 위안이 되고 있음에 경의를 표한다.

말할 수 없는 입

— 조말선론

조말선의 시를 읽으면 물결치는 바닷가에 서 있는 느낌을 받는다. 한 행을 읽고 그 의미를 따지려들면 곧 바로 다음 행이 앞선 의미를 지워버리고 새로운 의미를 들이민다. “반복적인 웃음이 울음이 될 때까지 번복한다 반복적인 찬사가 악담이 될 때까지 번복한다 바다는 기계적인 면모를 보인다”(「기계적 바다」에서)라는 구절처럼, 끊임없이 그 자취를 없애는 물결들. 의미를 따라가며 뜻을 새기려드는 독서의 관습은 그녀의 시를 난해하게 만든다. “내가 네 앞에 반하는 동시에/뒤까지 반하는 건 일루전이다/지금 나는 오해하기 위하여 글을 쓰고 있다/착각하기 위하여 읽어주면 좋겠다.”(「물심양면」에서) 마치 해석자를 향하여 던지는 말처럼 느껴진다. 실제로 그녀의 시는 거듭되는 거부반응과 혼란을 수습하였다고 생각하고 나서도 의미의 잔여를 남기지 않는다. 그러니 나 또한 그녀에 대한 “일루전”에 그칠 수밖에 없다. “착각으로 오해로/글을 쓸 수 있을” 따름이다. 무엇이 문제일까? 그녀의 시는 말 그대로 난해시인가? 아니면 그녀의 시를 읽는 방법이 틀렸는가? 우선 시집 『재스민 향기는 어두운 두 개의 콧구멍을 지나서 탄생했다』의 첫 시를 읽어보자.

벼랑처럼 여름이다 식물들은 쑥쑥 위로만 기어오른다 나는 날카로운 칼을 가진다 새삼 해변이 가까이 있었다 해변에는 한 번도 가지 않았다 화면에 비친 그곳은 낯설다 늘 모르는 사람들로 북적인다 칼날에서 번뜩이는 햇빛이 칼보다 날카로운 게 불만이다 내가 식물성향보다 동물성향이 강한 게 불만이다 덩굴들은 여름에 가장 멀리까지 올라가 있다 나는 늘 땀으로 번들거리며 벼랑을 기어오르고 있었다 희미한 한 사람이 밧줄 끝에 호의적으로 서 있었다 얼굴은 알아볼 수 없었다 나는 추락할 수 있는 경우의 수를 하나 더 확보했다

—「확보」 전문

이 시의 의도가 무엇일까? 내부를 표현하려 했는가, 아니면 외부를 재현하고 있는가? "벼랑처럼 여름"이라는 돌연한 직유로 시작한 이 시는 "여름"을 말하려는 듯하다. 식물들의 무성한 번식이며 "번뜩이는 햇살"과 해변에 북적이는 "사람들"이 여름의 정황에 어울린다. 그런데 시 속의 "나"는 "해변"으로 가지 않는다. 단지 "화면에 비친 그곳"을 낯설게 바라볼 뿐이다. 오히려 "날카로운 칼"을 가진 "나"에게 "여름"은 부조리하기만 하다. "햇빛"이 자신이 지닌 "칼"보다 날카롭고 "늘 땀으로 번들거리며 벼랑을 기어오르고" 있는 "나"와 달리 "덩굴들은 여름에 가장 멀리까지 올라가" 있기 때문이다. 이러한 "나"에게 "호의적"인 타자가 없는 것이 아니다. 그러나 "나"는 그의 "얼굴"을 알아볼 수 없으므로 "추락할" "경우의 수를 하나 더 확보"하게 된다. 이 시에서 가장 중요한 의미는 "나"의 위치다. "나"는 낯선 사람들과 차단되고 타자와 공감할 수 없다. 그렇다고 식물과 같은 자발성을 지닌 것도 아니다. 이러한 "나"를 보증하는 것은 "칼"이다. 이것이 단절을 통하여 사기를 "확보"할 수 있게 한다. 여기까지가 문맥을 따라 내가 읽은 내용인데 외부의 재현도 아니고 내부의 표현도 아니다. 이보다 하나의 사유다. 조말선은 "나"를 사유하는 시를 쓰고 있다.

그렇다면 "나"를 사유한다는 것이 무엇일까? 끊임없이 환영에 사로잡히

는 나르시시즘이나 자의식의 반복은 아닐 것이다. "솔직하게 드러난 바닥의 표정을 볼 수 없는 것이 내 얼굴"(「얼굴」에서)이듯이 "나"에 대한 사유는 부재와 심연에 가닿으려는 모험이다. 이러한 사유의 모험이 조말선의 특이성을 만들고 있다. 그런데 "나"에 대한 사유는 「확보」가 말하듯이 관계를 포함한다. 가령 「입장들」은 "나"와 "당신" 사이의 입장, 오해, 고정관념에 대하여 진술하고 있다. 사유에 끼어드는 안과 밖, 전체와 부분의 문제도 빠트리지 않는다. 그리고 "입장을 바꾸어도/내 앞에 있는 당신에게 어른어른 나는 겹쳐져 있다/오해하기 위해서/당신은 손차양을 만들어/나에게 겹쳐져 있는 당신을 의심한다"라는 결구에 이른다. 오해와 의심의 현상학이라고나 할까, 조말선은 이해, 공감, 연대, 공통감각 등의 개념에 대하여 의혹의 시선을 보낸다. 그러나 이러한 그녀의 입장이 유아론을 의미하는 것은 아니다. 그녀는 관계를 포장하는 허위나 관계를 봉합하는 폭력에 민감하다. 이는 외부성과 타자성을 향한 관심의 전면적인 차단과 다르다. 「손에서 발까지」가 말하듯이 "당신이라는 장소에 도달하기 위해/손에서 발까지 걸어"갔지만 여러 가지 장애로 인하여 합일할 수 없다는 것이다. 이러한 과정에는 완전주의와 회의주의가 병행한다. 완전한 느낌과 인식에 대한 열망이 클수록 그것의 부재에 따른 회의는 깊어진다. 한 개인에게 있어서 몸과 마음이 분리되는 일이 다반사인데 타자와 손발이 맞긴 애초 힘든 일이다, 그럼에도 우리는 공감과 연대를 이야기한다, 이데올로기와 환상이 개입하고 있기 때문이다. 적어도 시인의 생각이 이런 내용을 지니고 있는 것이 아닌가 한다.

> 한 손이 다른 손에게 구름을 건네주고 있었다 이 발이 저 발에게 바람을 건네주고 있었다 그것은 늘 움직이고 있는 한 손과 다른 손, 이 발과 저 발이어서 장소가 없었다 도착이 없었다 당신은 내 옆을 지나가고 있었다 나는 당신의 옆모습이 만족스럽지 않아 반쯤 표정을 숨긴 태도가 나

를 외롭게 해 한 옆모습이 한 옆모습을 돌려세우려고 가고 있는 당신은 더 외로워 보여 그러니 당신은 이봐 이봐, 당신을 돌려세우려고 가고 있었다 외로움의 제복을 입고 당신에게 당신을 건네주고 있었다 제복의 아름다움은 길게 줄을 서는 것 그것은 늘 움직이고 있는 현상이라서 봄이 왔다 한 손이 다른 손에게 봄을 건네주고 있었다 이 발이 저 발에게 봄을 건네주고 있었다 저 소실점까지!

—「가로수들」 전문

이 시가 가로수의 식물성을 예찬하고 있는 것으로 읽히진 않는다. 식물성에 대한 시인의 경사(傾斜)는 앞서 「확보」를 통해 보인 바 있다. 「친화력」에서 식물성은 식물인간이 된 남편과 그를 보살피는 아내의 관계에서 형성된다. 이 시에서 "입을 잃은 말이 몸을 찢고 나왔다"는 진술은 의미심장하다. '친화력'이라는 표제가 말하듯이 식물성에 부여하는 시인의 의미가 크다. 인용시 또한 이러한 식물성에 내재한 생성적 가치를 말하고 있다. "움직이고 있는 현상"으로 표현된 생명현상이 그렇다. 그럼에도 "저 소실점까지!"라는 진술이 말하고 있듯이 이 시는 관계에 대한 우의도 포함한다. "소실점"이 하나의 환각이듯이 영원히 만나지 못하는 것이 타자이다. 타자는 결말 없는 통로(「통로」)에 서 있을 뿐이다. 말할 것도 없이 조말선이 타자에 대한 환멸을 시적 경험 유형으로 삼고 있는 것은 아ㄴ다. 식물성이 지닌 생성의 암시는 그녀의 시에 숨겨진 지향이 아닌가 한다. 그러나 이러한 지향이 차지하는 비중은 매우 낮다. 여전히 그녀의 시는 쓰고 지우고, 다시 쓰는 사유의 과정이다. 주체와 타자의 불확정성에 대한 탐구가 시적 주류를 이룬다.

이름의 억압으로 시인이 되었군요, 그는 내 이름을 듣자마자 정신분석가처럼 말하지만 전체주의적이다 초면치고는 점쟁이처럼 말하지만 보편적 오류에 빠져 있다 신비 따위로 수작 부릴 것도 없겠고 안줏거리로 더 씹을 것도 없으니 나는 곧 조말선과 계속 놀 수 있다 가면으로 가명을 쓸 수도 있었지만 너무 빤했으니까 조말선은 항상 오른쪽으로 약간 비켜서서 부제처럼 나를 따라다닌다 나는 혼자 조말선에 손가락으로 구멍을 파고 놀고 있다 나를 후벼 파는 일이란 내 얼굴에 부스러기가 떨어지는 일 나를 후벼 파는 일이란 떨어진 부스러기에 내 눈이 성가신 일 나를 후벼 파다보면 내가 내 무덤을 파고 있다는 것을 무서워하는 게 재미있어진다 이 정도면 수저통으로 쓸 만하군, 그는 나를 밥상 위에 올려놓고 숟가락을 꽂았다 나는 숟가락을 집어던졌고 그 정도면 예뻐졌는걸, 그는 나를 탁자 위에 올려놓고 노란 프리지어를 꽂았다 푸른 프리지어라면 생각해보겠지만 왜 뭘 못 채워서 난리실까 취미를 빼앗길까봐 나는 그의 실용적인 취향을 비웃는다 나를 내버려둔다면 나는 아무것도 아닐 수 있다는데도요 구멍 난 조말선은 재떨이로는 제격이군, 그는 혀를 차며 조말선에 난 구멍에 이것저것 갖다댄다 나는 필사적으로 텅 비우기에 매진한다 아무것도 아니기 위해 나는 파낸 부스러기에 눈이 먼다 아무것도 아닌 것을 감추기 위해 나는 구멍의 입구를 좁히고 좁힌다

—「조말선」 전문

시로 쓴 시인의 자화상. 이 시를 통해 조말선은 시적 위치와 태도를 분명히 한다. 그녀는 "보편적 오류"를 경멸한다. "성급한 일반화"가 "눈과 코와 입이 뭉개진"(「성급한 일반화」에서) 괴물의 형상을 만들듯이 그녀에게 보편은 전체주의적 폭력이다. 그래서 그녀는 해석의 권위를 내세운 일체의 진단과 호명을 거부한다. 그녀의 시적 대상은 철저한 개별성이다. "천수천안관음보살"을 "천 개의 보편성"이라 하더라도 그녀는 "천한 개의 죄 천한 개의 눈물"(「천수천안관음보살」에서)로 남기를 원한다. 보편성뿐만 아니

라 그녀는 유사성을 회피한다. "손을 뻗으면 닿는 거리에 평행선을 긋고 있는 내 삶의 형제를 내 삶은 피한다."(「유사성」에서) 그래서 그녀는 차이를 향해 탈주한다. 그녀의 시는 차이의 개별성을 만들어가는 과정의 잉여이다. "수면 위 난처하게 떠 있는/나,/이 잉여물의 총체"(「기억」에서)라는 구절처럼 그녀는 시적 과정에서 남겨지는 "부스러기"들을 직면한다. 타자의 판단, 관습, 제도, 장치, 이데올로기, 보편, 상식의 울타리를 넘어서기 위하여 "나를 후벼 파는 일"이 남긴 엔트로피가 아닐까? 그래서 시적 카타스트로피를 피하기 위하여 그녀가 "필사적으로 텅 비우기에 매진"해야 하는 단계에 이르고 마는 것은 필연이다. 차이화를 통한 탈주가 차이화의 파라노이아로 귀결되는 아이러니를 경험한 탓이다. 이는 "거울을 깨어라, 나르시스"라고 외쳐도 "깨어야 할 거울이 너무 많으므로/나르시스와 나르시스들은 죽지 않는"(「나르시스와 나르시스들」에서) 형국과 흡사하다. 그렇다면 보편주의와 전체주의에 대한 그녀의 저항은 실패한 기획이 되고 마는가? 실패에 대한 두려움 속에서 그녀는 "아무 것도 아닌 것" 되기의 전략을 구사한다. 이것 말고 그녀가 달리 선택할 방도는 없는가? "나를 후벼 파다보면 내가 내 무덤을 파고 있다는 것을 무서워하는 게 재미있어진다"는 고백에서 느끼게 되는 두려움처럼 이 또한 쉽지 않은 일이다. 조말선이라는 여성시인의 젠더 스펙트럼을 벗어나기란 결코 쉬운 일이 아니다. 아무것도 아닌 것이 되려고 하지만 또한 "아무것도 아닌 것을 감추기 위해" "구멍의 입구를 좁히고 좁히는" 모순적 투쟁의 도정—저항과 조롱의 경계를 무너뜨리며 확정을 유예하는 과정에 그녀의 시인으로서의 위치가 있다.

> 나는 최초의 나로부터 도주하고 있다/최초의 나를 연장하기 위해/나는 최초의 나의 의심에 의심을 달고 있다/환멸에 환멸을 더하고/눈물에 눈물을 더하고/깔깔깔 웃음에 웃음을 더하면/뻔한 정오가 천 개의 빛으로 넘쳤다/했던 말을 반복하고 반복하는 것이/최초의 나를 연장하기 위

해서라면/최초의 나를 지지하기 위해서라면/맨 처음 가계도를 그리던 날부터/나는 까마득히 도주하는 삶을/살고 있다는 것을/도주하는 것이 이토록 아름답다는 것을/연장하는 것이 이토록 감동이라는 것을/알기는 알았을 테지만/모르고도 나는 도주를 수단으로 살아왔다/치를 떨 때마다/내게 매달린 잎사귀들이 새파랗게 질리고/치를 떨 때마다 나를 배반했지만/나는 미덕의 반대편을 선호했으니/그것이 내 도주로의 필수코스였으니/최초의 나로 무성하기 위해/나는 최후의 나를 지연시키고 있다

—「나무」 전문

이 시는 조말선이 기획한 "도주" 혹은 탈주의 시학을 잘 집약하고 있다. 그녀의 시쓰기는 의심에 의심을 달고 환멸에 환멸을 더하면서 차이를 반복하며 쓰고 지우고, 다시 쓰기를 계속한 것이 아닐까? 도주의 즐거움은 처음 아버지 상징 혹은 오이디푸스 체계에 대한 해체에서 비롯하며 나중엔 모든 관계에 대한 해부로 확장된다. 그녀에게 개별성을 찾아가는 차이화의 과정은 중요한 시적 "수단"이다. 항상 동화, 화해, 공감과 같은 "미덕의 반대편"에서 그것이 지닌 통합성에 의혹의 눈길을 던진다. 예를 들어 서정시의 원천이라 간주되는 "고향"은 그녀에게 "후줄근한 중고품/더 이상 그 속에 있지 않은 사람의 언어"(「고향」에서)에 불과하다. 추억과 그리움을 붙박아 두는 향수는 그녀의 감정양식이 아니다. 그것은 그녀의 "도주로"에 걸림돌일 뿐이다. 또한 그녀는 "어울린다는 말"(「어울리니?」에서)을 거부한다. 그녀에게 "어울린다는 말"은 적어도 이해, 공감, 동의를 뜻한다. 오해를 억압하고 차이를 지우면서 "나"와 "너"를 봉합하는 이 말에 대하여 딴지를 건다. 그녀는 그 어떠한 통합이든 그곳에서 허위와 폭력의 기미를 찾아내고 만다. 그래서 "최초의 나로 무성하기 위해/나는 최후의 나를 지연시키고 있다"는 결구처럼 그녀는 밑도 끝도 없는 세계를 배회하는 것이

다. 그 어떤 의미의 정주(定住)도 거부하면서 “까마득히 도주하는 삶”을 추구한다. 이러한 도주에 “최후의 나”는 없다. 자신의 죽음을 대상화할 수 없는 것처럼 도주는 그 어떤 목적지를 향한 것이 아니며 어느 순간 “최초의 나”로 되돌아간다. 도주는 “클라인 병”과 같이 외부가 내부이고 끝이 시작이다. 물론 이러한 도주의 시학이 순탄한 것은 아니다. 도주라는 시적 “수단”이 새로운 의미 생성을 중단할 때 밋밋한 동어반복을 피할 수 없을뿐더러 앞서 말한 대로 차이화의 파라노이아로 귀착될 수 있기 때문이다. 「메아리」에서 시인은 “나는 나를 흉내 내고 있다/나는 내게서 낳은 것이다/최초의 나로부터 점차 희박해지고 있다”라고 진술한다. 「나무」의 마지막 구절과 다른 뉘앙스를 품고 있다.

> 내 생각의 내장은 해변처럼 꾸물거리지/한마디로 잘라 말하면 버리기가 아깝지/예스라고 말하면 노우가 끌어당겨/진실로 말하면 거짓이 끌어당겨/솔직히 말하면 항문으로도 할 수 있네/내 생각의 내장은 꼬여 있지/내 생각의 결론은 입에서 항문으로 오락가락하지/그래서 내 생각은 꿈틀거리지/있다고 말하면 없다가 뒤따라오지/좋아라고 말하면 싫어가 뒤따라오지/내 생각은 비워지지 않지/쏟아지지 않지/꼬리에 머리를 물고 오지/가설 뒤의 가설처럼 밀려오지/내 생각은 항상 거울을 마련하지/내 생각은 네 생각을 마주하지/네 생각과 내 생각 사이가 너무 멀어서/나는 중간에 딴 생각을 하지/나는 지긋지긋하게 생각하지/생각 속에 물고기가 알을 낳도록 생각하지/끝이라고 생각하면 시작되지
>
> —「내 생각의 내장은」 전문

조말선은 사유의 시를 쓰고 있다. 이는 지금까지 두 가지 주류 유형인 재현의 시와 표현의 시와 다른 경향이다. 그녀의 사유의 시는 우로보로스 구조를 가진 여정을 보인다. 긍정과 부정, 진실과 거짓, 있음과 없음, 좋음

과 싫음, 끝과 시작이 결합되어 있다. 이를 화자는 “나는 지긋지긋하게 생각하지/생각 속에 물고기가 알을 낳도록 생각하지/끝이라고 생각하면 시작되지”라는 진술을 통하여 설명한다. 생명의 복잡성과 원초성에 대한 자각이 묻어난다. 물론 사유의 구체적인 과정에 충실한 탓에 사유의 시가 생성의 시로 그 지평이 확장되는 양상은 아직 많지 않다. “타박상이 이렇게 아름답다니!”, “트러블이 이렇게 아름답다니”(「노을」에서)와 같은 진술이 보이는 몸의 언어와 현재의 구체적인 열기에 주목하는 시인의 입장에서 가능성을 찾을 수 있다. 아울러 감각의 원초성을 인식하는 「후각의 세계」, 「인식」, 「재스민 향기는 어두운 두 개의 콧구멍을 지나서 탄생했다」와 같은 시의 의의를 들 수 있다. 후각은 부피와 면적을 지닌 감각이다. 따라서 시각이나 청각과는 다른 지평을 지닌다.

조말선의 시는 타자와 함께 하는 교감과 소통을 전제하지 않는다. 그녀는 처음부터 이러한 가능성에 대하여 회의하고 있다. 그런데 이는 모더니스트의 언어 회의주의와 다르다. 그녀는 사물을 담을 수 없는 대신 언어로 된 성채를 짓는 방법을 선택하지 않는다. 그녀의 언어 불신은 거듭 말하지만 쓰고 지우고, 다시 쓰는 과정으로 나타난다. 그리하여 그녀는 무한한 회색의 투쟁공간을 열어가고 있는 것이다. 이것이 그녀가 말하는 “시의 미래”(「비 밖의 무선상상력으로 만난 I, ㅎ, j, m, B」에서)이다. 그녀의 시법은 “낯설게 하기”를 통하여 소외를 다시 소외시키는 형식주의를 회피한다. 오히려 상투화되고 폭력적이 되어가는 관계를 매개하는 언어들과 맞선다. 그녀는 언어가 우리 사유의 근거이지만 또한 무질서와 왜곡의 원천임을 잘 알고 있다. “어울린다는 것이 어울리니?”(「어울리니?」에서)라고 던지는 그녀의 물음은 부단하다. 이러한 물음을 통하여 조말선은 독자가 지닌 기존 지식의 선입견에 구멍을 낸다. 그녀는 이른바 도식 분열(schema disruption)을 통하여 의식의 쇄신을 요구하고 있다. 궁극적으로 삶을 구성하는 모든 관계에 대한 전반적인 재고와 쇄신(schema refreshment)을 요청한다. 이것이 그녀의 시를 통하여 발견하게 되는 의의이다.

확실히 역할의 나르시시즘에 빠진 현대인들은 진정한 관계의 진전을 이끌어내지 못한다. "깨어야 할 거울이 너무 많으므로/나르시스와 나르시스들은 죽지 않는다"고 생각하는 시인은 "거울을 깨어라, 나르시스"(「나르시스와 나르시스들」에서)라고 외친다. 대상을 통째로 삼켜버리는 야만적 에로스 속에서 대상은 바로 "나"다. "나"는 연인을 바라보는 것이 아니라 바로 자신을 바라본다. 내 것이 되어버린 향락의 상태에서 인식이나 관계를 생성할 공간은 없다. 탐욕적 성애자 나르시스들은 서로가 서로를 파괴하는 늪의 세계를 연출할 뿐이다. 이러한 현실에 대하여 조말선은 현상과 부재, 표면과 이면, 대표와 소수의 경계를 무화시키면서 "남은 것", "오지 않은 것" 들에 대한 몽상을 지속한다. 그녀가 제시한 탈주의 시학이 지향하는 바가 있다면 바로 이런 몽상이다. 그녀는 차가운 거울로 세상을 반영하고 있는 거울의 시학에 언제나 의혹의 시선을 던진다. 허위적 언어, 얼굴이 사라진, 내가 사라진 언어, 관계의 진실이 사라진 언어의 세계를 찢고 나가기 위해 조말선이 종종 취하는 방식은 도상적 지각과 감각적 사유이다. 이는 있는 그대로 지각하기라는 몸의 현상학에 그녀의 관심이 발동하고 있음을 알게 한다. 사라진 언어와 상실된 주체에 생기를 불어넣는 방식은 그녀가 제시한 식물성 담론처럼 하나의 남겨진 과제이다. 그녀는 마치 블록을 갖고 노는 어린 아이처럼 차근차근 대상을 만지고 익히는 과정을 모색하고 있다. 이러한 모색은 기존의 권력 장치인 언어에 대한 부정의 연장선에서 진행되는 것이며 "나와 너를 다시 부려 살린다"는 조말선 특유의 저항과 연관된다. 빗겨나는 시선과 닿지 않는 비유의 그물을 뚫고 그녀는 끊임없이 자신을 기투한다.

비로소/비가 오지 않는 방에서/주격조사 i는 빗소리를 증가합니다/마주보는 두 벽이 거울을 주문합니다/중앙은 테이블에 맞춰놓고/창문은 열려 있습니다/주격조사 ㅎ이 옆에/침묵을 앉혀놓는 버릇은 따로 있습니다/이 중에서 밀애중인 한 사람과/한 사람 사이의 다른 사람 덕분에/TV 야구를 즐길 수 있기 때문입니다/특히 이닝과 이닝 사이에서/바깥의 비를 생각하는 재주는 천재적입니다/다행히 주격조사 j가 창문을 등지고 앉습니다/중앙에 집중하는 것은/일일연속극의 가르침입니다/빗소리가 가장 잘 들리는 곳은 j의 시입니다/비가 그치지 않았으므로 /주격조사 m은 만나는 장소가 서술어입니다/m은 여러 번 쟁반을 들고/주방을 드나들며 주격조사를 첨가합니다/주격조사 B는 주격조사 b가/내리는 창문을 열어두었기 때문에/자기 시의 미래에 내릴 것입니다

—「비 밖의 무선상상력으로 만난 I, ㅎ, j, m, B」 전문

"시의 미래"라는 말에 주목할 때 이 시는 시에 관한 시, 메타시라 할 수 있다. 먼저 "I, ㅎ, j, m, B"와 같은 모든 부호들이 '주격조사'라는 사실을 염두에 두자. 예상치 못한 주격조사들의 활거는 안정적 상상과 배치를 용인하지 않는다. 주격조사 "i"는 비가 오지 않는 방에서 빗소리의 일루전을 그린다. 나르시스의 표정과 무연하지 않을 것이다. 프로 야구에 몰입하는 주격조사 "ㅎ"이나 창문을 등지고 일일연속극을 보고 있는 "j"는 호명당하는 주체에 다를 바 없다. 그런데 "빗소리가 가장 잘 들리는 곳은 j의 시"이다. "j의 시"는 무엇일까? 외부로써 위안과 공감을 얻는 방식이 아닐까? 그렇다면 "j의 시"는 나르시스의 또 다른 거울에 지나지 않는다. 주격조사 "m"은 현실의 시간에 충실하다. 역시 문제는 마지막 구절에 있다. "주격조사 B는 주격조사 b가/내리는 창문을 열어두었기 때문에/자기 시의 미래에 내릴 것입니다." 거울 이미지를 넘어선다는 의미일까? 조말선이 말하는 "시의 미래"는 무엇을 지향하는가? 가령 도상에 대한 상상을 엿보자. 이는 원초적 언어의 심상에 도달하려는 욕망과 무관하지 않을 터인데 있는 그대로의 응시가 생성적이다. 「무엇」에서 아라비아 숫자 1에서 10까지의 상상

의 끝에서 "둥근 무엇을 생산"하는 것처럼. 열림과 생성은 나를 넘어 모든 감각을 대상과 세계를 향해 열어놓을 때 가능하다. 조말선이 유독 기존의 인식과 언어의 늪을 벗어나 시원의 감각, 가공되지 않은 원초적 감각에 몸을 내맡기고자 한 것은 언어 이전에 앞서는, 억압 없는 본능적 야성의 세계, 순결한 인식을 염원하기 때문이다. 이것은 어떠한 위장과 포장을 용납하지 않는 감각의 세계이다.

> 찢어지는 고통은 고통인가 쾌락인가 환희인가/찢어지는 고통의 기억은 능지처참의 기억인가/책이 찢긴 기억인가/셔츠가 찢긴 기억인가/그것은 경쾌한 소리의 기억인가/그것은 이 악다문 통증의 기억인가/이 대담한 수식어는 나에게 경험적인가/이 끔찍한 수식어는 나에게 선험적인가/이렇게 무모하게 사용할 만큼/나는 끔찍한 지경에 이르렀던가/찢어지는 고통은 왜 현재형인가/찢어지는 고통은 왜 과거완료형이 아닌가/찢어진 사람, 찢어진 책, 찢어진 셔츠는/말할 수 없는 입/가슴이 찢어진 사람은 말하지 않는 입/찢어지는 고통은 왜 현재형인가/찢어진 고통은 말할 수 없는 고통/찢어지는 고통은 내가 함부로 쓰는 내 것이 아닌 고통
>
> —「찢어지는 고통」 전문

이 시를 통해 유희처럼 보이는 자신의 시에 대한 바른 이해를 요구하고 있는 것처럼 느껴진다. 이해의 불가능성을 전제한 그녀이기에 결코 예사롭지 않다. 조말선의 시가 지닌 매력과 난해함은 끝없이 반복되는 요설적 리듬에 있다고 해도 과언이 아니다. 그러나 이처럼 반복된 리듬은 새로운 언어와 새로운 관계를 생성하려는 고통스러운 도정에 다를 바 없다. 그러나 그녀는 "찢어지는 고통"을 직설하지 않는다. 그러한 방식이야말로 이미 많은 이들이 해온 방식이다. 그래서 그녀는 "말할 수 없는 입"으로 가장

구체적인 것들을 지각하고 그녀만의 언어로 힘겹게 발설하려 한다. 이는 고통이다. 그러나 "현재형"이므로 "고통"이라 말할 수 없다. "말할 수 없는 입"은 "말할 수 없는 고통"이다. 시인으로서 조말선의 투철함은 바로 이러한 고통에 대한 인식에 연원한다.

존재와 삶의 그늘

— 안효희론

'나'를 찾아가는 푸른 길

안효희의 첫 시집 『꽃잎 같은 새벽 네 시』는 "나를 찾는 길"(「레이저 광선」에서)이라는 주제와 연관된 시들이 많다. "닳아가는 세월"(「꽃잎을 씻는 여자」에서) 속에서, "다시는 되돌아 올 수 없는 시간의 광장"(「낯선 시간」에서) 앞에서 자기를 돌아본 것이다. 돌아봄과 자아를 찾는 과정은 일치한다. "모래알 구르는 사막"(「입 속의 사막」에서)에 비유되는 고갈과 "감금되었던 욕망"(「검은 것에 대하여」에서)의 분출은 시적 자아를 매개로 조정된다. 시적 자아는 환(幻)과 멸(滅)로 변주되는 나날(「환과 멸」에서)을 넘고 표류하는 지금-여기의 '나'를 정박할 거처를 찾으려 한다. "우물이 있던 자리, 오래된 시간"(「우물이 있던 자리1」에서)은 시인의 의식에서 지속하는 순수공간이다. 일상생활의 비자각적인 반복을 걷어내는 가장 빠른 길은 그것과의 단절을 시도하는 것이다. 그럴 때 시원, 기억의 원천, 유년은 존재를 매혹하는 근원이다. 그러나 이러한 근원은 자각을 이끌고 행복의 꿈을 되살리지만 지금-이곳의 '나'에 대한 궁극적인 처방이 되지 못한다. 안효희의 시적 지평은 서정적 환원에 귀착하지 않고 생활세계로 회귀하는 데서 시작되고 확장된다.

첫 시집에서 안효희는 두 개의 "거울"을 예비한다. 그 하나는 "우물"로 표상되는 존재의 시원을 지향하는 거울이다. 다른 하나는 "자라는 푸른 색"(「푸른색 거울」에서)으로서의 거울이다. 이 둘은 각각 시원과 생성을 의미하는 것으로 시적 자아의 열림과 닫힘을 견인한다. 전자의 거울은 이미 돌아올 수 없는 기억 속에 존재하지만 현재의 마모된 자아를 인식하게 하는 근거가 된다. 유년의 경험은 그것이 순수하다는 사실 하나만으로도 충분히 존재를 전율케 하는 것이어서 서정시인은 필연적으로 그것을 지향하게 된다. 그러나 그것은 이미 상실된 지평에 처해 있으므로 시인은 "초록빛 생명"(「그녀의 수인번호」에서)이라는 새로운 거울에서 희망의 거처를 찾는다. 말할 것도 없이 이 둘이 대립하거나 대비를 이루는 것은 아니다. 오히려 상호연관된 것으로 현실의 자아를 견인한다. "밖이 저물어야 속이 더 환해지는/내 안의 암자"(「묵언 구간」에서)와 같은 구절이 말하듯이 안과 밖, 추억과 존재, 기억과 생성은 역설로 만난다.

안효희가 첫 시집에서 전개한 시적 과정은 둘째 시집으로 이월되면서 시적 지평의 확장으로 이어진다. '나'를 찾아가는 푸른 길로 비유될 수 있는 첫 시집의 경향은 둘째 시집에서 구체적인 삶 속에서의 관계에 대한 시적 인식이라는 양상으로 나타난다. 이러한 양상은 첫 시집에서 보인 시원 회귀의 거부를 계승하면서 또 다른 대상인 생명의 본질이라는 관념으로도 쉽게 경도되지 않겠다는 태도의 소산이라 할 수 있다. 무엇보다 "생의 한가운데"라는 삶의 구체적 정황을 놓치지 않으려 한다.

> 그녀는 자꾸 누우려 한다 먼 길 둘둘 말아 주머니에 넣고, 이제 그만 누우려 한다 서 있는 동안의 나날들이 퇴행성관절염처럼 주저앉는다 나는 그녀를 일으켜 앉힌다 침대는 영혼과 육체를 병들게 하는 유혹, 세상엔 아름다운 것들이 아직 많답니다 그녀는 나에게, 길 위 수많은 나팔꽃을 열어보라고 하지만, 굽이굽이 바라보는 먼 길, 그 끝은 언제나 막다른 골목임을 안다 가고 싶은 곳과 가고 싶지 않은 곳이 등을 맞댄 채 비벼

댄다 그녀는 또다시 눕고 다시 돌아서 눕는다 누워서 응시하는 그곳은 전생과 환생의 중간 지점, 풍장을 꿈꾸는 새 한 마리 하늘을 가로 지른다 나는 아직 새가 되지 못한 채 지느러미를 가진 물고기인간, 生의 한가운데를 헤엄치는 중이다

—「그녀와 나의 함수관계」 전문

이 시에서 시인의 의도를 집약하고 있는 것은 "생의 한가운데"라는 어구다. 이것이 시집의 마지막 시편 「1604호」에서 거듭 강조되고 있다(형태시의 기법을 수용할 만큼 시인은 이 말 위에 방점을 찍으려 한다)는 점을 주목할 필요가 있다. 아파트라는 생활공간을 지시하는 「1604호」는 사별한 이에 대한 아픈 회억이 표출되어 있다. 아마 인용된 시에 등장하는 "그녀"와도 무관하지 않을 터인데 그만큼 구체적인 관계에서 생겨나는 감정양식이 충실한 것이다. 육친(아버지와 어머니)과의 사별이나 그들에 대한 추억은 첫 시집 이래 줄곧 등장하는 모티프이다. 하지만 시인의 관심이 육친의 정에 한정되지 않는다. '나'에서 출발하여 가족을 거치면서 타자에 대한 공감이 확산되는 것이다. 타자의 고통을 교감하는 능력은 그것을 자신의 고통으로 받아들이는 데서 형성된다. 임종을 앞둔 환자의 의식세계를 이해한다는 것은 실제로 불가능한 일인지도 모른다. 그래서 시적 화자는 스스로 "생의 한가운데" 머물고 있다는 인식—"나는 아직 새가 되지 못한 채 지느러미를 가진 물고기인간, 生의 한가운데를 헤엄치는 중"—을 통해 삶과 죽음이라는 존재의 문제에 대한 경외감을 표현하게 되는 것이다.

존재의 안과 밖

삶과 존재에 대한 시적 탐구는 모든 시인에게 있어서 지속되는 과제이다. 주체와 세계의 끊임없는 교섭 과정에서 개성적인 언어로 표현되는 것

이 시이다. 그러므로 시는 세계 쪽에 치우친 재현에 그치지 않고 주체 쪽의 독백에 한정되지 않는다. 안효희의 존재 탐구 또한 첫 시집 이래 여전히 또렷하다. 가령 첫 시집에서의 "우물이 있던 자리"는 둘째 시집에서 "걸어다니는 우물"로 변주된다. 시원의 자리에 놓여 있던 순수 자아에 대한 그리움이 유동하는 존재에 대한 구체적인 인식으로 발전한 것이다.

> 지구에는 수억만 개 걸어다니는 우물이 산다//'들여다보지 말 것' 그 우물은 명패를 달았다 무심한 척 빠른 걸음으로 지나쳐도 어느새 내 안에 있다//소용돌이를 가진 울음은 밤이 두렵다 작은 소리에도 두근거리는 숨, 한 맺힌 곡성을 길어 올리는 저 둥근 폐가가 내 안에 둥지를 튼다 들여다보지 않았기에 더 크게 번져가는 파문, 파문, 넘쳐나는 입, 넘쳐나는 눈들이 걸어다니기 시작한다//누가 '들여다볼까!' 두꺼운 옷을 입고 오늘도 거울 앞에 선다 또 하나의 길 저 아득한 지점, 우물 밑바닥과 거울 먼 곳은 서로에게 닿는 긴 통로를 가지고 있어, 지구 반대편 빈집에 앉아 우는 울음도 수시로 드나든다//돌멩이가 떨어져도 소리 내지 않는다 스스로를 발견하기 위한 앙다문 입술, 흐린 날의 빗물과 맑은 날에도 결단코 고요해질 수 없는 숙명이다
>
> —「걸어다니는 우물」 전문

시인의 존재론이 표현된 시인데 우물과 거울의 은유를 변용한다. 그러나 해묵은 자아성찰의 반복이 아니다. 울음의 존재, 슬픔의 존재라는 자기 인식이 바탕에 깔려 있다. 인간에게 있어 영원한 것은 기쁨이 아니라 슬픔이다. 이는 살아 있는 모든 생명체를 연민으로 보는 관점에 연원하며, 삶에 내재한 죽음이 슬픔의 원천이라는 해석과 결부된다. 그러나 인용시가 이러한 '죽음을 향하는 존재론'을 의도하고 있는 것은 아니다. 무엇보다 "내 안에 둥지를 튼" "폐가"라는 내면의식에 더 큰 의미를 부여하고 있다.

"지구 반대편 빈집"의 "울음"에도 공명하듯이 이것은 헤아리기 힘든 깊이를 가진다. 시적 화자가 "울음"이 상통(相通)하는 "우물"을 상정하고 있는 것이다. 그리고 이 우물은 "결단코 고요해질 수 없는 숙명"을 지니고 있다. 이처럼 시인은 울음의 존재론, 슬픔의 존재론을 견지한다.

> 그가 잘 웃는 까닭은 더 많이 슬프기 때문/안경을 꼈다 벗었다 한다//진주로 만든 목걸이가 흩어지자/빈 웃음이 차르르 터진다//슬픔을 가진 마른 육체의 살이 터지고/어디선가 고양이 울음 같은 목소리가 난다//압력밥솥 속에서 끓다가 혼자 가라앉는 것/냉장고 속에서 조각조각 오래도록 얼어 있는 것//그가 한 주걱 밥을 퍼 고추장을 넣고/쓱쓱 비벼 먹는다 양푼을 헹궈도 남아 있는 흔적//세상의 모든 슬픔은 가장 낮은 곳으로 흐르고/웃음은 울음으로 연결되는 저마다의 통로를 가진다//슬픔이라는 이름의 갑옷을 나날이/입었다 벗었다 하는 마네킹의 무표정//누군가의 눈을 바라본다는 것은/슬픔의 막을 가르고 당신의 절반을 그에게로 보내는 것
>
> —「슬픔의 막」 전문

안효희가 지닌 슬픔의 존재론이 존재의 내면의식이자 존재 밖의 타자의 문제임을 잘 드러내는 시이다. 이 시에서 "그"가 누구인지는 분명하지 않다. 그럼에도 슬픔의 내력을 지닌 존재임엔 틀림이 없다. 고통과 가난 속에서 살아가는 이라 할 수 있는데 화자는 비단 "그"를 특정하여 슬픔을 말하지 않는다. 오히려 이러한 '그'와 더불어 "진주로 만든 목걸이"를 건 이도 "웃음의 막" 뒤에서 "마른 육체의 살"이 터지는 울음을 운다. 그러므로 슬픔은 빈부귀천의 차이를 넘어선 존재의 보편적인 속성이 된다. 마치 연극 무대에서 막이 걷히면 인물들의 진면이 드러나듯 웃음은 슬픔을 가리는 막에 불과하다. 그래서 존재는 슬픔으로 교감한다. "누군가의 눈을 바

라본다는 것은/슬픔의 막을 가르고 당신의 절반을 그에게로 보내는 것." 결구를 통하여 화자 혹은 시인은 슬픔이라는 공통감각을 제시하고 있다.

「슬픔의 막」이 말하듯이 타자와 감정이입하려는 시인의 태도는 '나'를 찾아가던 초기시와 다른 시적 지평을 보인다. 이는 유년의 순수의식과 자기애를 등치하는 입장에서 벗어나 지금-여기의 구체적인 삶 속으로 시적 발화의 위치를 이동시켰음을 의미한다. 이와 같은 시적 지평의 확장을 가능하게 한 인식의 매개가 슬픔의 존재론이다. 상처와 고통 그리고 몸을 가진 인간의 근본적인 한계에 대한 인식은 타자에 대한 이해의 진폭을 더하게 한다.

> 오른쪽 뺨이 붉은/잘 익은 사과를 한 입 베어 먹으면/잎이 달린 사과나무가 내 거실에 들어와 서는데//형상기억으로 되살아난 나뭇잎들이/시간을 쑤욱 잡아당겨/봄과 여름의 과거/하얀 꽃 피워냈다는 생각을 하게 되는데//그 끄트머리를 따라 유년의 나무/벌레 먹은 나를 펴 올리게 되는데//잎사귀 한쪽이 멍들고/왼쪽 귀퉁이 찌그러진 기억,/저렇게 둥글고 저렇게 휘날리는 기억이/머리카락 사이로 펄럭이는데//밤새 전등을 켜 놓아야 잠들 수 있던,/그래서 잠은 밤마다 바깥으로 귀 세우고/가족은 다 돌아오지 않았는데 저녁 여덟시/통금시간은 어김없이 돌아와/바람하나 샐 틈 없이 단단히 대문을 잠갔는데//먼 곳은 그렇게 가까워지기도 하고/사과처럼 붉은 뺨을 가진 기억은/하나하나 연결된 쇠고랑처럼 이어져/상처 난 발목을 수시로 흔들어댄다
>
> —「기억은 뺨이 붉다」 전문

이처럼 시인은 기억의 저편에 있는 "유년"으로 돌아가지만 또한 지금-여기로 곧장 회귀하기도 한다. 이 시는 사과를 베어 먹으면서 일어나는 기억의 현상학을 매우 구체적인 감각으로 형상화하고 있다. 불쑥 눈앞에 그

려진 유년의 한 장면에서 화자가 말하고자 하는 것은 미분화된 순수의식이 아니다. 오히려 "그 끄트머리를 따라" "벌레 먹은 나"를 떠올린다. 화해(和諧)가 아니라 애써 불화를 부각하는 화자의 태도는 어떤 의미를 가질까? 이는 유년을 돌아가야 할 행복의 공간으로 설정하지 않을 뿐만 아니라 상처와 고통의 영속성이라는 삶의 진실을 말하려는 의도와 무관하지 않다. 다시 말해서 화자는 유년의 회상에 개입하는 현재의 사정을 용인한다. 현재와의 단절을 통하여 얻어지는 안식과 위안을 위장하지 않으려는 것이다. 도금된 평화를 수용하지 않는 시인은 현실주의자이다. 그래서 "사과처럼 붉은 빰을 가진 기억은/하나하나 연결된 쇠고랑처럼 이어져/상처난 발목을 수시로 흔들어댄다." 이와 같이 유년은 상처이거나 현실의 상처를 덧나게 하는 계기일 뿐이다. 그만큼 지금-여기의 구체적인 삶의 인력에 시적 가치와 진정성을 부여하고 있다. 동일성을 지향하는 유아주의(唯我主義)가 아니라 열리는 세계로 나아가는 갈등하고 분열하는 자아가 시적 진실인 것이다. 그래서 시인은 다음처럼 말한다. "환한 빛 속에서 방금 건져 낸 빨래가 팔랑거린다 물기 머금은 채 건조를 기다리는 내가 서 있거나 앉아, 또 다른 순간의 나를 연開 다多 열기 이전엔 언제나 밀랍이었고, 열면 열수록 사라져가는 나는 어디에 있는 것인가!"(「연開 다多」에서) 열림이 새로운 다양성을 말하는 것임을, 그러므로 분열은 자아의 확장임을 안다.

안효희는 현실과의 거리를 만들면서 동일성을 획득하려는 서정적 비전을 추구하지 않는다. 그녀는 오히려 과거지향적인 가치들을 정리하는 것이 "정리"(定離)(「정리 혹은 定離」에서)라고 말한다. 그녀에게 카이로스의 시간은 지금-여기의 삶, 곧 "살아온 날과 살아갈 날이 뒤범벅이 된 시간"(「죽은 나무 아래」에서)인 것이다. 이러한 시간은 "깨어진 거울 속 같은 몸의 기억"(「몸의 기억」에서)과 다를 바 없다.

알 수 없는 뒤섞임 속에서/거대한 숟가락 같은 삽 한 자루/기어코 놓지 않는다/흙을 퍼낼 때마다 굵은/지렁이 꿈틀거린다 푸드득/날아오르고 싶은 몸부림으로/씨앗 뿌려놓으면/꼭 그만큼의 싹이 벽돌처럼 태어난다/시들기 위해 다시 피는 꽃,/절반의 희망과 절반의 좌절이/자갈과 모래와 뒤섞여/뻥짝처럼 주저리주저리 흘러나온다/내 몸 어느 곳의 자갈이/내 몸 어느 곳의 모래가/지금 사막 위에 기둥을 세우는 중이다

—「사물화6-레미콘」 부분

비록 "사물화"라는 회의가 생기더라도 몸은 가장 구체적인 존재의 진실이다. 그것은 끊임없이 동질성과 이질성이 만나고 생성과 소멸이 교차하는 장소이다. 그래서 시인은 "낳아지는 '무엇'이 아닌 낳고 있는 '무엇'이 되려고 나날이 단 한 송이 꽃을 사는 여자"(「복분자 술병」에서)를 주목한다.

생의 한 가운데서

안효희의 두 번째 시집을 처음 읽으면서 문득 떠오른 말은 "생의 한가운데서"였다. 그리고 맨 마지막 시편에서 시인이 이 어구를 쓰고 있는 장면과 맞닥뜨렸을 때 미묘한 울림을 느꼈다. 결코 자주 있는 경험은 아니다. 그만큼 그녀의 시가 생이라는 구체적인 정황에 충실하기 때문이다. 첫 시집에서 보인 자아를 찾아가는 푸른 행보는 둘째 시집에서 '나'와 '나'를 둘러싼 세계에 대한 탐문으로 전개된다. 이러한 가운데 첫 시집의 첫 번째 시편인 「그늘에 서다」에서 그려진 "그늘"의 이미지가 하나의 주조를 이루어 둘째 시집에서도 등장하고 있음에 의미를 부여하려 한다. "함부로 열어 보일 수 없는 그늘, 약이 되기도 하고 독이 되기도 하는 시간"(「비문」에서)이라는 구절에서 보이는 "그늘"은 실체가 있는 그림자도 아니고 실체가 없는 어둠도 아니다. 그것은 파르마콘과 같이 약이 되기도 하고 독이 되기

도 한다. 존재와 삶이 이와 같은 모습을 지니고 있는 것이 아닐까? 안효희의 시가 생의 한 가운데서 존재와 삶의 그늘을 형상화하고 있는 것은 아닐까?

> 나는 깊이 들어갔다/낙엽과 바람은 뒤섞여 맴을 돌았다/메마른 나뭇잎들이 우체통 앞을 구를 때/저 붉은 우체통, 깨알 같은 사랑마저/메말라 사라지지 않을까/걱정은 오랜 기다림처럼 쓸쓸했다/그리고 아무 말도 하지 않았다/밤은 눈물처럼 축축해졌고/한쪽 귀 풀린 플래카드는/철새처럼 날아가고 싶어 했다/겨울로 가는 건널목 앞에서/이유도 없이 두리번거리다/구두 수선가게로 들어가는 여자와/과일노점상 앞에서 주머니를 뒤적이는/낯선 남자마저, 사랑할 수 있을 것 같은/보이지 않는 이것은 무엇인가/저 말없는 눈빛들을 향한/부엉이도 없는 빈 가지에 걸린 가로등은/커다란 겨울 그림자를 만들고/나는 그 그림자 속에 창문 하나를 만들었다
>
> —「다시 겨울이구나」 전문

이와 같은 시가 보이는 감정의 구조가 그늘의 시학이 아닌가 한다. 그늘은 경계를 만들지 않는다. 그림자가 아니므로 있으면서 또한 없다. 인용시에서의 사랑처럼 "보이지 않는" "무엇"이다. 그것은 이름을 붙일 수 없는 무명이다. 그렇지만 "그림자 속에 창문"처럼 어둠이 아니므로 "무엇"이라 말할 수 없는 존재의 현현이기도 하다. 기억과 희망, 고통과 환희, 환상과 환멸, 생성과 소멸, 삶과 죽음이 포개지고 겹치는 과정의 경험이 만들어내는 실존의 무늬가 그늘이라고 한다면 어떨까? 그것을 굳이 시학의 개념으로 설명하려 든다면 '애매성(ambiguity)'에 속할 것이다. 애매성은 확정적인 의미를 거부하고 이성에 의한 판단과 규정을 부정한다. 존재와 삶은 오히려 이러한 애매성의 지평에 있다는 것이 시적 진실이다.

> 누구도 가본 적 없는, 돌이킬 수 없는 습지가 있다 꼼짝하지 않는, 흑색 점무늬 개구리 몸을 찢고 날개가 돋기 시작한다 달이 뜬다 숨바꼭질은 끝난다 주기적으로 건너오는 울음의 늪이다
>
> —「울음의 주기」 부분

"그늘"은 이 시에서 말하고 있는 "울음의 늪"에 비유될 수 있을 것이다. 그것은 직설적으로 발화될 수 없는 억압된 언어인가 하면 깊은 바다으로부터 커오는 생성의 언어이기도 하다. 그렇기 때문에 그늘의 시학은 죽음과 접신을 말하기도 하고 사랑과 욕동을 말하기도 한다.

> 드르륵 창을 열면 태양이 말을 걸었지 햇살도 김치 항아리처럼 발효작용 일으키지 애벌레가 생기고 수백 마리 환한 나비, 빛 속에서 부화되었지 눈이 부신 하얀 살결, 하얀 눈밭은 빛살에 먼저 반응했고 미세한 진동 느끼며 들었지 태양이 방금 낮은 봄을 말하였어 그것은 함부로 교신할 수 있는 것이 아니지 음지식물이 빛을 모르고 살듯 눈 어둡고 귀 어두운 자는 모르지 맨살에 지글지글 끓어오르는 풍경, 붉어지고 다시 붉어져 맺히는 눈물집, 따뜻하고 환한 손길로 쓰다듬는 빛의 사랑법이거나 대화법이지 꽃밭이거나, 들판이거나, 산중턱이거나, 머지않아 온 대지에 필 것이니, 간지러움, 간지러움, 이 꿈틀거림
>
> —「알레르기」 전문

그늘은 음과 양이 공존하는 세계이다. 그것은 한과 멋이 섞여 있다. 다시 말해서 웃음과 울음이 구분되지 않는다. 하지만 어느 한쪽으로의 편향이 있을 수 있다. 이미 슬픔의 존재론으로 드러났듯이 안효희의 시는 고갈되는 몸과 사라지는 육친과 변하는 가족 그리고 수많은 타자들의 고통으

로 인한 한의 공통감각에 더 기울어 있다. 그럼에도 인용시는 존재의 미동에서 사랑과 대화의 세계가 열릴 수 있음을 예고한다. 또 다른 시인 「울음의 냄새」는 "내가 잡고 있는 기억의 끄트머리에서 날아 왔지 거대한 바위에 부딪힌 듯 가슴이 저려왔어 생은 언제나 벅찬 것 가끔 기적도 일어났지"라고 환희의 순간을 진술한다. 하지만 "알레르기"가 그렇고 "기적"이 그렇듯 생동하고 빛나는 생의 시간들은 지속적이지 않다. "완성의 순간은 순간에 사라져"(「빈 널판」에서)가듯이 삶은 빛도 어둠도 아닌 그늘의 영역이다. 안효희의 시적 지평이 생활세계의 구체적인 경험 속에서 개진되고 있음이 감동을 준다. 시인 또한 "생의 한가운데" 자기의 위치를 정하는 균형감각을 잃지 않는다.

> 밤의 꿈과 낮의 환상 사이를/바다이 드러난 물길처럼 수시로 건너다닌다/경계하는 선이 없고 경계하는 눈이 없어/오히려 활짝 열어 제친 그들의 꿈은/늘 꿈의 바깥에서 대화를 한다//꿈꾸기 위해 밥을 먹고, 잠을 청한다/하늘을 날고 싶은 꿈으로 이어지는/내일은 경배의 나라/달빛은 자주 꿈의 계단을 비추고/그들은 밤마다 계단 하나씩 오른다//누구를 원망하거나 절망하지 않는 꿈속에/독백은 우렁차고/존재는 불꽃을 견딘 참나무 숯불 같이 뜨겁다//그들에겐 늘 당신이 있어 감사할 뿐/섬처럼 둥둥 떠다니는 꿈은 존재하지 않는다/지금 이 세상만으로도 허공은 충분했으므로
>
> —「간밤의 꿈」 부분

진정 안효희의 시적 지향이 담긴 시가 아닐까? 세속 안에서 행복의 공간이 열리기를 염원하는 그녀의 비전이 생활세계에서 구체적인 경험으로 수용되는 고통과 슬픔과 겹치면서 존재와 삶의 그늘이라는 미학적 성취를 획득한 것이라 할 수 있다. 도처에서 "울음의 냄새"를 맡는 감각의 원초성

을 견지한 시인이기에 생의 누적된 기억들이 만드는 주름들을 더욱 생동하는 감각으로 그려낼 것이라 믿는다. "지금 이 세상만으로도" 그녀에게 충분한 시가 되고 있다.

일상성의 시학

— 최정란론

시적인 것과 일상

최정란의 시는 일상의 이면을 탐문한다. 등단작 「두실역 일 번 출입구」(제1시집 『여우장갑』)는 화자가 지하철 출입구에서 빵을 구워 파는 농아부부를 만나 빵을 사 먹는 이야기를 전하고 있다. 이 시에서 화자의 일상은 "무성한 차가운 말들이" 난무하는 공간과 "일 톤 트럭 한 대"에 "가파른 불빛을 밝히고" 있는 장소의 대비를 통해 드러난다. 농아부부의 말 없는 행위에서 화자는 공감과 감정이입을 얻는다. 목에 가시로 걸리거나 함정을 숨기고 있는 말들의 난투극이 벌어지는 어두운 현실에서 이들이 전하는 "발효된 침묵"의 언어는 진정성의 등불과 같다.

> 퇴근길, 지하도 계단을 올라선다
> 맥도날드 불빛을 등지고 일 톤 트럭 한 대
> 가파른 작은 불빛을 밝히고 있다

이와 같은 첫머리의 설정이 말하듯 최정란의 시는 일상 안에서 시적인 것을 찾으려는 지향을 보인다. 이는 시적인 것을 일상과 현실로부터 분리된 가치로 보지 않고 구체적인 삶 속에서 그것이 작동하기를 바라는 태도와 연관된다. 맥도날드로 상징되는 차갑게 계산된 사회에서 시적인 것은 공감이 일어나는 마음의 정처이다. 그런데 시는 또한 언어의 문제이다. 바벨의 언어들을 넘어 진정한 말을 찾아가는 도정이다. 시인은 농아부부가 보이는 말없는 소통에서 감염되는 말의 진실한 울림을 느낀다.

> 소리 없이 그들이 몰려온다/먼 산이 몸을 숨기고/길이 떠난다 후두둑/나무가 몸을 턴다/그림자가 뜯겨 나간다/다시 혼자 남는다/내 안의 황무지/어제와 내일이 스며있다/나를 가장 잘 보는/눈이 안개 속에 있다/그 아래 숨은/보이지 않는 뿌리가/크게 눈을 뜬다/眼, 開. 자옥하다/내 안에서 또 누가 운다/이마가 먼저 젖는다
>
> —「안개」 전문

제1시집에 실려 있는 「안개」는 시를 형성하는 세 가지의 요소 가운데 하나인 자아의 개안(開眼)에 대하여 말한다. 지워지고 스며드는 과정에서 드러나고 눈을 뜨는 경과가 잘 표현되어 있다. "안개"는 기존의 세계를 뒤집어보고 낡은 의식을 새롭게 하는 계기이다. 실제 현실세계와 자아의 관계는 복잡하다. 시인은 내부의 정염과 외부의 세계가 부딪히는 감정의 움직임 속에서 안팎을 깊고 넓게 바라보는 노력을 지속한다. 이는 단지 새롭게 보고 낯설게 하기라는 방법으로 그칠 일이 아니다. 일상에 대한 단순한 소격이 아니라 사물을 주체의 관점에서 재구성하면서 주체 또한 변화하는 과정이다.

일상의 외부는 없다

제1시집에서 최정란이 보인 시법은 제2시집에서도 이어지고 있다. 여전히 일상성은 시적 발상의 든든한 밑변이다. 그런데 "일상을 가볍게 회전시

킨다. 몽상으로 이동한다"라는 구절로 시작하는 「테트리스 매뉴얼」은 "붕괴에 중독된다"는 진술로 끝을 맺는다. 일상을 회피하는 몽상도 동일한 형식으로 반복될 때 일상의 인력을 벗어나지 못할 뿐 아니라 존재의 생성을 유인하지 못한다는 것이다. 이는 앞서 언급한 「두실역 일 번 출입구」에서 제시된 "맥도날드 불빛"의 변주다. 속도와 기계적인 정확함은 자본주의 사회가 요구하는 일상이다. 이것은 느림, 꿈틀거림, 흘러감, 머뭄 등의 의미를 지닌 삶의 양식과는 거리가 있다. 변화하는 도시적 삶 속을 대변하는 은유가 게임이다. 게임은 쾌락과 몽상을 장치 혹은 제도 속에 감금한다. 그러므로 일상 안에서 경이로운 발견은 훌륭한 시적 경험이 된다. 「여우빵집」은 '농아부부'가 만드는 빵과 다른 맥락에서 장인적 가치를 지닌다. 「두실역 일 번 출입구」와 같이 "오후 다섯 시의 여우빵집은 골목이 활동무대이다/아파트와 노을 사이, 지하철역과 퇴근 사이"라는 첫 구절이 의미의 지향성을 함축한다. 「두실역 일 번 출입구」가 빵을 만드는 사람의 마음에 초점이 놓여 있다면 「여우빵집」은 그 사람의 마음이 아니라 "빵집"이 놓여 있는 장소에 초점이 주어져 있다. "골목"이라는 장소와 특정의 시간적 정황이 공통의 감각을 형성하는 배경이다.

> 입과 입을 건너가며 소문들 수군거리는 동안/저도 모르게 출출해져서/단팥빵과 곰보빵 봉지를 집어드는 사람들/등 뒤에 꼬리 하나씩 달고나온다//누구의 뒷모습에서 방금 빠져 나왔는지/보이지 않는 꼬리가 골목을 오르고 있다//빵 냄새는 아홉 개의 꼬리를 가지고 있다

"빵 냄새는 아홉 개의 꼬리를 가지고 있다"는 결구가 함축하는 내포는 크다. 우선 빵 굽는 이의 솜씨를 찬양하는 의미를 지닌다. 다음으로 많은 사람들이 공감하는 감각의 양상이다. 이를 시인은 공감각으로 표현하였다. 시각의 우위에 익숙한 입장에서 후각의 시각화라고 이해할 법한 일이

다. 그러나 이 시가 말하고자 하는 것은 시각의 지위가 아니다. 이보다 후각의 원초성을 부각하고 있다. 시각은 의식적인 연상 작용에 의지하며 이미지를 통하여 지각한다. 반면 후각은 가장 원초적인 감각이다. 실제 공간의 인상을 만드는 데 결정적인 역할을 하는 것은 후각으로 알려져 있다. 「여우빵집」은 골목을 가득 채우고 있는 빵 냄새가 지닌 부피와 그것이 만드는 사람들 간의 연대를 말한다.

「여우빵집」의 예처럼 최정란은 일상의 이면에서 시적인 것을 발견한다. 분명 그 처음은 발견이라는 말의 의미에 상응할 것이나 그녀의 시가 대상의 재현을 목표로 하는 것은 아니다. 그녀는 주어진 시적 경험을 가능한 변용하여 자기의 목소리로 표현하려 한다. 이러한 의도는 "그림자"를 대상으로 한 일련의 시편을 통해 잘 드러난다. "그림자"는 자아의 흔적들이다. 그것은 자아의 내부이자 외부, 욕망이며 환상이다. 바깥의 빛에 의해 "그림자"는 그 모습을 드러내지만 그것은 항상 자아의 내부에 웅크리고 있다. 일상의 양가성이나 복잡성처럼 "그림자" 또한 양가성과 복잡성을 지닌다.

> 오늘은 빨래를 하자/내 일상의 그림자를 세탁기에 넣고/저문 길의 속옷까지/물에 넣으면//불림세탁 코스의 물속으로/어제의 붉은 눈물이 스며 나온다//태어나서 단 한 번/빨아본 적 없이/갈 데 못 갈 데 다 데려간/마음도 걷어내서/검은 거품이 북적북적 일어나도록/세탁기 속을 한 바퀴/훽, 순례하면/나도 순례자가 된다
>
> —「그림자 세탁기」 전문

이 시에서 발견의 의지와 표현의 의지는 "일상의 그림자"를 통해 만난다. 일상은 삶에 켜켜이 내려앉은 먼지와 같다. 그러나 그것은 털어버리고 지워 없앨 수 있는 먼지와 때가 아니다. 그림자의 소멸이 주체의 죽음이듯이 일

상이 없는 삶은 삶이 아니다. 그래서 일상을 정화하려는 노력은 순환한다. 한 번의 노력으로 완성되거나 종결되지 않는다. 늘 완성되지 못하는 "퍼즐"(「그림자 퍼즐」에서)처럼 여기저기 뚫린 "구멍"을 채울 수 없다. 시적 자아는 일상을 걷어내려는 환상 속에서 "순례자"가 된다. 그러나 그의 "순례" 또한 "그림자"에 불과하다. 자기 정체성, 주체 정립, 자기 정화와 같이 본질을 향한 탐구는 도로(徒勞)로 귀결된다. 그 어디에서도 본질을 찾을 수 없기 때문이다. 오히려 삶은 "그림자"에 가깝다. 시인이 "그림자"에게 경의를 표하는(「모두 네 덕분」에서) 시적 아이러니를 표출되는 까닭이 여기에 있다.

> 그는 등에 혹 하나를 지고 다닌다/사람들은 그에게 왜 이렇게 무거운 혹을 달고 다니느냐고/핀잔을 준다/가족은 그의 어깨가 휠까 걱정 하고/의사는 척추측만증이라는 전문 기호로 겁을 준다//그는 혹 안에 서바이벌 툴을 가득 채우고 다닌다/그도 너무 무거운 혹의 무게를 줄여보려고/내용물을 책상 위에 꺼내 보지만/도합 아흔 아홉 가지의 물건 가운데/어느 것 하나 내려놓을 수 없다//그는 무거운 혹을 지고 날마다 모래먼지 자욱한/사막으로 간다/도시는 중심, 변두리 할 것 없이 사막화가 진행중이므로/그가 서 있는 곳 어디나 사막이다/버스 정류장에 서 있으면 사막이 다가온다/그는 사막을 보이는 대로 잡아 제 혹 안에 가둔다/그는 사막 사냥꾼이다//혹을 열어 보기 전에는 아무도 그 안에 사막이 가득한 것을 모른다/열린 지퍼 사이로 이따금/맹독성의 전갈이 기어 나온다/신기루가 나타났다 사라지고 모래폭풍이 불어 나온다//사막에서 길 잃거나/사막 안으로 깊이 걸어 들어가서/별들 아래 노숙할 때/그는 혹의 지퍼를 열고 오아시스를 꺼낸다//그가 깊이 잠긴 오아시스를 들여다 본 사람은 그것을/시詩라 부른다/그의 오아시스는 울부짖는 사막으로 가득하다
>
> —「가방」 전문

이 시는 일종의 시론시(詩論詩) 혹은 메타시에 해당하며 시인이 지닌 일상과 시적인 것의 연관을 잘 해명하고 있다. 시 속의 주인공은 "서바이벌툴"이 가득 찬 가방을 메고 다닌다. 사람들이 그것을 "혹"이라고 하니 그는 곧 낙타에 비유될 수 있다. 낙타처럼 그가 가는 도시는 "모래먼지 자욱한 사막"이 되어가고 있다. 그는 도시가 사막화가 되는 상황에 저항한다. 사막을 가방 안에 가득 채운 그는 그 사막에서 "오아시스"를 꺼낸다. 시적 역설이 태동하는 지점이다. 고통의 축제처럼 시인은 고난을 생성의 장으로 바꾸려 한다. 시는 이러한 고난과 생성의 변증법을 통해 표현된다. "그가 깊이 잠긴 오아시스를 들여다 본 사람은 그것을/시詩라 부른다/그의 오아시스는 울부짖는 사막으로 가득하다"라는 결구가 비장하다. 이러한 대목에서 일상을 이해하는 시인의 비전이 주목된다. 낙타는 혹 속에 출렁이는 물을 채우고 사막을 건넌다. 하지만 이 시의 주인공은 끊임없이 혹 속에 세상의 모래를 거둔다. 비극적이다. "울부짖는 사막"으로 그득한 "그의 오아시스". 고갈인가 생성인가? 긴장과 역설의 메타포가 아닐 수 없다. 시인은 이러한 시적 태도를 첫 시집에 실린 「달빛거미」에서 "거미가 반짝이는 달빛에 이빨을 박고/숨어 있는 캄캄한 은유의 수액을 빨아올린다/정교하고 처절한 어둠으로 출렁거리는/거미는 얼마나 위험한가/제 살을 크게 한 점 저며 낸 열아흐레 달,/산허리를 딛는 걸음이 휘청거린다"라고 진술한 바 있다. 그러나 「가방」의 시적 정황은 「달빛거미」보다 더 심각하다. 그만큼 일상의 이면을 바라보는 시인의 입장이 분명하다. 시적 비전은 비극에서 시작하여 희극을 갈망한다. 세계와의 근본적인 불화 없이 시인이 된다는 것의 의미는 감소될 수밖에 없다. 그래서 시인은 고통의 수혈이라는 의미를 내포하지만 짐짓 희극적인 표정으로 "시는 맨손으로 모기 잡기, 혹은, 모기 놓치기"(「모기」에서)라고 말하기도 한다.

반복과 장치의 연속처럼 보일지도 모르나 "일상만한 파란만장"(「빅 브라더」에서)도 없다는 것이 시인의 관점이다. 이러한 관점은 시는 일상성의 거부이거나 그것을 부정하고 일탈하는 것이라는 입장과 차이가 있다. 일상은 사소하고 하찮은 일들의 반복과 사람들 사이의 다양하고 중첩된 관계의 연속으로 구성된다. 그러나 현대인에게 이러한 일상과의 단절은 단순한 소외에 그치는 것이 아니라 존재의 퇴각이나 나아가서 절멸을 예고하는 의미를 지닌다. 그만큼 일상을 경멸하거나 반(反)일상을 추구하는 태도는 위험하거나 파괴적이다. 스스로 가혹한 고통의 주체가 되려는 마조히즘의 미학이 유혹하는 힘은 크다. 그러나 「장미의 외부」나 「열려라 쥐눈이 콩」이 말하듯이 일상의 외부로 탈주하려는 시적 욕망은 궁극적으로 일상의 자장을 벗어날 수 없다. 다시 말해서 일상의 외부는 없다. 짐짓 일상으로부터 완벽하게 탈주했다고 말하는 순간, 곧 그것이 허위임이 판명될 공산이 크다. 그만큼 지금-여기의 시공간이 지닌 가치에 대한 인식이 더욱 중요하다. 최정란은 일상성이라는 현대적 삶의 깊숙한 곳을 포착하고 그것의 의미를 드러내려 한다.

> 몽고반점, 시퍼렇게 스탬프를 찍는다/다시 타기까지 유예받은 백년이다//사람에서 집으로,/아침에서 저녁으로,/사랑에서 몹쓸 추억으로, 갈아탄다//시간을 초과한 할증료를 물어가며/환상역, 모음 하나를 갈아탄다//환상의 긴 동굴을 거느리고 있는/환승 지하철이 기다리는 환승역이다/환승의 구름 위를 달리면/환승역에서 환상역까지 한 코스다//환상의 승객이 들키지 않고 타고 내린다,/큰 뱀이 빠져나간 환승역의 동굴에서/오늘은 아무도 발을 밟지 않고/환승의 문에 환상의 옷자락이 끼이지 않는다//산동네에서 내려온 환승 마을버스가/왈칵, 환생(還生)의 승객을 토한다//공원묘지 역에서, 전생에서 내생으로/보이지 않는 환승버스를 배웅한다
>
> —「환승역」 전문

인상성의 시학은 먼저 구체적인 것을 포착한다. 이는 진실이 구체적이고 범속한 것에서 발현됨을 전제한다. 아울러 죽음, 사랑, 고통, 환상, 환멸, 절망 등 생의 무거운 의미들이 가벼운 일상의 이면에 무겁게 가라앉아 있음을 아는 것이다. 가벼움과 무거움은 결코 분리되지 않으며 일상의 두께와 부피 안에 뒤엉켜 있다. 그래서 시인은 무거운 이야기들을 가볍고 경쾌하게 말하려 하고 가벼운 이야기 속에 무거운 추를 몰래 매달아두려 한다. 「환승역」은 일상의 가벼움과 무거움을 말하는 시인의 어법을 잘 드러내고 있다. 언어유희는 진지함의 깊이를 가볍게 하는 형식으로 시인이 자주 사용하는 방법이다. 「생로병寺」와 같은 시의 표제가 그렇다. 죽음과 절을 바꾸어 배치함으로써 무거운 죽음이 해탈로 가는 경계의 장소로 해석되는 것이다. 마찬가지로 인용시는 "몽고반점"이라는 운명의 표지를 "스탬프"라는 일상적 행위로 치환하면서 삶과 죽음이 일상 안에 내재해 있음을 시사한다. 나아가 "공원묘지"를 경유하는 "환승 마을버스"의 모티프에 착안하여 "환상-환승-환생"을 연상한다. 무거움과 가벼움이 교차하는 시적 표현이다. 무거움은 사물의 깊이와 정신의 진지함을 가리키는 반면 가벼움은 사물의 높이와 정신의 자유를 추구한다. 가령 「염소는 없다」는 자본이 지배하는 현대사회의 우화이다. 현금인출기로 상징되는 교환가치의 사회에서 마멸되고 없는 야성을 "염소는 없다"라고 말한다. 이처럼 최정란은 무거운 생각을 가벼운 형식으로 담아내고 가벼운 생각을 무거운 의미로 이끌어가는 솜씨를 지녔다.

무거운 세상, 가벼운 생성

무거움의 정신과 가벼움의 자유가 교차하는 최정란의 어법은 가령 첫 시집의 「보름달,」에서 잘 드러난다. "누가 저 늪을 하늘에 파놓았을까"라는 물음으로 시작하는 이 시는 먼저 표제에 가해진 쉼표를 통해 읽는 이의 긴장을 유발한다. 이것은 한숨일까, 안타까움일까, 감탄일까? 그 미묘한 뉘앙스는 이어지는 텍스트를 통해 여러 차례 변주된다.

> 누가 저 늪을 하늘에 파놓았을까/어떤 바람이 그 속을 들여다보려고 애쓰다가/헛되이 변죽만 울리고 지나가는지/쉼 없이 흔들리는 금빛 윤슬,/소금쟁이처럼 가볍게 물을 건너지 못하고/물가에서 신발을 벗었다 신었다 하는 동안/얼마나 많은 물길이 저 고요 속으로/흘러들었다 흘러나갔을까/작은 빗방울에도 중심을 내어주는 과녁/눈빛 닿은 곳부터 번져나가는 둥근 파문들/달무리에 닿는다 저만큼 고요해지기까지/물아래 가라앉힌 것이 검은 꽃뿐일까/밤하늘 가장자리 신발 벗어두고/물속으로 걸어 들어가던 마음/켜켜이 쌓이는 침묵의 배후/그 마음 자락, 뒤로 잡아 당겨 주저앉히던/몇 번인지 모를 안간힘, 숨을 고른다/마음이 바닥을 닿는 동안/연꽃 한 송이 어둠의 수면을 위로 올라온다/물속에 갇힌 사람 하나 풀려 나온다
>
> —「보름달」 부분

이 시의 대상에 이르는 지점은 중간쯤이다. "달무리에 닿는다"라는 구절에 이르러 늪에 빠진 보름달이라는 이미지가 조응된다. 달무리를 통하여 시인은 늪 속의 달과 늪으로 들어간 사람을 병치시킨다. 죽음의 유혹인지 나르시시즘의 황홀인지 분명하지 않지만 적어도 이 둘의 의미가 포개지는 정황임엔 틀림이 없다. 하지만 죽음에 이르는 마음의 병은 "연꽃 한 송이"로 변주되는 보름달로 인하여 치유된다. 이리하여 마침내 달무리 내려앉은 늪은 성현(hierophany)이 일어나는 장소가 된다. 이 시처럼 최정란의 시는 잘 빚어진 항아리나 잘 짜인 수예품과 같다. 그녀는 상상력을 방임하지 않고 지적으로 통어함으로써 개성적인 표현의 미학을 창출한다. 무거움과 가벼움, 지성과 감성을 조화시키려는 의지가 뚜렷하게 개입한 탓이다.

팝니다 권리금 없습니다 시설비 조금 인정하시면 바로 드립니다 보수유지비가 만만찮을 것이라구요 철거비가 더 들거라구요 솔직히 동의합니다 분해효소가 없어 소주 한 잔 이상 안 받고 이래저래 속 끓이는 날 많았으니 오죽 하겠습니까 그래도 몇 군데 손보면 바로 일을 시작해도 될 만큼 쓸 만할 겁니다. 자재는 형편 닿는 한 좋은 것을 썼거든요 내놓을 날 올 줄 누가 알았겠습니까 평생 쓰겠다 작정하고 큰 맘 먹고 준비했었지요 처음 시작할 때야 누군들 희망 아니었겠습니까 급매물건이라고 더 깎으시면 벼룩의 간을 빼먹겠다, 는 겁니다 대신 덤으로 쓸개까지 얹어 드리지요 체질이 맞는지 거부반응은 없을지, 검사 일정부터 맞추어 볼까요 팔려고 내놓은 간을 쓸고 닦는다 바위 위에 꺼내 말렸다가 다시 들여놓기를 몇 번인가 반복한 후에.

—「벼룩시장에 간을 내놓다」 전문

이 시를 구성하는 의미소들 또한 다층적이다. 우선 이 시는 설화인 "토끼의 간"에 기반한 패러디이다. 패러디는 풍자적 모방이며 이 시는 오늘날 횡행하는 장기 판매를 풍자한다. 이러한 풍자는 또한 "벼룩의 간을 빼먹는다"는 속담과 겹쳐진다. 그리고 이러한 속담에 현장성을 부여하는 것이 표제에 담긴 "벼룩시장"이다. 몇 단계의 지적 개입이 가해졌는데 궁극적으로 이 시의 미학을 이끄는 것은 어조이다. 등장인물의 고백적 진술과 서술자가 분리되는 결구에 이르러 패러디의 의도가 드러난다. 말할 것도 없이 과잉된 지성은 시적 감동을 경감시킨다. 상상력의 유동적인 에너지를 고갈시키기 때문이다. 이러한 사실을 아는 시인은 "알찬 반복"(「채소가게」에서)을 강조한다. 방법의 순환에 갇히지 않겠다는 의지의 표명이다.

「자작나무」, 「꽃을 먹은 양」, 「밤의 톨게이트」, 「거미여인」, 「여행자」 등은 최정란의 시적 변주를 가늠하게 하는 시편들이다. 메타포의 확장이나 우화와 알레고리의 사용 등은 어조와 태도의 변주만큼 그녀의 시에서 요긴하다.

> 누가 이 말들의 고삐를 땅 속 깊이 묶어 놓았나, 검은 땅에 뿌리내린 긴 다리, 지평선 어디나 한 달음에 닿는 흰 말들,//활엽의 지붕 아래 모여 서서 단숨에 천 년쯤 내닿는 무구한 풍경, 가지와 줄기와 몸통의 희디흰 우점종의 나날들, 초록 갈기 휘날리는 거침없는 질주//천마도를 숨기고 있는 수막의 내피를 슬쩍 뒤집어 보여주기도 하는 흰 얼굴은 얼음의 시간을 뛰어 넘은 흔적이 역력하다//추신까지 읽어도 행간이 해독되지 않는 편지, 살아있는 목간에 흰 붓으로 일필휘지 세로로 길게 내갈긴 서명 뚜렷하여, 귀족의 품격이라는 말이 어울리겠지만//늘어선 흰 기둥들 정연한 질서를 거느려 한 그루마다 한 채의 사원을 몸에 지녔다 스스로 엄결한 사제이며 경전인 나무들//길을 빼곡히 메운 흰 옷 입은 시민들 손을 흔든다. 잘 가라 잘 가라 마음의 황무지로 향하는 백의종군 귀양길,//긴 여정 끝에 도착한 시베리아, 뿌리 내린 한 전생이 저 나무의 한 잎이었을 터, 돌아가지 못하는 말들은 바람의 목구멍 깊이 울고,
>
> —「자작나무」 전문

비장을 넘어 숭고의 편린이 휘날리는 이미지가 아름답다. 말(馬)과 말(言)의 상투적인 연계나 이국정조를 우리의 것—천마도, 목간, 백의종군 귀양길 등—으로 융합하려는 의도가 어떤 의미에서 군더더기로 여겨질 만큼 툰드라 지대의 자작나무가 지닌 아름다움이 역동적으로 부각되어 있다. 완벽한 비장이나 완벽한 숭고를 그리지 못하는 것은 최정란의 한계가 아니라 균형을 유지하려는 삶의 태도와 연관될 것이라 생각한다. "돌아가지 못한 말들은 바람의 목구멍 깊이 울고"라는 마지막 구절이 말하듯이 그녀의 미학은 어디까지나 인생의 범주를 벗어나지 않는다. 다시 말해서 미적 완전, 미의 궁극을 지향하지 않는 것이다. "땅 속 깊이" 묶인 "말들의

고삐"처럼 대지의 힘은 초월을 불가능하게 한다. 세속주의는 그녀의 일관된 시적 지평이다. 그래서 「꽃을 먹은 양」과 같은 시장의 알레고리가 있고, 「밤의 톨게이트」와 같이 "속도와 자본"의 메타포가 있는 것이다. 욕망과 나날의 고통은 지금-이곳을 사는 인간의 구체적인 진실이다. 그러므로 쉽게 순백의 미학이나 염결주의로 귀착하지 못한다. 「여행자」의 우화와 같이 대지를 걷는 "발"의 위상은 그녀의 시를 구성하는 육체의 핵심이다. "바람이 사는 집, 바람조차 살지 않는 집"을 짓는 "거미여인"(「거미여인」에서) 처럼 그녀는 바람 부는 대지로, 먼지의 세상으로, 민중 속으로 걸어갈 수밖에 없다. 「매생이」에서 보인 가늘고 쓸쓸한 것에 대한 지향과 섬세의 정신은 최정란의 변함없는 미덕이라 할 수 있다.

> 택배로 관棺 하나가 배달되었다. 삼 킬로그램의 진혼곡을 개봉한다. 잘 건조된 미라들, 종이 수의 안에 빼곡히 몸을 눕히고 있다. 손에 집히는 시신 몇 구 끓는 물 속에 던져넣는다. 수장이다. 물에서 났으니 물로 돌아간다. 아득한 남해 바다 죽방렴의 기억이 지느러미를 꿈틀거린다. 쉴 새 없이 아가미를 벌름거린다. 출렁거리는 삶의 파도소리를 실토한다. 한참을 뼛속깊이 뜨거운 절망 속에서 펄펄 끓었을까. 한 방울의 비린 심연까지 다 쏟아낸다. 거품으로 끓어오르는 주검을 건져낸다. 얼마나 오래 낡은 영혼을 우려내며 국수발처럼 살아야 하는가. 국수발처럼 펴지며, 우려낸 남의 생의 내력에 잔치국수를 만다.
>
> —「국수를 말다」 전문

다시 일상성이라는 주제로 돌아와 이 시를 읽으면서 "오래도록 우려낸다"는 말에 주목하게 된다. 음식의 맛을 내는 일과 글쓰기의 유비(부엌의 철학)는 오래다. "우려낸 남의 생의 내력에 잔치국수를 만다"라는 구절이 말하듯이 최정란은 타자와 자신의 생에 스며드는 물의 상상력을 갈망한다. 또한 "얼마나 오래 낡은 영혼을 우려내며 국수발처럼 살아야 하는가"라는 진술에서 사유와 생성에 대한 그녀의 지향을 알 수 있다. 그리고 물의 상상력이라고 할 수 있는 그녀의 시적 입장을 「물의 독서」는 다음처럼 진술한다.

> 혼돈의 원형질을 더듬어 몸을 찾아낼 건가요. 질척하게 반죽된 중력분 짓이기듯 소금과 후추를 일정비율로 섞어 나를 주무를 건가요. 물의 조소를 빚어낼 건가요. 물을 정으로 쪼고 끌로 다듬어 피그말리온의 여인을 조각할 건가요. 천 년 전 석공이 남산 마애불 짓듯 물의 열반을 부조할 건가요.
>
> —「물의 독서」 부분

이러한 대목은 물(物)과 물[水]의 관계를 말하는 한편 사물의 원천인 물에 대한 인식을 강조한다. 그러나 "만물의 근원이 물"이라는 철학적 명제를 말하기 위함이 아니다. 무엇보다 물의 속성인 스밈의 상상력이 강조된다. 이는 경계의 문제이다. "경계를 앞서가는 밤벌레의 발 빠르고/영리한 삶의 방식 앞에서 경계란 얼마나/덧없으며 방어란 얼마나 때늦은가"(「밤」에서)라는 문장에서 말하는 "경계"와 같이 그녀는 사물과 타자에 대한 이해를 중요한 시적 지평으로 삼고 있다. "나"도 알 길 없는 자아의 "우물"(「우물」에서)을 들여다보면서 타자와 가로 놓인 "벽"(「즐거운 대화」에서)을 넘어설 길을 찾고 있다. 이러한 과정이 모두 "그림자를 찾아" 다니는 일이라 하더라도 "꽃 덤불 사이에서/하얀 새 알을 발견할 때까지"(「찔레꽃」에서) 그치지 않을 것임을 그녀는 다짐한다. 무거운 세상에서 가벼운 생성을 꿈꾸는 것이다. "새"의 비상이 그녀에게 초월이 아니듯이 물의 스밈이 회피가 아니다. 새처럼 일상의 그림자를 좇아 끝없이 비행하며, 물처럼 일상의 바다로 흘러들어 사람의 내력과 사물의 질서 속으로 스며들려는 것이다.

사랑과 환상의 경계

— 송진론

송진의 시는 자아를 향한 치열한 몸짓과 난해한 응시로 그득하다. 여전히 여성시 해독에 능숙하지 못한 나의 독법 탓도 있지만 그녀가 안이한 해독을 거부하는 것은 사실이다. 가령 첫 시집 『지옥에 다녀오다』의 표제시인 「잠시 지옥에 다녀오다」는 길을 떠나 물금에 있는 용화사를 다녀오는 화자의 이야기를 담은 서술시이다. "이 여름 우울하세요?"라는 물음으로 시작하는 이 시는, "잠시 지옥에 다녀오다"라는 표제의 의미를 다시 생각하게 한다. 문면을 좇을 때 "길 끊어진 어두컴컴한 굴다리"와 그로부터 이어지는 용화사의 정경이 "지옥"이라는 것인데 "이 여름 우울하세요?"라는 질문과 겹쳐 읽을 때 그 의미가 애매해진다. "우울"과 "지옥"은 어떠한 연관성을 갖는 것일까? 그냥 쉽게 의식의 세계에서 "굴다리"로 표상되는 의식 이전 혹은 무의식의 세계에 이르렀다 다시 일상으로 복귀하는 이야기라고 읽어도 그만일 터이다. 하지만 의식 이전이 왜 "지옥"일까라는 의문은 해소되지 않는다. 역시 "이 여름 우울하세요?"라는 첫 구절의 반향이 남는다. 지옥을 경험하고 우울이 해소된 것일까? 아니면 우울의 거처를 확인한 데 지나지 않았을까?

"서운함을 달래기 위해 서운암으로 달려간다"라는 경쾌한 말재롱(pun)을 전제하고 있는 「서운암」은 「잠시 지옥을 다녀오다」에 비하여 그 의미가 명료하다.

> 서운함을 달래기 위해 서운암으로 달려간다/자운영 금낭화 피어있는 순순諄諄한 오솔길/민들레 씨앗이 눈처럼 휘날리는 언덕/뱀딸기 속의 뱀의 아기들/물풀에 매달린 개구리 알을 보고/하얀 포도라고 이야기하는 이십육 개월의 어린 물고기에게/혜안을 한 수 배우는 오월/금낭화와 까치와 시골호박엿을 한 입 베어 오물거리는 사이/알 것 같았는데 알지 못했던 서운함과 서러움들이/겨울잠 깬 개구리처럼 다 튀어나가고 한 마리도 없다
>
> —「서운암」 전문

두 살이 조금 넘은 아이를 "이십육 개월의 어린 물고기"라고 표현하고 있듯이 이 시는 직유와 은유로써 사물과의 교감을 얻는다. 그런데 이러한 교감을 가능하게 하는 매개가 있다. 그것은 "물풀에 매달린 개구리 알을 보고/하얀 포도라고 이야기 하는" 아이이다. 아이는 화자에게 타자이자 자신의 분신이다. 삶으로부터 얻는 "서운함과 서러움들"이 "아이"와 함께 하는 공감의 세계에서 사라진다. 아이로부터 얻는 "혜안"은 원초적인 사고의 형태로서의 은유이다. 세속의 상념을 다 지운 상태에서 얻어지는 지각이다. 하지만 이러한 지각이 지속되긴 어렵다. 자연-아이-화자를 하나로 이어주는 동일성의 세계는 모성이 만들어진 신화이듯이 하나의 환상이다. 그렇기 때문에 「감 하나만 달라고 해볼까」와 같은 시에서 리비도와 모성의 경계가 표출된다.

첫 시집을 통해 송진은 여성으로서의 시쓰기라는 시인의 위치를 보였다. 이러한 그녀의 위치는 일상과 그로부터 탈주하려는 욕망, 의식과 무의식, 사랑과 부재, 상실과 우울 등을 오가는 시적 발화와 연관된다. 남성중심적이고 가부장제가 지배하는 세계에서 여성의 삶은 부서지기 쉽다. 「서

운암」과 같은 시에서 보이는 자족적인 동일성은 지속되지 않는다. 이보다 "지옥"으로 명명되는 "굴다리" 안의 낯선 세계는 자주 떠오른다. 예를 들어 「밀월 여행」이 그렇다. 마치 초현실주의의 자동기술법에 의한 서술이나 가위눌린 꿈 이야기처럼 혼돈스럽다.

> 아침 햇살이 잠자는 나를 가방 속에 구겨 넣는다 잠이 포개진다 물금이 문을 열고 들어온다 내 오른쪽에 눕는다 아무것도 보이지 않아 기적소리가 거미줄처럼 들려 삼랑진이 문을 열고 들어온다 내 왼쪽에 눕는다 우린 다 같이 가는 거야 어디로? 거미줄이 뚝 끊어진다 끔찍한 거미들 오른쪽 하늘에서 석탄이 쏟아진다 왼쪽 식탁에서 뱀이 쏟아진다 내 엘지카드는 어디 간 것일까 너무 배가 고파 물금이 내 옆구리를 툭툭 친다 나를 먹어 그들이 가죽혁대로 내 등을 내리친다 내 허벅지에 얼굴을 파묻고 살을 뜯어 먹는다 누가 나를 먹으라고 했어 누가 나를 먹어라고 했어 내 엘지카드는 어디로 갔을까 아랫도리가 없는 내가 낙동강으로 뛰어내린다
>
> —「밀월여행」 전문

"물금" "삼랑진" "낙동강"과 같은 구체적인 지명과 "식탁"이나 "엘지카드" 등이 지시하는 바는 경험적인 사건과 연관되는 것으로 짐작된다. 여행이 시작되었으나 길은 끝나는 아이러니의 상황과 같이 이 시가 말하는 "밀월여행" 또한 진전되지 못한다. 억압된 것의 분출이나 무의식의 투사에 의하여 현실의 진행이 차단되기 때문이다. 여기서 자아는 일상의 그것과 다른 양상을 보인다. 애니미즘이 그러하고 아이의 환상이 그러하듯 모든 사물들이 살아 움직일 뿐만 아니라 자신을 공격하거나 죽음으로 내모는 것으로 받아들인다. 이러한 정황에서 '나'는 침탈되거나 거세당하는 비천한 존재가 된다. 이 시는 친숙한 "밀월여행"이 일순간 낯선 것으로 전복되고

변형되는 과정을 보여줌으로써 삶에 내재한 교란의 양상을 시사한다. 그만큼 사랑이라든가 가족이라는 말들이 결핍을 내포하고 있다는 것이다.

첫 시집 『지옥에 다녀오다』에서 보인 송진의 시적 지향은 둘째 시집 『나만 몰랐나 봐』에서 사랑과 우울 그리고 환상이라는 형태로 반복된다. 송진의 시에서 "사랑"은, 첫 시집의 마지막 시편인 「질문」을 통해 말하고 있듯이 가장 중요한 시적 물음이다. "그리운 동물이여 전자레인지가 돌아가는 순간에도 세탁기가 돌아가는 순간에도 입춘 지나 우수 지나 초록빛 싹들이 대지를 뚫고 올라오는 저 순간에도 나는 사랑을 잊은 적이 없는가 가난한 나의 영혼에게 묻는다". 이러한 물음은 그녀의 시에서 1) 사랑의 확인 2) 사랑의 부재 3) 상실과 우울 4) 환상의 추구 등 다양한 양상으로 그 답을 구한다.

> 부산역 분수 오후 다섯시 방향 길게 물 내뿜는다 수련 비단잉어 개망초 달맞이꽃 어떻게 살아남았는지 뻔히 아는 이야기들 나만 몰랐나봐 나만 몰랐나봐 게으른 심성 꾸짖는 석류 세 알, 맨드라미가 수천 붉은 주걱 들고 하얀 쌀밥을 푼다 맨드라미 속 삼천궁녀 맨발로 뛰어 나온다 형수에게 빰 맞고 왼빰 내미는 흥보가 형수 주걱손 잡고 깡충깡충 줄넘기한다 흥보 이 놈 내 마누라 내 놓아라 놀보 수염 노을에 타고 있다 노을진 분수 다섯가지 마법 물 풀어낸다 맨드라미가 붉은 혓바닥으로 엉킨 밥알 풀어낸다 나리꽃 상사화 꽈리들 살아남았다고, 이렇게 살아남았다고 절벽 밑에 우뚝 서 있다
>
> —「나만 몰랐나 봐」 전문

어쩌면 앞서 말한 「질문」에 대한 답일 수 있는 시이다. 역시 둘째 시집의 표제시라는 점에서도 먼저 주목이 간다. 자동연상이라는 기법을 활용하

고 있는 이 시가 말하고자 하는 바는 사랑의 힘이다. 달리 말하면 에로스와 생의 활력인데, 특히 흥부 이야기의 삽입에서 그 의미가 부각된다. 석류의 붉은 알들이 맨드라미의 이미지로 전이되고 맨드라미의 형태가 주걱으로 상상되면서 형수에게 뺨 맞는 흥부로 이월되는 서술의 과정이 흥미롭다. 이 과정에서 흥부와 놀부의 문제는 생존과 에로스로 해석된다. 하지만 이 시의 의미가 집중되는 대목은 결구의 "나리꽃 상사화"의 자족성에 있다. 사랑은 "절벽 밑에 우뚝 서" 있는 "상사화"처럼 자기보존이라는 행위를 함축한다. 그런데 자기보존의 나르시시즘은 타자를 사랑하는 자기를 사랑하는 순수한 의식이다.

a) 해림사에 가니 좋아하는 코스모스가 피어있었다 코스모스 사이에 앉아 코스모스가 되었다 무정초등학교에 가니 가을대추가 열려 있었다 나무를 흔드니 노을이 우두둑 우두둑 떨어졌다 붉은 노을이랑 노란 대추랑 솔방울이 다정하게 보였다 빨간 고추와 파란 고추와 하얀 수련이랑 갈색 줄무늬 토끼가 다정하게 보였다 무화과 잎사귀가 무희처럼 춤을 추었다 넓게 펼쳐진 발레복처럼 기쁨이 다가와 두 뺨을 핥아주었다

—「해림사」 전문

b) 이춘식 안과에 가려면 대청동 노란 은행나무 옆을 지나야 한다 우수수 떨어지는 노란 눈을 밟으며 걸어가는 자전거 바퀴, 어머니의 낡은 브래지어처럼 아름다운 시간 위를 걷고 있다 보랏빛 비닐봉지 하얀 비닐봉지 엉겅퀴처럼 엉켜 있다 오전 열한시 사십오 분 나는 너에게 어떤 소멸을 노래할 수 있을까 인도에 사륜바퀴가 새파란 엉덩이를 들이밀고 있다 노란 은행나무 속눈썹이 우수수 떨어진다

—「소설」 전문

송진의 시에서 a)처럼 동일성이 표현되는 경우는 흔치 않다. 이 시에서 시의 주인공은 본디 색깔의 사물들 속에서 동화되고 있다. "기쁨"은 이러한 상태의 표현인데 자족적이다. 이러한 자족성은 자연사물과 자아의 이해타산이 없는 순수한 관계에서 나온다. 일상과 현실 그리고 사회적 관계라는 다른 측면은 가려지고 없다. 따라서 타자의 등장으로 이와 같은 동일성에 틈이 생기는 것은 당연하다. 예를 들어 b)는 은행잎 지는 거리를 걸으면서 한편으로 "어머니의 낡은 브래지어처럼 아름다운 시간"을 연상하지만 다른 한편 "나는 너에게 어떤 소멸을 노래할 수 있을까"라는 의문을 상기한다. "나-너"의 관계를 상정하면서 "나"의 분리와 분열을 예감하거나 말하게 된다. "어머니"의 이미지 또한 양가적인데 "낡은 브래지어"가 의미하듯 마침내 버려질 존재이기 때문이다. 따라서 동일성의 시간은 짧고 분열과 충동은 끊임없이 반복된다. 기억과 무의식의 침투가 부단한 탓이다.

> 기억이 기억을 얼음 톱으로 밀고 당기는 노아의 방주//얼음 로봇이 얼음 손가락을 잘게 잘라 붉은 깍두기를 담근다//뚜껑 열린 장독 위로 머리 풀어헤친 숫자들이//솟아 오른 초록 풀 사이로 망아지처럼 막 뛰어가는데
>
> —「봄-입춘-내가 왜 이렇게」 부분

이처럼 감정이입과 동화를 통하여 동일성을 유지하려는 자아는 기억의 개입으로 분열한다. 제목이 말하듯이(송진은 자주 제목을 통하여 시의 의도를 제시한다) "내가 왜 이렇게"라고 반문하게 되는 것이다. 개인의 역사에 내재한 사건이나 환상들은 억압되거나 잠재될 뿐 사라지지 않는다. 특히 상처와 상실의 기억은 사고의 진전을 가로막는다. 인용시가 말하고 있는 "입춘"의 기억이 그렇다.

이 슬픔은 어디서 밀려오는 것일까 폭풍처럼 그러나 맞이하고 싶다 백년을 기다린 인어처럼 언제 다시 찾아올 것인가 눈보라치는 한계령을 넘으며 얼음밥 먹는 이 슬픔이 한계령 너머 더 깊은 하얀 수염 세상 너를 찾아간다 이 세상이 나 잊은 후 불현 듯 생각나는 시 한편처럼 읊어주면 좋으리 안개 낀 소읍처럼 기대주면 좋으리 슬픈 피리라고 불러주면 더 좋으리 나쁜 여자라고 욕해주면 좋으리 나쁜 시인이라고 손가락질해주면 더 좋으리 영광도서 맞은편 노래방 화장실 문을 연다 하얀 양변기에 앉은 무지개 줄무늬 티셔츠 여인 쭈그리고 앉아 젖꼭지 빠는 초록빛 사내가 있다 보랏빛 무꽃 열세 송이 논개처럼 웃고 있다

—「입춘을 기억하다」 전문

이 시는 "입춘"의 기억이 "영광도서 맞은편 노래방 화장실 문을 연다"로 시작되는 후반부의 사건과 연관됨을 진술하고 있다. 그러나 "무지개 줄무늬 티셔츠 여인"과 "초록빛 사내"의 관계는 분명하지 않다. 다만 "논개처럼"이라는 비유의 배치가 암시하듯 두 남녀의 사랑은 이뤄지지 않은 것으로 짐작된다. 이렇게 읽을 때 첫머리의 "이 슬픔은 어디서 밀려오는 것일까"라는 구절이 이해된다. 시적 화자의 "슬픔"은 "너"의 부재에 기인한다. 그러므로 이 시는 사랑을 잃고 쓰는 시이다. "너"를 찾아가는 "나"의 행로는 "너"의 부재로 힘겹다. "너"는 객관적이고 구체적인 대상이 아니라 "나"의 사랑의 대상이므로 이미 "나" 안에 있는 존재이다. "나"의 "슬픔"은 "너"의 부재를 슬퍼하는 것이므로 우울과 다르지 않다. "너" 없는 세상에 대한 공허가 아니라 "나" 스스로 공허한 존재라는 생각에서 "나"는 탄식과 한탄의 대상이 되고 만다. 사랑의 상실에 대응하는 방식은 두 가지이다. 그 하나는 대상에 대한 사랑으로 그치는 것이고 다른 하나는 대상에 대한 사랑이 곧 자기에 대한 사랑이 되는 경우이다. 후자의 경우 대상을 사랑한 것이라기보다 대상을 사랑하는 자기를 사랑한 것이 되는데 대상이 사라지

더라도 여전히 사랑은 자기의 문제로 남는다. 이럴 때 자아는 나르시시즘으로 돌아간다.

> 하얀 레인코트의 단추를 열자 머리카락 한 올이 비스듬히 서 있다 너 거기서 뭐하니? 너의 슬픔을 먹고 있는 중이야 너의 젖꼭지를 빨면 눈물이 나 생리 없이 헤어진 애인 생각이 나 쭈그리고 앉아 담배 피우던 늙은 엄마가 생각나 소금 폭포가 흐르던 노래방이 생각나 물고기가 빠져나간 젖가슴이 관棺처럼 텅 비어 있어 장의차를 타고 떠나는 장맛비의 뒷모습 늘 홍미진지해 헝클어진 손가락으로 돌아오는 앞모습 흘레붙은 개처럼 아름답지 순환버스는 말랑말랑한 젖가슴, 세 살인 내가 발보다 큰 노란 장화를 신고 엉거주춤 버스계단을 오르며 안녕하세요 혀 짧은 목소리로 장맛비와 나뭇잎가로등과 석류나무의 방을 환히 밝히는 라디오 사랑
>
> ―「7월, 너의 젖꼭지를 빨면」 부분

"머리카락 한 올"이 매개되어 무의식이 침투하는 이 시는 여러 가지 억압된 요소들이 표출되면서 이미지와 사상의 다발을 형성한다. "너"로 환치되어 발화하는 내용들과 "나"의 기억들이 애매하게 보완관계를 이루어 난해한 문맥을 지닌다. 중층결정된 이미지들이 중층해석을 기다리지만 결코 완벽한 의미에 도달하긴 어려울 것이다. 그렇다면 여기서 "너"는 누구일까? "머리카락 한 올"의 환유이므로 "너"는 곧 "나"의 분신이다. 이 시에서 주체는 자신을 대상화하고 있다. 생리 없이 애인과 헤어지고 엄마 생각을 하고 노래방을 기억하며 텅 빈 가슴을 하고서 흘레붙은 개와 순환버스를 연상하는 이는, 결국 "나"이다. 이러한 "나"의 연상은 마침내 세 살의 어린 아이로 회귀한다. 기억의 저편에서 "혀 짧은 목소리로 장맛비와 나뭇잎가로등과 석류나무의 방을 환히 밝히는 라디오 사랑" 이야기가 떠오른

다. 하지만 유년의 기원적인 이미지의 의미를 알기 어렵다. 단지 그것이 하나의 환상의 형식이라는 것을 이해할 수 있다. 환상은 욕망의 무대, 원초적인 섹슈얼리티의 무대를 제공한다. "라디오 사랑"은 주체가 관객이 되어 바라보는 이야기의 기저이자 현재의 "나"의 "슬픔"의 원천이라 할 수 있다.

사랑과 슬픔은 송진의 시를 구성하는 기본 골격처럼 보인다. 여기서 사랑은 여성적인 사랑을 의미하며 사랑받은 것을 목적으로 하는 사랑이다. 사랑받으려는 욕망과 좌절은 송진의 시적 내러티브를 구성한다. 사랑의 존재 여부가 주체를 구성하는 관건이 되면서 사랑의 상실과 부재는 주체를 기억과 무의식의 세계로 되돌린다. 슬픔과 우울은 사랑의 전망이 없어서 빈곤해진 주체의 심리상태를 대변한다. 그녀의 시에서 낭만적 사랑의 이미지는 아름다운 결핍으로 그려진다.

> 나 여기서 만나기로 한 애인 있었으면 좋겠네 햇살이 억새의 목에 보랏빛 머플러 감싸주듯 나도 그렇게 따뜻한 엄지손가락 있었으면 좋겠네 풀벌레 뛰어다니는 언덕, 무명 머리카락 어루만져주는 바람 그대가 나의 애인인가 무덤 속에서 흘러나오는 나무 향기 그대를 따라 걷는다 바람의 창과 창 사이 배고픈 낮달 보인다 투명한 지문 노출되는 정오 나는 햇살갑옷 입은 애인 기다리며 세 귀 달린 물항아리를 인다
>
> ―「노출박물관」 전문

이처럼 아름다운 몽상은, 그러나 구체적인 대상을 전제하고 있지 않다. 무엇보다 타자의 사랑을 갈망하는 자기에 초점이 놓여 있다. "무덤 속에서 흘러나오는 나무 향기"의 원초성과 같이 "나"는 야성과 자연의 힘을 지녔다. "나"는 나르시시즘적인 자족성의 매력으로 자신의 초월성을 담보한다. 그러나 현실은 이러한 낭만적 사랑을 불가능하게 한다. "네가 내 몸 속에 들어와 슬픔을 빨아먹는"(「우수」에서) 관계가 요구되기 때문이다. 사랑은,

그 어느 사랑도 어긋남이 있기 마련이다.

> 검은 은행잎 검은 버스 뒤 따라간다 응달과 양달사이 그와 그가 서 있다 그가 하얀 기침을 한다 그가 하얀 담배 꺼낸다 만두 가게 앞 부끄러운 듯 찐만두 기다리는 웨딩드레스, 공중전화 부스에서 전화하는 갈색 부츠 하얀 눈 보고 있니? 우박이 쏟아지고 있어 턱시도가 떨어지고 있어 하늘의 축복은 언제나 강아지와 아기들의 편이지 자, 받아 그와 그가 마주 보고 서 있다 검은 은행잎들이 바람 속으로 스며들고 있다
>
> —「벙어리 장갑」 전문

낭만적 사랑은 남성적인 사랑과 여성적인 사랑의 차이나 관계에 개입하는 자본과 권력에 의하여 불가능하다고 한다. 그럼에도 이러한 낭만적 사랑의 환상을 믿게 하는 것은 나르시시즘이다. 사랑을 받으면서 자기의 가치를 느끼거나 사랑을 하면서 존재감을 얻는 것은 서로 다른 지향을 지녔음에도 자기애라는 공통의 지반에 기초한다. 인용시는 이러한 자기애에 바탕한 사랑의 맞섬 관계를 지적하고 있다. "하늘의 축복은 언제나 강아지와 아이들의 편"이라는 발화가 의미하듯 사랑은 서로에 대한 "변명"(「가을 안개」에서)에 지나지 않은 것이 아닐까?

> 내가 걸어간 길 그대가 달려오고 있다/그대가 걸어간 길 내가 달려가고 있다/그대와 나는 뼈마디 하모니카 나그네/그대와 나는 흘러간 올드팝 찍어내는 해골씨디음반제작소/무슨 힘이 우리를 견디게 하는가/뼈 산산이 부서지는 레일위에서/머리 없는 러시아 곡예사가 레일 위에 앉아 있다/자신의 깨어진 머리를 들고/뇌를…꺼내 먹는다…뇌를 꺼내 먹는다…뇌를…꺼내…먹는다…
>
> —「지독한 레일」 부분

사랑으로 서로의 결핍을 채울 수 있다는 것은 환상인가? 남성과 여성은 근본적으로 결핍을 안고 사는 존재들이 아닌가? 결여의 존재들이 만난다고 하여 결여가 충족되는 것은 아닐 것이다. 경우에 따라서 더한 고갈과 불모에 이를 수 있을 것이다. 그러므로 먼저 고통과 불행의 변증법이 요구되는 것이 아닐까? "무슨 힘이 우리를 견디게 하는가"라고 시적 화자는 묻는다. 분명 환상의 힘은 아닐 것이다. 타자의 결핍은 나의 결핍이다. 충족될 수 없는 욕망의 도가니를 벗어나는 길은 어디에 있을까? 고갈과 불모의 사막에 자신을 흩어놓을 수는 없을까?

> 아이가 우산을 팔랑개비처럼 몰고 온다 보리박스 리어카를 끄는 할아버지, 그 옆을 말없이 따라가는 교복 입은 소년, 안개가 해안가에 야간 비행기처럼 착륙한다 그의 등 뒤에 서 있는 검은 고양이 나를 파먹을 듯 노려보는 노란 눈알 그 비밀스러운 빛처럼 시를 쓴다 이 흔들리는 지구 속에서 항상 깨어있어야 한다 미쳤군 껄껄 꼴랑 그런 말을 하다니 시인답지 않군 지구는 지금 다시 어렵고 힘들다 이 때다 적기다 멀리 뛰기 좋은 계절이다 나는 끝까지 너를 놀리는군 너는 끝까지 웃어주는군 우리 다 같이 손잡고 기도하세 혀를 뽑으세 눈을 뽑으세 안개가 톱날 달린 팔랑개비처럼 없는 얼굴을 파고드는군 피 묻은 안개 껍질이군 칠암 바다는
>
> —「안개 바다—안개 속을 걷다보면 언젠가 안개가 된다」 전문

인용시는 송진의 시적 위치를 잘 드러내고 있다. 그녀는 "검은 고양이 나를 파먹을 듯 노려보는 노란 눈알 그 비밀스러운 빛처럼 시를 쓴다." 그래서 서정이라는 장치를 거부한다. 장치는 기존의 시적 권력인데 그녀가 이러한 권력의 자장을 벗어나려 한다. 가령 "지구"를 걱정하는 생태학적 상상력도 이러한 장치의 하나라 할 수 있다. 이보다 그녀는 개별적인 자

아나 의식과 더불어 그 이면에 존재하는 욕망과 무의식, 균열과 분열, 충동과 죽음을 응시하려 한다. 그러나 이러한 응시가 타자를 대상으로 하는 일이 아니라 철저한 자기에 대한 응시에 가깝다. 혀를 뽑고, 눈을 뽑고 얼굴을 지우면서 동일성의 감옥에서 벗어나려 한다. 때론 언어유희가 시적 성실성을 담보하고 기괴함이 현실보다 더 현실적이며 자기를 비체(abjection)로 격하하는 것이 자기의 진실성에 육박하는 일이 되는 것이다. 그녀의 시는 생리적인 생명과 내밀한 관계를 지니고 있다. 의식에서 무의식으로 전이하거나 과거를 파고들다가도 문득 일상 속으로 돌아오는 과정을 통하여 그녀는 그녀만의 시적 심오함을 발화한다. "누가 막을 수 있겠어 수천 갈래로 찢어지는 빗줄기의 수다를 그 말하고 싶은 간절한 소통을……"(「레인워터」에서) 둘째 시집 마지막 시편의 마지막 구절인데 긴 여운을 남긴다.

몸의 기억과 회생의 바다
— 김길녀론

'몸'과 '바다'는 김길녀의 시를 구성하는 두 가지 대표 이미지들이다. 서로 멀어 보이는 두 이미지들은 시작의 전체 과정에서 전개되는 지평의 확산을 통해 만난다. 먼저 '몸'은 유년의 기억 속에 각인된 감각의 거처이다. "발바닥 기억들"(「무섬」에서) 혹은 "발바닥의 정신들"(「푸른 징조」에서)로 표현되고 있는 기억의 세계는 몸에 내재된 감각의 경험과 다르지 않다. 이것은 김길녀의 시세계에서 내재한 신체성의 원형에 가깝다. 그녀의 시를 떠받치는 기저는 추억이다. 가령 "일흔 살의 처녀 할머니"(「푸른 징조」에서) 이야기는 의식이 미분화된 유년체험의 온전한 원환성을 드러낸다. 이러한 세계에서 감각은 아름다운 동일성을 지녀 '할머니'의 죽음조차 "꿈을 찾아서 보름달 속으로 떠나셨다"라고 받아들인다. 하지만 유년의 감각은 단지 기억될 뿐이다. 유년은 그것을 기억하는 현존재의 사정에 따라 환희도 되고 비애도 된다. 경우에 따라 그것은 자기 연민과 상실의 징표에 지나지 않는다.

> 이제 옛집 빈터에는 산수유꽃만 사태지고 있다/버즘처럼 썩어가는 모과와/꽃바람에도 꿈쩍 않는 늙은 감나무 옆/부르튼 살결의 산수유 가지 끝에/차마 떨구지 못했던/지난해 붉은 산수유 열매/할머니 쪼그라든

젖꼭지 같다/서둘러 골짜기로 찾아드는/저녁 햇살 붉고/덩그마니 댓돌 위에 앉은/흰고무신 바람그늘 속/그네 타는 노란 꽃귀신들/풍장으로 뼈만 남은 허물어진 담벼락/감싸 안은 푸른 넝쿨은/금이 간 장독 안에서/새벽 이슬을 낳는다

—「옛집」 전문

모든 추억을 그대로 보존하는 장소는 없다. 퇴락해가는 "옛집"처럼 내재된 감각의 주체인 우리의 몸 또한 훼손되거나 고갈된다. 그럼에도 장소의 혼을 기억하고 그 흔적에 매달리는 것이 시인의 유년의식이다. 이를 통해 시인은 "푸른 징조"와 만나고자 한다. 유년 세계가 지닌 힘은 그 자체의 순수성에 기인한다. 그래서 "풍장으로 뼈만 남은 허물어진 담벼락/감싸 안은 푸른 넝쿨은/금이 간 장독 안에서/새벽 이슬을 낳는다"는 시적 표현이 가능하다. 그렇다면 "푸른 넝쿨"과 "새벽 이슬"은 어떻게 '바다'와 이어지는 것일까? 인용시에서 "새벽 이슬"이 유년을 향한 심정의 응축이라면 여타의 많은 시편에 등장하는 '바다'는 외부를 향한 심정의 확대에 다를 바 없다. 시인은 서정적 응축과 낭만적 확산 사이를 왕래한다. 그 어떤 삶의 계기는 시인으로 하여금 심정의 응축에서 심정의 확산으로 나아가게 한다. 그러나 '바다'는 단지 확산의 대상만 아니다. 그것이 지닌 시원성에서 유년의 원초적 경험과 만난다. 바다는 만물이 생성하고 소멸하는 순환의 공간이다. 그리고 모든 죽음들이 다시 생명으로 탄생한다. 이러한 과정은 「물결에 관한 보고서」에 잘 서술되어 있다.

칠월 장맛비, 시퍼런 초록 골짜기를/흘러나오는 오래된 옛집,/나보다 먼저 죽어간 이들의 저녁을 위하여/슬며시 문고리를 열어둔다/저물녘 강둑에 스며든 적막감이 한기로/다가와 스멀스멀/경전 속 숨은 비밀이 되어/방안 가득 똬리를 튼다/주술에 걸린 듯 박태기나무 팝콘 같은 꽃잎

들/후-두둑 떨어져 어둠의 두터운 안부를/빗긴 위에 떠내려 보낸다/검은 물기둥 궁전이 있는 사북, 뭉텅뭉텅/킬링필드의 목 잘린 해골들처럼 쌓여서/산맥을 이루는 폐석탄 잔해들, 석고마냥/굳은 능선의 부르튼 틈새마다엔/붉디붉은 물결의 시간이 깊디깊은 주름으로/누워 흐르다, 꽉 다문 막장 문 입구에서/녹슨 눈물의 뿌리로 환생하기도 하는데/막장으로 가는 마지막 길/숨이 긴 여름햇살, 제 몸 서랍 속 비늘/모두 털어내어/빗물에 잊혀져간 먼지의 고요를/조심스럽게 일으켜 세워/바다로 가는 길을 열고 있다

—「물결에 관한 보고서」 전문

이 시가 말하고 있듯이 "오래된 옛집"의 추억은 "적막감"과 "한기"를 뿜어내며 세월의 잔해를 쌓아가고 있다. 물론 이 시가 말하고자 하는 "사북"이라는 탄광촌의 풍경은 유년을 말하기에 어느 정도 예외적인 상황이다. 그럼에도 기억의 장소에 대한 시인의 태도를 이해하기에 족하다. "바다로 가는 길"은 새로운 지평이다. 이는 "붉디붉은 물결의 시간이 깊디깊은 주름으로" 각인된 기억의 세계로 회귀하는 것이 아니다. "눈물의 뿌리로 환생하는" 것이다. 환생, 회생, 치유의 바다로 나아가는 것이다. 「꽃 피는 저녁」에서 "청동물고기"는 이러한 바다의 의미를 잘 드러낸다. "청동물고기, 텅 빈/몸뚱아리 속으로/침잠하는데, 간절함 없는/마흔의 여자는 화들짝/화들짝 출렁임 한번 없이/피워 올리는 붉은 저녁을/꺾고 또 꺾는다"라는 구절이 말하고 있듯이 "바다의 기억"은 유년의 행복을 동경하는 데 그치지 않고 신생을 갈망하는 적극적인 의미를 내포한다. 시원의 공간인 바다는 "텅 빈/몸"에 생명을 불어넣는다. "바다로 가는 길"은 존재의 내부가 아니라 외부로 향한다. 여기서 바다와 몸은 깊은 연관을 지닌다. 「파천금」의 "흑빛 물고기 한 마리"는 「꽃 피는 저녁」의 "청동물고기"와 다르지 않다. 모두 몸의 부활, 몸의 변신, 상실의 회복, 신생의 가능성을 염원하고 있

다. 이는 「숨비소리」가 말하고 있는, "그녀만의 섬 하나"를 지어놓으려는 지향과 무관하지 않다. 시인은 바다의 지평으로 시적 지향을 전환하려 한다. 경우에 따라서 해양시를 생산하려는 의도된 입장이 전제되기도 한다. 예를 들어 「북태평양에서 온 편지」는 수부를 화자로 삼은 시이다. 이 경우 바다는 해양체험의 장으로 상상된다.

> 이곳은 적도의 북쪽 바다입니다/육지에서 12,000 해리 떨어진 머나먼 곳입니다/거리가 주는 아득함만큼 그리움도 깊습니다/장마전선 따라 많은 비구름이 몰려왔습니다/비구름에 별들도 빛을 잃고 사라졌습니다/열흘 내내 줄기차게 비가 내리고 있습니다/물고기 잡는 작업도 중지되었습니다/선원들의 빛나던 눈빛도 흐릿해졌습니다/무인도에 와 있는 것만 같습니다/수국과 백합이 피고 자두가 익어가는/고향집 뜨락이 자주 꿈속에 보입니다/오래전 바다를 떠돌던 아버지를/꿈속에서 만나 엉엉 울기도 합니다/적막만이 조타실에 우장막을 쳤습니다/당신이 불러주던 노래가 청포도 잎사귀에 스며든/비바람 타고 와 침실 스커틀을 두드리고 있습니다/따뜻한 당신 손을 잡고 달맞이꽃 핀/여름밤 둑길을 걷고 싶은 꿈을 꿉니다/당신을 꿈꿀 수 있는 밤이 있어/외롭지만은 않은 바다의 날들입니다/북태평양 여름 바다 한가운데서/친애하는 당신에게 장마의 나날을 부칩니다
>
> —「북태평양에서 온 편지」 전문

"바다에 와 바다를 그리워하는 일이 나의 일이다"로 시작하는 「백야의 바다」와 더불어 인용시는 선상 선원의 체험을 노래하고 있다. 해양시를 통하여 시적 지평을 확장하고 있으나 다소 작위적이다. 그렇지만 이러한 해양시는 김길녀의 시에서 주변적이다. 무엇보다 그녀의 시에서 바다는 아플 뿐만 아니라 늙어가는 몸과 연관되어 있다. "몸 속 어딘가도 안개

가 가득 덮혀서/피돌기를 막아선 지옥이 몸살을 앓는"(「무거운 하루」에서) 경험은 시인의 자전적인 상황을 말하고 있는 듯하다. 이는 "지독한 어둠의 끝"(「안간힘의 연대기」에서)이라고 표현한 경험과 연관된다. 몸의 위기를 경험한 시인이 "기억의 꽃밭"을 마냥 반추할 수 없다. "깊은 바다, 열수 분출공 굴뚝 아래/그 캄캄한 곳/오래된 수장고 비밀의 문 열리자/먼지 쌓인 방마다 묻혀있던/죽은 자들의 푸른 시간, 한번도/천사였던 적이 없었던 나의 전생도 그곳에서 부활하여/마린 스노우, 하얀 눈송이로 날아오른다"(「미술관에서 만난 바다」에서)라는 진술이 말하는 환상이 더욱 절실하다. 바다는 새로운 '천사'가 되려는 몸의 욕망을 대변한다. "오랫동안 내 몸속에 세 들어 살았던 늙은/세포의 잎사귀들 한꺼번에 쏟아져 나와/저물녘 바다의 등에 업혀 흘러 흘러만 갑니다"(「저녁 바다」에서). 이처럼 바다는 회복과 재생의 드라마를 연출한다. 김길녀는 바다를 통하여 시원과 원초적인 생명의 약동을 그린다. 그만큼 "내 생애 가장 절박한 기도가/바다로 바다로 흘러가고"(「이별에 대한 예의」에서) 있는 것이다. 그녀에게 바다는 궁극적인 관심이자 거소이다.

> 저 구불구불한 길 따라 흐르다 보면/바다 탯줄 닿은 시원에 이르리라.
>
> —「모지포 가는 길」에서

> 이제 나는 온전한 자유를 찾아/심해의 저, 광활한 우주 속으로 흘러든다
>
> —「어떤 이별」에서

> 그러나 앞으로 가리라 앞으로만 가리라/항해는 해원의 곧은길로 가는 것/마침내 바다에서 길을 찾았다/푸릇푸릇 물비늘이 돋아나는 우리의 항해는/지상에서 찾을 수 없었던/피안의 신천지를 향하고 있다
>
> —「크리스마스 섬」에서

용왕의 궁륭에서 솟아오르는 그의 물 뿜기는/반구대 암각화에 갇혀 있는 선사인들 가슴속/못다한 사랑의 눈물 뿌리 같아라//그, 먼 사랑의 유적 찾아 우리 바다로 온 고래//한평생 바다 찾아 떠도는 나의 전생이 아닐까

—「고래의 귀향」에서

비밀의 숲에 숨어살던 플랑크톤의/휘파람소리 빠르게 빠르게/얼어 있던 바다에 퍼져/먼 길 떠났던 고래들 귀향의 나팔소리로/빙산의 바다는 거친 숨을 몰아쉰다/오래전 유빙에 갇혀 있던 인듀어런스 호에도/새끼 고래들의 깔깔대는 웃음소리로/선실의 창문마다 고깔모자가 걸린다/늙은 고래들이 부르는 생의 찬미로/여름 바다의 숨결은 뜨겁다/바다는 지금, 고래들의 함성으로 끓고 있다

—「그곳에 고래가 있다」에서

이처럼 바다는 "시원", "온전한 자유", "피안의 신천지", "전생", 생명의 환희를 내포한다. 몸을 구속하는 고통으로부터 완전하게 해방된 생명의 장소가 바다이다. 그러나 이는 다른 한편으로 우리 속에 내포된 병과 죽음에 대한 저항을 의미한다. "삶이 죽음 근처에"(「시간의 죽음」에서) 있음을 인식하기에 에로스에 대한 열망은 더욱 강렬하다. "나는 그렇게 내 죽음을 한 알씩 상자 속에 쌓아 두었어"(「적과의 동거」에서)라고 말하는 화자의 절실함이 바다의 다양한 변주를 단순한 낭만적 동경으로 회수하지 않는다. 몸의 고통에 대한 자각이 죽음에 대한 인식과 더불어 "초록이 빚어내던 따스한 손길의 온기"(「그림자」에서)를 더욱 뚜렷하게 한다. 이것이 김길녀가 말하고자 하는 "푸른 징조"가 아니겠는가. 그녀는 몸을 가진 존재의 고통을 시작의 지속적인 계기로 삼고 있다. 타나토스의 공포를 이겨내려는 에로스의 열망이 바다로 가는 길을 열고 있는 것이다.

빈 집의 추억

— 손순미론

환(幻)과 시

시에서 이미지와 비유는 세계를 지각하는 시인의 시선과 의식을 담는다. 손순미의 시에서 가장 먼저 눈의 띄는 개성은 이미지와 비유의 독특한 활용이다. 그녀는 이미지들을 병치하고 조합하는 방식으로 시상을 이어가면서 한 편의 시에서 미묘한 분위기를 연출한다. 몽타주 기법처럼 유사하거나 경합하는 이미지들이 나열되면서 포개지는 형국이다. 그래서 회화적인 시각 이미지는 그녀의 시에서 단연 중심 얼개가 된다. 하지만 그녀가 전적으로 시각에 의존하려는 의도를 드러내고 있는 것은 아니다. 그녀는 자신의 시적 지평을 확장해줄 공감각으로 나아가려는 의지를 분명히 지니고 있는데 그럼에도 불구하고 이러한 의지를 전면에 내세우지 않는다. 그만큼 정경(情景)을 그려내는 데 충실하려는 것이다. 직유의 빈번한 사용도 지금-여기를 포착하려는 그녀의 시작 태도와 연관된다. 많은 이들이 은유에 비하여 상대적으로 직유의 가치를 낮게 평가하고 있음에도 불구하고 손순미는 이러한 관념을 거스르듯 빈번한 직유를 통한, 감각의 직접적인 환기를 의도한다.

고양이 울음이 느릿느릿 계단을 내려오고 있었다 울음소리는 저녁보다 어두웠다 신발을 신은 울음은 모퉁이까지 걸어가서는 돌아오지 않았다 골목은 먹물처럼 고요했다 어둠을 보관한 집들은 집의 입술인 창문을 열지 않았다 집의 근심은 하수구로 흘러나왔다 수챗물이 눈물처럼 반짝였다 나뭇가지에 검은 색종이처럼 접혀 있던 새들의 깃털 터는 소리 낮게 들려왔다 밥물 잦는 소리 같았다 다시 길을 당겼다 담장의 자귀나무 연분홍 서로 몸을 부딪고 깊은 저녁을 껴안고 갔다 가로등이 흰 새알을 까는 동안 손수레를 끄는 노인이 남아 있는 골목을 다 끌고 갔다

—「저녁의 시(詩)」 전문

문을 두드리는 그림자 한 뭉치 어둠을 전해주고 우체부처럼 사라진다 봉투 속에서 두툼한 어둠이 흘러나온다 바람에 부풀려진 어둠이 야경을 돌며 차례로 불빛을 호명하고 일제히 검은 모자를 쓴 상점들 서로의 이름을 부르며 대답처럼 네온을 켠다 무명의 상표들이 물끄러미 사람을 쳐다본다 유리알처럼 맑은 계집애들의 웃음소리가 윈도우를 흔들고 지나간다 늦은 저녁이 뒤따라간다 호주머니 속에서 남아 있는 길을 꺼내본다 꾸깃한 길이 비로소 허리를 편다

—「저녁의 환(幻)」 전문

시집의 첫머리에 실린 「저녁의 시」와 시집 후미에 실린 「저녁의 환」(시집에서 마지막 작품은 「어떤 식목」인데 「저녁의 환」은 하관[下棺]의 과정을 기술한 이 작품 바로 앞에 놓여 있다)은 손순미의 시법을 이해하는 데 몇 가지 중요한 자료가 된다. 1)두 편의 시가 모두 저녁 이미지를 포착하고 있음을 알 수 있다. 아침을 기다리는 새벽 이미지가 기대나 희망을 내포한다면 밤으로 가는 저녁 이미지는 어둠 혹은 죽음으로 기울어져 있다. 물론 이러한 단순 대비로써 시인의 시적 경향을 예단하는 일은 바른 방법이 아니다. 시인의 작품 전체를 통합하는 맥락적 독해가 필요한데 부재, 결핍, 해체, 죽

음 등이 시인의 주요한 시적 주제들의 목록을 형성하고 있음을 알게 된다. 이로써 저녁 이미지가 차지하는 의미가 크다는 것을 확인할 수 있을 뿐만 아니라 시인의 의도에 따라 수미상응의 양상으로 두 작품이 배치되었음을 이해하게 된다. 2)두 편의 시가 보이는 특징은 직유의 빈번한 활용이다. "골목은 먹물처럼 고요했다", "수챗물이 눈물처럼 반짝였다", "검은 색종이처럼 접혀 있던 새들", "그림자 한 뭉치 어둠을 전해 주고 우체부처럼 사라진다", "대답처럼 네온을 켠다", "유리알처럼 맑은 계집애들의 웃음소리" 등. 읽는 이와 더불어 의미의 확장을 이끌어내려는 은유와 달리 직유는 화자의 생각과 목소리를 그대로 전달한다. 무엇보다 주체의 지각을 강조하고 있는 셈인데, 여기에 거듭되는 직유의 반복을 통하여 지각한 풍경을 보다 구체적으로 전달하려는 시인의 의도가 담겨 있는 것이다. 말할 것도 없이 시인의 이러한 의도가 모든 시에서 고르게 성공하고 있다고 볼 수는 없다. 가령 「봄밤」에서 "창자 속같이 어두운 골목의 밤"이나 "봄밤은 허벅지가 드러난 치마처럼 짧다"와 같은 진술은 직유의 적극적인 활용과 무관하게 상투적이다. 반면 "고등어 같은 열차를 타고"라는 표현이 있는 「동해남부선」은 직유가 작품 전체를 통어한 성공적인 사례이다. 3)흡사한 정황을 기술하고 있는 두 편의 시를 통하여 따져볼 또 다른 의미는 "시"와 "환"의 관계이다. 시인에게 시와 환은 같은 것인가, 다른 것인가? 이에 대한 답은 두 편의 시에 나타나는 이미지의 지향에 담겨 있을 것 같다. 두 편의 시 모두 저녁에서 밤으로 가는 시간의 진행을 나타내고 있지만 「저녁의 시」가 집을 나와 길이 소멸하는 밤의 어둠 속으로 나아가는 주체가 등장하고 있는 반면, 「저녁의 환」은 밤이 되어 더욱 화려해지는 도시의 모습을 서술하고 있다. 이러한 차이에서 일단 두 편의 시가 드러내는 대비의 측면이 없지 않다. 하지만 두 편의 시 모두 결구를 통하여 의미를 증폭하고 있음을 간과할 수 없다.

가로등이 흰 새알을 까는 동안 손수레를 끄는 노인이 남아 있는 골목을 다 끌고 갔다

호주머니 속에서 남아 있는 길을 꺼내본다 꾸깃한 길이 비로소 허리를 편다

—「저녁의 환」 전문

각각 노인에 의한 길의 소멸에 직면한 주체와 길의 생성을 유인하려는 주체의 모습을 보인다. 달리 죽음에 직면한 주체와 도시의 불빛을 벗어나려는 주체라 할 수 있는데, 둘의 의미를 겹쳐보면 환멸(幻의 滅)이 읽힌다. 환멸의 이미지는 항상 환상이나 생성의 의미를 포함하는 역설의 구조를 지닌다. 그런데 이러한 역설은 한 시인의 의식 지평에서 일회적으로 그치지 않고 재귀적으로 반복된다. 이러한 점에서 시인의 의식은 환멸과 생성, 어두움과 밝음을 순환하는, 서로 꼬리를 문 우로보로스의 구조를 닮는다. 이 대목에서 「저녁의 환」 다음에 「어떤 식목」이 마지막 작품으로 배치된 의미가 부각된다.

사각의 관(棺) 하나를 땅에 심었네 슬픔은 모르는 척 한줌의 흙으로 던져졌네 사람들은 몸속에서 저마다의 울음을 꺼내 골고루 뿌려주었네 그의 생은 흠뻑 젖었네

한 장의 햇살이 달려왔네 그의 생애를 따뜻하게 덮어주었네 그는 작은 씨앗 하나로 돌아갔네 그 씨앗 속에 혼돈과 좌절과 영광으로 우거진 거대한 숲이 밀봉되어 있네

—「어떤 식목」 전문

한 사람의 주검이 "혼돈과 좌절과 영광으로 우거진 거대한 숲이 밀봉되어" 있는 "작은 씨앗"으로 비유되고 있다. 전이된 의미의 놀라운 증폭이 시적 긴장을 다소 떨어뜨리고 있지만 죽음과 생명을 이해하는 시인의 태도가 뚜렷하다. 환멸이 끝이 아니고 죽음이 마지막이 아니며 어둠이 암흑에 귀착하는 것이 아니라는 점에서 시인이 말하는 환과 시는 동일한 맥락에 있다. 달리 말해서 시인은 환멸을 통하여 시를 말하고자 한다. 이러한 시인의 입장은 섣부르게 환상이나 생성 그리고 희망을 말하지 않겠다는 태도의 반영이기도 하지만 의식의 지평이 환멸에 더 가까이 있음을 뜻하기도 한다.

그 집의 풍경

환멸에 기운 시인의 시적 기저는 무엇일까? 이러한 물음은 단순하게 시적 발상을 따지기보다 시작을 추동하는 근원의 경험을 알고자 하는 데서 비롯한다. 손순미의 시에서 매우 중요한 이미지로 반복하여 등장하는 것으로 앞서 언급한 어둠과 더불어 '꽃'과 '집'을 들 수 있다. 모두 상관관계를 지니는 것들이지만 그녀의 경험적 기원과 연관된 이미지는 자전적 흔적들이 숨겨져 있는 '집'이라 생각한다. 그런데 시에서 자전적 궤적을 찾으려 드는 일은 위험하다. 시인이 만든 가면(persona)들로부터 시인의 조각들을 모아 시인의 형상을 짜 맞추려는 일인 만큼 무모하기조차 하다. 그럼에도 시적 근거를 알고 싶다는 욕망 때문에 시를 통해 시인의 표정을 읽으려는 노력은 중단되지 못한다.

> 열일곱의 머릿결 같은/비의 떨림을 들으며/나는 여관(旅館)이라는 아름다운 이름을 가진 집에 누웠다/어두운 편지 한 통을 던져두고 내가 도망쳐온/세상에서 가장 먼 집은 여관이었다/어머니를 뒤지고 아버지를

뒤지고 아무리 뒤져도 집은 빈털터리/비는 박음질하듯 신작로를 뛰어 가고 있었다/기차와 비둘기와 그림자와 알 수 없는 중얼거림 속에/나는 아무 곳에나 운반되어졌다/내가 제대로 도착할 곳이 없었다/위험한 평화는 계속되었다/세상 바깥을 걷는 듯/독한 방황을 가방 메고/내가 도착한 한 사나흘 여관의 시절/나를 말없이 꼬옥 덮어주던 여관이라는 따뜻한 이불/내 청춘의 바슐라르가 은신하고 있는,

—「청춘여관」 부분

이 시에 등장하는 "여관"이 존재를 보호하고 화평을 주는 바슐라르의 "집"은 아니다. 그럼에도 시적 화자는 이러한 "여관"에 "집"의 의미를 부여한다. 왜일까? 어떤 연유에서인지 시적 화자의 "집"은 "빈털터리"가 되었고 그녀("열일곱의 머릿결"이 단서가 됨) 또한 가출하여 찾아든 곳이 이 시에 등장하는 "여관"이기 때문이다. 가족 해체의 경험이라고 할 수 있을 터인데 「채송화 고백서」에서 진술되고 있듯이 "열일곱의 경계를 넘지 못하고" 학교를 떠난 주인공의 상황과 일치한다. "가장 빛나야 할 때 가장 어두운 것이 맞물려 있는" 혹독한 시련의 주인공이 "아무 곳에나 운반되어" 도착한 곳이 인용시의 "여관"인 것이다. "어머니를 뒤지고 아버지를 뒤지고 아무리 뒤져도 집은 빈털터리"라는 구절이 만일 자전적인 상황과 동일하다면 이러한 사건으로 인격형성기에 입은 정신적 외상(trauma)은 시인이 세계를 이해하는 데 일정한 작용을 하지 않을 수 없을 것이다.

「소가죽 구두」와 「아무도 돌아오지 마세요」 연작 그리고 「작약」에 등장하는 아버지와 어머니에 대한 서술이 시인의 실제 가족사와 일치한다고 단정하긴 힘들 것이다. 그럼에도 "반짝! 아버지의 영광은 짧았다/사람의 발을 한 짐승이, 짐승의 발을 한 사람이/아버지를 짓밟았다"(「소가죽 구두」에서)는 구절은 앞서 인용한 「청춘여관」속의 아버지를 연상하게 한다. 또한 「아무도 돌아오지 마세요」 연작과 「작약」에서 "낭만적"인 "백일몽"을

꿈꾸며 빈번하게 가출하는 어머니와 그러한 어머니와 불화하는 아버지도 자전적인 맥락 속에 있는 내용이라 추측된다. 시인이 특정 인물의 가족사를 서술하기 위해 이와 같은 고백적 진술의 시를 쓸 까닭이 없기 때문이다. 「한 벌의 양복」, 「와이셔츠」, 「페인트공」, 「지하철 사내」, 「저수지」, 「제비」, 「고등어 파는 사내」 등에 등장하는 사람들에 대한 서술과 비교해보라. 이들 시는 모두 객관적인 거리를 지닌 어조로 발화되고 있지 않은가. 물론 이러한 사람들에 대한 응시에 투영된 시인의 세계인식을 시인의 자전적인 상처나 고통과 연계시킬 소지는 적지 않다. 하지만 이는 시적 지평의 확장이라는 측면에서 바라볼 수 있으며 자전적인 경험이 시적 원천이 되어 바람직한 시적 과정을 이끌고 있음에 대한 방증이 된다. 다시 앞서 논의하던 시적 기원에 대한 탐문으로 돌아가자. 무엇보다 시인의 자전적 정황들이 "집"의 문제에 집중되고 있음이 주목된다.

> 이웃들의 수다는 끊겨 있고 시간은 보이지 않는다 빈방과 거실 버려진 모든 것들이 버려짐으로 살아 있다 그들은 모든 슬픔을 무책임하게 장악하고 있다 사방으로 매달린 녹슨 창문은 그 슬픔이 빠져나갈 틈이 없다//냉장고를 열어보니 썩은 반찬 냄새가 아우성치고 있다 푸른 냄새의 공화국이 생겼구나 그 곳엔 또 다른 생(生)이 은밀한 번식을 하고 있다 액자 속의 가족들은 단장된 거실을 배경으로 웃고 있다 웃음은 버려져도 웃고 있다 꿈은 서둘러 그 배경을 빠져나가고 집은 침묵을 장기 수혈 받고 있다 이 집의 힘은 저 버려진 웃음 속에 있을까//전기가 끊긴 집에 어둠이 들어온다 흐트러진 집안의 집기와 모든 슬픔들이 그 어둠에 안긴다
>
> —「그 집에 내리는 비」 전문

단정적으로 말하긴 어려우나 손순미의 기억 속에 있는 "집"의 풍경을 잘 드러내고 있는 시가 아닌가 한다. "슬픔"과 "침묵"과 "어둠"이 가득할 뿐

"꿈"과 "웃음"이 사라진 "집". "액자 속의 가족들"은 빈 집의 추억을 말하는 표상이다. 그러나 그러한 추억이 화자에게 아무런 힘이 되지 못한다. 담담한 어조로 진술하고 있지만 시적 주체는 추억이 이끄는 "웃음"보다 "집"을 지배하고 있는 "슬픔"과 "어둠"에 더 익숙하다. 또 다른 시 「그 집은 담벼락 속에 들어가 있다」는 인용시보다 많은 시간이 흐른 뒤의 "그 집"의 풍경을 말하고 있다. "그 집은 담벼락 속에 들어가 있다 햇볕이 아무렇게나 흘러 다니는, 담쟁이덩굴이 꽃처럼 피어 있는 담벼락을 열어보면 허물어진 집은 고스란히 보관되어 있다//담벼락 속으로 집이 도망치던 날 무슨 일이 일어났던 것일까 집의 내력은 보이지 않고 집이 서 있던 자리, 시퍼런 잡초와 썩어 나동그라진 기둥들 서로의 뼈를 만지며 세월을 굴린다." 그런데 이 시에 이르면 시적 화자는 추억을 생각한다. "추억은 남아 있을까"라는 물음과 함께 집에 대한 세상의 방관을 한탄하는 한편, 깜깜한 벽 속에 숨겨진 집을 끄집어내려는 것이다. "마당을 건너가는 풍금소리 몸을 찢어 잎을 내보내는 나무들 투명하게 널려 있는 빨래들 우물 속으로 곤두박질친 두레박이 집 한 채를 다 씻어내는" "집"은 시인이 오랜 동안 잃어버린 먼 기억 속의 행복의 장소에 다를 바 없다.

> 집은 벽 속의 곳간에서 제 나이를 꺼내 먹으며 늙어간다 집은 저 벽을 부수고 나와야 한다
>
> —「그 집은 담벼락 속에 들어가 있다」 부분

「그 집은 담벼락 속에 들어가 있다」의 결구인데 이러한 대목에서 우리는 존재를 내리누르는 상처와 어둠의 지층을 뚫고서 먼 곳의 불빛을 찾아가는 시인의 어두운 의지와 만나게 된다. 빈 집의 추억은 세상에 대한 환멸의 경험이지만 생을 송두리째 환멸로 받아들이지 않는 생명력의 기원이 되기도 한다. 손순미의 시인됨은 바로 이러한 빈 집의 추억이 지니는 이

중성에 있다. 이러한 이중성은 불화와 파산의 무거운 기억 너머 「먼 집」과 「가정」이 서술하고 있는 우애의 세계가 집의 원형으로 자리하고 있는 데 기인한다.

어두운 의지

손순미의 시가 보이는 주된 정조는 어둠이다. 그 시적 경험의 원천에서 세계로부터 입은 고통이 크고 상처가 깊기 때문이다. 고통의 터널을 지나고 상처의 기억에서 놓여나면 먼 곳의 불빛처럼 흘러드는 행복의 추억이 없는 것은 아니다. 그 어떤 시인도 이러한 추억을 바탕으로 생의 의미를 부각하고 사물을 민활하게 지각한다. 하지만 지금-여기의 어둠을 무시하고 유년으로 퇴각하는 시인에게서 진정성을 얻기는 힘들다. 이처럼 원초적 경험의 영역인 유년은 무조건 경배되거나 추앙되어야 하는 대상이 아니다. 그것은 오히려 시적 기능과 연관된다. 유년은 그러한 경험적 지평이 있다는 믿음에 가까운데 실제 그것은 도달할 수 없는 부재의 영역에 다를 바 없다. 부재하는 것은 간단없는 추구의 대상이 된다. 그래서 부재하는 것에 대한 시적 지향은 시인으로 하여금 자아에 속박되지 않게 하며 생의 비약과 함께 타자와 사물들이 속한 외부의 세계로 나아가게 추동한다.

> 아름다운 날들이라 말할 수 없었다 어디론가 날아가는 새 떼들은 그대로 내버려두었다 내 몸에서 단속적으로 추억이 흘러나왔지만 나는 그 추억의 구멍을 닫아 버렸다 나뭇가지 속에 봉인되어 있는 꽃들이 속성으로 피어나기를 희망할 뿐이었다 나는 나무들의 관절을 꾹꾹 건드려 주었다
>
> —「피아노가 있는 방」 부분

이처럼 시인은 추억을 봉인하면서 외부 사물들의 생명력을 환기한다. 내장된 추억이 있기에 주체는 민활한 감각을 견지하면서 사물들을 지각한다. 시적 긴장(tension)은 성급하게 과거로 돌아가거나 금방 기화할 희망을 과장하는 데서 형성되지 않는다. 그것은 내부의 강렬함(intension)과 외부를 향한 나아감(extension)이 교차하는 지점에서 형성된다. 이러한 점에서 "내 몸에서 단속적으로 추억이 흘러나왔지만 나는 그 추억의 구멍을 닫아 버렸다"는 시인의 태도가 종요롭다.

> 뱀처럼 기어가는 길 하나가 보인다/검은 외투를 입은 뱀/길의 머리통은 오로지 외딴집을 향해 있었다/어두운 저녁을 등에 업고/길이 제 집을 찾아드는 것이다/길도 집이 필요한 것이다/제 어미를 찾아드는 것이다/길이 우는 소리, 뱀이 우는 소리/수풀 속에 우거지는 저녁/모든 울음의 근원은 어미를 찾는 소리이다/희미한 등불 하나가 마중 나와 있다/길은 지친 제 머리통을 황급히 집 안에다 들여놓았다/자식처럼 돌아온 길을/집은 밤새도록 젖 물리고 자는 것이다
>
> —「10월」 전문

추억의 의미를 사물의 세계를 이해하는 보편의 지평으로 끌어올린 시라 할 수 있다. "모든 울음의 근원은 어미를 찾는 소리"라는 구절에 이르러 여성성의 가치 맥락을 형성하고 있는데 이는 「칸나의 저녁」에서 진술되고 있는 초조와 출산이라는 두 가지 "공포의 추억"을 거친 시적 화자가 도달한 시적 지평이라 할 수 있다. 시인은 이 시에서 상처와 고통을 관통하는 어두운 의지를 보인다. 길과 집은 이러한 의지의 과정과 도달점을 표상한다. 그러나 세상의 길들은 자주 끊기고 존재의 진정한 거처인 집은 보이지 않는다. 이러한 점에서 시인은 더욱 구체적인 현재에 충실할 필요가 있다. 추억이나 집이 주는 감미로운 평안을 상상하기보다 지금 여기의 사물

들이 지니는 복잡성에 더 민감하여야 한다. 그럴 때, 손순미의 저녁의 시학 혹은 어두운 의지의 미학에 내재한 숨은 길이 빛날 것이다. 가령 「민들레」나 「해바라기」 그리고 「거미」 등은 소품성을 벗어나지 못하고 있고 「밤의 푸른 냉장고」나 「살구나무」 등에서 시적 긴장을 느끼기 힘들다. 다시 말하자면 내적인 강렬함이 외부와 만나는 과정의 구체성이 결여되어 있는 것이다. 이러한 점에서 역시 자전적인 흔적이 배어 있는 「봄」과 같은 시에서 시인의 개성이 부각된다.

> 아리도록 흰 봄/꿈속인 듯/바께쓰, 고무대야에 출렁이는 빛/평생 제 몸에 꽃 한 번 실어본 적 없는/화분, 화분들이/뒤집어쓰고 있는 아주 오래된 고요//하수구 검은 마개를 열자/햇볕이 하수구 쪽으로 쪼옥 빨려나가는 소리/놀란 고양이가 집 밖을 뛰쳐나가고/전기가 나간 것처럼 햇볕이 나간 마당이 캄캄하다
>
> —「봄」 부분

이처럼 밝음과 어둠이 교차하는 생의 구체적인 국면이 드러나는 데서 시적 교감은 증폭한다. "흰 봄"의 "오래된 고요"가 하수구로 물 빠지는 소리에 깨어지면서 일순 눈앞이 깜깜해지는 한 순간의 포착이지만, 이 시는 시각에서 청각으로 감각이 확장되는 공감각의 지평을 통하여 "봄"의 정황을 환기한다. 삶의 구체적인 과정들은 초월적인 목표에 의해 한꺼번에 극복될 대상이 아니다. 무엇보다 살아감의 과정이 중요한데 시는 이러한 과정에서 생명을 밀봉하고(「투명한 비평」에서) 모든 것을 교환관계로 바꾸는(「고양이에게 생선가게를 맡겨라」에서) 현실에 대한 감각적 저항이 된다. 이러한 점에서 "검고 깡마른 나무들의 몸에서 탁탁! 꽃이 터져 나온다"(「벚꽃 피는 마을」에서)와 같은 구절이 지니는 감각이 중요하다. 그래서 "붉은 꽃그늘 낭자한 세월"을 노래한 「목백일홍」의 "바람 밖으로 꽃이 울고/담

장 밑에 꽃이 벗어 놓은 옷이 쌓인다/제 몸 속의 것을 다 벗어놓았다/죽음이 저렇게 어두워서야/꽃이 자신의 임종을 데리고 가는 길"과 같은 구절이나 「동백꽃, 동백꽃」의 "햇살 아래 드러난 것들은 왜 슬프게 보이나 새들은 힘껏 지저귄다 시계바늘이 그만큼 지나갔다 검은 정원을 오가던 고양이가 시뻘건 동백의 두개골을 굴리며 논다 죽음이 삶보다 가볍다 요절한 동백이 스스로 조종을 친다 정원에 일제히 붉은 동백종(鐘) 울린다 울려 퍼지는 종소리를 정원이 고스란히 땅으로 받아들인다"와 같은 구절이 거듭 주목되는 것이다. 깜깜한 어둠 속에서 터져 나오는 꽃의 이미지는 손순미 시인이 오래 지니고 가야 할 시적 과정이 아닌가 한다. 말할 것도 없이 바깥의 타자들의 고통스런 삶에 대한 다양한 서술이 지니는 의의를 부정하는 것은 아니다. 다만 존재의 내부에 자리한 어둠을 고통스럽게 응시하는 경로를 누락하고서 그 어떤 비약도 진정성을 담보하기 어렵다는 사실에 대한 인식이 요긴하다는 경계의 말을 남기고자 한다. 내부에 봉인된 어둠을 외부를 향한 열린 열정으로 지속하는 일! 이것이 손순미의 시를 특별한 개성으로 우뚝 서게 할 것이라 믿는다.

명랑한 슬픔

— 전다형론

생의 역사를 다시 쓰다

촛불과 거울은 표현과 재현을 나타내는 은유로 쓰인다. 자기를 태워 빛을 발하는 촛불의 의미는 다양하다. 그 가운데 존재의 내부를 밖으로 표현한다는 의미가 있다. 시를 쓰는 일도 자기를 표현하려는 욕망에서 시작된다. 표현이란 외부를 그리는 재현과 달리 내부를 밖으로 드러내는 것. 그런데 외부 없는 내부는 없다. 존재의 내부는 외부와의 끊임없는 교섭과정이다. 시인은 내부를 표현하기 위해 필연적으로 외부와 마주하게 된다. 애써 외부를 외면하는 경우조차 내부는 이미 외부와 연관되어 있다. 이러한 점에서 서정시의 기본원리인 자기표현은 단순하지 않다. 시인은 자기를 파고들면서 타자와 세계를 만난다. 이는 타자와 세계를 자기의 것으로 만들거나 자아의 빛깔로 채색하는 일과 다르다. 앞서 든 촛불의 비유를 들더라도 진공상태에서 빛을 발할 수 없다는 자명한 사실을 알 수 있다. 외부의 산소를 공급 받지 못한다면 존재는 곧 소멸하고 만다. 시인의 자기표현 또한 이와 같아서 내부를 파고들면서 그 외부의 진실을 함께 찾기 마련이다.

연필을 깎는다 연필깎이 입구에 깊숙이 들이밀고 빙빙 돌린다 어디에 뿌리를 남겨둔 나무였을까 흩어지는 살들의 성체 안에 굳은 심이 보인다 검게 빛나는 질감이 마치 역사 같다. 뼈와 살을 여미지 않고 세상을 건넌 사람들은 모른다 깊고 곧은 마음을 품을 수 없다//적당히 눈감고 살아온 생을 연필깎이에 넣어 빙빙 돌린다 톱날은 신이 나 죄의 비늘을 쳐 낸다 물관부의 투명으로 눈뜨고 싶다. 뾰족하게 깎은 영혼으로 생의 역사를 다시 쓰고 싶다 연필이 깎인다 뾰족한 심이 일어나 세상의 허를 찌르는 광휘를 엿본다

—「연필에 대하여」 전문

자기의 몸을 태우면서 바깥을 밝히는 촛불이나 몸이 깎이어 심을 드러내는 연필의 운명은 닮았다. 이 시의 화자는 연필을 깎으면서 존재에 대하여 성찰하고 시쓰기를 염려한다. “뿌리”에 대한 의문은 전다형의 시에서 중요한 주제인데 여기서도 먼저 연필의 몸을 이룬 나무의 뿌리가 궁금하다. 그러나 화자의 관심은 곧장 “흩어지는 살들의 성체 안에 굳은 심”으로 바뀐다. 연필이 된 나무의 기원을 묻는 일이 무익하기 때문이다. 사물의 본질은 기원에 있는 것이 아니라 변화의 과정 속에서 형성되는 것이다. 그렇기 때문에 살이 흩어지면서 심이 생성되는 과정이 연필의 본모습인 것이다. 전다형 시인이 지닌 시적 지향은 구체적인 삶을 놓치지 않는 데 있다. 그녀의 주된 시적 대상은 “뼈와 살”로 이뤄진 몸과 마음의 역사이다. 말할 것도 없이 인용시가 그녀의 시법을 말하려는 의도를 지닌 것은 아니다. 1연이 말하고 있듯이 이 시는 연필의 생태에 뼈와 살을 여미고 산 사람들의 “깊고 곧은 마음”이라는 의미를 투사하고 있다. 이 시의 진정한 의도가 담긴 것은 2연이다. 그것은 “적당히 눈 감고 살아온 생”에 대한 근본적인 반성이자 지난날에 대한 죄의식을 떨어내고 신생의 투명함과 영혼의 눈으로 진리의 광휘를 보고 싶은 열망이다. 시인은 반성과 신생이라는 두 가지 행위를 동시에 말하고 있다. 반성 없이 신생은 불가능하며 진리의 광

휘를 구하지 않는 반성은 단지 존재를 눈멀게 할 뿐이다. 그러므로 "생의 역사"를 새로 쓰려는 의지는 과거와의 단절을 뜻하는 것이 아니라 희망을 잃지 않고 과거를 되돌아보는 일과 연관된다. 여기서 전다형 시인의 또 다른 시적 지향과 만나게 된다. 그녀는 구체적인 삶에 주목하되 그 삶의 기억 속으로 회귀하지 않고 가능성의 지평으로 나아가려 한다. 이러한 그녀의 태도는 삶에 내재한 상처와 고통을 수락하고 그로부터 새로운 생성과 화해의 공간을 열고자 하는 일에 다름이 없다.

> 청어살을 발라먹으며 용서를 생각한다/살보다 가시가 많은 청어/가시 속에 숨은 푸른 속살을 더듬어 나가면/내 혀끝에 풀리는 바다/어제 그대의 말에 가시가 많았다/오늘 하루 종일 가시가 걸려 목이 아팠다/그러나 저녁 젓가락으로 집어내는 청어의 가시/가시 속에 감추어진/부드러운 속살을 찾아가다 만나는 바다의 선물/어쩌면 가시 속에 숨은/그대 말의 속살을 듣지 못했는지 몰라/가시 속에 숨은 사랑을 발라내지 못했는지 몰라/오늘 밤 이불 속에서 그대에게/화해의 따뜻한 긴 편지를 써야겠다/가시 속에서 빛나는 청어 한 마리/어느새 마음의 지느러미 달고 바다로 달아난다
>
> —「청어를 굽다 1」 전문

「청어를 굽다」는 전체 여섯 편으로 된 연작시다. 이 외에 다른 연작시가 없다는 점에서 「청어를 굽다」 연작에 기울인 시인의 집중을 알 수 있다. 청어는 "살보다 가시가 많은" 등 푸른 고기이다. 시인은 먼저 청어의 "가시"에 주목한다. 가시는 타자에게 고통을 주고 자기에게 상처로 남는 상징이다. 그런데 시인이 추구하는 것은 이러한 죽은 은유가 아니라 "가시 속에 숨은 푸른 속살"이다. 상처와 고통을 통하여 새로운 생성의 장소를 찾으려 한다. 이러한 과정에서 "가시 속에 숨은 사랑"을 깨우치는 일이 중요하

다. 화해의 바다가 기적처럼 열리는 것이 아니라 자기와 타자에 내재한 상처와 고통을 함께 인식함으로써 가능한 것이다. 이렇게 시인은 "내 말 속에 가시를 걷어내고/그대 가시 속에 숨은 말을 찾아" "용서와 화해"(「청어를 굽다 2」에서)의 길을 연다. 「청어를 굽다 3」에서 시적 화자가 편지 속에서 인용하고 있는 "세파를 거스르는 일은 상처투성이/그러나 상처도 무늬로 남아/아름다움이 될 수 있다"는 말은 시인이 지닌 상처와 고통에 대한 이해가 사적 원한의 문제가 아님을 시사한다. 그것은 "울음의 뿌리"(「청어를 굽다 5」에서)를 지닌 채 "덧난 상처"(「다시 청어를 굽다」에서)를 다스리며 "깊고 넓고 마음의 바다"(「청어를 굽다 3」에서)로 나아가는 삶의 행로와 연관된다. 개인사적인 계기에서 발원한 경험이라 하더라도 시인은 공통의 감각으로 상승시킨다. 전다형 시인이 시를 통하여 다시 쓰려는 "생의 역사"란 바로 이처럼 상처의 "뿌리"를 탐문하면서 화해라는 마음의 시학을 일구려는 여정이라 할 수 있다.

상처의 거처는 어디인가

「청어를 굽다」 연작이 말하듯이 시인은 상처를 거름 삼아 새로운 생성의 자리를 만들려 한다. 그만큼 상처의 경험이 깊고 생성에 대한 의지가 강하다. 시인은 「밝은 안과」를 통하여 뿌리 뽑히지 않는 어둠을 이야기하고 있다. 어둠을 지우려는 의도에도 불구하고 "작은 어둠이 더 큰 어둠을" 낳는 상황에 처한다. 말할 것도 없이 이는 안과에서 겪는 일시적인 사건일 수 있다. 그럼에도 "어둠의 뿌리"를 뽑으려는 화자의 진술에서 "어둠"의 심연이 기억 저편에 놓여 있음을 짐작할 수 있게 한다. 안과 수술대에서 화자가 "흠집 숭숭한 추억"(「바퀴」에서)을 떠올린 것이다. 이 대목에서 추억을 향한 시적 화자의 태도를 주목하게 된다. 전다형의 시에는 유년에 대한 순수한 동경이나 추억에 묻어나는 나르시시즘이 억제되어 있다. 대신 "가문의 서러움"(「537번지」에서)이 묻어난다.

> 아버지는 술독이었다/우리 집 가문은 밀주를 빚다/뒤채에 매달린 시래기가 되었다/부엌 불 쑤시개 밑에 숨겨두었던/밀주 항아리/벌금으로 돼지우리가 비고/송아지가 팔려나갔다/전기도 들어오지 않던 시골집/온 세상이 정전이었다/감전된 내 꿈 재가 된 절망을/밀주 항아리에 꾸역꾸역 밀어 넣고 술을 빚었다/잘 익은 술이 아버지를 마시고 빈/독으로 가족을 내동댕이쳤다/깨어진 꿈 조각의 뾰족 끝이 채칼이 되어/푸른 하늘을 품고 잠이 든/어린 자식의 단잠을 채 썰었다/상처 난 꿈을 파종했다/그해 겨울은 내내 폭설이 내렸다/늑장을 부리는 봄은 우리 집/대문을 지나쳐 갔고 마당어귀 잡풀은/모질게 주저앉아 일어설 수 없었다/상처를 싸맨 슬픔은 덧나/고름이 지붕 끝까지 차 올랐다/겨울 한복판 빈 술독 달 그림자 가득/절망이 누룩으로 익어 가는 빈집
>
> —「아버지의 잔」 전문

이 시에서 "아버지"의 이미지는 크게 일그러져 있다. 그는 화자의 꿈을 차압하고 깊은 상처와 절망을 남긴다. 이 시가 시인의 체험이라고 가정할 때 그녀는 벌써 유년기에 꿈이 재가 되고 모든 희망이 사라지는 가계의 파산을 경험한다. "절망이 누룩으로 익어 가는 빈집"의 정황은 "기억 속 희미한 가족을 내동댕이치던 아버지를 남기고 버리고 줄행랑친 어머니를 넘기고 슬픔을 떠넘겼다"(「꽤의별 꽃 축제」에서)는 진술을 연상하게 한다. 물론 이 진술은 "보육원" 아이들에 대한 이야기이다. 그럼에도 사물이나 사건에 자신의 감정과 사건을 투사하기를 선호하는 시인의 시법에 비춰 공통의 지평을 상정할 수 있다. 「노을」과 「폐선」은 "아버지"를 "폐선"에 비유한다. 이 두 편의 시에서 "아버지"는 "밤바다를 앞자리에 앉혀놓고 절망의 다리를 물어뜯고" "바람의 끝을 잡고 파도에 몸을" 맡긴다. 시인의 기억 속에

아버지는 희망의 "정전" 사태일 뿐이다. 그렇다면 어머니는 어떠한 모습을 하는가? 시인의 시에서 어머니의 모습을 찾긴 쉽지 않다. 단지 「달팽이」가 슬픈 "어미"의 이미지를 그리고 있을 뿐이다. 이 시에서 "집이 슬픈 감옥" 인 "어미"의 운명은 죽음으로 감옥인 집에서 벗어나는 달팽이의 생태에 투사되고 있다.

「537번지」, 「아버지의 잔」, 「달팽이」, 「노을」, 「폐선」 등의 시편은 시인의 기억 속에 가라앉아 있는 불행의식의 흔적들이다. 상처와 고통은 존재를 연민과 절망으로 이끌기도 하지만 연민에 빠진 자기와의 결별을 통하여 타자와 세계를 이해하는 능력을 확장하기도 한다. 다시 말해서 고통의 경험은 타자에 대한 감수성을 확대한다. 시인이 자신의 상처를 이야기한다는 사실은 벌써 그것을 극복하였음을 의미한다. 절망의 바다가 생성의 바다로 전환되는 지점에 상처 드러내기가 위치한다.

> 아버지 푸른 목소리, 당신 소리 품은 그리운 옛 집 537번지 사랑채 딸린 두엄 더미 위 씨암탉 알을 품듯 소리의 알을 품는다 알을 품은 날개가 부푼다 날개 아래 또 다른 날개가 자라 날개가 따뜻하다 삼삼거리는 모이의 유혹도 따뜻하게 품어 준 푸른 목소리 그 소리의 껍질을 깨는 일이다 날개 아래 또 다른 소리 3 · 4조 7 · 5조 날개가 돈는다 당신이 못다 품은 소리의 알, 청산리 벽계수야 쉬이 감을 자랑마라 시조창 일곱 고개
>
> —「소리—부화」 전문

이 시에 등장하는 "아버지"의 이미지는 양가적이다. 이는 아버지가 부화하지 못한 "소리의 알"을 유업으로 받아들이겠다는 화자의 태도에서 나타난다. 아버지가 남긴 것이 "가문의 서러움"이라 하더라도 시인은 그의 "푸른 목소리"를 부화하여 노래를 완성하겠다는 의지를 품는다. 이러한 시인의 입장은 「중교 종묘사」의 결말 부분에서도 잘 드러난다. "마음 앞장 세

워 떠나온 537번지에/푸른 넝쿨 손 뻗어 허공의 길을 묻고 있었다/씨앗 봉투 입구를 뜯어내자/아버지 자전거 바퀴살에 감고 달렸던/봄길이 쏟아져 나왔다." 아버지와의 화해가 새로운 "봄길"을 형성하고 있다.

생성과 화해의 지평을 찾아서

전다형은 「애벌레」에서 시 속의 주인공을 "온통 감옥"인 "가시밭 세상에 맨발로 뛰어내린 애벌레"에 비유하고 있다. 이를 바로 시인의 처지와 등치하는 것은 단순한 독법이다. 그럼에도 연관성은 고려되어야 한다. 앞서 유년의 가족사 이야기에서 시인은 차압당하거나 정지된 희망을 말한 바 있다. 적어도 이 시에서 보이는 애처로운 생명에 대한 시인의 감각은 과거의 기억과 무관하지 않을 것이다.

> 세상은 온통 감옥이었네 내 집은 아득했네 푸른 밤마다 별들이 꿈을 헤아리다 돌아가고 햇살이 한나절을 내 등을 타고 놀았네 짓궂은 바람이 내 치마 자락을 들출 때마다 주름투성이 내 마음이 골이 패이기 시작했네 배추밭에서는 배추가 되고 무밭에서는 무가 되었네 내 작은 입으로 배추밭 한 귀퉁이를 조금씩 갉아먹기 시작했네//감옥이 휘청거렸네 마음의 주름살이 깊어만 갔네 나는 한세상 자투리 꿈만 파먹고 살았네 세상의 배추밭은 다 날아가고 빈 세상만 남았네 내 생의 한모서리가 기울기 시작했네 아득한 세상은 감옥이었네 장다리꽃도 배추꽃도 피지 않았네 내 세상에 갇힌 내 몸을 찢어발겼네 가시밭 세상에 맨발로 뛰어내렸네 찢어진 겨드랑이에서 날개가 돋아나기 시작했네
>
> —「애벌레」 전문

이 시는 "애벌레"를 우의로 삼고 있어 난해하다. 말할 것도 없이 이러한

난해함은 더 많은 의미를 발견하려는 해석자의 욕망에 기인한다. 이 시를 단순하게 변태하는 애벌레의 생태라고 읽어도 무방하다. 그러나 시인이 다 아는 이야기를 늘어놓았을 리 만무한 만큼 문맥과 행간을 읽지 않을 수 없다. 이럴 때 2연의 "내 세상에 갇힌 내 몸을 찢어발겼네"라는 구절이 크게 와 닿는다. 세상이 감옥일 뿐만 아니라 자신의 "몸" 또한 감옥임을 진술하고 있는 것이다. 감옥 속에서 스스로 감옥의 일부가 되었음을 자각하는 일이 어찌 쉽겠는가? 그렇지만 시적 화자가 말하고자 하는 바는 이러한 자각이다. 이 시는 고난의 극복, 존재의 전환, 탈각과 비상의 의의를 말하려 한다. 어둠과 상처와 고통의 기억에 매몰되지 않고 생성과 신생의 가능세계로 나아가는 자아를 이야기한다. 이러한 이야기는 "넝마가 된 내 영혼을 몇 번의 헹굼 질을 거쳐/구겨진 슬픔을 펼쳐 놓았다/햇살이 잠시 상처 모서리를 읽고 지나가자/내 눈에서 아픈 별이 떨어졌다"(「계명암 가는 길」에서)라는 진술과 그리 멀리 있지 않다.

> 네가 내게 건너오기까지/얼마나 많은 어둠을 굴리며 왔을까/파도치는 슬픔을, 말랑한 눈물을, 까칠한 별빛을,/굽이굽이 애오라지 흘러온 강물의 비린내를,/밀물과 썰물 받아 쟁이며 건너왔을,/뜨거운 화엄의 길/수억 겹 인연을 밀어내고 싸안다 철썩이었을 길/속살은 또 얼마나 저미고 베이었을까/모가 깎이고 둥글어지기까지/바다는 눈부신 어둠을 꽃피웠다/세속의 잣대로 읽는 흠집투성이/품어온 것이 다 길이 되는 흔적들,/고스란히 받아 안은 바다의 상처가 꽃이다/흠 많은 흑진주의 사랑이 나를 흠 잡는다/점…점…점, 숭숭 구멍 뚫린 내안의 길/사랑의 능선을 돌아온 비단길/어둠을 굴리고 굴려 찾아온 연금의 길/세상 바다를 다 품고 찾아온 상처의 길/뭍으로 통하는 어둠의 눈동자를,/나는 너를 바다의 사리라 부른다
>
> —「흑진주」 전문

이 시에서 "흑진주"는 시인이 가장 이상적이라 생각하는 존재의 표상이다. "흑진주"는 어둠, 슬픔, 눈물, 상처 등 자연과 인간이 부여하는 모든 형태의 고난들을 내부로 연단하여 "상처가 꽃이다"는 역설을 던진다. 여기서 역설은 단순한 수사학이 아니다. 이것은 생의 여러 양상이나 생명을 존재하게 하는 이치를 통합하는 의미를 지닌다. 따라서 역설은 단지 그렇게 표현하려 한 어법이 아니며 인식과 각성의 차원을 나타낸다. 그렇기 때문에 화자는 "숭숭 구멍 뚫린 내안의 길"을 들여다볼 수 있을 뿐만 아니라 그것이 "세상 바다를 다 품고 찾아온 상처의 길"로 격상될 수 있는 가능성을 발견하게 된다. 아버지가 폐선처럼 침몰하던 바다는 이제 시인에게 모든 생명을 품고 기르는 기적의 우유와 같다. 그녀가 그만큼 상처와 고통이 아니라 생성과 화해의 지평을 지향하고 있는 것이다.

> 어린 봄비가 빗금을 그으며 내렸다//세상에는 틀린 곳이 많은가보다//아니다 아니다//회초리 매섭게 후려치던 빗줄기가 어느새//세상 바닥에 닿자마자//맞다 맞다 동그라미를 그렸다//힘내라 힘내라//어수선한 골목길에 쏟아지는 박수 갈채
>
> —「봄비」 전문

이처럼 시인은 "빗금"과 "동그라미"의 거리를 뛰어넘고 있다. 부정을 긍정으로 바꾸어 놓는 사랑의 경험은 경계를 무너뜨린다. 이는 베란다에 피어난 "나팔꽃"을 보면서 "한 번도 물리지 않았던 내 젖꼭지에/아픈 젖 물이 핑 돈다"(「나팔꽃 씨 하나가」에서)고 느끼는 일과 다르지 않다. 그녀가 "사랑의 능선을 돌아" "연초록 설레임"(「채송화 우체국」에서)의 세계에 당도한 것이다.

명랑한 슬픔을 노래하다

전다형의 시적 주제는 슬픔, 상처, 고통, 어둠, 죽음 등과 같이 무거운 내용을 지녔다. 그러나 그녀의 시적 어조는 이러한 무거움에 눌리지 않고 명랑함을 견지한다. 가족과 사회 속에서 겪게 되는 삶의 우여곡절뿐만 아니라 육체를 지닌 인간이 필연적으로 안게 되는 고통을 그녀는 먼저 수락한다. 그리고 고통을 이해하는 이가 품을 수 있는 "잎사귀 넓은 사랑"(「그늘에 대하여」에서)을 생각한다. "평생을 팔아도 남을 질긴 그늘, 아름다운 유산"(「그늘을 팔다」에서)과 같은 진술이 말하듯이 그녀는 내재한 "그늘"을 존재를 추동하는 자산으로 받아들이면서 고난의 생을 껴안고 상처를 거름으로 삼아 꽃을 피우려 한다. 시적 명랑성은 그녀의 이러한 태도에서 유발된다.

> 창밖, 아스팔트 위로 검은 음표들이 쏟아졌다/하얀 오선지 위로 앵콜앵콜 기립박수 터져 나왔다/슬픈 음표들은 일제히 거리로 뛰쳐나갔다
>
> —「비를 따라가다」 부분

거리로 뛰쳐나가는 "슬픈 음표"는 전다형의 시가 성취한 중요한 시적 지평이다. 달리 "명랑한 슬픔"으로 지칭될 수 있는 이것은 매우 의미 있는 감각이자 마음의 움직임이다. 이는 「낡은 피아노」에서 말하는 "해맑은 우울"에 상응한다. 슬픔이며 우울이 명랑성으로 전이되는 것은 "오래된 사랑" 때문이다. 그리고 이러한 사랑은 고난을 경험하고 타자에 대한 감수성이 뛰어난 이들만 가질 수 있는 감정양식이다. 놀라운 것은 전다형의 경우 시적 출발에서 이러한 사랑을 노래했다는 사실이다.

> 의수족 아저씨는 십 수 년째/주일만 빼고 수선 일을 했네/나는 팔 부러진 우산을 들고 찾아갔네/허름한 문이 굳게 닫혀 있는/단골집 돌아서

다 어둔 속/우두커니 서 있는 입간판에게 물었네/수척한 얼굴로 속사정을 털어놓았네/꺾어진 골목으로 어둠 몇 장 굴러다니고/영문을 모르는 바람이 틈새를 드나들고 있었네/맞은편 산뜻한 수선집 미싱 요란하게/푸른 하늘을 박고 있었네/찾아준 은혜 잊지 못할 겁니다/헛걸음하게 해 죄송합니다/삐뚤한 글씨체가 손잡이 근처 붙어 있었네/나는 발길을 돌려 건널목에 섰네/의수족 아저씨가/손때 묻은 연장을 메고 걸어가고 있었네/누가 맡겼다 찾아가지 않은 낡은 가방에/망치, 칼, 가위, 쓰다 남은 실, 지퍼, 우산대 몇/땅으로 기우는 어깨 위에서 강물소리가 들렸네/아저씨가 자꾸만 되돌아보았네/신발 밑창에 친 못처럼 총총 박혀 있는/별을 올려다보며 헛기침을 했네/수선집 근처 굵은 주름살 떨어져/뒹굴고 있었네

—「수선집 근처」 전문

이 시는 전다형의 등단작이다. 벌써 고통에 의미를 부여하고 타자에 대한 이해의 과정을 시적 대상으로 삼고 있다. "의수족 아저씨"가 하는 일은 "맞은편 산뜻한 수선집"이 하는 일과 다르다. 삶의 고통은 그것을 경험하고 이해하는 이들만 나눌 수 있다. 고통을 모르는 이가 고통받는 사람들의 문제를 해결할 수 없다. 시적 화자는 "의수족 아저씨"의 고난과 그의 노동이 지니는 의미를 알고 있다. 이처럼 시적 화자의 앎을 가능하게 하는 것은 "사랑"(「구서동 신서동요」에서)이다. 사랑은 모든 경계를 허문다. 자아와 언어와 풍경과 세계의 벽을 허문다. 존재에 대한 근원적인 비애감과 모든 존재를 껴안는 사랑의 힘이 만날 때 명랑한 슬픔은 노래된다. 이를 시인의 표현을 빌려 "배꼽이 맨 먼저 부른 노래"(「끈 타령」에서)라 할 수 있을까?

슬픔을 감춘 비가

— 고명자론

시인은 슬픔을 어떻게 표출할까? 고명자의 시에서 기쁨과 행복의 감정과 만나는 일은 어렵다. 애써 위안의 노래를 찾으려든다면 「너의 숲에 너의 노래가」를 내세울 수 있다. 이 시에는 겨울에서 봄으로 가는 풍경의 변화에서 희망의 징후와 만나려는 시적 자아의 기대가 표출된다.

> 늙은 여자의 넋두리 같던 우듬지도 조용하다 가죽만 남은 노파가 그렇게 질긴 목청을 가졌다니 참 모를 일이다 나무는 또 얼마나 커다란 울음보를 지녔길래 겨울이면 深淵을 비우는 걸까 바람이나 탓하면서 가볍게 울먹여보지만 옹이는 퀭한 내 눈을 바라볼 뿐이다//겨울 내내 내려놓고 간 누군가의 그늘들 발밑에서 풀썩거린다 오늘은 먼 쪽으로 돌아서 가자 아직 밟아 본 적 없는 생애를 밟으러 가자 울음 그친 속 빈 나무들 모가지를 펴서는 햇살에 기대어 서 있다 머지않아 풀리지 않겠느냐고 뒤틀린 가지 하나가 수척한 내 얼굴을 쓰다듬는다
>
> —「너의 숲에 너의 노래가」 부분

그런데 이 시에서 주목되는 것은 시 속 주인공의 태도이다. "겨울이면 深淵을 비우는 걸까 바람이나 탓하면서 가볍게 울먹여보지만 옹이는 퀭

한 내 눈을 바라볼 뿐이다"라는 진술이 말하듯이 "겨울나무"와 "나"의 교응은 쉽게 이루어지지 않는다. 왜 그럴까? 대상에 감정을 이입하거나 투사를 통하여 동일화를 이끌어내기 어려운 존재의 조건 때문이 아닐까? "울음"으로 "심연을 비우는" 겨울나무를 상상하는 "나"의 감정 상태는 시적 대상과 일치하지 않는다. "나"는 겨울나무와 같이 심연을 비울 수 없는 처지인가? 끝내 토해낼 수 없는 슬픔이 있다는 것일까? 그렇지만 "겨울나무"를 만난 "나"의 회복 의지가 자라지 않는 것은 아니다. 외부와의 만남과 상상의 힘이 존재를 이끈다. "오늘은 먼 쪽으로 돌아서 가자 아직 밟아본 적 없는 생애를 밟으러 가자." 의지의 생성과 더불어 사물들이 주는 햇살과 같은 위안이 다가온다. 과연 "수척한 내 얼굴"도 환해질 것인가? 시인은 이에 대하여 답을 유보하고 있다. 인용시에서 울음을 그치고 새로운 "생애"를 염원하게 하는 것은 겨울에서 봄으로 가는 길목의 나무들이다. 그러나 봄의 나무들은 하나의 계기일 뿐 "나"는 여전히 울음을 간직한 존재로 남는다. 기쁨과 환희가 순간적이라면 슬픔은 영원하다. 「酌川亭」이 말하듯이 "봄"은 "겹겹의 슬픔 토해내며/피곤한 꽃이 되는 순간"이다. 이처럼 "봄"은 그저 생의 비애를 다시 확인하게 한다.

> 살얼음 우수처럼 깔린 우수 무렵이었지요 도려내도 열길 스무 길 다시 자라는 것은 생각만이 아니었습니다 무릎으로 기어서라도 한줌의 땅에 푸른 깃발을 꽂고 싶었습니다 이월의 모퉁이에서 한 줄기 뿌리를 내리고 꽃대 끝에 아기별 무리 내려오는 날 기다렸습니다 차가운 땅에 등대고 누워 한 동이 눈물 쏟아 부은 까닭은 순한 밤별로 나앉고 싶었기 때문입니다 고향의 소꿉친구같이 그리운 이름 지천에 깔려 서럽습니다 밤하늘에 그려 넣은 사자자리 전갈자리 무더기로 내려와 봄 언덕이 흔들리면 가슴 절절한 이가 와서 안부를 묻겠지요
>
> —「냉이꽃」 전문

"냉이꽃"에 투사된 시인의 감정이 잘 드러난 이 시가 말하는 의미도 차갑고 서러운 희망이다. 우수와 눈물의 삶을 벗어나려는 순결한 의지는 별처럼 반짝이지만 연약하다. "고향의 소꿉친구"가 암시하듯이 시인의 의식은 유년을 지향하고 있다. 유년의 공간에서 시인에게 "안부"를 물을 "가슴 절절한 이"가 누구일까? 그는 부재의 존재가 아닐까? 이렇게 볼 때 "차가운 땅에 등대고 누워 한 동이 눈물 쏟아 부은 까닭은 순한 밤별로 나앉고 싶었기 때문"이라는 진술이 중요하다. 시인의 유년의식은 상처와 상실을 넘어 "순한 밤별"을 지향한다. 이러한 지향성이 시인의 시적 토대이다. 유년의 순수한 의식은 비단 추억에 한정되지 않는다. 그것은 나날의 슬픔과 고통을 견디게 하는 존재의 버팀목이다. 또한 슬픔과 고통의 경험을 자기 안에 가두어 두지 않고 외부의 타자와 공감하게 하는 계기가 된다. 내면에 순수한 의식공간을 지닌 사람이 시인이 될 수 있다. 그것이 있으므로 시인은 훼손되고 타락한 삶을 통과하여 신생의 가능성을 열 수 있다.

> 밤이면 쥐새끼처럼 양철 지붕에 올라가/녹슨 부위를 오려냈다/잠은 깎고 모서리는 날을 세워 별을 만들었다/어깨와 이마에 올려놓고/라디오에서 흐르는 각하의 목소리를 흉내냈다/뱉어놓은 낮달 같은 지붕 아래서/키보다 높은 산의 뒤편으로나/누구의 심장에라도/단단하게 박히는 것/날아가 제일 먼저 반짝이는 것/겨울 지나 지붕 몇 개 사라졌지만/꿈도 지지리 크지 않던 동네 아이들/주머니 안에는 구겨진 별들만 찰랑거렸다/손가락을 베이면서/입술로 서로의 피를 핥아가면서/하루는 죽고 하루는 살았었다//너무 일찍 피 맛을 알아버린/나는 사자자리별/엄마가 문밖에 내다 버린 꿈을 찾아/죽을힘으로 바닥을 뒤지고 다녔다/높이 빛나리라는 믿음 져버릴 수 없어/시궁창 첨벙대는 우스꽝스런 별/날뛰고 까불다 이마 찢어진 별/다 늙은 아이가 옥상에 앉아 하늘을 뒤진다/

내 잠을 사과처럼 깎아 먹은 별들이 뜨겁다

—「양철별」 전문

앞선 「냉이꽃」과 이 시는 "사자자리"를 매개로 이어진다. 또한 "냉이꽃"에 투사된 유년의 기억이 보다 구체적으로 서술되고 있다. 시인에게 유년의 별은 가난한 아이들이 "손가락을 베이면서" 가지고 놀던 "양철별"이자 운명과 같은 "사자자리별"이다. 그것은 가난한 운명을 의미함과 동시에 "높이 빛나리라는 믿음"과 결부된다. 그렇다면 "엄마가 문밖에 내다 버린 꿈을 찾아/죽을힘으로 바닥을 뒤지고 다녔다"는 진술은 무슨 뜻일까? 시인이 겪은 가난이 가족사와 연관됨을 말하고 있는 것은 아닐까? "엄마"는 「양철 이불」에 다시 등장한다. 여기서 "엄마"는 시인에게 자존감과 삶의 자세를 가르치는 초자아와 같은 존재이다. "가난에도 각을 세워라/엄마의 지론이었다." 시인은 "가난한 바탕색을 드러내지 말아라"라는 "엄마"의 기억을 잊지 않는다. 그것은 "끌어안을 것이라곤 나밖에 없던 그런 시절"(「양철 이불」에서)의 이야기이지만 「양철별」의 결구가 말하고 있듯이 시인의 의식 속에 여전히 남아 있다. 이러한 점에서 "엄마의 꿈을 찾아 나선 시인은 "엄마"의 다른 얼굴이 아닐까?

고명자는 분명히 삶의 슬픔을 말하고 있다. 그러나 그녀의 발화는 자신의 감정을 그대로 외부로 전달하지 않는다. 이는 단순한 절제와 다르다. 또한 감정으로부터의 도피와도 무관하다. 그녀에게 슬픔은 "닫힌 말문의 안쪽"에 있어서 슬픔을 말하지만 "슬픔 없는" "노래"(「파꽃」에서)가 된다. 달리 말하면 그녀의 시에서 슬픔은 쉽사리 터져 나오지 못한다. 왜일까? 앞서 말했듯이 "가난한 바탕색을 드러내지 말아라"는 "엄마"의 가르침에 충실한 것일까? 아니면 슬픔과 고통의 무게 탓일까? 분명한 것은 그것이 의도된 방법이 아니라 삶을 보는 시각과 태도에 비롯한다는 것이다. 그녀는 상처에 민감하고 소외된 타자와 버려진 사물에 선뜻 시선을 보낸다. "한 무더기 슬픔이 발견되는 지점"(「진공청소기」에서)은 시인의 시적 발상이 꽃피는 장소이다. "다급하게 생을 처분하고 싶은 사람"(「맨발 상점」에서), "오롯이 슬픔인 여자"(「쑥 캐러 가자」에서), "집으로 돌아가는 길까지 지워버린 여자"(「오라잇 오라잇」에서), "몇 번의 내리막과 커브를 돌다 둥그러진 남자"(「봄볕을 두드리다」에서), 그리고 "한숨을 꽃잎처럼 내뱉는 할머니"(「피난, 피안」에서) 들은 그녀의 시적 관심의 대상이 된다. 자신의 내부에 있는 상처와 고통의 인식이 만든 외부 지평이다. 감정(emotion)은 내부에서 외부(e-)로 움직이게(motion) 마련이다. 그러나 "닫아버린 기억의 빗장들"(「책상의 면적」에서)을 열고 외부로 향하는 과정은 단순하지 않다. 그것은 주체와 세계의 접면이 다양하기 때문이다. 고명자는 세계와 손쉬운 화해를 선택하지 않는다. 유년으로 회귀하거나 세계의 바깥으로 이월하는 것은 그녀의 지향이 아니다. 그녀의 시는 생의 가운데서 기투하는 자신의 몸과 같은 언어의 질감을 드리우고 있다. 이러한 점에서 "내 시에는 피 냄새가 난다/사라져도 곱게는 안 사라지는/모기 이놈, 내 시보다 한 수 위다"(「모시 시편」에서)라는 진술이 결코 가볍지 않다.

> 잎 넓은 나무는 담장 안으로 들이지 않겠다/지나가는 바람을 불러들이지 않겠다//물기 마른 잎사귀의 탄식은/오래 전 죽은 너의 메마른 입술/끝까지 들어주지 못한 말//얇은 잠속을 찰랑거리다/머리맡에 쏟아붙는 흐느낌/우두커니 세우는 밤이 많아/잎 다 지고도 한참 잠을 설친다//나보다 먼저 저무는 것 지켜보다가/발밑 가볍게 걷어차고/새처럼 훌쩍 올라앉고 싶은 생각/이 하늘에서 저 하늘로 날아가고 싶은 생각//깨끗이 잊어버린 얼굴 덕분에/새잎이 날 때쯤 병색이 깊다//잎사귀는 새파랬다/손바닥 넷 합친 것보다 더 파란 슬픔이/병들어라, 병들어라/재즈처럼 운다//베어버리지도/뽑아버리지도 못하는/푸른 耳鳴이
>
> —「우두커니」 전문

이 시가 시인의 내부가 외부와 만나는 접면을 말하고 있다고 할 수 있을까? "잎 넓은 나무"는 경계 밖의 세계이자 그 안의 "너"와 "나"를 매개한다. 경계 밖의 모든 것을 차단하고 고갈되어 소멸한 "너"는 "나"의 초월과 초절의 욕망을 묶어두는 기억의 무게이다. "파란 슬픔"과 "푸른 이명"을 지닌 "나"는 삶이 병이자 비애임을 안다. "새잎이 날 때쯤 병색이 깊다"는 역설은 "봄"을 온전한 환희와 희망으로 받아들일 수 없는 존재론에서 유발된다. 역설의 언어는 열려 있다. 그것은 생명과 병이 공존하는 삶 속에서 "파란 슬픔"과 "푸른 이명"의 감각을 형성한다. 죽어가는 것에 대한 애도와 가난하고 병든 생명에 대한 연민은 자기 안에 내재한 근원적인 슬픔 없이 불가능하다. "가서 닿고 싶은 곳 있어야 힘이 난다고/겁도 없이 살얼음 위로 뛰어 내렸지/뼛속 시린 생애 잘 견뎠지/내 몸의 향기를 맡아봐/지독한 홍역 끝에 돋은/푸르디푸른/열꽃을/만져/봐"(「미나리꽝에 대한 보고서」에서). "미나리꽝"에 의식을 투사한 이러한 진술에서 우리는 상처와 고통이 거름이 되어 꽃을 피우는 감각과 만난다. 시인은 유난히 봄에 대한 계절적 편향을 지닌다. "소나무 아래 단잠 든 듯 까맣게 때긴 손톱발톱 합장이나 하듯 바람을 빗질하던 짐승의 봄 햇살 맺힌 눈물샘"(「아기 청설모」에서)을 발견하는 감각은 "봄날엔 중심이 없다/목련 지는 꼴 보기 싫어 멀리 돌아갈 때 있고/벚꽃처럼 비명 없이 뛰어내리고 싶을 때 있다/봄에는 도무지 사는 것 같지 않아/민들레에게 허리 굽혀 안부를 묻는다"(「술래잡기」에서)와 같은 진술을 이끌고 마침내 "봄 한철로만/완성되는 생이라면 좋겠다"(「붙잡힌 하루」에서)는 비극적 감성으로 이어진다. 그러나 시인은 단지 봄에 붙잡힐 뿐 그의 계절이 온전히 봄이 될 수 없음을 빠르게 안다.

> 나뭇잎 한 장의 무게로 앉아/저 여자 선풍기 바람에 머리를 말리고 있다/어디에서 누구의 이름을 부르다 왔나/등의 반은 젖어있고/나머지 절

반도 빗소리로 채워졌다//지금은 번개의 시간/오지 않는 사람의 눈빛을 닮은/빗소리 건너가기 무섭다/아무도 얼씬거리지 않는 거리, 나는/뒹구는 우산/하수구로 휩쓸려 들어가는 쓴웃음/사랑이든 슬픔이든 끝까지 따라가 본 적 없다//고개를 왼쪽으로 젖히고 앉아/사선 거리 저 여자 나를 꿰뚫어본다/눈도 깜박이지 않고 입도 씰룩이지 않고/반쪽 얼굴의 여자/내 눈과 귀 순식간에 멀어버렸다/버린 사랑과 낡은 수첩 뭉개진 낱말과 하모니카/흑백사진과 오지 않을 이름 젖은 키스/나를 다 읽어버린 긴 머리의 저 여자/붉은 비가, 오늘은 천둥의 시간

—「비가」 전문

이 시에서 시인의 의도가 "붉은 비가"에 집중되고 있음을 알긴 어렵지 않다. 아마 "버린 사랑과 낡은 수첩 뭉개진 낱말과 하모니카/흑백사진과 오지 않을 이름 젖은 키스/나를 다 읽어버린 긴 머리의 저 여자"는 "붉은 비가"를 구성하는 내용들일 것이다. 그런데 이 시에는 비가(elegy)의 감정 양식이라고 할 수 있는 애도와 비애가 전면화되어 있지 않다. 오히려 "저 여자"와 "나"의 관계를 통하여 "나"의 심경을 드러내고 있다. "나는/뒹구는 우산/하수구로 휩쓸려 들어가는 쓴웃음/사랑이든 슬픔이든 끝까지 따라가 본 적 없다"는 진술처럼 화자는 비가의 궁극을 회피한다. 이러한 "나"의 감정은 또한 "저 여자"에 의하여 무화되고 있다. 그렇다면 시인은 왜 "비가"를 의도하려 한 것일까? 그것은 "저 여자"가 "나"의 거울상이기 때문이 아니겠는가? 시인은 거울상을 매개하면서 슬픔의 본령을 감추려 한다. 그러므로 "붉은 비가"는 '슬픔을 감춘 비가'이다. 물론 "나"와 "저 여자"가 두 개의 자아가 아니라 서로 다른 타자이어도 문제가 없다. 시인이 "저 여자"를 내세워 "나"의 슬픔을 은폐하거나 이면에 두려고 하는 것은 분명하다.

확실히 고명자의 시에는 "구불구불한 침묵"이나 "끝까지 트이지 않는 말문"(「골목 179-108」에서)이 있다. 이들은 그녀의 시에서 이미지의 불연속성

과 의미의 불명료성으로 이어지기도 한다. 그런데 이러한 시적 요소들은 그녀의 한계가 아니며 그녀만의 귀한 개성이다. 경험주체에게 있어서 가난과 슬픔, 상처와 고통은 쉽게 말할 수 없는 대상이다. 그럼에도 그녀는 "아픈 이름으로"(「가시연 밥상」에서) 시의 형식을 창출한다.

> 기억을 떠올리려는 망자의 입술들이야 평생 어두운 쪽으로 기울던 아버지 뒷모습처럼 바라만 봐도 취기가 올라 내 등에 업혀 이발소를 간 마지막 아버지 머리를 깎고 면도를 했지 칼도 먹히지 않는 늙은 낯가죽이라고 아가씨는 면상을 찌푸렸어 여기 와서 보니 죽음은 너무 깨끗해 깍듯해 한번 핀 목숨이라면 영원을 피웠어야지 물고 늘어질 것 하나는 남겨두었어야지 상석을 올리는 대리석 위로 네모 반듯한 팔월 태양, 나는 펄펄 끓고 말았어 꿇어 본 적 없는 무릎이 펴지질 않는 거야 과장된 슬픔이 뒤늦게 찾아 온 거야
>
> 저 많은 병나발은 누가 다 불었을까 산더미만큼 쌓인 빈 소주병의 아가리에서 무슨 소리가 나는 것 같은데 망자의 땅에서는 도무지 자음 모음이 잡히질 않는다 산 사람은 하나도 보이질 않고 심심해진 망자가 生을 재현해보다 낮술에 취해 우는 소린가 '술 한잔하세요' 죽음을 이룬 아버지가 무덤 속에서 껄껄 웃는 말 저승으로 건너갈 수 있는 딱 한 마디 이승의 말 투명한 말씀은 공손히 따르고 빈 병은 버린다 영혼이 빠져나간 몸뚱이들은 여기 공원묘지에 버려진다
>
> —「술병들의 묘지」 전문

고명자의 시에서 가장 구체적인 형식의 서술을 보이고 있는 시라 할 수 있다. 그녀는 이 시를 시집의 표제시로 삼음으로써 비가의 의도된 한 측면을 드러낸다. 어머니를 "엄마"라 부르고 있는 그녀의 시에서 "아버지"는

부재하거나 가부장의 책무를 다하지 않는 존재로 진술된다. 가령 아버지의 면모는 "한 철 일하고 나머지 술로 채우는/달관한 인생"으로 요약된다. "아버지가 돌아가신 뒤 내 피가 깨끗해졌다"라고 진술할 만큼 시인에게 "아버지"는 의미 있는 존재가 되지 못한다. "봄눈 희끗희끗 다녀간 아침/그립다와 그립지 않음 사이 아무 것도 없다."(「변명」에서) 이처럼 아버지는 "들창 폭삭폭삭 내려앉은 집"을 만든 장본인이다. 이제 이러한 "집"에 사는 "엄마가 수상하다, 더 이상 내 꿈도 참견하지 않으신다."(「거꾸로 가는 시계」에서) 시인에게 "아버지"는 오랜 트라우마로 "내 안의 그늘"(「자두」에서)이다. 때론 "파닥거리는 아버지를 꼭꼭 씹는다"(「새벽의 幻」)는 구절처럼 잠재된 살부충동으로 재현되기도 한다. 인용시는 이러한 "아버지"의 죽음을 애도하는 내용을 서술하고 있다. 그러나 아무 것도 남기지 않은 아버지에 대한 "나"의 추억은 메마르다. "과장된 슬픔"이라는 표현처럼 애도는 "빈병"처럼 공허하다. "아버지"는 시인에게 슬픔의 원인이며 슬픔을 환기하는 대상이 아니다. 깊은 슬픔은 시인의 내부에 있다. 그러므로 시인의 비가는 자기를 대상으로 한다.

누가 몰래 피워놓고 사라진 걸까요/몇 끼 굶은 얼굴처럼 핼쑥한 골목이에요/아름다운 빛깔은 독성이 강하다지요/밤이면 캄캄한 손 하나가 나를 끌고 다녀요/눈을 감아요 기꺼이 나를 맡겨요/두개골에서 분리된 눈알처럼 꽃송이만 굴러다녀요/선반 위에 올려놓고 싶은 옛집들/닿을 수 없는 거기로 돌아가 보고 싶은지/얼마나 상한 영혼이길래/침 한번 뱉고 머리카락 하나 뽑고 흙으로 덮은 다음/돌멩이로 꾹꾹 눌러두었던 걸까요/다시는 돌아오지 않기 위하여/내 방 유리창에 돌멩이를 던져버렸으니까/뒷짐 지고 옛집 담벼락인 양 기대면/길이 끊겨요 늦은 밤 소음처럼/삐뚤삐뚤 걸어온 날만큼 낯익은 적막이에요/벌레 먹은 꽃의 파편/쨍그랑쨍그랑 동공에 박혀요/검은 무지개가 피어올라요/이제는 달려가지

앓으니 비로소 슬퍼지는 어둠이에요

—「무지개 골목」 전문

이 시가 하나의 전환을 의미한다고 단정하긴 어렵다. 그럼에도 기억의 "집"에 있는 자기만의 방을 빠져나오는 존재의 기획이 보이는 것은 사실이다. 트라우마와 콤플렉스는 사고의 덫과 같은 것이다. 시인은 이 시를 통하여 존재의 굴레를 벗어나려는 자기를 제시한다. "검은 무지개"의 환각에서 놓여나 진정한 슬픔에 가닿으려 한다. "나는 원래 사막의 사람/모래면 모래/재앙이면 재앙/뒤집어쓰고 걷던 사람/뼛속까지 까맣게 타 들면서/아래턱 덜덜 떨어가면서/낮밤을 걸어/사막으로 들어간 사람"(「사막을 향해 눕다」에서)이라는 자기 정의에는 자존과 연민이 섞여 있다. 그러나 자기에게 바쳐지는 비가는 타자의 지평으로 나아가려는 시적 의지를 차단한다. "주먹만한 별들이 그렁그렁하다 더돌이 영혼이 빛이 되었을까 나는 어디서부터 떠밀려 와 빛의 속도로 얼어갈까 한밤 山門에 깨어있을까."(「겨울 부석시」에서) 시인은 "사자자리별"의 운명에서 자기존재를 풀어내는 시적 모험으로 나아가야 한다. 애도와 연민 사이에서 서성대는 비가의 형식을 넘어서 외부로, 타자로 시적 지평을 확산해야 한다. 하지만 고명자가 제시한, '슬픔을 감춘 비가'의 현상학은 그녀만의 진지한 시적 자리이다. 성급하지 않게 주체로부터 세계로 걸음을 옮겨가는 노력들이 시업의 계속성을 보장하고 성취를 더할 것이라 믿는다.

지상의 사랑

— 신선론

낮은 '나'

신선의 시에서 고백적인 '나'를 만나기는 쉽지 않다. 「병상일기」 연작과 같이 경험적인 고통을 드러낸 경우는 그녀의 시작에서 매우 예외적인 경우에 해당한다. 유년의 회상조차 '나'보다 '우리'(「폐교 1」에서)를 내세운다. 말할 것도 없이 서정시의 화자는 문면에 드러나거나 드러나지 않거나 '나'이다. 그럼에도 '나'의 드러냄과 감춤은 목소리와 태도의 문제일 뿐만 아니라 시적 지향과 연관된다. 신선의 시에서 먼저 주목되는 것은 그녀가 고백적인 '나'가 아니라 사물에 투사된 '나'나 사물과의 관계 속의 '나'를 화자로 내세우고 있는 일이다.

> 그 해 겨울은 그늘에서 지냈다/가늠할 수 없는 추위가 어깨를 누르고/아늑한 아랫목이 그리웠다/어쩌다 후투티가 울고 가면/하늘 언저리의 가슴이 아렸다/야윈 햇살은 잠시 서성이다 떠나고/그늘은 왼종일 제자리를 지켰다/우울한 구름이 온기를 데우는 동안/진눈개비는 아스팔트를 굴러다녔다//백무동 바람은 잠을 자지 않았다/싸늘하게 돌아선 달그림자를 밟고/끄질 듯한 심지에 불을 당겨/나는 졸라 맨 허리띠를 더 조였다/싸락눈이 내리면/이팝 생각에 겨운 허기가/부레옥잠처럼 부풀

어 오르고/어린별은 새벽을 기다리며/뜨락에서 밤을 지새웠다//어둠 속에서도 꿈은 자랐다/아무도 오지 않는 비탈길에서/푸른 가지 휘둘러/뿌리는 허공을 딛고 튼튼하게 일어섰다

—「은사시나무」 전문

이 시에서 시적 화자 '나'가 문면에 등장하는 것은 2연이다. 1연은 화자가 처한 정황의 서술에 가까운데 화자의 심경을 직접 표현하기보다 "하늘 언저리의 가슴이 아렸다"와 같은 진술로 사물에 의탁한다. 이러한 1연과 달리 2연은 화자의 면모를 드러낸다. "싸늘하게 돌아선 달그림자를 밟고/끄질 듯한 심지에 불을 당겨/나는 졸라 맨 허리띠를 더 조였다"라는 대목이 그러하다. 이어지는 구절 또한 추위와 허기에 처한 '나'의 처지를 시사하지만 '나'의 이야기는 곧 바로 '어린별'의 이야기로 전이되며 마지막 3연에 이르러 시는 제목을 통해 제시된 시적 제재인 '은사시나무'의 생리에 집중된다. 이러한 시적 과정은 투사와 동화의 반복으로 이뤄진다. "후투티" "햇살" "그늘" "구름" "진눈개비" "싸락눈" "어린별" 등 가변적이고 유동적인 사물과의 정서적 유대는 마침내 "뿌리"를 내리며 "허공을 딛고 튼튼하게 일어"선 "은사시나무"의 견고한 자태에 투사되면서 정점을 형성한다. 이 시는 단순하게 읽으면 추운 겨울 "백무동"에서 지낸 경험이자 겨울을 나는 나무에 대한 경배이다. 그러나 시인은 경험을 내세우거나 나무의 철학을 개진할 의도를 갖고 있지 않다. 이보다 어둠과 추위와 허기라는 존재 상황과 이러한 상황에서 인고하는 주체에 관심이 있다.

사물에 대한 동화나 투사는 시적 주체의 일방적인 동일화가 아니다. 그것은 주체와 사물이 형상과 속성으로 상호 대화하면서 시적 지평을 확장하는 과정이다. 물론 일방의 동일화는 세계로 열려가야 할 시세계를 제약한다. 신선의 경우 태도와 목소리에 있어 사물 지향이 뚜렷하다. 그녀의 시는 '나'의 이야기를 줄이고 '나'의 목소리를 낮추려는 의도를 담고 있다.

그래서 사물들의 부름에 이끌리고 그들과 의미 영역을 공유하려 한다. "내가 항상 꿈꾸는 것은/사나운 빗줄기를 불러오는 여름이 아니라/처마 끝에 베어드는 햇살에게/정답게 안부를 묻는 일"(「낮은 십자가」에서)이라는 진술이 말하듯이 시인은 교감의 지평을 지향한다.

> 나는 무작정 내딛는 습성을 버리고 신나게 달렸던 벌판을 접어 비워지는 사랑의 부피를 채웠다. 삭은 가슴으로 밀려드는 햇살 받아 다사로운 하오의 뒤안길을 즐겼다. 한가롭게 길을 여는 잡새들의 날개짓을 내려놓고 드푸른 하늘의 길을 닦는다.
>
> —「폐타이어」 부분

이처럼 시인은 버려진 "폐타이어"의 위치에서 "드푸른 하늘의 길"을 생각하는데 이러한 시인의 태도는 앞서 인용한 "낮은 십자가"라는 시제가 상징하는 의미와도 상응한다. 그런데 낮은 자의 위치에서 구원을 염원하는 시인의 입장은 종교적이다. 이는 시쓰기를 "또 다른 하나의 구원"(「시인의 말」에서)이라 규정하고 있는 데서 보다 선명하지만, 시인이 시를 종교적인 목적의식 안에 두고 있지 않다는 점에서 오히려 타자와 주변을 향하여 아래로 초월하려는 시인의 입장이 구체성을 얻고 있다. 이러한 점에서 스밈과 교감과 생성으로 화평의 세계를 개진하고 있는 「빗방울」 연작이 가지는 의의가 크다. "슬픔에 갇힌 지상"에서 희망과 사랑을 잃지 않는 "빗방울"의 꿈(「빗방울 1」에서)은 시인의 마음과 다르지 않다. 이는 가장 작고 낮은 것이 지니는 크고 높은 지향을 내포한다.

> 찢어진 우산 속에 스며든 맑은 눈동자/내 흐린 눈 밝혀/거친 길 함께 가자고 한다//귀엣말 속삭이지 않아도/말보다 크게 젖어드는 숨소리/얇은 옷 속을 파고든다/얼음처럼 차가운 음성/꺼지지 않는 불꽃 되어/마

른 들판을 적신다/쓰러진 나무들 어깨를 일으켜 세우고/잔가지 수다스런 이파리를 매단다//햇살 잘 달구어진 세상 속으로/빗방울이 뛰어다니면/여린 볕 돋아나는 발바닥 닿는 곳마다/온갖 꽃들이 저마다 피어난다/달개비꽃 타는 냄새가 퍼져갈 동안/빗방울은 모여서 개울을 맨다//길 밖에 떨어진 빗줄기는 땅바닥에 엎드린다/풀섶의 체온 속으로 스며들어/긴 허리를 구겨넣는다/부르던 노래는 언제나 한 옥타브 낮아지고/서러운 것들끼리 몸을 섞는다/밀려난 것들은 서로 얼굴을 맞대고/구름처럼 흘러서 바다에 닿는다

—「빗방울 2」 전문

"이슬 한 방울의 우주"와 같은 수사가 내포한 "고상한 숭고"는 이 시의 "빗방울"에도 담겨 있다. 이 시의 서두는 화자와 빗방울의 만남으로 시작된다. 존재를 차단하고 있는 장막인 우산 안으로 스며든 빗방울은 "맑은 눈동자"와 같이 세속에 흐려진 '나'를 깨우친다. 주체는 외부의 부름에 자신을 열어 놓고 그 의미들을 받아들인다. 물론 2연처럼 압도적인 외부가 있어 숭고가 유발되는데 그렇다고 이것이 '나'를 무화하는 것은 아니다. 오히려 이어지는 시행들은 시적 화자가 "물방울"의 운동에 담겨 있는 섭리를 이해하는 과정을 제시하거나 작고 보잘 것 없는 존재들, "서러운 것들"과 "밀려난 것들"이 모여 화평의 크나큰 세계로 나아가는 모습을 부각한다.

희망의 징표들

시인이 작고 낮은 화자를 선택하는 까닭을 종교적 태도라고 미리 전제하는 것은 옳지 않다. 신선의 시가 어느 정도 종교적 감수성을 바탕에 두고 있음이 사실이라 하더라도 종교적 이념에 대한 알레고리에 그치는 허

다한 종교시가 보인 실패와 거리가 있기 때문이다. 그녀의 시는 비극적이고 무상한 생에 대한 직접적인 감각에 기반하고 있을 뿐만 아니라 고통스럽고 황량한 지상의 시간에 대한 경험적 인식과 무연하지 않다. 따라서 아무런 매개 없이 신념에 매달리거나 구체적인 삶을 소거한 희망을 반복하지 않는다. 시인이 견지하고 있는 작은 주체는 무엇보다 인간의 삶에 대한 이해에 근거하고 있다. 가령 「해운대 역에서」나 「망상에 가서」 그리고 「알타미라 고성」 등에 그려진 삶의 풍경은 스산하고 삭막하며 황량하기만 하다. "저마다 보이지 않는 슬픔"(「해운대 역에서」에서)을 간직한 "지친 인간들"(「망상에 가서」에서)의 표정들이나 "삭막한 뒤란"(「알타미라 고성」에서)이 전경화되어 있기 때문이다. 시인은 이러한 시편들에서 보인 풍경과 같이 "허망한 생"(「시이소놀이」에서)과 "존재의 덧없음"(「빨래를 말리며」에서)에 민감하다. 그런데 삶에 대한 시인의 이러한 입장은 근원적인 무(nothingness)에 대한 경사를 의미하는 것이 아니다. 이보다 인간의 조건이나 사회적, 존재론적 고통에 대한 의식을 포함하고 있다.

> 마침내 그늘 속에 나를 가둔다/햇살 현란한 골목길에서/피할 곳은 언제나 어둠뿐이다/어둠에 촘촘히 박힌 언어가/먼지를 뒤집어쓰는 한나절/석간신문을 펼치며/전설이 된 세상의 획수를/쓰린 손길로 짚어나간다/정신없이 달려온/사바세계의 길목에/온갖 추한 사랑이 도열하고 있다/숨기고 싶은 찌든 의식이/먼 지평을 넘어 흘러가고/시신경을 누르는 흐린 풍경이/정착되지 않는 시간 따라 출렁거린다/티눈 박힌 발바닥이 아려오면/눈을 감은 신은 하늘에 있고/부르짖는 목소리는 허공에서 죽는다/거부할 수 없는 생의 더께가/날마다 슬픈 무게로 돌아오고/질긴 어둠을 머금은 빛들이/시름없이 나의 문 밖으로 진다.
>
> —「그늘에 대하여」 전문

파스칼의 '숨은 신'은 이 시에서 "눈을 감은 신"으로 변주된다. 세계에 대한 비극적 인식은 신의 부재가 아니라 신이 숨거나 눈을 감고 있는 정황에서 비롯한다. 인용시에서 시인은 어둠과 추함이 지배하는 세상의 고통에서 헤어날 수 없는 인간의 비극적인 삶을 말하고 있다. 신에게 도달하지 못하는 "부르짖는 목소리"도 문제이지만 정작 신이 눈을 감고 있다는 데서 사태는 더욱 심각하다. 따라서 인간은 "거부할 수 없는 생의 더께가/날마다 슬픈 무게로 돌아"오는 반복을 피할 수 없다. "그늘"은 시인이 이러한 삶을 지시하는 구체적인 이미지로 "질긴 어둠을 머금은 빛들"이라는 역설을 내포한다. 어둠과 빛은 대극적이다. 빛은 희망과 구원을 상징하지만 어둠 없는 희망과 구원은 없다. 그러므로 "그늘"이 아니라 암흑이 지상의 시간을 해방한다. 소위 종말론은 이러한 "암흑"을 함부로 주장한다. 자신의 암흑을 알 수 없는 인간에게 "그늘"은 매우 진실된 표상이다. 그곳에서 어둠과 더불어 희망과 부활의 징표와 만나기 때문이다.

신선의 시에서 겨울의 이미지는 자주 봄을 예비하는 시간으로 그려진다. 인고 뒤의 환희를 꿈꾸는 그녀의 시에서 희망의 징표들과 만나는 일은 어렵지 않다.

> 어둠이 긴 터널을 지나오는 동안/아침은 언제나 반가운 손님처럼 찾아온다/하얗게 내린 서리는 언 발등을 데워주고/별빛에 물든 가랑잎 발치에 파고들면/눈물로 얼룩진 가지마다 얼음꽃이 피었다 진다/헐벗은 어깨 위로 손을 높이 쳐들면/나래 휘어진 까치 비상을 꿈꾸고/명주실 보다 고운 햇살이 방언처럼 쏟아진다/허공으로 빗금을 긋는 빛살/드센 회오리바람 벌판으로 달아나고/질펀하게 쏟아지는 산맥이 갈증을 태운다//내 안에 잠든 봄날이 눈을 뜬다/가슴 깊은 곳에서 웅크린 강물/겉옷 벗어 던지고 검은 들판을 응시한다.
>
> —「잿빛 가문비나무」 부분

인용시처럼 "봄날"은 이미 "겨울" 속에 내재되어 있다. 지리한 "겨울"의 시간이 전제되지 않은 "봄"의 의미는 크지 않다. "겨울" 또한 "어둠"과 "빛", "밤"과 "아침"의 반복으로 구성되기에 "아침"과 더불어 "내 안에 잠든 봄날이 눈을" 뜨게 되는 것이다. 이처럼 되풀이 되는 "아침"은 나날의 구체적인 경험으로 시인에게 중요한 의미를 던진다. 그것이 어두운 세계를 견디며 이겨내는 부활의 징표가 되기 때문이다.

「해돋는 집」 연작은 아침의 이미지로 충만하다. "경남 밀양시 하남읍/파서리"(「해돋는 집 1」에서)라는 장소가 선명하게 제시되고 있듯이 시인이 경험적 서술을 시도한 것으로 보인다. 이들 연작은 앞서 언급한 「해운대 역에서」, 「망상에 가서」, 「알타미라 고성」 등의 시에 그려진 삶의 풍경과 확연히 다르다. 무엇보다 현실의 세계상을 제시하려는 이들 시편과 달리 「해돋는 집」 연작은 사물과 교감하는 감각, 장소에서 느끼는 행복 등을 전하고 있는데 "나를 지탱하는 것은/순전히 한 뼘 햇살 뿐"(「해돋는 집 7」에서)이라는 관점을 따른 시적 서술의 귀결이 아닌가 한다.

> 아침 뜨락에 다소곳이/정겨운 햇살들이 모여산다/돌계단에 웅크린 적막을 밀어내고/손길 닿는 땅마다 점점 더워진다//주고받는 이야기들 눈부신 꽃으로 영글고/무수히 뿌려지는 햇살이 숲으로 자란다/작은 육신 하나가 게워내는/이 완벽한 해체/어두운 입자들은 허공에서 사살된다//우울한 지상은 이제 시들어져/사방에서 웃음소리 퍼져나갈 때/그늘은 문턱아래 쓰러져 자취를 감춘다/뒤안에서 웃자란 그림자/뒤집어쓴 햇살 속에서 곤두박질친다//먼데서 그리움처럼 다가오는 그대/새하얀 가슴에 분꽃 한 잎 달고 있다/눈먼 벌레들이 날개치는 꿈을 그리자/뒤따라 오는 당당한 벌들의 발자국 소리/달디단 밀월이 솟는 벌판 저편에/비밀스런 오로라의 섬광을 키운다//어제인 듯 졸던 흙덩이들 꿈틀대며/햇살의 저격을 받는 의식에서 깨어나/즐거운 듯 날개치며/몰려오는

모습이 보인다

—「해돋는 집 4」 전문

연작 10편 가운데 "아침", 나아가 "빛"의 세계를 가장 직절하게 그리고 있는 이 시에서 시인이 지향하는 시적 지평과 만나기 어렵지 않다. 그것은 "적막"이며 "어두운 입자들"이 사라지고 "우울한 지상"이 환희의 빛으로 가득 차는 세계이다. 물론 이러한 세계로 나아가는 과정에서 "작은 육신 하나가 게워내는/이 완벽한 해체"와 같이 해독이 어려운 대목이 없지 않다. 하지만 이러한 난해의 사정도 "먼데서 그리움처럼 다가오는 그대"와 같은 구절의 등장과 더불어 해소된다. 이어지는 시적 진술은 부활의 예감 혹은 새로운 세계가 열리는 과정에 대한 환상에 가깝다. 그런데 이러한 환상은 궁극적인 시적 지평일 뿐 지속적인 시적 생산물이 되진 못한다. 오히려 이것은 "돌아갈 본향을 떠올리며" 쓴 "각서"(「유토피아」에서)라 할 수 있다. 실제 시인이 삶에서 만나는 것은 부활의 흔적이나 징표에 불과하다. 그래서 「봄날읽기」 연작이 말하듯이 "그대"를 찾아 읽으려는 과정이 중요하다.

사랑의 길

신선의 시에서 "나"와 "너" 그리고 "그대"라는 문법은 시인이 "너의 방법론"(「너의 방법론」에서)을 내세우고 있듯이 매우 뚜렷하다. 여기서 "나"는 말할 것도 없이 시인의 자아를 뜻한다. 그리고 "너"는 "나"의 외부에 존재하지만 끊임없이 "나"를 불러내고 깨우치는 존재이다. "몇 번의 시행착오를 거쳐 비로소 찾은/나의 길은 허공이다/너는 항상 가장 가까운 곳에서 웃고 있다"(「개망초」에서)는 진술처럼 "너"는 "나"라는 자아의 협소함과 시행착오를 깨우쳐 보다 큰 자기로 나아가게 하는 계기를 만든다. 또한 "너"

는 "나"의 외부이지만 그렇게 되어야 할 "나"에 해당하기 때문에 "나"의 내부에 속한 것이기도 하다. "나"와 "너"의 문법은 대화이자 존재의 확장과 상승이다. 이는 자아가 더 큰 자기가 되고 마침내 대존재와 합치되는 과정에 다를 바 없다.

> 황톳물 검게 흘러내리는 비탈길/거친 허리가 온통 젖는다/지는 잎들은 나를 떠나보내고/이제 빗줄기를 떠나보낸다//나를 깨우는 까치소리/뽀얗게 새벽안개에 안긴다/정오가 허기로 나를 찾아오는 행길 지나가면/가로수들은 손을 흔든다/작은 별 반짝이는 어스름은/시린 눈으로 나를 바라본다//스쳐가는 행인들 틈새에서/들려오는 너의 목소리 바람 속에서 만난다/추운 날 햇살 한줌으로 다가와 언 가슴을 데워주고/너는 머리맡에 와서 야윈 어깨를 달래준다//어느 곳에서나 존재하는 너는/한 자락 구름이었다가/강물이 되어 내 안에서 출렁거린다//가을이 더 깊어지면 너를 보낸다
>
> —「너의 방법론」 전문

"가을이 더 깊어지면 너를 보낸다"는 결구는 의미의 흐름을 증폭한다. 수동으로 일관된 "나"의 태도가 능동으로 바뀌고 있기 때문이다. 그만큼 거듭난 "나"의 모습이다. 이처럼 "너"로 인하여 변화된 "나"는 새롭다. 처음 "너"는 "나"의 외부이지만 나중 "내 안"에 존재하다 다시 "나"의 바깥으로 보내진다. 이러한 과정은 나무와 나무를 자라게 하는 "햇살"과 "바람"과 "물"의 작용과 일치한다. 가을이 와 잎이 떨어지면서 한 과정이 끝나지만 그 사이 나무는 성장해 있는 것이다. 이처럼 "너의 방법론"은 개별적 자아에서 상위 존재로 나아가는 거듭남의 존재론이자 시적 지평의 확장에 관한 시론이다.

파도가 내 곁에서 칭얼대는 날부터/내 걸어 잠근 가슴의 빗장이 열렸다/자폐증의 껍질을 하나씩 벗을 때마다/수평선이 더욱 다정하게 다가왔다/갈피 잡지 못하는 안개가 휘청거리는 동안/얼굴 하얗게 바랜 포말 앞에 서서/나는 기다림을 배우며 침묵했다/물보라의 강한 치맛폭이 깃발처럼 펄럭이면/내 심장은 안으로만 출렁거렸다/때로 잔잔한 웃음으로 지켜보는 눈빛/너는 천 개의 음악으로 와서 쓰러졌다/바람 없는 날이면/물푸레 숲은 머리칼 하나 흩날리지 않고/내 등판을 어루만지며 숙연했다/네가 내 안에 숨어/설레임도 없이 젖어들면/바다새들은 허공에서 맴돌며/눈발처럼 기도를 날려 보냈다/부서지는 물살 위에/금빛 햇살을 뿌리는 네 손길에서/다함이 없는 희망이 자라는 것을 바라보았다

—「욕지도에서」 전문

"나"와 "너"의 문법이 하나의 전범으로 서술된 시라 할 수 있는데 이 시에서도 "나"는 "너"를 만남과 더불어 존재의 전이를 경험한다. 그런데 이 시에서 주목되는 것은 "너"를 만나기까지 인내하며 기다리는 "나"의 태도이다. 현존재가 처한 다급한 사태에도 불구하고 "나"는 현상 너머 부재의 영역에서 구원의 계기를 찾는 믿음을 견지한다. 이러한 가운데 "너"는 열악한 상황을 반전시키면서 "나"로 하여금 절망을 걷어내고 "다함이 없는 희망"을 보게 한다. 말할 것도 없이 이 시에서의 "너"를 절대자로 해석하는 일은 어렵지 않다. 그러나 이러한 해석은 "나"와 "너"가 만나면서 일어나는 여러 가지 계기들을 설명하지 못한다. 더군다나 가장 중요한 것은 "너"의 존재가 아니라 "나"의 변화라는 사실을 깨우치는 데 큰 도움이 되지 못한다. "너"는 "나"를 부르기도 하지만 기다림과 갈망 그리고 믿음이라는 "나"의 자세에 의하여 "나"의 안으로 들어오기도 한다. 부름, 기다림, 방황은 존재의 지평을 확장하는 중요 계기들이다. 신선의 시는 인용시처럼 이러한 계기들에 충실하다. 다시 말해서 "'없음의 있음'이 지닌/아득한 뜻"(「엽

서를 띄우며」에서)을 진지하게 탐문한다. 그녀의 이러한 지향과 의지는 매우 선연한데 이를 "그대"를 향한 사랑의 길이라 할 수 있을 것이다. 여기서 "그대"는 앞서 말한 "너"이기도 하며 존재의 외부와 내부에서 시적 자아가 그리워하는 대상들의 총칭이다.

> 그대 이름을 부르면/손 흔들며 달려오는 단풍잎/가슴 두근거리는/먼 산이 나를 향해 손짓을 한다//날이 저물고/나의 뜨락에 왕벚나무가 우수수 떤다/희미하게 들려오는 그대 목소리 창가에 젖으면/돌아오지 않는 강이 출렁거린다//부황든 들판이 휘청거리고/무거운 몸을 뒤척일 때/걸어잠근 세상의 빗장이 모두 풀린다/구름따라 하염없이 흘러/푸르게 피워낸 사랑하나/전염병처럼 노랗게 번져나간다//바람이 부는 대로 흔들리는 억새/내 가슴에 하얀 추억을 수놓는다/하나씩 말없이 떠나가는/가을의 눈가엔 드푸른 하늘이 맺힌다//가까이 다가갈수록 멀어지는 그대/홀가분한 매무새로 신발을 벗는다
>
> —「달아오르는 얼굴」 전문

이처럼 시인은 "그대"를 향한 놀라운 사랑을 염원한다. 그 사랑은 "먼 산이 나를 향해 손짓"을 하고 "돌아오지 않는 강"이 출렁거릴 뿐만 아니라 "들판이 휘청거리고" 마침내 "걸어잠근 세상의 빗장이 모두" 풀리는 광경을 연출한다. 다시 말해서 삼라만상을 움직이는 사랑이다. 하지만 이러한 사랑의 대상은 "가까이 다가갈수록 멀어지는" 비의를 지니고 있다. 사랑이 모든 경계를 허문다 하더라도 "나"는 "그대"에게 끝내 다다를 수 없다. 시인은 이미 이와 같이 끝없는 사랑을 숙명으로 받아들이고 있다. 그녀로서 도저히 회피할 수 없는 지상의 사랑인 탓이다.

> 내 영역을 벗어날 수 없는/숙명에 전신이 얽매여/나의 여행은 막연하

게/내 육신의 부피를 확장시킬 뿐/내 영토는 측량되지 않는다

—「안개」 부분

면전에 무량한 사랑의 길이 펼쳐져 있기에 신선의 시는 "그대"를 향한 순행(巡行)을 멈추지 않을 것이다. 지상의 비극에 대한 그녀의 감수성은 시인으로서 중요한 개성이자 자질이다. 다만 성급하게 빛 가운데로 나아가기를 자제하면서 존재의 그늘과 어두운 순간들 혹은 그림자와 저주의 영역들까지 시적 지평 안에 포섭하는 과정들과 만나기를 기대한다.

사랑, 존재의 원천

— 김점미론

『한 시간 후, 세상은』은 1990년대 후반부터 오늘에 이르기까지 시인이 발표한 시편들의 묶음이다. 15년 동안 써온 시들을 한데 놓고 읽는 일은 어렵다. 시인이 제공한 시작의 연대기가 없었다면 나는 오랫동안 안갯속에서 헛발을 디뎠을 것이다. 시집의 구성과 달리 나는 발표순으로 시인의 의식과 언어를 따라가려 했다. 그렇지만 난해의 장막이 곧 바로 걷힌 것은 아니다. 여성시인의 개성적인 발상과 어법은 늘 힘겨운 이해의 대상이다.

1990년대 후반이라고 하지만 시인은 그 이전에도 시를 쓰려 했을 것이다. 그녀는 "시가 칼을 품고 죽어버린 날의, 내 젊음의,/정지를 기억한다"(「통화」에서)라고 진술한 바 있다. 여기서 "정지"란 어떤 의미일까? 존재의 활동을 무로 돌리기에 족한 내면적인 사건을 암시하는 것은 아닐까? 시인에게 "젊음의 정지"를 불러온 사건은 상실과 좌절을 가져다주었을 것이다. 이것이 시의 죽음과 이어지고 있다. 젊은 날의 행복과 기쁨, 슬픔과 격정들을 고스란히 담아내던 시를 더 이상 쓸 수 없게 되었다는 것. 그러나 30대 중반이 된 1990년대 후반에 이르러 시인은 그 어떤 계기를 통하여 "정지를 기억"하면서 다시 시를 쓰게 된다.

그러므로 정지의 기억 이전은 습작의 시기일 뿐이다. 여기서 습작기의 시가 어떠한 스타일이었을까 추측하는 일은 무익하다. 새로 시작한 시쓰기에서 이전보다 정념이 약화되고 세상에 대한 회의와 비관이 클 뿐만 아니라 사유가 확장되었음을 알기 어렵지 않을 것이다. 물론 그 어떤 새로운 시작(beginning)도 이전과 다른 스타일을 형성한다. 특히 회화와 영화와 같은 시각 이미지에 대한 경사는 매우 도드라진다. 이는 그녀가 사유를 이미지로 재현하고 있음을 뜻한다.

그림을 그린다
쓸쓸한 뒷모습에 고정시킨 눈,
그리기에 몰두한 채
너무 많은 선과 면을 그렸다
한발 물러서서
그림을 바라본다
너무 많은 선과 면이 부담스럽다
담담히 돌아서서 하나씩 지운다
흔적만 남았다
흔적만 남은 그림을 벽에 건다
마음이 편안해질 때까지
그림을 바라본다
다시 담담히 돌아서서
그림 밖으로 나온다
그림 주변에 선 나도 지운다
흔적 속의 나는
편안하다

—「반성」 전문

이처럼 시인은 회화적인 상상력으로 자기를 사유한다. 그림 속의 "나"와 그림 밖의 "나"는 그리고 지워야 할 대상이다. "흔적 속의 나"에게서 편안함을 느끼는 시적 화자는 해체주의자이다. 고정된 자아나 확고한 기억으로 구성된 정체성이 없다고 인식하며 모든 것은 늘 구성되는 과정이라 생각한다. 영화적 시각이 잘 드러나는 「고쳐 쓰는 지난해 마리앵바드에서」는 원작자인 소설가 알랭 로브그리예와 영화감독 알랭 레네가 협업으로 만든 영화 〈지난해 마리앵바드에서〉를 보고 쓴 시이다. 루보 로망과 루벨바그가 새로운 문학 양식이자 영화의 흐름인 점을 감안할 때 시인이 이러한 경향에 관심을 보인 것이 단순한 교양의 산물로만 보이진 않는다. 시인이 이 영화의 시각적인 병치나 동작과 정지의 영상미학을 서술하고 있는 것은 아니다. 그보다 사랑이라는 기억을 처리하는 문제를 자기 식으로 고쳐 읽고 다시 쓰려 한다. 그것은 그녀가 영화의 사랑을 "통속된 사랑"으로 읽는 데서 시작한다. 우연에 의해 유발된 사랑의 완성이 아니라 질투에 의한 살인이라는 통속적인 내러티브를 환기하는 시인의 의도는 "10년 동안의 속앓이 사랑의 끈"이라는 구절에서 드러난다. 그녀에게 필요한 것은 "냉정한 평온함"이다. 이는 「통화」의 한 구절이 말한 "정지"와도 연관된다. 영화 속에서 사랑은 한 해 전의 기억을 되살리는 데서 재생한다면 시 속의 "나" 혹은 시인의 페르소나는 이미 십 년 전에 정지된 사랑의 끈을 놓지 못하고 있다.

> 지난해 마리엥바드의 겨울바다는
> 소나무 한 그루도 남겨놓지 않고
> 소금기 절절한 이별을
> 바다 저편으로 쓸어내고 있는데
> 수평선 너머에서 내게로
> 밀려오는 쓰라린 석양,
> 나와 그녀의 젊음의 아세톤 냄새

마지막 손가락의 매니큐어를 풀어
붉게 물들이는 지난해 마리엥바드에서

—「고쳐 쓰는 지난해 마리앵바드에서」 부분

이처럼 시인에 의해 재해석된 "마리엥바드"는 "절절한 이별"을 말하고 있다. 영화 속에 보이지 않는 "쓰라린 석양"은 정지된 기억에 포박된 시적 화자의 감정이 투사된 이미지이다. 이것이 시인이 이 영화를 고쳐 쓰는 이유이다. 시인은 마치 새로운 영화를 서술하듯이 서로 다른 사랑 이야기를 병치한다("지금 나는/다시 그 바다의 통속된 사랑을 엮어간다"). 이러한 과정에서 시적 화자의 자전적 이야기도 기입하는 것이다. 그러므로 이 시에는 세 가지 이야기의 층위가 놓여 있다. 원작의 이야기와 해석된 이야기 그리고 시적 화자의 이야기가 그것들이다. 시인은 이러한 이야기의 중층 구성을 활용하여 보기 좋게 정지된 기억과의 거리를 만든다. 사랑 이후의 자기에 대한 인식과 사유가 전개되고 있는 것이다.

자기를 대상화하는 의식이 자의식이다. 이러한 자의식은 자아과잉이나 자아분열의 양상을 만들기도 한다. 그렇지만 자의식이 과잉과 분열로 귀결되는 것만 아니다. 자아와 거리를 두고 그것을 재현하거나 자아를 지우는 방식이 있다. 김점미는 자아를 지적인 프레임 속에서 그리려 한다. 앞선 「고쳐 쓰는 지난해 마리앵바드에서」가 그랬듯이 「토요일 오후, 그 숲에서」도 "숲"을 그리면서 "나"를 기입한다. 시인은 풍경 속에 자신을 배치한다. "안개"가 번져 숲이 사라지는 광경을 통하여 사람들과 "나"가 사라지는 과정을 목격하면서 시는 전개된다. 여기서도 "안개"는 기억의 저편을 차단하는 장치와 같다. 시인은 마지막 구절이 말하듯이 "단 한 그루/나무도 보이지 않는 숲,/안개가 내려 투명한/숲, 그 속을 통과하여/쏜살같이 달려가고 있는 세월을" 그리려 한다. 그러나, "그러다 문득,/안개가 걷히고/모든 나무들이 다시 살아난다면/다시 내가 초록의 숲을 그린다면/숲

속의 바람으로/새의 꽁지를 흔든다면/그 사소한 떨림으로/숲에서 떨어져 내린다면/나는/사소함 때문에 죽게 될 것이다"라고 진술한다. 민활한 감성이 내부의 상처를 덧나게 할 위험은 잔존한다. 어떻게 보면 시인에게 내부와 외부는 심각하게 단절되어 있다. 그녀는 외부를 말하면서 내부를 감추거나 지우려 한다. "사소함 때문에 죽게 될" 내부란 무엇일까? 그저 과장된 수사로 그치는 표현은 아닐 것이다. 그럼에도 시인은 내부에 대한 탐문을 시적 과제로 삼지 않는다. 오히려 그보다 외부와의 싸움이 주된 대상이 된다.

세상을 바꿀 수 있는 것은
오직 나나 당신들의 생각일 뿐
탁상공론에 길들여진 정치가의 정책이 아닌데도
그들의 구태의연함 앞에 선 우리들은
의기양양한 패배자가 되어 귀향을 꿈꿀 것이다
세상은 규칙을 정해놓고 규칙을 향해 저항한다
저항의 미학이 강요하는 온갖 변칙의 문제를 둘러싸고
세상은 삶의 질을 저울질할 것이다.
그러니 당신들은
눈을 뜨고도 잔디가 빨갛고 제라늄 꽃이 초록이라고 말해야만 할 것이다.

—「변칙의 문제」 부분

그러나 시인이 직면하는 "세상"은 수많은 "규칙"으로 자유를 억압하거나 수렴하는 공간이다. 변화에 대한 생각들은 관념에 그치거나 또 다른 장치로 변질된다. 이처럼 포위된 혁명 안에서 "저항의 미학"은 한계를 지니게 마련이다. 시인은 "세상을 바꿀 수 있는 것은/오직 나나 당신들의 생각일 뿐"이라고 진술한다. 불합리한 세상을 합리화하려는 옳고 선한 의지들도 다시 세상의 논리를 형성하는 여러 규칙들에 지나지 않게 된다는 것이다. 그리고 이러한 현실에 대한 시적 혹은 미적 저항도 그 빛을 잃고 "변칙의 문제"를 반복하게 된다. 세계에 대한 회의주의가 그에 대한 저항을 이끌지만 저항마저 장치가 되는 현실 속에서 시인은 "의기양양한 패배자"가 되어야 하는 아이러니에 직면한다. 그녀는 비대해진 세계 앞에 선 돈키호테처럼 질 수밖에 없는 싸움을 되풀이한다. "눈을 뜨고도 잔디가 빨갛고 제라늄 꽃이 초록이라고 말해야만" 하는 것이다. 장 콕토가 "눈을 감으면 당신들은 잔디가 빨갛고 제라늄 꽃이 초록임을 보게 될 것이라"고 말하였지만 오늘의 시인은 눈을 뜨고도 그렇게 말해야만 하는 조건을 안고 있다. 아이러니는, 세계와의 단절이라는 비극을 그 경계를 허무는 방식으로 넘어서게 한다. "패배자"의 당당한 "귀향"을 꿈꾸는 시인은 영락없는 아이러니의 주인공이다.

김점미 시인은 「어디에도 우리가 설 땅은 없다」를 통해 진술하듯이 디스토피아의 시막에서 유토피아를 몽상한다. 이는 그녀가 선택한 중요한 시적 지점이 미래를 지향하기 때문이다. "한 시간 후의 세상은/빛의 세계,/예측 불가한 미지의 시계"(「한 시간 후, 세상은」에서)라고 말했듯이 면전에 펼쳐진 세계의 모습이 비인간의 도시라 하더라도 시인은 과거의 기억 속으로 퇴각하기를 바라지 않는다. 「어디에도 우리가 설 땅은 없다」는 시인이 포착한 열 가지 장면들을 제시하고 있다. 계단, 정지된 평원, 도시, 어두운 기억, 모니터, 모자를 벗은 여자, 혼잡한 거리, 식탁, 나의 손길, 계단. 시인에게 "계단"은 하나의 지점이다. 과거의 기억으로 내려갈 것인가, 현재의 세상을 견딜 것인가, 아니면 미래로 나아갈 것인가. 물론 앞서 여러 차례 보았듯이 과거의 기억으로 회귀할 생각은 없다. 고통스런 현재야말로 진실이다. 그러나 그녀는 "구체적인 것"의 진실을 추구하는 방식을 선택하려 하지 않는다. 이는 "무엇을 위한 형식인가, 무엇을 위한 언어인가?"에 대한 답을 "피로써 가능한 자유"에서 찾고 있는 일과 무연하지 않다. 그녀에게 자유는 기억으로부터의 자유이자 "이 도시 한가운데"서의 자유이다. "어두운 기억"에서 벗어나고 "모니터"가 만들어내는 "작위적인 행위"와 "거짓된 소리들"로부터 벗어나고 "일상적인 표정" "일상적인 대화"의 관계에서 놓여나고자 한다. "그 어디에도 비상구가 없다는" "시뮬레이션"(「사이버소사이어티의 거리 혹은 유혹」에서)의 거리에서 시인은 "정신의 솔직함"을 견지하려 한다. "식탁"은 욕망의 전시와 같아서 그녀로 하여금 "절규"를 유발하게 한다. 그녀는 거대한 시뮬레이터와 같은 도시의 삶을 경배하려 들지 않는다. 가장 확실한 자신의 "손길"을 따라서 삶의 "계단"을 생각한다. "그러나 왜, 오르지도 않은 계단을 내려가야만 한다고/생각하는 것일까."

시인은 어두운 기억과 알 수 없는 미래의 긴장된 지점에서 바로 이 시간인 현재를 살며 시를 쓴다. "이 순간 당신 눈앞의 진실만이/인류의 진실"(「한 시간 후, 세상은」에서)이라는 진술과 같이 현재의 즉자성에 의미를 부여한다. 그러나 앞서 말했듯이 현재를 산다는 것이 녹록치 않다. 끊임없이 "나는 도대체 어디에 있나요?"(「라이브 콘서트」에서)라고 되묻지 않을 수 없기 때문이다. 부지불식간에 "나"는 시뮬라크르가 되고 만다. "스테이지 앞 안개 걷히며 조명 아래 선 나 아름다운 목소리로 노래한다 내 인생의 사랑 어디에도 없는 아름다운 죽음 그대의 얼굴 뒤로 나는 도대체 어디에 있나요?" 그렇다면 감각적이고 화려한 유혹의 "로코코 거리"를 벗어나는 길은 없는가? 시인은 조세프 루스낙 감독의 영화 〈13층〉을 읽고 "보드리야르와의 악수를" 하면서 「사이버소사이어티의 거리 혹은 유혹」을 쓴다. 그리고 "침묵만이 너의 삶"이 되는 시뮬레이션의 의미를 사유한다.

김점미 시인은 모더니즘과 포스트모더니즘의 세계를 두루 배회한다. 세상에 대한 시적 저항이 그 새로움의 빛을 잃어가는 것을 경험하면서 환상과 실재가 구분되지 않은 가상현실의 세계에서 미아가 되기도 한다. "세상은 늘 녹슨 장난감들로 가득 찬 작은 상자에 불과했어, 난 그 상자들을 부쉬버리고 싶었지." 그러나 "환상이 세상보다 낫지 않다"는 생각을 떨쳐버릴 수 없게 만드는 것이 삶이다. 어두운 과거만큼이나 어두운 "침묵의 세계"를 벗어나는 길은 어디에 있을까? 다시 "나"와 "너"의 사랑이라는 문제를 생각할 수 있다. "나/지금/너에게로 갈까/몸을 깨끗이 씻고/칩거의/그 오래고 긴/따뜻함과/처참함의/터널 속으로/갈까/나/지금/가슴 조이며"(「사랑」 전문). 어찌하여 "사랑"은 "칩거의/그 오래고 긴/따뜻함과/처참함의/터널 속"인가? 그것은 모순과 시련을 받아들이면서 고유한 방식으로 새로운 의미를 찾아가는 힘겨운 여정이다. 그것은 안락과 쾌락을 제공하는 시뮬레이션의 세상에 대항하여 위험과 모험을 창안한다.

> 지금 내가 쓸 수 있는 것이 사랑 시밖에 없다면 나는 손가락이 해지도록 쓸 것이다 쓰다가 쓰다가 내 손목이 떨어져 나가도 혀끝에 감도는 그 낱말들을 놓치지 않을 것이다 길고도 긴 기다림의 끝에 매달려 살아온 시간의 빈방이 다 차도록 쓰고 또 쓸 것이다 내 주변의 공기가 다 녹아내리도록 뜨겁게 달군 펜으로 남아 있는 한 장의 종이가 다 타버릴 때까지 나는 쓰고 또 쓸 것이다 쓸데없는 유예의 강에서 모든 물을 뽑아 버릴 것이다 그래서 흐르다 흐르다 지친 눈물의 소망을 들어줄 것이다 잿더미가 된 내 육체를 끌어안고 하염없이 울고 있는 그대를 위해 잠시 나의 역사를 멈추어 줄 것이다 그러면 우리는 정지된 채 아래로 아래로 흐를 것이고 흐르다 지치면 깊디깊은 어둠의 땅을 덮고 잠들 수 있을 것이다 그때 나는 없게 되는 것이다 그대의 찬란한 눈동자 속에 다 녹아버린 것이다
>
> —「詩作法」 전문

초기 시는 아니지만(2007년 발표작) 김점미 시인이 줄곧 생각하는 삶과 시에 대한 지향이 잘 담겨 있는 시가 아닌가 한다. "사랑"은 그녀의 시세계

에서 중심적인 자리에 놓여 있는 주제이다. 그래서 자기와의 대화를 포함하여 "나"와 "너"의 관계 양식이 빈번하다. "사랑은 재발명되어야만 한다"고 말한 이는 아르튀르 랭보이다. 철학과 문학은 사랑을 사유하지 않고 존립할 수 없다. 하지만 모든 사랑은 "우연의 순전한 특이성에서 보편적 가치를 지니는 한 요소로의 이행을 가능하게 하는 경험"(알랭 바디우)에 해당한다. 그렇다면 김점미 시인이 인식하고 있는 사랑의 의미는 무엇일까? 그것은 인용시의 문면으로만 이해할 때 자기의 완전한 소진 혹은 소멸이라 할 수 있다. 그 과정에서 "길고도 긴 기다림의 끝에 매달려 살아온 시간의 빈방"의 추억이며 "쓸데없는 유예"의 시간과 "눈물의 소망"도 다 사라지게 된다. 마침내 "그대"를 만났기 때문이다. 그러나 "잿더미가 된 내 육체를 끌어안고 하염없이 울고 있는 그대를 위해 잠시 나의 역사를 멈추어 줄 것이다"라는 진술이 의미심장하다. 시인은 사랑을 시련과 고통을 감내하며 도발하는 완전한 자기희생이라고 간주하는 것일까? "나는 없게 되는 것", "그대의 찬란한 눈동자 속에 다 녹아버린 것"은 도저한 동일성의 꿈이 아닐까? 그렇다면 차이를 사유하는 공간은 없는 것일까?

시인은 시와 사랑을 자신을 넘어서는 과정으로 이해한다. 이는 자기표현에서 출발하는 시와 사랑의 공통된 행로이다. 시는 내부의 자기애를 타자를 만나는 고통을 통하여 극복하면서 외부로 확장된다. 김점미 시인은 사랑을 잃고 헛것의 세계를 경과하면서 다시 사랑의 의미를 반추하는 시적 과정을 보인다. "오래 전에 잊었던 자연의 향기"(「사이버소사이어티의 거리 혹은 유혹」에서)는 고통의 세계를 경험하는 과정에서 유년의 고향처럼 향수를 불러일으킨다. 시인의 외부는 타자와 자연 사물로 그득하다. 「이별」은 "어느 날 이른 저녁에/집으로 돌아오는 길에/내 머리에서 달아나는 당신을 보곤/나도 막 달려갔지요 그러나 잡지 못하고/풀썩 주저앉아 통곡하고 일어나니/구름이 걷히고 아침 해가 내 눈물을 말리더니/두통이 사라지고 두 다리가 가벼워졌어요/무서움도 외로움도 모두/가슴팍에서 사라졌어요, 나는/다시 어린애가 되었어요/모든 게 투명해졌어요"라고 진술하고 있다. "아침 해"가 매개가 되어 이별의 고통이 사라지면서 "다시 어린애"가 되는 경험을 이야기하고 있다. 여기에 등장하는 "어린애"는 나르시시즘의 표상일까? 아니면 존재의 전환을 불러오는 순수함일까? 그것은 상상적인 관계를 말하는 것이 아니며, 오히려 그러한 관계를 되비추는 반성의 기제라 할 수 있다. 이로써 타자에 대한 공감으로 나아갈 수 있는 지평이 열리기 때문이다.

「다윗의 별」은 남성과 여성 사이에 서로 건널 수 있는 다리가 없을 뿐 아니라 만날 수 있는 길조차 없음을 말하고 있다. "탐욕과 불신이 쌓여가는" 동안 이들이 "믿음과 신의를 잃어버린" 것이다. "집착과 의심의 돌덩이/그저 유성처럼 떠돌 뿐"이라면 그토록 시인이 염원한 사랑은 무엇이란 말인가? 낭만적 사랑의 불가능성이나 섹슈얼리티의 공허함에 대한 담론들이 널리 펴져 있는 것은 사실이다. 사랑에 성적 욕망이나 시련 그리고 결혼제도와 아이의 탄생 등이 포함되는 것은 분명하다. 그럼에도 사랑에 대한 근본적인 물음은 타자에 대한 이해라 할 수 있다. 그러나 이는 나와 단절된 "당신"을 의미하는 것이 아니다. 그렇다고 동등한 이해관계를 뜻하지도 않는다. 그것은 주체와 타자 그 어디로도 환원되지 않는 진실이 되어야 한다. 그러므로 그것은 새로운 지평의 개진에 다를 바 없다. 「더운 한낮」이 말하듯이 시인의 사랑에 대한 추억은 우울하다. 추억의 흔적들은 "운명"처럼 기억의 가장자리에 박혀 있다. 하지만 다른 한편으로 "새로 돋아나는 대륙과 대양의 숲, 오랜 세월의 이끼가 바위 틈 속속히 묻어나는 숲의 너그러운 바람"에 관한 상상이 생성하는 것도 사실이다. 또한 압도적인 일상성에 대한 수용이 하나의 지향으로 대두한다. "몸과 영혼의 통로에서/출렁이는 모든 사물, 모든 사람과의 연대를 위하여/눈을 감고, 출렁이는 파장의 파도를 타고/구토증을 참으며/함께 물렁물렁해질 것을/이 세상, 이 물렁물렁해 빠진 세상이/나를 강제한다"(「물렁물렁한」에서)는 역설이 일상성에 대한 시인의 감각을 말하는 것이라고 말해도 지나친 해석은 아닐 것이다. 시인은 아직 사랑의 문제를 실존적인 제안으로 삼고 있다. 그래서 자연사물과 일상적 삶에 대한 인식의 지평을 확장하는 일은 일종의 우회라 할 수 있다. 사물과 사람과 연대하는 일과 사랑은 같은 문제일 수도 있고 다른 문제일 수도 있다. 그렇지만 사랑이 남녀의 관계를 말하는 것이라 할 때 이러한 우회는 회피가 될 수도 있다. 사랑은 차이를 전제한 만남에서 시작된다. 그러므로 사물에 대한 감정이입이나 투사가 사랑의 방식과 혼동될 수 없다. 아울러 타자와의 연대와 공존은 궁극적으로 사랑에 기반을 두어야겠지만 외적 이념이나 목표에 의해 가능한 경우도 적지 않다.

> 시를 읽었다. 로버트 프로스트는 이 세상의 멸망에 불을 지지했다. 그러나 세상이 두 번 망한다면 증오의 차가운 얼음도 파멸의 충분조건임을 일러주었다. 성냥 K는 자연의 섭리에 대해 생각했다. 자연은 동전의 양면 같았다. 자신은 불이면서 동시에 물이었다. 세상을 지배하려면 동시에 세상에 지배당해야 함을, 증오와 사랑은, 파괴와 건설은, 삶과 죽음은, 친구와 적은 다름과 동시에 같은 말이었다.
>
> —「물과 불」 부분

그런데 사랑은 이와 같은 비동시성의 공존이나 복합성과 양면성을 말하는 것이 아니다. 이미 시인은 사랑의 불가능성이나 불가해성을 담지하고 있는 듯하다. 이는 그녀가 시적 좌표나 지점을 사랑으로 설정한 일과 다르게 받아들여야 할 일로 보인다. 서로 시련을 받아들이고 차이에서 비롯한 새로운 경험들을 고유한 방식으로 수용하면서 새로운 진리의 길을 여는 사랑의 과정은 지난하다. 그러기에 세상은 이미 돌아올 길 없는 타락과 훼손으로 가버린 것이 아닐까? 시인의 머릿속에는 이러한 환멸이 존재한다. "화려함과 광란의 쇼 무대 위에 펼쳐진 세상,/그 깊은 골 언저리에 감추어진 나를 쫓으며/어두운 거리를 방황하는 진실들/꿈도 사랑도 욕망도 모두/흩어지는 사월의 바람 사이로 사라지는 땅/이곳에선/인간들은 더 이상 인간의 옷을 입지 못한다./현란한 광채의 집 속으로 자신들을 몰아넣고/가쁘게 숨, 몰아쉬며/나를 쫓는 한 무리의 박쥐 떼"(「내가 없으면 너는 슈퍼맨이다」에서)라고 진술하고 있듯이 세계에 대한 시인의 회의주의는 심각하다. 그러나 그녀는 "진실"과 "꿈"과 "양심"에 근거한 기대를 포기하지 않는다.

> 그러나 보라, 저 세상 한 모퉁이에서
> 태양의 힘에 겨워 다시 트는 새싹을
> 그 작은 잎사귀,
> 그 뒤에 감추어진 인류의 절대선을!
>
> —「내가 없으면 너는 슈퍼맨이다」 부분

「내가 없으면 너는 슈퍼맨이다」의 마지막 구절은 시인이 제시한 희망의 원리에 가깝다. 회의주의가 유아론으로 이어질 공산은 없지 않다. 그럴 때 이미 제안된 사랑에 대한 탐구는 중단된다. 애써 시인이 형성한 아이러니의 수사학도 세계와의 단절을 의미하는 비극에 기반한 서정의 세계로 돌아갈 수 있다. "내 막연한 사랑 가슴에 묻으며/떠나간 열정/나는 무엇을 분해하여 삶을 이어가는지/지금은 알지 못하겠다"(「포인세티아」에서)라는 구절이 예사롭게 들리지 않는 까닭도 여기에 있다. 세상을 지배하는 거짓 환상인 "슈퍼맨"을 이기는 길은 무엇일까? 개인적인 진실과 양심에서 우러난 도덕적 우월감일까? 오히려 이러한 것들이 단단한 자아의 껍질을 만들지는 않을까? "애벌레처럼 움츠러든 내 사랑/나는 햇빛이 그리워도 세상 속으로 나아가지 못한다". 시인은 "포인세티아"의 붉은 잎을 보면서 사랑의 한계를 자각한다.

도시는 점점 거대해지고
나는 퇴보해간다
즐거운 사랑은 뒤로 물러서고
식물처럼 화석이 되어간다
딱딱한 잎과 줄기로 장식된
나, 식물은 목이 마르다
크리스마스의 별처럼 방 속에 갇혀
스스로 고갈되는 사랑의 흔적을
어떤 열정도, 어떤 불꽃도
돌이켜 세우지 못한다

—「포인세티아」 부분

말할 것도 없이 이 시에 시인의 감정이 투사되었다고 할 수 없다. 그럼에도 거대 도시와 "편견의 감옥"(「광어와 도다리」에서)이 된 관계 속으로 나아간 시인의 선회는 뚜렷하다. 가령 "서로 의지하며 사는 모습이/사람보다 낫다/공존의 섭리를/식물은 더 잘 알고 있는 모양이다.//은행장미나무 한 그루 선 뜰에/나 혼자 서 있다."(「은행장미나무」에서)와 같은 시적 진술을 보라. 시적 긴장을 잃은 생태시에 다를 바 없지 않는가? 이는 「봄이 평화다」와 같은 시에서도 확인된다. 이러한 점에서 "사랑은 축구공"이라는 비유가 주목된다. "사랑은 배회하는 법이 없다. 골인 아니면 아무것도 아닌 것"(「그리운 분노」에서)이라고 단언하면서 지난 사랑은 "그리운 분노"로 요약되고 만다. 사랑을 잃고서 사랑의 지평이 확장되는 것은 사랑이 반복의 체계이기 때문이다. 만일 시인이 이러한 반복을 중단하고 이별에 대한 물음을 차단한다면 사랑에 대한 총체적인 이해는 그치게 된다. "도려낸 마음의 빈 공간을 다시 메우려면,/또 얼마의 시간이 지나야 할까"(「몸속의 물혹 하나」에서). 사랑한다는 것은 고독을 넘어 고통을 감수하면서 존재에 생명을 불어넣는 일이다. 자신의 행복의 원천이 타자에게 있다는 변함없는 인식이야말로 사랑의 지속성을 보장하는 바탕이다.

> 누구도 모르는 종착역을 향해 기차는 떠나네. 내 사랑을 조금씩 남겨놓으며 서서히 레일 위를 미끄러져 가네. 안녕, 내 사랑! 사랑도 사람의 일이라 누구도 그 끝을 알지 못하는 법. 우리가 서로 그 끝을 모른 채 오늘도 기차를 타거나 내리는 일을 반복하고, 끝내 우리 마음을 허락하고야 마는 일을 계속하여도 한때 행복했던 기억은 살아남을 자양분이 되지 않던가. 자네 기쁜 마음으로 보내 주게나, 기차는 7시에 떠나네.
>
> —「기차는 7시에 떠나네」 부분

사랑은 만남과 헤어짐을 반복하며 다시 쓰는 과정이다. 타자가 자기 존재의 원천이 되는 자리이므로 사랑은 고통의 현상학을 제 것으로 품어야 한다. "지나고 나면 아무것도 아닐 사랑"(「쾌청한 오후」에서)은 없다. 그것은 항상 가능한 이야기로 남아 있다. 그러나 이러한 탐구의 과정이 누구에게나 부여되는 것은 아니다. 이는 사랑에 관한 한 벙어리에 불과한 남성이 아니라 지치지 않고 사랑의 이야기를 풀어낼 여성에 의해 가능할 것이다. 김점미 시인은 사랑 이후의 확장된 시적 지평을 우리에게 제시하고 있다. 적어도 그녀의 시는 고통을 감내하고 불확실성을 견디면서 타자를 신뢰하고 이해하는 능력이 사랑의 한 방향임을 역설한다. 일상성과 자연에 대한 관심의 확장 또한 최근에 그녀가 보인 시적 지평의 한 가닥이다.

타자의 숨결

— 김해경론

아침은 어떤 얼굴로 우리에게 오는 것일까

—「낯선 아침」에서

더 많은 빛이 사람을 살릴 수 있는 것은 아니다. 따스함이 없는 차가운 빛으로 사람은 살 수 없다. 그래서 우나무노는 "더 많은 빛을"이라는 외침에 한계가 있음을 지적한 바 있다. 그가 말하듯이 개별 인간에게 필요한 것은 메마른 진리나 거창한 이념이 아니다. 무엇보다 사랑과 저녁이 함께하는, 가족과 이웃의 공존이 절실한 것이다. 그런데 우리가 사는 세상에는 많은 사람들이 가난과 소외로 고통받고 있다. 더 많은 빛들로 세상은 그 어느 시대보다 밝아졌지만 여전히 더 많은 온기를 갈구하는 이들이 적지 않다.

가난한 골목/겨울 햇살은 잦은 기침에 걸리적거리지/며칠째 하늘은 우중충/진눈깨비와 진눈깨비가 추격전을 벌이는지/골목은 환해지지가 않네//골목 끝 낡은 빌라 담벼락/오늘도 그 남자 엉거주춤/햇살아래 얼굴 들이밀고/손거울에 보이는/털이란 털은 죄다 뽑고 있는 중이라/하루, 이틀 빼먹지도 않고/햇살 있는 날은 항상 그러고 있는 거라/얼마나 그러고 있었는지/손에 쥔 족집게가 반들거리네//그 남자, 몸 안에 보드라운/겨울햇살 저장하러 나와/딱히 할 일이 없어/햇살아래 삐죽삐죽 거슬리는/털이나 뽑자는 것인데/요 며칠 진눈깨비가 동네를 휘감는 덕분에/골목을 나올 일이 없네//내일은 골목 끝 그 남자 볼 수 있을까/엉거주춤 그 남자가 햇살처럼 기다려진다

—「햇살 인간」 전문

따스한 햇살이 유폐된 자아를 타자의 장소로 불러낸다. 이러한 장소는 만남이 있고 유희가 있다. 비록 "털이나 뽑자는" 사소한 행위라 하더라도 이는 삶을 행복으로 이끄는 단초가 된다. 여기엔 적어도 이웃 혹은 타자를 의식하는 기대가 포함되어 있다. 시적 화자도 그와 같아서 단순한 관찰자의 자리에 머물지 않는다. 그러므로 햇살이 있는 "골목"은 관계의 변화를 유인하는 희망의 장소이다. 시인의 시적 인식 또한 따스한 인간애와 그에 기반한 희망의 원리에 기초하고 있다.

시를 쓰는 일은 궁극적으로 타자와 이웃을 향하지 않으면 안 된다. 비록 그 출발에서 자아에 생기를 불어넣고 감성의 실핏줄이 돌게 하는 일이라 하더라도 그것은 타자의 지평으로 나아가야 한다. 자신을 말하기 위하여 줄곧 시업에 매달리는 시인은 없을 것이다. 그러나 내부에서 외부를 향한 시적 과정은 결코 순조롭지 않다. 여기에 서정의 시학적 차원이 있다. 자기에 대한 응시가 타자와 사물을 향하면서 시적 교섭은 활발해진다. 그렇지만 성급한 이월은 내부를 잃고 외부만 덩그렇게 그려놓을 수 있다. 무엇보다 외부와 더불어 공감하고 공명하는 일이 요긴하다.

김해경의 시에서 가장 먼저 주목되는 것은 타자에 대한 시적 관심이다. 그녀의 시적 대상이 된 인물들은 주로 사회적 약자들이다. 그녀는 타자의 위치에서 그들의 숨결을 느끼려 한다. 즉 타자를 대상화하지 않고 자신의 시작 과정으로 끌어들이고 있다.

아주 먼 곳에서도 다른 사람의 숨소리를 잘 듣는 사람이 있습니다. 밤이면 비트 강한 전자음에 귀를 다쳐 오지만 비오는 날이면 낡은 전기 기타를 끊임없이 두드리며 세상과의 소통을 시도합니다. 하지만 그 소통이란 것이 만만치 않아 어느 날에는 소리 소문 없이 언덕위의 하얀 집으로 숨어들기도 하고 또 어느 날에는 유목민처럼 떠돌다 광기어린 독설만 잔뜩 주워 오기도 하지요. 그가 사는 좁은 골목엔 사소한 소리의 경계가 심해 주인 잃은 고양이는 밤마다 하수구위에서 울고 붉은 해는 풍경과 무관하게 사라집니다. 그의 방에는 너덜거리는 악보와 고립된 생의 기억들이 엉켜 있습니다. 고요를 가장한 귀는 긴 머리카락으로 감추고 바람개비 같은 눈동자는 작은 소요에도 불꽃이 튑니다. 뇌 속에 폐허의 디엔에이를 가진 그는 봄이 와도 꽃이 피는지 여름이 와도 매미가 우는지 알 바 없지만 다만, 골목 사람들의 일상에 취한 발자국 소리나 가난이 묻어 있는 기침소리에는 닫아 놓았던 분노를 터트립니다. 골목에 비가 내리면 어김없이 기타의 전자음은 절정으로 치닫고 사람들은 숨소리가 새어 나가지 않도록 문을 꼭, 꼭 걸어 잠급니다. 혹시나 머리통에 큰 분노를 뒤집어 쓴 그가 나타날까 쌔근거리는 아이의 숨소리조차 가두어 둡니다. 그러면 그럴수록 골목 가득 기타소리 요란할 텐데 말입니다.

—「숨소리」 전문

이 시는 한 기타리스트의 일화를 이야기하는 데 그치지 않는다. 그렇다고 그를 시인의 다른 얼굴이라고 할 수도 없다. 그럼에도 주변에서 "세상과의 소통"을 시도하는 그의 위치가 주목된다. 세상의 지배적인 가치와 타협할 수 없는 예술가적 지향은 단절과 고립을 자초한다. 또한 방황과 광기는 단순하게 기질의 문제로 돌릴 수 없으며 출구 없는 예술적 욕구가 표출되는 방식이라 할 수 있다. 경계인인 예술가는 중심과 주변 그 어디에도 속하지 못한다. 그럼에도 그의 존재론적 지위는 주변인에 불과하다. 자본의 척도나 훼손된 교환가치에 의해 배척당하거나 끊임없이 밀려나기 때문이다. 이러한 과정에서 그가 지닌 특유의 비극적 감성은 주변부 사물과 사람들의 삶에 예민하게 반응하게 된다. 그는 "아주 먼 곳에서도 다른 사람의 숨소리를 잘 듣는 사람"이다. 들끓는 예술가적 열정을 "고요"로 위장하거나 침묵으로 통제하는 것은 일상의 사소함을 견디기 위하여 피할 수 없는 방책이다. 그럼에도 그는 "골목 사람들의 일상에 취한 발자국 소리나 가난이 묻어 있는 기침소리에는 닫아 놓았던 분노를" 터뜨린다. 소외된 예술가가 겪는 고통의 경험은 곧 고통을 감수하고 사는 민중에 대한 연대의식으로 전이된다. 이것은 공감이 아니며 그가 지닌 미의식이 공동이 지향할 선에 대한 실천으로 표출된 것이다. 그러므로 그를 아는 이웃들이 그의 광기와 분노를 이해하게 된다. 그런데 시인의 시적 지향 또한 이러한 예술가의 입장과 다를 바 없다. 다만 내면을 표출하는 방식이나 이웃을 향한 감정양식의 다르다. 시 속의 주인공이 온몸으로 자기를 표출한다면 시인은 타자를 응시하고 이웃과 말을 건네는 방식을 선택한다. 이러한 점에서 시인의 위치는 시 속의 예술가와 그 이웃의 중간지대에 있다. 시인은 세상과 불화하는 예술가의 강렬한 몸짓에 공감할뿐더러 세상의 굴욕을 감내하는 이웃의 일상을 이해한다.

「숨소리」에서 기타리스트와 그 이웃의 관계는 역설로 표현된다. 기타리스트의 분노와 이웃의 숨죽인 고요는 억압하고 지배당하는 행위가 아니다. 서로 다른 입장의 코드로 이해하고 소통하는 과정이라 할 수 있다. 그러나 세상의 법이 지배하는 공간에서 "숨소리"는 이해와 소통의 기호가 되지 못한다.

> 죄지은 사람도 죄 없는 사람도 숨소리를 숨겨야 한다지. 공기의 파장이 한번 들썩일 때마다 방망이 사정없이 내리쳐지고 방망이에 맞은 심장 피톨이 엉키어도 판결문에 그려진 자음과 모음의 명백함처럼 숨죽여야

숨을 쉬는 이 청결한 입장. 법원 로비 어항 속 금붕어가 아무것도 모르는 척 입을 끔뻑이고 있다. 금붕어도 입장이 있다는 듯.

—「입장」 부분

"짝퉁 운동화 팔다 단속에 걸린 연변여자"가 법정에서 내쉬는 "숨소리"는 아무런 의미가 없다. 세상의 법이 그녀의 "숨소리"를 이해할 까닭이 없는 것이다. 시인은 세상의 이름인 "법"에 가려진 삶의 진실에 가닿으려 한다. "숨소리"는 시인의 시적 의지를 나타내는 상관물이다. 장애인, 이주민, 도시빈민, 노인, 노숙자 등 사회적 약자와 소수자들에게 시인이 관심을 갖는 것은 이들이 우리 사회에서 숨죽이고 사는 사람들이기 때문이다. 가령 몇을 예로 들자. "월남전에서 한 쪽 손을" 잃고 연탄 가게를 하다 "평생을 욕하며 부대낀 몸뚱이 다 타버린 연탄재처럼" 남겨놓고 죽어버린 "메리네 연탄가게" 주인(「메리네 연탄가게」에서), "가슴에 대못이 박혔거나/목에 핏대를 올려본 사람들이 사는 골목"에서 "칼을 갈아준다는/할아버지"(「칼 갈아 드립니다」), "노가다 10년에 병만 남았다는/진주여인숙 달방 손님/마누라 도망가고/어린 아들과 사는 정씨"(「종점통닭」에서), "작은 수레에 폐지, 헌옷가지들 싣고/몇 번이나 묵은 먼지바람 일으키며/고물상에 다녀"오는 "할머니"(「풍경이 걸린다」에서), "청상과부 삼십년 어린 자식들/칼날 같은 자갈치 새벽바람으로" 기른 "아지매"(「멸치다」에서), "따뜻한 사람들의 새벽을 잊지 못해/섬진강 깊은 물살에 몸 담그었던/재첩국 장수"(「재첩국 문안」에서) 등. 이들 가운데 상처와 고통 속에서 고요한 소멸을 맞는 사람도 없지 않지만 대부분 가난 속에서 이웃의 분노를 "세상에 칼을 갈고" "부패한 세상, 소금으로 간하듯" 정화하고, 삶이 만든 쓰레기들을 재생하거나 억척어멈 같은 생존의 의지와 따뜻한 메시지를 전한다. 이처럼 김해경은 가난한 사람들의 숨결을 느끼고 그들이 지닌 정직과 배려의 마음에 공감하려 한다. 가난한 이웃을 외면하고 삶의 고통을 말하는 것은 위선이다. 그들

속에서 자신의 가치를 발견하게 될 때 우리는 진정한 이웃이 된다.

> 아무래도 저 땅바닥 상처가 깊지/밤새, 가랑비 나리고 고갯길은 힘겨웠는데/어떤 한 생이 누웠다 일어난 흔적/뭉크의 절규가 고스란하다//귀갓길이었을까./달빛도 없는 길을 걷다/꼬여버린 사금파리 같은 일상/잠시 몸 누인 곳의 축축함과/아스팔트 틈새 냉기는/얼마나 오랫동안 기억하고 있을까/세상을 찢어 놓았던 스키드마크와/무심한 척 했던 바람 한줄기,/그 바람 그냥 바람 아니고/태풍 같은 거였더라도/그대를 기다리는 식구들의 힘으로/허리께에 힘 꾹 주고 벌떡 일어나/소용돌이 쳤던 저 땅바닥/다독이고 또 다독여/내가 모를 그 사람의 안부가 명랑하기를
>
> —「땅바닥 상처」 전문

시인은 땅바닥에 난 "스키드마크"를 보고 "내가 모를 그 사람의 안부가 명랑하기를" 염원한다. 기쁨과 즐거움과 마찬가지로 삶을 구성하는 것은 고통과 슬픔이다. 소외와 가난에 민감한 시인의 감성은 섬세하다. 시인은 특권화된 권력의 시선으로 사물을 바라보지 않는다. 그보다 삶에 내재한 비명과 절규를 공감의 자리에서 이해하고 있다. 그에게 "땅바닥 상처"는 고된 노동과 힘겨운 "고갯길"에서 타자들이 겪는 고난의 흔적이다. 시인은 이러한 사건의 흔적을 통하여 타인의 "안부"를 염려하고 있다. 이처럼 시인은 행상을 하는 "할머니"의 "웅크린 꿀잠"(「꿀잠」에서)을 걱정하고 "이팝나무 가로수 아래 헌책 몇 권 펼쳐놓고" 파는 "아저씨"의 빈한한 "식사"(「거룩한 식사」에서)를 지켜본다. 이러한 과정에서 시인의 얼굴을 대신한 시적 화자는 "나는 빨리 할머니의 잠을 찍어먹고 싶은데"라면서 소쿠리에 담겨 있는 "토마토"와 "감자"가 팔리기를 고대한다. 「거룩한 식사」의 시적 묘미는 병치에서 나타난다. "건빵"으로 "세상에서 가장 맛있는 식사법"을 보여주고 있는 "아저씨"에게 "이팝나무꽃"은 "쌀밥"에 다를 바 없다.

봄날 흐드러진 이팝나무 향기보다 더 달콤한 하루의 만찬 입 속 마른 침만으로 숨 가쁘게 이루어지는 저 거룩한 행위, 얼마만큼 비워지면 저리도 간절한 식사를 할 수 있을까. 이팝나무꽃 같은 쌀밥이 돌아앉은 아저씨의 등에서 수북수북 튀겨지고 있다.

—「거룩한 식사」 부분

이 시 속의 주인공은 더 비워질 것이 없이 빈궁한 존재이다. 그의 식사를 보면서 시적 화자는 "얼마만큼 비워지면 저리도 간절한 식사를 할 수 있을까"라고 묻는다. 물론 이러한 물음으로 시인이 그 어떤 청빈의 사상을 제시하려는 것은 아니다. 가난한 이에게 영성이 깃든다는 의미를 암시하려 한 것이지만 가난과 영성의 결합도 결코 쉬운 주제는 아니다. 시인의 의도는 가난한 이들의 삶을 통하여 사랑과 연대의 가치를 강조하려는 데 있다. 그러나 그의 이러한 의도는 섣부른 주장이나 생경한 관념으로 내닫지 않는다. 시인이 세심한 응시와 구체적인 서술을 선택하는 것은 시적 정직성의 발로라 할 수 있다.

한낮에도 햇살이 피해가는 그늘진 모퉁이가 있네. 허물처럼 펼쳐진 보자기에는 검정 고무줄 몇 가닥과 팔리지 않는 이쑤시개, 수세미 몇 개가 어제처럼 정돈되어 있네. 몇 시간 째 고개 한 번 들지 않는 여자는 무릎 위를 기어오르는 개미 군단과 대화를 하는가 침묵이 소란스럽네. 챙이 큰 모자 아래로 야윈 어깨가 기웃기웃 세상을 훔쳐보려는 듯 움찔거리네. 그 틈에 지나던 바람이 여자의 눅눅한 표정을 읽어 보네. 며칠을 굶었는가 얼굴색은 누르팅팅하다 못해 푸른색이네. 등 뒤 병풍 같은 꽃댕강나무 굶주린 바람만 불러 모으네. 펼쳐진 보자기위에는 어제 헤어졌던 먼지만 돌아와 쌓이고 어느새 해는 뉘엿거리네. 하루 종일 감추어 두었던 손등 위 힘줄이 더욱 선명하게 부풀어 오르면 끊임없이 바람을 부

> 르던 꽃댕강나무도 차곡차곡 개켜지네. 이제 흙방석에 짓눌렸던 꽃잎 몇 개도 노숙을 준비해야 하네
>
> —「생을 펼친다」 전문

이처럼 시인은 노숙자의 모습을 그대로 서술하고 있다. 우선 "그늘진 모퉁이"를 응시하는 시인의 시선에서 의미를 찾을 수 있다. 외면과 멸시의 대상이 된 사회적 약자에 대한 시인의 지속적인 관심. 다음으로 그들을 그리는 시적 방법이 주목된다. 노숙자의 주변을 주체 중심의 원근법으로 그리지 않고 여러 시점에서 교차하며 풍경의 세목들을 구체적으로 드러내어 서술한다. 이러한 가운데 "꽃댕강나무"는 풍경을 구성하는 주된 이미지로 부각된다. 땅 위로 떨어지는 꽃잎처럼 시 속의 "여성"이 보이는 "노숙"이라는 행위가 자연스럽다. 비록 "꽃잎"이라는 사물을 동원하여 "그늘진 모퉁이"의 비참을 환하게 밝히고 있지만 시인은 가능한 희망의 언어나 화해의 이미지를 자제하고 있다. 이는 그가 자연사물을 노래할 때와 비교하면 뚜렷하다.

> 천년을 밟히고도/옳은 길 하나 내지 못하고/주인 없는 비석과 싸리꽃이 지천이네/맨살을 드러낸 나무뿌리/땅속 깊은 곳을 그리워하고/나무그림자 닮은 햇살/고요를 흔든다//몸 누인다/머리맡엔 허물어진 무덤과/귓속을 간질이는 바람 있어/한낮의 꽃잎들 몸 부비고/햇살을 통과한 상수리나무 이파리 사이/맑은 하늘이 자유롭다/아, 내가 한나절을 지나온 숲, 숲에 갇히다
>
> —「숲에 갇히다」 전문

"아, 내가 한나절을 지나온 숲, 숲에 갇히다"라는 결구가 말하듯이 이 시에서 시적 화자는 자연에 동화되어 있다. 인간의 삶이나 역사는 자연의

역사 속에서 한 부분일 뿐이다. 자연의 주인은 인간이 아니다. "나무그림자 닮은 햇살"이라는 표현처럼 자연은 제 스스로 조화롭다. 그 속에서 자아는 동화되고 무화된다. 이처럼 김해경의 시적 인식의 기저엔 자연에 대한 경배가 있다. 이러한 경배가 청빈과 무소유의 의미를 깨우친다. 시인은 "여리고 순한 것들 내 몸 가까이 두고 만지고 사랑하고 그러다 보면 내 몸에서 목련꽃이 환하게 피고 계피나무 짙은 향이 우러나오고 느릅나무 부드러운 수액이 몸 구석구석 돌아다니겠지"(「나무사람의 DNA」에서)라고 진술한다. 생명현상에 관한 낙관주의는 살아 있는 것들의 유대에 대한 믿음을 강화한다.

> 아무래도 그날/베이징 시내 798예술 거리에서/그 여자와 눈이 마주친 건/우연이 아니었어//그늘을 찾았네/그 그늘의 그늘에서/매콤한 사막 냄새가 코를 찌르는 거라/사막냄새의 근원지엔/붉은 광대뼈/티벳여자가 내 눈을 잡아끌고 있었네/여자의 눈 속에는 가파른 구릉이 몇 개나 들어앉아 있고/까맣게 그을린 얼굴엔/크레바스가 붉은 눈雪으로 치장되어 있네
>
> —「사막냄새 그 여자」 부분

마치 "그늘"처럼 생명은 서로에게 스며들어 관계를 형성한다. 우연하게 만난 "티벳여자"에게서 그녀의 배후에 있는 자연과 장소를 느끼게 되는 것은 단순한 상상이 아니다. 그것은 함께 공유한 "그늘"의 무의식과 경험이 작동한 탓이다. 이처럼 타자에 대한 김해경의 감각은 그녀의 자연관이나 세계관과 결부되어 있다. 인간중심, 주체중심의 시선을 넘어 자연과 타자를 하나의 공간 속에서 사유하고 있는 것이다. 타자와 주변에 대한 지속적인 관심은 한편으로 이들을 타자화하고 주변화하는 세계에 대한 불화를 의미하고, 다른 한편으로 타자들의 장소에서 새로운 희망을 찾으려는 의

지와 연관된다.

사회적 약자에게 그러하듯 김해경의 시는 주변부의 소외된 삶의 이야기와 작고 아름다운 것, 슬프고 애처로운 것에 대한 연민과 사랑의 감정양식을 보인다. 바다로 나가 돌아오지 않는 "삼촌"(「섬을 짓다」에서)은 "집" 대신 "섬"을 짓고 만다. "완도에서 돈 벌러 온 열다섯 봉예"(「교통부 로터리」에서)는 지친 노동을 반복한다. 경험적 진술을 중시하는 시인의 시법에 비춰 이와 같은 이야기의 주인공들은 실제 인물에 가까울 것이다. 말할 것도 없이 이들이 실제인물인가의 여부는 중요한 화제가 되지 못한다. 다만 「섬을 짓다」에서 소멸이 아니라 "섬"으로 되살아나는 시적 생성이 종요롭다. 마찬가지로 「교통부 로터리」의 경우, "열다섯 봉예 발길질에, 화랑염직 담벼락 아래 패랭이꽃 쓰디쓰게 웃는다"는 구절이 유발하는 시적 효과가 중요하다. 이처럼 김해경의 시에서 자연은 생성과 위안의 처소이다. 또한 희망의 거처이다. "사람들은 소문을 찾으러 하나씩 떠나고/남은 아이어른들이 열차소리를 그리워할 즈음/감추어둔 흙터에서 진물이 멎고/새살이 돋으려는 듯 간지럽다/무담시, 은사시나무가 바람에 반짝인다"(「늪, 동천」에서). 생명이 생성하는 희망은 도처에서 우연처럼 반짝인다. 시인은 "흑산도"나 "우도" 그리고 "홍도"와 같은 "섬"에서 생명의 기쁨과 환희를 경험한다. "섬진강"과 "채석강"의 풍경에서 또한 이를 확인하고 있다. 김해경에게 자연은 궁극적인 귀의의 대상이 아니며 인간현실을 포괄하는 해석의 원리이다.

> 춘삼월 봄바람 불면/온 세상 울긋불긋 꽃 필 테고/마당가에 삐죽이 올라오는/여린 부추는/우리 집 밥상 위에서/피어 날 테지/어릴 적 피똥 싸면/이것만큼 즉효 없다며/숙숙 잘라 밥 비벼주던 어머니/지금도 부추를 보면/피똥 같은 추억이 먼저 떠오르는데/그때는 보지 못했던 꽃/아, 부추꽃/어머니도 보았던가요/별똥 같은 꽃
>
> —「부추꽃」 전문

생명의 감각은 발견의 문법을 이끈다. “피똥 같은 추억”은 “별똥 같은 꽃”의 발견으로 새로운 인식의 과정을 맞는 것이다. 어린 시절의 추억에는 “피똥”을 싼 적이 있는 시 속의 주인공과 “여린 부추”를 “슥슥 잘라 밥 비벼주던 어머니”가 있다. 그리고 “피똥”도 “어머니”도 없는 시점에서 “부추”에서 핀 꽃을 본다. 이로써 “부추꽃”은 부재하는 “어머니”를 암시하거나 어머니 상실을 넘어서는 상승의 이미지인 “별똥”이 된다. 이처럼 “어머니”의 추억과 매개된 「부추꽃」은, 그 선후관계를 모르나 「풍장」과 상호 변주되고 있다.

> 지난겨울 고향에서 얻어온 마늘 한 접/창고 속에 고이 모셔두었다/바람 들세라 겨우내 안부 한번 묻지 않고/서투른 햇살에 상할 새라 꼭꼭 여며두기까지 했다/겨울 지나 솜털 같은 햇살 마루에 놀러오니/화들짝, 잊었던 생각 들이치네/고요하던 창고 속으로/바람 한 점과 햇살 한 덩이 밀어 넣어 보는데/내 눈을 의심하게 하는/마늘 한 접 육신 공양 끝내고/헐거운 껍데기만 바스락 거린다/이리저리 헤집어 봐도/까맣게 오글거리는 풍장의 실체들/바람이 없어도 햇살이 없어도/그리움이 옅어지면 모든 것이 말라 가는구나/양산 석계공원 묘지/꼭꼭 여민 봉분 아래 어머니도/어쩌면 풍장 되었을지 몰라/지난겨울 살짝 얼굴 내비치고/여태껏 마음 한 번 보내지 않았으니
>
> —「풍장」 전문

「풍장」은, 「깊은 잠」, 「하관」, 「어머니의 고래」, 「겨울, 배롱나무」 등과 더불어 “어머니”에 대한 추억을 담은 시이다. 「부추꽃」의 상승하는 이미지와 달리 이 시의 이미지는 하강하고 있다. “겨울”이라는 계절적 원형과도 맞닿아 “풍장”의 의미가 무겁다. “풍장”은 바람이 잘 드는 언덕 위에 장사를 지내는 의식이다. 겨우내 바람과 햇살 하나들지 않는 창고에서 “까맣게”

말라비린 마늘 한 접을 발견하면서 시적 화자는 "바람이 없어도 햇살이 없어도/그리움이 열어지면 모든 것이 말라 가는구나"라고 생각한다. 이러한 생각으로 "풍장"의 의미는 이 시에서 본래의 뜻과 달리 변이된다. "풍장"이 지닌 본래의 흩어지는 이미지는 까맣게 오르라드는 뭉침의 이미지가 되는데, 시적 화자의 마음이 내포한 아이러니를 반영한 것이 아닌가 한다. 원형의 보전을 뜻한다면 "풍장"이라는 차용은 적합하지 않다. 그럼에도 시인은 무덤 속의 "어머니"를 생명을 지닌 "마늘"에 유비하려 한다. 그만큼 어머니에 대한 그리움과 사랑이 큰 것이다.

가족 이야기를 포함하여 김해경의 시는 생에 대한 섬세한 긍정과 낙관을 담고 있다. 그것은 그녀가 자연이라는 큰 세계의 이치를 궁구한 데 기인한다. 사소한 일상, 이웃과의 관계, 사회적 삶, 여행과 질병과 죽음 등 삶의 여러 층위들을 그녀는 정직하고 성실한 마음으로 느끼고 이해하려 한다. 타자의 숨결은 그녀의 시가 지향하는 큰 줄기라 할 수 있다. 그녀는 자신의 내부를 말할 때조차 타자의 위치를 염려하는 미덕을 지녔다. 이러한 미덕이 그녀의 시의 지평을 더욱 확산할 것이라 생각한다. 그러므로 여전히 더 구체적인 삶의 진실에 머물러야 한다. 배후의 자연과 생명의 원리는 비록 그것이 궁극적인 것이라 하더라도 쉽게 회귀하지 않아야 할 대상이다. 그녀 역시 이를 잘 알고 있으니 "눈물 나게 가여운 서정 한 토막과/지루한 관념 한 움큼/여백과 문장과 쓸쓸함과 읊조리다/눈이 찢어진 고양이와/올리브나무와 투명한 술잔/겨울 들판과 해약해버린 보험 증권/햇살 한 자락과 알레고리와 메타포/은유와 여행, 침묵/침묵을 잠재울 부적/난 어느새 작별을 읽습니다"(「시무덤」에서)라고 자신의 시작과정에 대하여 진단하고 있다. "가여운 서정 한 토막"이나 "지루한 관념 한 움큼"에 만족할 수 없으므로 그녀의 시는 삶의 숨결 속으로 돌아가 변함없이 많은 타자들의 이야기를 계속하게 될 것이다.

제3부
존재와 타자의 지평

못이라는 인간현상

— 김종철론

시인 김종철의 제7시집 『못의 사회학』을 통하여 그의 시세계를 일별하고자 한다. 많은 이들이 그의 "못" 연작에 주목하고 있다. 김종철의 시세계에서 "못"의 기원은 기독에 연원한다. 시인은 먼저 십자가에 못 박힌 기독과 그를 배신한 유다의 죄의식을 전유한다. 1970년 발표한 「겨울 변신기」에서 그는 "파랗게 떨고 있는 당신의 지난 상처의 空洞을 못질하고/잘 손질된 銀貨의 세례를 쩔렁이며/매일밤 유다처럼 한잔의 포도주로 목젖을 식히고/목매다는 시늉을 했다"라고 진술하고 있다. 청년기의 정신적 방황을 민감하게 유다적인 문제의식과 결부한 것이다. 이러한 의식은 제4시집 『못에 관한 명상』(1992)에 실려 있는 「눈물 골짜기—못에 관한 명상 · 7」에 이르러 "나"와 "유다"의 동일시로 표출된다.

> 나는 못으로 기도한다/못 박는 일에서부터 못 뽑는 일까지/못이 하는 일을 순례하는 동안/당신 외에는 누구에게도 들키지 않았다/그런데 저 눈물의 골짜기에/이에 비로소 못이 된 유다가 보였다/유다는 못이었다/그래그래 밤바다 굶주린 내 머리 위에/떨어지는 폭포가 바로 너였구나!/내가 못 속에서 너를 찾을 수 있다니!
>
> —「눈물 골짜기— 못에 관한 명상 · 7」 전문

이 시는 시편 84편 6절이 말하는 "눈물의 골짜기"를 변주하고 있다. "우리가 눈물 골짜기로 지나갈 때, 하나님은 이 골짜기를 샘이 되게 하신다." 시 속에서 "샘"은 "못"이 되었다. 동음이의어를 활용하여 쾌활한 유희를 구사하는데, "눈물의 골짜기"에서 "못이 된 유다"와 "못 속에서 너"를 찾은 "나"가 있다. 그리고 "눈물의 골짜기"에서 내리는 비는 "떨어지는 폭포"로 증폭한다. 그만큼 "나"의 깨달음을 반영하고 있다. 이처럼 청년의 시적 감각은 유다의 죄의식으로 표현된다.

제3시집 『오늘이 그날이다』(1990)에 실려 있는 「못에 대하여 1-5」(이들 연작시는 제4시집에 「못에 관한 명상」 연작으로 다시 실린다)로 시작된 "못"에 대한 본격적인 탐구는 제7시집 『못의 사회학』에 이르기까지 꾸준하게 그 지평이 확장되고 있다. 같은 제재의 반복은 대부분 상징이 된다. 그러나 김종철의 시에 있어서 "못"은 상징으로 환원되지 않는다. 김종철은 "못"이 앙상한 상징으로 귀결되는 것을 거부한다. 그에게 "못"은 단일한 의미로 회수되지 않는 다의성과 다성성 그리고 애매성(ambiguity)을 지닌다. 이러한 사실은 그의 시의식이 자유롭게 열려 있음을 의미한다. "못"을 매개로 그는 자아와 세계를 개방적인 시각으로 재해석하면서 시적 지평을 개진하고 있다. "명상"(제4시집 『못에 관한 명상』)을 거쳐 "귀향"(제6시집 『못의 귀향』)을 경험하고 "사회학"(제7시집 『못의 사회학』)으로 펼쳐진다.

사물로서 못은 종류와 용도에 의하여 다양한 해석이 가능하다. 여기서 다양한 못 현상에 유비한 인간현상을 서술할 수 있다. 김종철이 "못"에 집중하는 일이 단순한 소재주의와 무관한 것은, "못"이 인간현상을 폭 넓고 심오하게 해석할 수 있는 메타포가 되기 때문이다.

> 못을 뽑습니다/휘어진 못을 뽑는 것은/여간 어렵지 않습니다/못이 뽑혀져 나온 자리는/여간 흉하지 않습니다/오늘도 성당에서/아내와 함께 고백성사를 하였습니다/못자국이 유난히 많은 남편의 가슴을/아내는

못본 체하였습니다/나는 더욱 부끄러웠습니다/아직도 뽑아내지 않은 못 하나가/정말 어쩔 수 없이 숨겨둔 못대가리 하나가/쏘옥 고개를 내밀었기 때문입니다

—「못에 대하여 · 1」 전문

제3시집에 실려 있는 연작의 첫번째 시에서 "못"은 양면성을 지닌다. 가슴에 박힌 못은 원한을 의미한다. 원한은 자기를 향할 때 삭여야 할 고통이지만 타자를 향할 때 공격의 감정이 된다. 그렇다면 이 시에서 "고백성사"의 대상은 무엇일까? 세상에 대한 원망의 감정을 지닌 자기일 것이다. 시인은 이를 "못"으로 표현하고 있다. "고백성사"는 이러한 "못을 뽑는" 일로서 어렵지만 "못이 뽑혀져 나온 자리"도 흉하기만 하다. 또한 여전히 고백하지 못하고 있는 가슴 속 사연도 없지 않다. "못"은 이처럼 먼저 존재론적 문제이다. 두 번째 연작은 지평을 넓혀 관계론을 말하고 있다. "흔들리지 않게 삐걱거리지 않게/세상의 무릎에 강한 못을", "부드럽고 어린 떡잎의 세상에도 작은 못을 다닥다닥" 박지만 "서로 빛나기만"(「못에 대하여 · 2」에서) 한다는 것이다. 타자들의 연대와 공동체에 대한 시인의 염원이 "못"을 매개로 그려지고 있다. 「못에 대하여 · 3」은 못과 추억에 대한 단상이다. 이는 제6시집 『못의 귀향』으로 진화한다. 소외된 사람들의 배제된 자리로서의 못이라는 의미가 「못에 대하여 · 4」에 진술되고 있다면 「못에 대하여 · 5」는 못을 순교와 사랑이라는 주제와 연관시킨다. 이와 같이 제3시집의 연작 5편은 시인이 구상하고 있는 "못"의 견취도를 보여주고 있다. 이들 연작을 바탕으로 제4시집 『못에 관한 명상』이 출현한다.

"이제부터 못을 소재로 평생 시를 쓸 것이다." 김종철 시인이 제4시집 『못에 관한 명상』(1992, 2001 재간)의 「자서」를 통해 밝힌 결연한 다짐이다. 이 글에서 그는 "삼 년 간 구도적인 묵상을 통해서 내 자신을 찾아 울며 헤맸다. 굽은 못 하나가, 가장 하찮은 녹슨 못 하나가 내 기도였다니!"라

고 탄식한다. 아울러 스스로 "못의 사제"가 되어 "5부작"을 쓸 구상을 제출하고 있다. 제4시집 『못에 관한 명상』이 그 첫 권에 해당하고 제7시집 『못의 사회학』이 두 번째 기획이 된다. 그렇다면 제6시집 『못의 귀향』은 제5시집 『등신불 시편』과 더불어 자기순례의 과정이라 할 수 있다. 순례는 김종철의 문학세계에서 "못" 못지않게 중요한 개념이다. 그는 삶의 과정을 순례로 인식한다. 순례자로서의 세계관과 인생관과 생사관을 지녔다. 그의 순례는 내부와 외부로 향한다. 전자가 제6시집 『못의 귀향』에 표백되어 있다면 후자는 제5시집 『등신불 시편』에 서술되어 있다. 그런데 "땅에서는 나그네"라는 순례자와 "못의 사제"는 서로 다른 관계를 의미하지 않는다. 모두 인간의 삶 자체가 죄라는 원죄의식을 전제한다. 그렇다고 이들이 지상의 삶을 무로 돌리는 것은 아니다. 고통과 고난을 통하여 자기와 타자에 대한 사랑에 이르는 길을 찾는다. "등신불"의 경험이나 유년과 "고향"에 대한 재인식은 결국 자기애[나르시시즘]를 넘어서려는 시인의 의지에 다를 바 없다.

다시 제4시집 『못에 관한 명상』으로 돌아가 보자. 「사는 법—못에 관한 명상 · 6」에서 시인은 "내 사는 법이 못 박는 일뿐"이라고 진술한다. 아울러 "나는 못이다"(「나는 못이다—못에 관한 명상 · 6」에서)라고 규정하면서 인간현상 전반을 못으로 이해한다. 반성과 참회를 거쳐 못은 비판적인 인간학으로 그 해석의 지평이 확장된다. 유년기에 십자가의 예수 이미지를 통하여 만난 못(「서양귀신—못에 관한 명상 · 23」에서)은 공업화 과정의 굴뚝에 대한 풍자의 계기(「굴뚝과 나일론 팬티—못에 관한 명상 · 10」에서)가 되고 "묘지같은 교회"(「너는 누구냐?—못에 관한 명상 · 6」에서), "불임의 교회"(「못—못에 관한 명상 · 13」에서), "회칠한 무덤을 흉내내는 작은 교회"(「큰 돌—못에 관한 명상 · 18」에서)를 비판하는 무기가 된다. 가령 "프란치스코 형제는 가난으로 하나님을 보았고/나는 못으로 하느님을 보았다/프란치스코 형제는 청빈을 실천하여/손 발 옆구리에 못자국을 남기고/나는 증오와 슬픔을 실천하여/내 육신에는 남루가 때처럼 끼었으니”(「못—못에 관한 명상 · 13」에서)와 같은 진술이 그러하다. “못에 관한 명상” 연작 65편 가운데 「못—못에 관한 명상 · 13」은 가장 본질적인 문제의식을 드러낸 시편이다. 표제가 “못”이듯이 이 시는 “예수”와 “바라바”를 통하여 고통과 사랑, 희생과 구원의 문제를 말한다. “죄 없는 예수가 죄를 지은 바라바를 대신해 죽은 사건”을 통하여 “못”이 된 “바라바”의 고뇌가 바로 시인의 몫임을 증언하고 있는 것이다. 김종철의 시세계에서 “예수”는 시적 발상의 기원이자 궁극적인 목적이다. 그래서 예수 모티프가 등장하는 시가 많다. 예수가 없는 교회, 예수를 닮으려 하지 않는 신도, 예수의 정신을 망각한 세상에 대한 그의 비판은 끊이지 않는다.

『못에 관한 명상』에서 1부를 제외하고 2, 3, 4의 연작시들은 대부분 본문 속에서 명시적으로 “못”을 언급하지 않는다.

> 밤마다 그대 만나기 위해/우주 정거장으로 나간다/내 잠시 머문 은하수 나변에/아내와 아이 함께 작은 집 짓는 것/이제 보니 먼 하늘 별자리로/서로 모였음을 알게 되었다/그래그래 우리가 본 세상 이름과/우리 그리던 형상 끊어버리니/깨달은 바 다른 경지 아니구나/우주의 언 이마에/허상의 별빛만 초롱초롱 맺힌다
>
> —「본다는 것은 보는 사람 속에 · 1—못에 관한 명상 · 54」 전문

이 아름다운 시도 “못에 관한 명상”에 포함된다. “못”에 대한 사유가 삶의 전체성을 담보하고 있는 것이다. 제4시집을 통과하면서 김종철의 “못”의 시학은 그 시적 지평이 시학적 과제 전체와 다를 바 없는 것이 되었다. 이러한 점에서 제7시집 『못의 사회학』의 출현이 자연스럽다. “못의 사회학” 연작이 보이는 관심의 지평은 넓다. 그것은 베트남전쟁(「슬픈 고엽제 노래—못의 사회학 1」), 참회하는 ‘나’의 문제(「아멘—못의 사회학 2」), 타자

에 대한 관심(「노숙자를 위한 기도—못의 사회학 4」), 자본의 횡포(「우리 시대의 동물원—못의 사회학 5」), 강정 해군기지 건설과 국가 폭력(「강정소인국—못의 사회학 6」), 유동적인 정보가 지배하는 사회(「니가 내 애비다—못의 사회학 10」) 등이다. 말할 것도 없이 이들 시편은 "못"이라는 제재를 명시적으로 다루고 있지 않다. "기도하는 이 두 손모가지/싹둑 잘라버릴 것"(「아멘—못의 사회학 2」에서)이라는 진술을 통해 물신화된 종교의 유혹을 물리치려는 강렬한 의지를 표현하기도 하고 "우리들은 참외 속의 씨보다 더 많이 파병되었다./한번 용병은 죽어서도 애국자가 되어야 했다./왜냐구? 참외는 씨를 많이 품을수록 더욱 단 법이니까!"(「슬픈 고엽제 노래—못의 사회학 1」에서)라고 제국의 명분 없는 전쟁에 이끌린 "용병"의 처지를 풍자한다. 참외-참회-참호의 연쇄와 더불어 참외의 노란색과 "고엽제"인 "에이전트 오렌지"의 노란색을 결합하는 연상이 경쾌하다. 아울러 투기자본이 판을 치는 한국 자본주의를 "동물원"(「우리 시대의 동물원—못의 사회학 5」에서)에 비유하며 비판한다. 그야말로 "못"이 된 사회를 야유하고 풍자하며 비판하고 있는 것이다. "앱"이 "애비"의 자리를 대신하게 된 사회, 혈연관계의 유대가 약화되고 대신 핸드폰으로 지껄이고 메시지를 보내며 채팅방을 오가는 세대의 등장을 시인은 또한 새로운 못으로 받아들인다.

> 보고 듣고 생각했던 모든 것들이/이제는 다 옷 입은 세상/주기도문으로 거룩히 부르는/하늘의 아버지도/머잖아 앱이 될 것이다/머잖아 내 손주 놈처럼/모두 애비로 부활할 것이다
>
> —「니가 내 애비다—못의 사회학 10」 부분

이처럼 시인은 진정성이 휘발되고 관계의 질이 관계의 양으로 대체되고 있는 사회의 변화를 비판한다. 물론 제7시집 『못의 사회학』에서 2부는 다양한 "못"에 대한 사색의 장이 된다. "못대가리가 없는 별/못대가리가 꺾

인 별/못대가리가 둥글넓적한 별/못대가리가 고리 모양인 별/못대가리가 길쭉한 별/못대가리가 양 끝에 둘인 별//이 보두가/나 죽은 뒤 나로 살아갈 놈들이라니!"(「나 죽은 뒤」에서) 이처럼 다양한 못들은 생의 순례 과정에서 형성된 자아의 얼굴들이다. 죽음의 사색을 통하여 시인은 삶을 되묻는다. 죽음을 사유하지 않는 어떠한 가치, 이념, 공동체도 한계를 지닌다. 시 또한 죽음으로 가는 인간이라는 관념에서 진정성과 지평이 확장된다. "돌쩌귀 고리못" "거멀못" "무두정" "족임질못" "광두정" "곡정" "철정" "나사못" 등 서로 다른 용도를 지닌 못을 통한 시인의 사유는 치열하다. 그러나 그의 시법은 결코 무거운 난해함으로 귀결되지 않는다. 제3시집의 서문을 통해 시인은 "살아가며 만나는 모든 것이 내 시의 전부이다. 이제는 세상을 바라보는 눈이 조금씩 자리잡힘이 보이고 시를 무겁지 않게 쓰는 법이 열렸다"라고 말한 바 있다. 이러한 그의 주장은 구체적인 삶에 대하여 구체적인 언어로 구체적인 진실을 자연스럽게 말하려는 의지와 무관하지 않다. "우리 마음에 칼을 품은 날에는/다 함께 칼국수를 해먹자". 「칼국수」의 마지막 구절이다. 가난과 세상에 대한 분노와 고통을 말하면서 그는 이처럼 명랑한 어법을 이끌어낸다. 그만큼 삶을 이해하는 심경이 깊은 탓이다.

> 다시 일어 붙은 뚜껑이 열리면서/도마 위에 숭숭 썰리면서부터/젓가락에 집히면서부터/아삭하게 입안에서 씹히면서부터/당신은 우리의 가문(家門),/적(赤)그리스도다!
>
> —「김장하는 날」 부분

마지막 구절이 충격적이다. "적(敵)그리스도"를 상기하게 하고 물신화를 경계하게 한다. 생활과 맛에 매몰되지 않고 그리스도의 고난과 수행을 잊지 말자는 메시지를 시인은 이처럼 명랑한 목소리로 전달하고 있다. 이러한 목소리와 태도는 확실히 하나의 경지가 아닌가 한다. 숱한 경험과 사색의 결과이다. 그런데 제7시집 『못의 사회학』에는 제1시집의 주제가 되었던 베트남 전쟁의 경험을 다룬 시가 다시 등장하고 있다. 초기시에서 중기로 넘어가는 과정에서 중요한 역할을 하였던 베트남 전쟁시가 후기시에 재현한 것은 이들의 경험 유형이 지니는 심도를 의미한다. 이는 "여기에 들어오는 자여, 희망을 버려라"는 단테의 『신곡』 지옥문 비명의 마지막 행을 거듭 반복한 일(「젊은 잎새들의 전우에게」, 「나라가 임하오시며」)과도 연관된다. 김종철의 시세계는 못을 매개로 1)종교적인 기도와 명상, 2)유년의 기억, 3)생활세계의 우여곡절, 4)베트남전쟁과 순례 등이 동심원을 그리고 있다고 할 수 있다. 이 가운데 베트남전쟁은 비록 그 경험시간은 짧지만(1971-1972), 경험의 내용은 존재의 내면에 깊이 각인된 사건이라 할 수 있다.

김종철은 1968년 한국일보 신춘문예에 「재봉」으로, 1970년 서울신문 신춘문예에 「바다변주곡」으로 등단한다. 전자는 오딧세우스와 페넬로페 신화를 전유하여 행복한 "아내의 나라"를 노래하고 있다면 후자는 오필리아 신화에 의탁하여 수부의 꿈을 이야기하고 있다. 모두 조숙한 그의 시재를 증명하듯 유려하고 아름답다. 김종철의 제1시집 『서울의 유서』에 담긴 초기시는 내면의 바다와 고독과 고요를 지향한다. "내 일생에 연결된 일대의 고요"(「공중전화」에서), "깊고 고요한 통행의 한때를 밟으며/나의 내계로 잠기는 어두운 행적"(「귀가」에서), "고요의 틀속에 누워있는 그 외로운 야반"(「개인적인 문제」에서) 등의 구절이 말하듯이 존재론적인 번뇌에서 "고요"를 갈망하는 정서가 지배적이다. 그러나 이러한 지향은 감상성을 지닌 관념적인 모험일 가능성이 높다. 그의 조숙성은 내면을 향한 시선을 외면으로 전환한다는 데 있다. 서울이라는 낯선 도시의 문화경험과 베트남전쟁은 내면에 갇힌 시의 방향을 외부로 바꾸게 하는 계기들이다.

> 세상의 어떤 아름다움도/우리에게 상처를 주지 않은 것이 없고/인간의 유산을 받음도 /자기 자신을 내어 줌이었고/주는 것도 자기 자신을 빼

앗음뿐이었더라/우리들이 침묵을 지키며 하는 어떠한 기도도/가시와 저희 욕심이 들지 않은 것이 없고/우리들 눈물의 대부분은/우리 자신이 선택한 것뿐이더라/바다와 땅은 우리들의 주림을 채워주었고/우리들이 던진 시간과 땅을 갈던 생명의 손에/또 다른 죽음이 우리들의 죽음을 기르더라/이제 우리는 오랜 주림과 목마름을/대지 위에 남겨 놓고/오직 떠나는 것뿐이더라

—「떠남에 대하여」 부분

그의 조숙한 인간학은 벌써 이러한 시에서 잘 나타난다. 삶의 조건에 대한 사유와 더불어 유아론의 함정을 피하려는 의지가 뚜렷하다. "아름다움"과 "유산"과 "기도"와 "눈물"이 가지는 의미를 죽음과 연관시켜 해부하고 있다. 이토록 본질적인 사유를 수행하였기에 시인은 "너희는 떠도는 사물의 꿈속에서 너무나 오래도록 길을 잃었더라/너희가 흙에 누워 앓는 소리는 덧없는 큰 물소리이더라"(「헛된 꿈」에서)라고 선언하게 된다. "헛된 꿈들의/죽은 질병이 굴러다니고"(「서울 둔주곡」에서) 있는 서울의 상황은 등단작 「재봉」이 말한 오딧세우스의 귀환을 어렵게 한다. "서울은 폐를 앓고 있다/도착증의 언어들은/곳곳에서 서울의 구강을 물들이고/완성되지 못한 소시민의/벌판들이 시름시름 앓아 누웠다"로 시작하는 「서울 둔주곡」는 다음과 같이 끝을 맺고 있다. "오딧세우스의 청동의 바다는/몸살로 쩔쩔 끓어올랐다/그때마다 쓰라린 고통의 서까래는/제풀에 풀석풀석 내려앉고/우리가 앓는 성병 중의 하나가/송두리째 뽑혀 나갔다/어디서나 단순한 목마름과/죽음의 열쇠들은 쩔렁거리고/세균으로 폐를 앓는 서울은/매일 불편한 언어의 관절염으로 절뚝이며/우리들 소시민의 가슴에 들어와 몸을 떨었다." 여기서 우리는 등단작 「재봉」과의 심각한 낙차를 발견하게 된다. 그만큼 시인의 현실주의가 뚜렷해진 것이다. 이러한 과정은 베트남전쟁을 경험하면서 더욱 심화된다. 그리고 "도시에서는 누구도 어머니

를 갖지 못한다”(「네개의 착란」)는 인식에 이른다.

베트남전쟁의 경험을 담은 「죽음의 둔주곡」은 제7시집의 두 편 「그 무렵, 말뚝처럼 박힌」과 「대수롭지 않게」의 내용 속에 등장한다. “그 무렵 야자수가 긴 만을 따라 덮고 있는 캄란베이에는, 크고 작은 배들이 군수품과 용병들을 나르며, 반쯤 죽은 자들을 실어 가기도 하였다. 모두가 패잔병이었다. 푸가, 둔주곡, 달아나면서 도망가면서 켜는 놈의 뒤꽁지를 붙들고 나는 내 시에 〈죽음의 둔주곡〉 제목을 붙였다.”(「그 무렵, 말뚝처럼 박힌」에서) 「죽음의 둔주곡」에서 에스겔 선지자의 마른 뼈 이야기는 승리하는 군대의 희망이 되지 못한다. 이와 달리 베트남 전장은 고갈과 불모 그리고 벌거벗은 인간만 존재할 뿐이다. 특히 한국전쟁 당시 유년이 오버랩되면서 극한 체험의 내용은 더욱 심각해진다. 김종철의 원체험이라고 할 수 있는 어머니와 바다도 이러한 한계상황과 맞물려 부각된다. “언어학교에서 내가 맨처음 배운 것은 바다”(「아내와 함께」에서)이다. 그러나 이러한 “바다”가 고갈되는 불모의 공간에 처하게 되는 것이다. 제2시집 『오이도』의 「떠도는 섬」은 “죽어 있는 바다와 살아있는 바다”로 나누어지는 의식의 지평을 말한다.

제2시집 『오이도』에는 추억과 더불어 고단한 실존이 투영되어 있다. “오이도”라는 섬에 투사된 시인의 심경은 시집의 서문에 잘 드러나 있다. “외롭고 추운 마음을 안고 한 번씩 자신으로부터 외출을 하고 싶을 때 찾아가는 섬이다. 이제 이 섬은 내 속에 들어와 나와 함께 덤으로 살아가고 있다”. 그는 이 섬을 통하여 희망 없는 삶을 사는 타자들과 교감한다. “내일을 다시 꿈꾸고 사는 것들은/너희들의 드러나지 않은 상처를 껴안고/눈물은 입으로 절망은 눈으로 노래하는 것밖에 없더라/새는 날개로 날아다니지만/너희들은 주기도문의 꿈 밖을 헛날고 있더라”(「떠도는 섬」에서). “오이도”는 서울의 도시경험의 연장이다. “삶을 얻지 못하는 병을 앓고” 있는 시인은 “고향” 혹은 “바다로 가는 길”을 찾으려 한다. 그러나 “내 고향 유년의 하느님을 만나거든/기도하는 법마저 잊어버리고/철근으로 이어진 도시의 언어와 한 잔의 쓴 술로/세상을 용케 참아온 이 젊음을/용서하여 주어라고 일러다오"라고 토로할 수밖에 없다. 시인은 "자주자주 길을 잃는 유랑의 슬픔"(「해뜨는 곳에서 해지는 곳까지」에서)을 벗어나지 못한다.

"거듭거듭 되풀이되는 사막 위의 잠"(「겨울 주말」에서)에 깨어 시인은 서울의 일상 속으로 가지 않을 수 없다. 도저한 일상의 무게를 껴안고 삶의 구체성에 육박할 때 오히려 시적 진정성이 열리는 것이다. 그는 제3시집 『오늘이 그날이다』에 이르러 도시 공간 안에서 "어린 왕자"를 만나고자 한다. 이를 통해 집과 밥에 대한 사유를 더하게 된다. 인식과 사색 그리고 기도가 깊어진다. 마침내 그는 "오늘이 그날"(「오늘이 그날이다 · 1」에서)이라는 명제를 얻는다. "못"에 관한 사유가 전개되는 지점도 이 대목이다. 그러므로 김종철의 못의 시학은 지속적인 시적 사유의 산물이자 성취이다. '애매성'을 주창한 윌리엄 엠프슨이 개방적이고 진취적인 사고의 소유자였듯이 못을 통하여 다양한 인간현상을 사유하는 김종철은 열린 시학을 전개하는 시인이다. 그는 쉽고 경쾌하고 명랑한 어법 속에 심각하고 무겁고 불쾌한 삶의 문제들을 담아내고 있다. 사유에서뿐만 아니라 시법을 통해 그는 이미 우리 시단의 중요하게 드문 개성이 되었다.

순수에 대한 갈망

— 김창근론

"순수"에 대한 김창근 시인의 갈망은 여러 시편에서 반복된다. 동일한 시인의 시에서 거듭 등장하는 이미지와 시어들은 단순한 강조를 넘어서 시적 의식을 반영하는 경우가 많다. 김창근 시인이 특별히 순수시(pure poetry)를 자신의 시학으로 내세우고 있는 것이 아니라는 점에서 많은 시에서 되풀이되는 "순수"는 그의 시세계를 해명하는 종요로운 단서가 될 수 있다.

> 우리가 짜내는 추억의 수틀 위에는/외로운 감각의 지문만 남아날 뿐//결코 되돌릴 수가 없어/더욱 순수한 날의 흔적을/그러나 바람은 내몰라라 했다.
>
> —「낙엽 위에 쓰는 편지」 부분

먼저 인용시가 말하듯 "순수"는 흘러간 날들의 기억 속에 존재한다. 돌아갈 수 없는 시대의 가치를 찾아가는 추억의 행위는 시쓰기를 견인하다. 이러한 시쓰기는 "순수한 날의 흔적"을 찾아가는 일에 다름 아니다. 왜 흔적인가? 완전한 순수함이나 그와의 합일이 단속적(斷續的)으로 이루어지거나 끝없이 지연되기 때문이다. 설사 존재와의 행복한 화해의 느낌을 갖게 된다고 하더라도 이는 순간적일 가능성이 높아 지속되지 못한다. 시에서 "순수"는 현상학에서처럼 의식현상과 결부된다. 의식과 대상 사이에 어떠한 선입견도 개입하지 않는 순수지각의 상태는 시가 꿈꾸는 지복(至福)의 경지와 다를 바 없다.

> 잔설 속에 새해가 밝고/오늘은 눈 대신 비가 내리는데//겨울비에 씻겨 떠내려간/슬프고도 하이얀 꿈을 보았네//모든 가버린 순간의 순수한 넋
>
> —「눈과 비」 부분

이처럼 순수한 것은 사라지고 없거나 실체가 아닌 "넋"으로 나타난다. 순수를 좇는 시인의 시는 넋의 언어이다. 이는 이미 존재하지 않는 것을 다시 불러내려는 주술의 언어와 같다. 그래서 시인은 "오로지 목마른 노래에 사는 넋"(「철새의 노래」에서)을 기리는 것이다. 시인이 지니는 그리움이나 비애는 가버린 시대, 되찾을 수 없는 가치에 연유한다. 일상이든 일상에서 벗어나든 시인의 상황은 근본적으로 개선되지 않는다. 그것은 시인이 "순수의 덫"(「이별 앞에서」에서)에 걸려 있기 때문이다. 따라서 시인은 한편으로 연가(戀歌)를 다른 한편으로 비가(悲歌)를 부를 수밖에 없다. 순수한 것에 대한 그리움이 연가를 만든다면 그와 만날 수 없다는 절망감이 비가를 노래하게 하는 것이다. 그러므로 순수에 사로잡힌 시인은 연가와 비가 사이에서 시작의 계속성을 유지하고 시인됨을 담보한다.

시인의 연가는 "나-너"의 문법을 지닌다. 현재의 "나"가 과거의 "너"를 찾고 부르는 것이다. 이러한 연가는 "가고 없는 너의 이름"(「감포의 달빛」에서)을 되찾는 행위에 다를 바 없다. 여기서 이름은 개념이 아니라 실재다. 그런데 실재와 만나려는 이러한 행위는 부재하는 "너" 혹은 낯설어진 "너"로 인하여 "슬픈 감성"과 "탄식의 여운"(「낙엽 위에 쓰는 편지」에서)을 동반

하게 된다. 연가는 합일에 대한 갈망에서 존재의 행복감을 유발하나 궁극적으로 합일이 좌절될 것이라는 의식에서 비애를 이끄는 감정양식을 지닌다. 이러한 감정양식은 양가적이어서 때로 과장과 감상(感傷)의 수사학에 이끌리기 쉽다. 특히 자기연민은 이러한 수사학의 대표적인 양상이다. 그런데 김창근의 시에서 이러한 자기연민은 나타나지 않는다. 그가 구체적인 사건과 사물을 시적 대상으로 삼고 있기 때문이다.

> 한 접시 바다의 뼈를 발라/식탁 위에 눕혀 놓고는/소주 한 잔에 떠올리는/비린 추억의 가을/세월처럼 덩달아 가버린 날이/가지런히 누워 물결 포개면/밀려오는 갯가 일렁이는/파도소리 가을은 그렇게 남아/쓸쓸한 그늘 삽상한 손맛/함께 입맛 다시며 살아 있는/날들의 짙푸른 반추/천리의 근심도 만리의 우울도/한 접시 바다를 길어/한 잔 술로 풀어 마시며/풍편에도 소식이 없는 너의/안부를 버무려 식초를 친다.
>
> —「가을 전어」 전문

이 시에서 주인공은 전어를 안주삼아 먹으면서 "너"에 대한 그리움에 사로잡힌다. "추억의 가을", "세월처럼 덩달아 가버린 날"들 탓이다. 그나마 "살아 있는/날들의 짙푸른 반추"를 가능하게 하는 것은 시원의 바다를 향한 길이 열려 있기 때문이다. "전어"는 이 시에서 "나"와 "너"를 매개한다. "쓸쓸한 그늘"을 지닌 "나"로 하여금 살아 있음을 각성하게 하고 내면으로부터 "너"를 불러내게 한다. 여기서 "너"의 존재의미가 궁금해진다. "너"는 이 시의 정황이 되는 "가을"도 아니고 의식의 가교가 되는 "전어"도 아니다. 그렇다고 "소주"에 유비되는 "바다"도 아니다. 그렇다면 "너"는 무엇일까? "너"는 「실반지」가 말하듯 구체적인 사랑의 대상일 수도 있고 「낡은 외투」가 지시하고 있는 친숙한 사물일 수도 있다. 아울러 "모든 살아 있는 것의 은혜로운/눈물같이 다정다감한 바람의 표정//머나먼 남녘 바다와 함께 와/영원의 하늘을 가르는 새의 넋//돌아가리라 평화와 안식의 마을/그 존재와 원형이 사는 꿈터"(「마파람」에서)라는 구절처럼 원초적인 행복의 공간일 수도 있다. 그 어느 것이든 시인은 "너"로 하여 삶의 의미를 발견하고 "너"의 부재와 상실로 인하여 슬픔과 절망을 느낀다.

그런데 연가의 지속성은 정념에 의해 가능하다. 하지만 시인이 "핏빛 저녁놀에 실려/떠나가는 노래"인 "진혼곡"(「매미」에서)을 계속 노래할 수는 없는 것이다. "망각"에 대한 유혹이 있을 수 있고 허무로의 기울어짐도 생기게 된다. 그래서 시인은 "우리가 축일 수 있는 꿈이란 단지/피곤한 기다림의 옷자락일 뿐/되돌릴 수 있는 것이 어딘들 있으랴만/마음 가볍게 돌아서는 길/절망도 환상도 다 부질없는 욕망"(「꿈길에서」에서)이라는 생각을 드러내거나, "평화도 안식도 헛된 미련일 뿐//어둠에 묻힐 순수한 망각의 곁에/그러면 우리 빛나는 허물이 되자"(「그믐달」에서), 라고 말하기도 한다. 사라지고 없는 것에 대한 그리움만 아니라 사라지는 것들에 대한 자각이 함께 하는 것이다. 말할 것도 없이 시인의 이러한 자각은 시인 또한 유한한 육체를 지닌 존재라는 인식에서 연유한다. 그래서 시인은 "머리맡 한 사발 물맛처럼/가버린 시절의 서늘한/꿈맛"을 느끼는, "꿈꾸는 물의 잠"(「물맛과 꿈맛」에서)을 동경하기도 한다. 그렇다면 이러한 시인의 동경을 이끈 것은 무엇일까? 그것은 무엇보다 "바람같은 시간의 빈 손아귀"(「바다의 눈물」에서)에서 놓여나겠다는 시인의 의지와 관련된다. 떠돎, 떠남과 되돌아옴을 거듭해온 삶의 역정을 뒤로 하고 대지에 스며드는 물처럼 흐르겠다는 것이다.

> 누가 바람의 뿌리를 보았는가/떠도는 이의 젖은 날개/빛 바랜 색종이처럼 푸들푸들 지친/무게를 떠받쳐 날아오르는/이 허허로운 날의 선회/돌아가 고달픈 죽지를 접고/안식과 평화의 잠에 들 날은/그 언제인가 다만 바람처럼 떠돌다/풀리지 않는 역마살에 살다/돌아가야 할 피곤한 이

별의 연습/일상을 적셔 흐르는 이 만큼한 하류/이제 어디에도 내릴 닻이 없구나

—「갈매기」 부분

"갈매기"에 투사된 시인의 마음은 부유(浮遊)하는 삶이 아니라 "안식과 평화"의 삶에 대한 기대이다. 이러한 기대는 그리움의 궁극을 찾아가도 "바람의 뿌리"를 알 수 없는 것이 존재의 조건이라는 각성에서 비롯한다. "허허로운 날의 선회"가 "어디에도 내릴 닻이" 없다는 뼈아픈 인식으로 전환되고 있는 것이다. 다시 말해서 시인은 "올무에 걸린 건 바람"이라는 생각과 더불어 "세월의 덫"(「세월의 덫」에서)에서 놓여나고자 한다. "헐벗은 미망의 더듬이로는/이제 더는 찾을/어떤 것도 내게는 없다."(「수선사 달팽이」에서) 이러한 자의식에서 시인은 "그러면 피곤한 사랑아 이제 결별을 하자/다시는 내가 나일 수 없는/소금 기둥으로 거기에 서서/죽어도 더럽혀지지 않는 순결이 되자."(「염전에서」에서)라고 선언한다. 말할 것도 없이 자의식과 자각의 선후 관계는 바뀔 수도 있다. 또한 어느 쪽의 시가 먼저 쓰인 것인가는 중요한 문제가 아니다. 그럼에도 한 가지 분명한 것은, 시인이 "산다는 것은 언제나 넋두리"라고 삶을 규정함과 더불어 "너는 너 나는 나여야 하는 것을"(「이별 앞에서」에서) 자각하게 되었다는 사실이다. 그가 그리움으로 떠돌던 "미망"의 자아로부터 벗어나 "다시는 내가 나 아닌 꿈으로 다시/태어나는 꿈을"(「연등전야제」에서) 꾸는 각성의 시간을 열고 있는 것이다.

벌거벗은 나무/마음이 사는 집//발밑 뿌리에서 차올라/머리 위 하늘을 적시는 꿈//팔을 벌려 춤추는 잎새가/바람을 사려 나이테를 감는다//땅과 하늘과 바람이 만나/피돌기로 마음을 여는 나무//다만 여기에 서서 만리를 가는/흐르는 물과 별의 세계를 산다

—「몸」 전문

김창근 시인의 "완강한 순수"가 궁극적으로 지향하는 표상을 이 시는 담고 있는 듯하다. 인용한 시는 "몸과 마음이 아울러 하나가 될 때까지는/오로지 줄기차게 기다릴 수밖에 없다"(「완강한 순수」에서)는 그의 의식이 만들어낸 하나의 풍경이라 할 수 있다. 이 시에서 시인은 겨울나무가 되어 땅과 하늘과 바람과 만나고자 한다. 대지에 든든한 "뿌리"를 내리고, "머리 위 하늘을 적시는 꿈"을 꾸면서 "흐르는 물과 별의 세계"인 우주와 더불어 살고자 한다. 그렇다면 "바람"처럼 "순수의 넋"에 사로잡혀 떠돌던 시인의 표정은 어디로 가고 없는가? 오히려 인용시야말로 일시적인 위장이 아닐까? 이러한 의문이 생기는 것은 김창근의 시세계 전반을 관류하는 흐름에 비춰 타당하다. 그러나 나는 인용시가 그의 시적 위장이라는 생각을 갖지 않는다. 오히려 정반대로 그의 시적 성취로 내세우고자 한다.

시인이 그 동안 꿈꿔온 순수는 다채로운 빛깔을 지닌다. 그것은 잃어버린 고향처럼 원초적인 행복의 공간이고, 젊은 날의 못 다한 사랑과 같은 회한의 대상이 되기도 한다. 또한 불모의 시간 속에서 마모되고 훼손되는 자아에 대한 반작용이기도 하다. 아울러 타락한 현실 속에서 타자와 사물과 아무런 매개 없이 만나고자 하는 순수열정의 소산이라 할 수도 있다. 그 어느 경우이든 김창근의 시세계는 순수에 대한 갈망으로 가득하다. 그는 "순수의 덫"에 걸려 "순수의 넋"의 언어들을 쏟아내었다. 그리고 그 궁극적인 지향은 존재의 안식과 평화이다. 이러한 안식과 평화에 대한 갈구가 있기에 방황과 고뇌도 많은 법이다. 전반에 걸친 바람과 바다 이미지에 대한 그의 시적 경사(傾斜)는 안정을 추구하는 자의 필연적인 불안정을 드러내는 시적 과정이 아닌가 한다. "날마다 죽어 쌓이는 빛의 무덤/다시 살아 출렁거리는 절망이 있어/목마른 이의 바다는 열린다."(「빛과 바다」에서) 이처럼 "절망의 바다"를 딛고 그는 "존재의 빛"을 찾아가고 있다. 궁극적인 평안과 안식의 세계에서 발워하는 "빛"을 만나고 있는 것이다. 그러므로 이제부터 그의 시는 내성(內省)의 목소리를 더 많이 발할 것이라 생각한다. 갈망의 대상으로서의 순수가 아니라 순수한 영성, 내적 부름, 내면의 울림에 더 많은 관심을 기울여야 할 것이다.

현실과 꿈의 몽타주

— 조의홍론

『서투른 기록』은 조의홍 시인의 제5시집이다. 제1시집 『여름산에 올라』(심상, 1982)를 상재한 이후 6년 내지 8년의 거리를 두고 제2시집 『꿈 · 2408』(문학세계사, 1989), 제3시집 『닐리리야 또 닐리리』(해성, 1996), 제4시집 『현실적』(해성, 2004)을 발간한 바 있다. 등단작을 포함한 첫 시집에서 주목되는 것은 삶의 황량한 풍경이다.

> 내가 아는 세상은/이미 모든 등을 끄고 있다는 걸 안다./아아 나는 하강되고 있는가./갈대꽃들이 희게 흩날리고/어둠을 만난 죽은 목숨들이/이리 저리 달리고 있다./차라리 엉겅퀴, 찔레꽃, 호랑가시나무/몇 목숨이라도 살거라, 살거라./황량한 벌판에서/듣는 것은 바람 소리다.
>
> —「벌판의 시」 부분

이 한 편의 시로써 시인의 입장을 요약할 수는 없지만 화자가 보이는 태도에서 시인의 회의주의를 읽는 것은 어려운 일이 아니다. "황량한 벌판"은 인용시의 정황이지만 시인의 상황이기도 하다. '벌판의 시'라는 표제는 어느 정도 시인의 의도를 반영한다. 자신의 시적 경향에 대한 암시를 담으려 한 것인데 시인은 또한 이 시를 첫 시집의 첫 번째 시로 배치한다. "어둠"과 "하강"에 이끌리는 조의홍의 초기시는 회의적 세계와 존재에 대한 탐문이 주된 흐름을 형성한다. 가령 등단작 「귀뚜라미」를 살펴보자.

> 깊은 밤, 모르스 부호로 된 암호를/비밀리에 수신 받다./차가운 은백색 암호 토막,/풀 냄새에 젖어/열렬하게 수신 되다./오래된 문서와 최신 서류들을 모두 꺼내어/해독을 하지만/세상일에 바쁜 몸으로는/해독할 수가 없어/시름하다 깊은 잠에 빠지다./꿈 속에는 신의 사도를 만나/해독 못한 암호의 일로/희고 긴 회초리로 수 없이 맞다./잠이 깨었을 때는/허어연 새벽이/서리에 젖은 가을 풀들을/깨우는 광경을 보다
>
> —「귀뚜라미」 전문

이 시에서 그는 세계와의 소통이 차단된 "밤"의 세계를 노래하고 있다. "오래된 문서와 최신 서류들"이 지배하는 낮과 "시름하다 깊은 잠에 빠지"는 밤은 모두 그에게 해독할 수 없음으로 다가온다. 오히려 "꿈" 속에서 존재를 구원할 가능성의 지평이 열리는데 "꿈 속에는 신의 사도를 만나/해독 못한 암호의 일로/희고 긴 회초리로 수 없이 맞다"라는 진술이 드러내는 화자의 종교적 포즈조차 그리 어색한 것이 아니다. 그만큼 세계를 인식하는 시인의 입장이 정립되어 있다. "꿈"에 대한 시인의 탐구가 집중되는 것은 제2시집이다. 어느 정도 초현실주의의 세례가 가미되었을 것이라 추측되는 국면인데 첫 시집에서 보인 회의주의를 시적 차원에서 더욱 가열하게 밀고 나가려는 노력의 소산이 아닌가 한다. 김준오는 제2시집 해설을 통해 소외기법과 현상학적 상상력이 만나고 그것이 몽타주의 방법으로 이어지는 경향을 읽었다. 단언컨대 이로써 조의홍 시법의 핵심이 드러난 것이라 보아도 무방하다. 꿈을 통하여 현실을 치환하고 병치함으로써 시인은 회의적 세계를 견디면서 존재의 지평을 개진한다. 그래서 조의홍의 시는 현실/꿈의 이분법이 아니다. 오히려 그는 현실의 "허무"를 "꿈"

으로 대칭시키며 몽타주의 방법으로 사물의 경계를 허물고 서로 다른 이미지들을 인접시킨다. 말할 것도 없이 제3시집은 '닐리리야 또 닐리리'라는 표제가 시사하듯 리듬을 얻으려는 실험의 결과다. 그의 시세계 전체에 비춰 파격에 해당하며 삶에 대한 긍정의 의미를 찾으려는 의도와 무관하지 않은데, 시작의 처음에서 「귀뚜라미」가 제시한 해독 불능, 소통 단절의 극복이라는 문제의식과 결부된다. 아마 이러한 과정을 경과한 결과 제4시집이 '현실적'이라는 표제를 얻지 않았다 한다.

> 오전에는 어제의 꽃들이 웃고 있다 아직 잠이 덜 깬 열매가 매달린 꽃 그래 예쁘게 웃어야지 나는 손가락을 길게 늘어뜨려 꽃 하나를 건져 올린다 햇빛을 입에 문 하얀 꽃 그래 슬프지 말아야지 내가 엄숙하게 말하자 오전의 꽃들이 하하하 모두 소리 내어 웃었다
>
> —「현실적 · 8」 전문

이처럼 그의 시에서 환상과 현실의 경계는 해체되어 있다. 모두 '현실적'이다. 초기시에서 꿈이 세계에 대한 소외, 반립(反立)의 의미를 담고 있지 않은 것은 아니다. 하지만 회의주의에서 촉발된 현실 해체의 과정은 꿈을 억압에서의 탈주에 한정하지 않고 자족적인 유희의 공간이 되게 한다. 이러한 과정에서 소외기법과 현상학이 만나는 기묘한 시법이 연출되는데 김춘수의 시가 '타령조'를 지나면서 현상학과 만난 경로와 유사하다. 현상학이 소외 기법이 되는 것은 현실을 지배하는 상식의 감각을 현상학적 지각으로 전화하면서 낯설게 하는 데 연유한다. 이는 조의홍의 시에서 시각 중심에서 공감각 내지 공통감각으로 확대되는 시적 면모의 변화로 나타난다. 물론 이러한 변화가 단선적인 것은 아니다. 소위 '창조적 반복'은 조의홍의 시세계를 설명하는 데 중요한 개념이 된다. 그는 첫 시집에서 제기한 시적 발상들을 2, 3, 4시집을 통하여 재귀적 반복의 방식으로 변주한다.

'꿈' 연작과 '닐리리야 또 닐리리' 연작은 지적 조작과 탐구와 유희가 공존하는 시적 공간이다. 이러한 점에서 제2시집과 제3시집은 그의 중기시를 특징짓는다.

제5시집 『서투른 기록』은 제4시집 『현실적』의 연장선에 있다. 그러면서 제4시집에서의 의도가 주저 없이 관철되는 지경에 이르렀다. 시적 긴장이라는 관점에서 조의홍의 시세계는 대다수 시인들의 경우와 마찬가지로 초기에서 후기로 올수록 긴장이 약화되는 양상을 보인다. 그런데 이러한 긴장의 약화라는 경향이 그의 의지적 지향을 반영한다는 점에서 개성을 증명한다. 그는 시적 긴장과 세계와의 관계를 동일한 역장(力場)에서 이해한다. 따라서 긴장의 약화는 세계에 대한 힘겨운 긍정을 의미한다. 여기에 시적 긴장의 이완이 지닌 역설적 함의가 있다. 제3시집의 노래와 제4시집의 현실적 서술이 성취한 시적 변증법이 긴장의 이완으로 귀결된 것이다. 제5시집의 '서투른 기록' 연작은 세계를 포용하고 존재를 풀어놓으려는 시인의 태도를 서술한다.

> 먼 나라에서 돌아와 읽어 보는 편지는 붉은 단풍잎이다. 붉고 검은 시간이 배인 보세요, 보세요, 햇빛 반짝이는 편지는 읽기도 전에 눈이 부시다. 그리웠다는 말은 하지 말아야지. 나는 조심스럽게 햇빛들을 넘기고 또 시간이 지나버린 붉은 단풍잎 몇 장이 바람처럼 날리고.
>
> —「서투른 기록 · 24」 전문

이처럼 시적 화자는 시간의 흐름이나 세월의 무게 그리고 관계의 감정들을 담담하게 받아들인다. 오랜 편지가 단풍잎이 되어 햇빛을 받아 반짝이며 바람 속으로 날아간다는 발상에서 생에 대한 시인의 태도를 이해하기 어렵지 않다. 젊은 시절의 회의주의가 긍정과 관조로 나타나고 있는 것이다. 시인은 첫 시집의 '황량한 벌판', "깜깜한 숲"(「불면증」에서)에서 나와

'햇빛' 속으로 걸어가고 있다. 말할 것도 없이 제5시집 『서투른 기록』으로 확정적 의미의 지평이 열렸다고 단정할 수는 없다. 생은 여전히 고통을 안고 있고 죽음을 가장 심각한 외부로 삼고 있기 때문이다.

> 잠이 들었다. 내 잠 속에는 흰 꽃들이 만발하고 나는 그런 흰 꽃을 말하지 않아야 한다. 검은 잠 속으로 부유하는 흰 꽃들은 내 생애다. 내 적막이다. 말하지 말아야 될 오래된 비밀이다.
>
> —「서투른 기록 · 47」 전문

시인이 자신의 시법을 요약하고 있는 진술로 읽어도 무방할 것이다. "잠 속에 부유하는 흰 꽃들은 내 생애"라는 구절에서 어둠과 밝음, 억압과 해방이 교차하는 경계가 느껴진다. 시인은 그 경계를 '적막'이라 한다. 그러니까 이완과 긍정은 현실/꿈, 낮/밤, 어둠/밝음과 같은 이항대립의 한쪽이 아니다. 오히려 이 둘의 경계가 사라진 양상을 의미한다. 이러한 점에서 제2시집 '꿈' 연작에서 보인 소외기법과 현상학의 균형관계는 후기에 이르러 현상학 쪽으로 기운다. 그래서 몽타주의 방법보다 시가 뿜어내는 분위기가 더 크게 와 닿는 것이다.

> 바람이 불면 날아가 버리는 세상, 햇빛 빛나면 아름답네. 가지마다 열리는 열매들은 밤을 지나면 붉게 익고 이른 봄철의 어린 나뭇잎들을 허리에 두르면 아직 깨닫지 못했던 세상의 저녁이 있네. 불을 켜지 말아야하지. 그리고 모자를 쓰고 바람 부는 세상을 걸어가야 하네.
>
> —「서투른 기록 · 106」 전문

회의적 세계에서 연유하는 단절과 소외라는 초기시의 정조는 이제 조의홍의 시에서 찾을 수 없다. 이 시에서 경험과 기억의 깊이에서 발원하는 이미지들은 존재와 사물에 대한 긍정의 빛을 발한다. 시인에게 상실과 고통이 점철된 시절이 있었을 것이다. 아마 시인-되기의 기원이 아닌가 한다. 초기시가 말하듯 '꿈'을 반복하면서 상처를 치유하고 삶을 개진하는 것은 의지를 지닌 시인의 시적 과정이다. 이러한 과정에서 절대적인 타자에 의탁하거나 사랑을 갈구하는 심경이 등장하는 일 또한 자연스럽다. 그래서 조의홍 시인이 꿈을 노래하고 초현실로 탈주하고자 한 것을 도피로 파악하는 것은 단견이다. 오히려 그의 시에서 현실을 극복하려는 노력을 읽는 일이 요긴하다. 이러한 그의 노력은 삶과 현실을 배타적으로 희생시키는 방향을 지향하지 않는다. 반복을 통하여 그는 고난의 삶을 긍정하는 변증을 이뤄낸다. 몽타주는 이러한 과정에서 등장하는 시적 방법이다. 이러한 방법이 보다 성숙하여 분위기의 시로 발전한 것이 최근의 서술시라 간주된다. 제5시집은 현실에 대한 공감각, 몽타주와 분위기라는 관점에서 일정한 성취를 얻었다. 이러한 성취를 더 깊고 넓은 울림으로 이끌어가는 것은 시인에게 부여된 앞으로의 과제라 생각한다.

빈 중심을 향하여

— 이원도론

이원도 시인은 장자(莊子)와 동행하는 삶의 기획 속에서 시를 쓰고 있다. 그는 일찍부터 『장자』를 읽으면서 장자의 필터를 통해 시와 삶을 해석하는 작업을 해왔다. 이상의 시를 장자와 겹쳐 읽으면서 그는 박사학위 논문을 썼고 이를 다듬어 『이상이 만난 장자』라는 저서를 상재하였다. 제2 시집 『구름 사육사』는 4부로 구성되어 있는데, 각 부마다 소요유풍, 제물론풍, 양생주풍, 인간세풍이라는 제목을 붙여두고 있다. 장자의 사유를 좇아 자신의 시를 나눈 것이다. 하지만 이 시집이 장자를 노래하고 있는 것은 아니다. 그는 장자를 대상으로 사유하지 않는다. 오히려 자신의 삶의 과정에서 장자적인 것을 실현하려 한다. 장자와 시인은 상호텍스트성으로 만나지만 시인의 시가 장자에 대한 찬가에 머물고 있는 것이 아니다.

종교시와 철학시가 실패하는 것은 신념과 관념을 생경하게 진술하는 데서 비롯한다. 소위 육화된 언어가 요긴하다. 마찬가지로 이원도 시인이 의도하는 바도 장자를 시적 대상으로 삼으려는 데 있지 않다. 우리는 이원도 시인의 시에서 문면을 통하여 장자와 만나기 어렵다. 그가 일상과 생활의 수준에서 경험적 사실들을 시적 제재로 삼고 있기 때문이다. 그는 원숙한 경지에서 장자의 사유를 시 속에 담아내려 한다. 장자 읽기와 삶이 하나의 맥락에서 시쓰기로 이어지고 있는 것이다. 이 점은 "장자와 동행"이라는 제3시집의 표제가 지시하는 의미이기도 하다. 그는 장자의 사유를 자기에 대한 배려의 방식으로 전유한다.

> 내 안에서 빠져나간 내가 돌아오지 않는 밤 커피 잔 속에 든 온기를 남겨둔 채/나는 나를 찾아 집을 나섰다/흑맥주집 두 군데, 만화방 소주방 당구장 바다이야기 그렇게 돌다 마지막으로 중동609,/없다/처진 왼쪽 어깨를 오른쪽어깨가 부축하며 춘천천 다리에 앉아서 초승달 본다/팔딱거리는 숭어 떼 사이로 기름때를 뒤집어 쓴 채 유영하고 있는 검은 물체/영락없는 나지 싶은데.
>
> —「나를 찾아서」 전문

그 단초에서 시적 발상이 "나"로부터 시작된다는 것은 주지의 사실이다. 자기표현이 지니는 자기애적 동기를 넘어서는 과정에서 시적 지평은 확산된다. 인용시는 단지 자아 찾기에 그치지 않는다. 또한 분열된 자아의 양상을 진술하고 있는 것도 아니다. 시 속의 주인공은 외부의 사물을 통하여 자기를 발견하고자 배회한다. 도시적 삶 속에서 자신의 진면이 상실되었다는 자각에 따른 산책이다. 그러나 산책자에게 다가오는 것은 잃어버린 자기의 모습이 아니다. 익숙한 장소라고 생각한 곳이 낯선 공간이 되어 있다. 쉽게 공감이 일어나지 않는다. 마침내 지친 산책자는 "기름때를 뒤집어 쓴 채 유영하고 있는 검은 물체"가 자기가 아닐까 궁리해본다. 그러므로 이 시에서 자기 찾기는 미결의 이야기로 남아 있다. 이는 얼핏 자아 동일성을 상실한 현대인의 모습을 그리기 위한 의도로 읽히게 된다. 또한 달리 생각하면 기존의 자기를 지워가는 경로로 이해할 수도 있다. 다시 말해서 확정된 자기는 없다는 것이다. 마찬가지로 남과 구별되는 하나의 중심으로서의 자기를 부정한다. 자기에 한정된 주관에서 벗어나 외부의 사물에 이르는 길은 주체 혹은 주관성을 초극하지 않고 열리지 않는다. 이는 자기로 명명된 것들을 해체하고 편견과 지식을 비우면서 이름이 없는 무명(無名)과 만나는 일과 연관된다. 인용시에서 말하고 있는 "검은 물체"가 무명의 "나"를 의미하는 것은 아닐까?

그림자 두려워하지 마라
내가 흰옷을 입었다고 해서 그림자까지 희어지는 것은 아니니다
내안에 가득 담긴 마음이 그림자다.

—「그림자」 전문

빛의 투영에 의하여 발생한 "그림자"는 존재에 대한 부재, 진실에 대한 가상으로 인식되어왔다. 그러므로 예술과 지식은 이러한 그림자를 초월하는 과정으로 받아들여졌다. 태양이라는 진리의 빛을 향할 때 인간은 이성의 분별력을 갖게 된다. 이리하여 인간의 역사는 곧 빛의 역사가 되었다. 그림자와 그늘의 의미나 가치가 회피된 것은 당연하다. 그러나 인용한 시는 그림자의 위상을 뒤집는다. 의복의 색채 변화와 무관한 것이 그림자이다. 시인은 이러한 그림자를 "내안에 가득 담긴 마음"으로 격상하고 있다. 이는 흔히 말하는 "마음의 그림자"와 다른 차원이다. "마음이 그림자"라는 진술은 현상의 차이들을 분별하고 시비하는 대립을 초월하는 상대적 관점과 연관된다. 그것은 근심의 형상이나 의혹의 이미지가 아니며 자기 동일성을 부정하고 무(無)를 지향하는 과정을 가리킨다. 그래서 시인은 「버려야할 것들」에서 "어둠이여/영원한 빛의 근원이여/없는 나를 잡고/있는 당신을 버렸으니"라고 말한다. 빛이 근원이 아니라 "어둠"이 근원이라는 것이다. 시인은 빛과 어둠에 대한 잘못된 위상학을 교정한다. 덧붙여 "없는 나"를 말함으로써 지식이나 재물을 채워가는 일과 달리 자기를 덜어내고 지우는 과정을 시사한다. 이로써 시인은 자기를 대상화하는 현대시의 사유체계와 구별되는 마음의 시학을 제시하고 있는 것이다.

칡넝쿨 놓아주러 간다/등넝쿨 놓아주러 간다/칡넝쿨 질긴 마음을 놓아주러 간다/등넝쿨 꼬인 습 놓아주러 간다/수족관에 든 잉어 놓아주러 간다/냉장고에 든 간고등어 놓아주러 간다/나를 놓아주러 간다

—「방생」 전문

이 시에서 "방생"의 의미가 크게 확장되어 있음을 알 수 있다. 우선 "칡넝쿨"과 "등넝쿨"이 암시하는 시비를 벗어나고자 한다. 또한 수족관에 갇혀 있는 "잉어"를 놓아줌으로써 자연의 이치를 따른다. 소박한 차원의 "방생"이 이에 해당한다. 그 다음이 문제적이다. "냉장고에 든 간고등어"는 이미 죽은 사물이다. 그럼에도 시적 화자는 이를 놓아주는 행위를 "방생"이라고 한다. 그야말로 생사에 관한 기존의 관념을 해체하고 있다. 이러한 시적 인식이 가능한 것은 무(無)가 모든 존재의 바탕이라는 생각이 있기 때문이다. 존재의 현존에 관여하고 만물을 생성하게 하는 무가 있으므로 "나" 또한 무가 중심이 된 "빈 중심"으로 방생할 수 있는 것이다. 이는 곧 자기를 방해(放解)함으로써 무한한 생명이 활동하는 자연으로 돌아가고자 하는 일과 다르지 않다. 이성중심의 시비와 분별을 떠나고 인위적인 문명의 세계에서 풀려나는 것을 시인은 "방생"이라고 한다.

춤추는 억새꽃 그림자를 버리며/땀으로 얼룩진 두타頭陀를 감싸며/감사합니다, 고맙습니다/맑고 깨끗한/청옥靑玉 가는 길//바람에 밀려오는 춤사위에게 말할 것이다//너희가 맹수처럼 떼를 몰고 온다 해도/두주먹 붉게 쥐고/산문에 걸터앉아/일일이 통행료를 받을 것이다//속살이 비치도록 하얀 솔 향이여, 비록 당신이라 할지라도 나를 넘지 않고는 청옥으로 들지 못할 것이다//두타를 저버린 채 청옥이 되지는 못할 것이다//응분의 대가를 치루고 박달령을 통과했더라도 청옥에 들었다손쳐도,//나를 다 버리지 못했다면 감히 무릉武陵에 들었다고는 할 수 없

을 것이다.

—「박달령에서」 전문

"박달령"은 "두타산에서 청옥산으로 넘어가는 능선"이다. 이 시는 "박달령"을 넘어 "청옥"으로 가는 과정을 자기의 문제와 연결하고 있다. 온갖 사물과의 만남은 존재의 희열을 불러온다. 외부의 사물에게 감사해야 하는 까닭이 여기에 있다. 그렇지만 사물과의 관계를 넘어서 보다 근원적인 세계로 가는 길에는 반드시 통과해야 하는 문이 있다. 첫 번째 문은 자기와 타자의 구별이 존재하는 가운데 유지되는 관계 인식이다. 자기애적인 주체 중심을 극복하고 자신을 낮은 위치에 두는 과정이다. 두 번째 문은 "나"를 넘고 버리는 무기(無己)의 과정이다. 이러한 과정이 없다면 두타에서 청옥에 이르는 일조차 어렵다. 하물며 "무릉"에 이를 수 있겠는가? "나를 다 버리지 못했다면 감히 무릉에 들었다고는 할 수 없을 것이다." "무릉"은 자타와 주객 사이에 아무런 대립도 존재하지 않는 합일의 경지 혹은 화해의 경계를 의미한다. 이로써 "나"는 여러 사물과 더불어 빈 중심으로 연계되는 것이다.

"빈 중심"은 비어 있음 혹은 없음이 중심이라는 의미이다. 존재와 사물은 이러한 빈 중심의 연쇄로 이어져 있다. 적어도 시인은 이러한 관점에서 삶과 자연 그리고 우주를 말하려 한다. 일상과 생활 속에서 만나는 우주라는 표현은 결코 수월하게 이해될 수 있는 대목은 아니다. 그럼에도 서로 마주 보는 관계를 넘어서 무한한 자연의 도에 이를 수 있다는 시인의 인식은 일상과 생활 속에 우주를 끌고 오는 시적 모험을 감행한다.

지하철역 승강기와 계단 갈림길에서 중년부부가 건자 타자 실랑이를 하더니//남편은/계단으로/아내는/엘리베이터로//다시는 안 만날 것처럼/등 돌리며 간다//꽃잎 폭설처럼/하얗게 수놓은/동백역 1번 출구//먼저 올라온 남편이 한 발짝도 움직이지 않고 지상의 문이 열릴 때까지//우주를 기다리고 있다.

—「동행」 전문

이 시의 묘미는 결구에서 돌연히 등장한 "우주"라는 단어에 놓여 있다. 물론 그 앞에 배치된 "지상의 문"이라는 시구가 "우주"라는 말의 충격을 다소 완화한다. 그럼에도 "우주"가 만들어내는 의미의 증폭이 크다. 부부의 관계가 우주적인 차원으로 비약하고 있기 때문이다. 이러한 어법은 「운수 좋은 날」에서도 반복된다. 목욕을 마치고 만나게 되는 부인을 일러 "휴게실에서 기다리는/화장기 없는 우주"라 일컬으며 "나 없어 당신 뜻대로 살면/영원히 맑겠다"라는 진술을 덧붙인다. 생활세계에서 관계를 "우주"와 연관시켜 실천하려는 시인의 의지가 반영된 대목이 아닌가 한다. 이렇게 볼 때 「한울타리 두 생각」이나 「밴프국립공원」 등에서 거듭 등장하는 "우주"는 앞서 말한 "빈 중심"에의 지향이 생활세계의 차원에서 표출된 양상이라 할 수 있다. 아내를 "우주"로 명명하거나 관계를 "우주"에 비유하는 것은 단순한 수사에 그치지 않는다. 이것은 시인이 자신의 깨달음을 일상 수준에서 확인하는 일과 연관된다.

세수를 하고나면 앞섶이 젖었다//어릴 땐, -조심하지 않고/커선, -칠칠찮기는/늙어선, -망령이 들었나/핀잔 들어왔지만 응당/물을 쓰니까/물이 묻는 것이라고 여겨왔다//손바닥물이 손목을 타고 팔꿈치로 번지는 세숫물의 동선을/耳順의 아침에야 어렴풋이 알았으니.

—「문도聞道」 전문

이 시의 주지(主旨)도 깨달음의 수사학과 연관된다. 예순에 이르러 도를 알았음을 암시하고 있지만 그것이 매우 일상적인 습관에서 발견된 것이라고 진술한 데서 놀랍다. 결국 시인은 도를 추구하는 것이 사물을 이해하는 관점의 문제에 있음을 말하고 있다. 세수를 하면서 앞섶이 젖는 일을 두고 사람들은 다른 의미를 부여해왔다. 세대에 따라 형성된 통념들이 반복되고 있는 것이다. 시적 화자는 이러한 통념들을 반성하고 상대화시켜 다시 이해하는 눈을 갖게 된다. 이는 인간의 주체 중심의 시각을 탈피하는 일과 다르지 않다. 소위 장자가 말하는 고정 관념의 체계인 성심(成心)을 해체하는 것이다. 이럴 때 "물이 묻는 것"이라고 여겼던 생각은 "손바닥물이 손목을 타고 팔꿈치로 번지는" 것으로 알게 된다. "손바닥물"의 입장에서 사물현상을 이해하는 것이다. 이러한 관점주의는 「서프보드」에서 "허허바다/널빤지 한 장으로 태어나/쉼 없이 밀려오는 세파를 겁 없이 타고 넘을 수 있었던 것은/내가 가진 기교나 근력이 아니라/오직 바람 덕분이었다"라는 진술을 얻고 있다. 이 경우 "바람"은 천지에 미만한 생명력인 기(氣)에 상응하는 의미로 비약한다.

이원도 시인은 주체와 타자, 인간과 자연의 대립을 탈피하여 무한한 우주 혹은 도의 관점에서 사물을 보려는 노력을 개진한다. 이는 사람들의 관계를 재인식하고 사물의 입장에서 자연 세계를 감응하는 일로 나타난다. 따라서 사물과의 열린 대화가 빈번하다.

> 그대 사랑법을 흉내라도 내고 싶어 근 스무 해 동안 쉼 없이 그대 곁에 서성거렸다//사랑이여,/그대 그 말 한마디/일러주기가/그렇게도 힘이 들었단 말인가//그렇다면 나는 또 기십 년을 그대의 입술만 바라 봐야 하는가.
>
> —「동백섬」 전문

붉은 "동백"의 이미지를 환기하는 시적 솜씨도 돋보이지만 사물과 대화하는 화자의 태도에서 배어나는 간절함이 주목된다. 무엇보다 "나"를 에워

싸고 있는 관습과 제도와 장치를 초월하여 사물에 가닿으려는 노력에서 이러한 간절함이 유발되는 것이다. 상생과 공존은 이처럼 간절한 타자성의 지향으로 가능하다. 가령 "터널을 만들어/빨리 가는 것, 비책이야 될 수 있지만/산은 얼마나 아팠을까"(「상흔」 전문)라는 시적 진술을 단순한 의인화에 한정할 수 없다. 시인은 모든 사물을 대등한 관계로 받아들이는데 이런 가운데서 시적 감응이 생성하는 것이다.

> 괜한 짓 했어/오지 말았어야할 이곳/가지 말았어야할 저곳/이거이다 저거이다/시비분별이나 하다가/갯바위에 몰리고/꽃 틈에 몰리면/내 뜻 아니라고/허공의 핑계를 대지만/곰상곰상 생각해보니/가지 말았어야 할/꽃 진 자리 저곳/더펄더펄 디뎌보니/온 적도 없는/꽃 핀 자리 이곳.
>
> —「파도, 동백에게」 전문

"파도"와 "동백"의 이야기이지만 우의를 담고 있다. 시비 분별을 넘고 자기애적인 논리를 초월할 때 "꽃 핀 자리"에 당도한다는 해석이 가능하다. 이러한 점에서 감응은 동화나 투사와 같은 동일성의 지향에서 비롯하는 것이 아니다. 그것은 끊임없이 주체를 비우고 지우는 무기(無己)의 과정에서 타자와의 진정한 만남이 이뤄진다.

> 나, 바퀴벌레다 몸에 난 잔털보다 많은 마음을 가진 바퀴벌레다 나, 아직까지 한 번도 내 몸의 잔털을 다 세어보지 못했다/그것이 두려워서 나는 일단 사람들에게 혐오감을 준다//어느 봄날 세상을 등에 진 노랑나비 한 마리가 다가와,/"왜 그리 인상을 무섭게 해, 좀 편한 표정 지울 수 없니?"//나는 알았다 나를 해치려는 음모가 언제나 내 가까이에 있다는 것을, 그렇기 때문에 더 무섭게 더 흉측하게 더 고상하게 표정관리 해야 한다는 것을/위기가 닥치면 내 몸의 열배를 부풀릴 수도 있고, 반의 반

쪽으로 줄일 수도 있다/호신을 위한 변장술도 모르는 노랑나비/제까짓 게 뭔데 자존심을 건드려//사람들은 나를 돈벌레라고 부른다/단맛을 즐기는 나는 부잣집 부엌을 즐겨 찾는다/실은 내가 돈을 갖다 줘서 부자가 된 것이 아니고 돈 있는 곳에 내가 간다는 것을 사람들은 까맣게 모르고 있다//그런 나는 살충제 세례를 기다리는 자유로운 영혼이다.

—「무기無己」 전문

「무기無己」는 자기 동일성을 분쇄하고 타자에게 열린 자기를 말하려 한다. 그러나 "바퀴벌레"의 입장을 "사람들"이 알 수 없다. "노랑나비" 또한 마찬가지. 대부분의 사람들은 양자택일의 경로를 선택한다. 오해와 불신이 난무할 수밖에 없다. 서로 다른 입장과 태도와 생각이 동거하기 어려운 것이 현실이다. "돈벌레"라는 고정관념을 씌웠지만 혐오의 대상이 된 "바퀴벌레"의 입장을 이해하는 이 없다. 그는 전혀 동기 감응이 일어나지 않는 지평에 거주하는 벌레에 불과하다. 자기를 지우는 것은 이러한 "바퀴벌레"의 심정이 되는 일처럼 지난하다. 그것은 "살충제 세례를 기다리는 자유로운 영혼"이 될 때 성취될 수 있다. 그러나 사람들은 보려는 것만 보려 할 뿐이다. 현실세계는 지식과 이념으로 무장한 이들의 각축장이다. 이처럼 인정투쟁이 난무하는 세계에서 무기(無己)를 추구하는 일은 가히 전복적인 행위가 아닐 수 없다. 적어도 시적 사유의 지평에서 장자를 내부로 받아들인 성취라 할 수 있다.

사물과의 관계론이 대대(待對)라면 주체의 해체는 무기(無己)가 된다. 이러한 과정은 궁극적으로 무대(無待)로 나아간다. 무대는 자타와 주객이 모두 통합되어 대립이 사라진 차원이다. 무기를 거치지 않고 무대에 이를 수 있는 방안은 없다. 무대는 무(無)의 중심으로 모든 사물들이 연결되는 과정이다. 시적 차원에서 대대만 하여도 만만한 지평은 아니다. 자기표현의 한계를 걷어내고 타자와 사물과 상대적이고 대화적인 관계를 형성하는 일이기 때문이다. 흔한 생태시의 지평은 대대관계가 주류를 이룬다. 그러므로 무기의 지평은 인간중심주의를 넘어서 생명세계와 공존하자는 취지를 넘어서 제유(提喩)의 우주를 지향한다. 제유의 우주는 빈 중심에 모든 사물이 이어진 형국이다. 시인의 시적 구경은 이러한 "빈 중심"을 향해 있다.

그런데 빈 중심을 향한 시인의 시적 행보가 초속(超俗)의 경지를 추구하는 것으로 나아가진 않는다. 그것은 하나의 지향점일 뿐 현실은 아니다. 다만 현실 세계 속에서 자아의 망집을 벗어나 타자와 사물과 만나면서 자연이라는 대생기(大生氣)를 호흡하고자 하는 것이다. 더 많은 해체와 우의가 동원되어야만 하는 까닭이 여기에 있다. 시인은 그의 시작에서 많은 알레고리와 역설, 그리고 언어의 해체를 보여준다. 예를 들어 「측백나무」와 「지우개」가 우의의 양식을 따랐다면 「가장 이상적인 가계」나 「새를 키우려는 마음으로」는 해체와 역설의 양식을 품고 있다. 시인은 세상의 때가 묻고 기억이 눌러앉은 언어들을 해체함으로써 말을 넘어선 시어들을 부려놓으려 한다. 말과 언어 또한 사회적 관습이자 장치이기 때문이다. 그리하여 궁극적으로 "텅 빈 허공"에 이르고자 한다.

사회와 마찬가지로 도시도 하나의 문법이자 제도이다. 나르시시즘의 문화가 지배하는 도시적 삶은 시인의 가치와 반립(反立)할 수밖에 없다. 그러나 시인의 지향이 자연을 향해 있다고 하여 일방의 시적 편향을 보이진 않는다. 일상수준과 생활세계 내에서 차이를 인정하고 상대적 가치를 존중하는 공생의 덕목을 앞세우고 있다. 이 점이 이원도 시인의 시가 지닌 미덕이다. 소위 "늙은 생태주의"가 그의 시적 주제가 아니라는 것이다. 많은 이들에게 있어서 노년은 자연을 찬양하게 한다. 문명에 대한 거부가 생활세계를 소거하는 근본주의로 귀결될 때 사유와 사상의 활력은 떨어지게 마련이다. 그러나 "살이의 경계란 내 몸에 물기가 남아 있을 때까지라는 것"(「몸」에서)이라 진술하거나 "몸 버리고 나면/꽃 버린 빈 가지처럼 가벼우신 지"(「낙수落穗」에서)라 묻는 시적 태도에서 우리는 무위의 공동체에 대한 시인의 지향을 읽을 수 있다. 하지만 시인은 그 어떠한 세계관도 피력하지 않는다. 그 또한 상대적인 것이 아닐까. 그러므로 생경한 주장이 아니라 그 무엇보다 살아 있는 감각이 중요한 것이다.

> 바람과 빗물이 합세해서 빚은/까만 헛기침 서넛이/두런거리며 지나갔다//빛 없는 무인신호등을 일으켜 세우느라 목쉰 기적이 안간힘을 다하지만,//침목사이 발목 낀 떡갈잎들은 독한 냉소만 보낸다//낚시코에 걸린 강이 "날 좀 보소 날 좀 보소" 한 소절 늘어트리면//잠시 엉덩이를 붙일 짬도 없는/플랫폼의 검은 빛들이/소리 없는 기적을 양산하는/도도한 적막.
>
> —「간이역」 전문

이 시에서 느껴지는 감각의 깊이는 사물에 대한 감응의 진폭을 반영한다. 「패랭이꽃」과 「섬」에서와 같이 "애련"과 "생명"에 대한 공감이 크고 공감각을 넘어 "천상의 노래소리"를 듣는 경계(境界)를 보인다. 빈 중심을 향한 시인의 행보가 민활한 생명감각을 불러일으키고 있음을 알 수 있다. "소리없는 기적을 양산하는/도도한 적막"의 "간이역"은 시인의 시적 배회가 만난 장관의 일부이다. 이러한 성취에서 보듯이 장자와 동행하면서 "빈 중심"을 향하는 시인의 행보는 앞으로도 가열찰 것이라 생각된다. 자기를 지우고 비우면서 다른 생명들을 채우는 나선의 운동이 그치지 않을 것이다. 그는 세상의 상식과 시비를 초극하고 자유로운 몸을 찾아가는 긍정과 화해의 시학에 대한 우리의 기대를 더하고 있다.

은유를 넘어서

— 최영철론

등단작 「연장론」(1986)은 최영철의 시법을 잘 드러낸다. 우선 이 시는 "연장"을 화자로 내세워 삶의 문제를 우회하면서 진술한다. 고백적 화자라는 서정시의 오랜 문법과 거리가 있으며 '나'의 이야기보다 이웃과 세상을 향한 시인의 열린 시각을 반영한다. 그런데 이러한 시각은 단순한 의인화에 그치지 않는다. 연장을 사용하는 사람들의 삶에 대하여 연장이 말을 하는 방법을 통해 사람과 연장의 관계를 뒤집어보기 때문이다. 이렇게 하여 연장과 사물은 인간과 사회로 각각 유비된다. 도구에 불과한 연장 없이 사물이 바른 자리에서 작동할 수 없듯이 사회도 연장의 역할을 하는 사람들이 존재할 때 조화로울 수 있다는 것이다. 이처럼 최영철은 조화와 화해로운 삶에 대한 서정적 지향을 비서정적 어법으로 발화하는 독특한 개성에서 출발한다.

> 우리가 잠시라도 두드리지 않으면/불안한 그대들의 모서리와 모서리는 삐걱거리며 어긋난다/우리가 세상 어딘가에 녹슬고 있을 때/분분한 의견으로 그대들은 갈라서고/벌어진 틈새로 굳은 만남은 빠져 나간다/우리가 잠시라도 깨어 있지 않으면/그 누가 일어나 두드릴 것인가/무시로 상심하는 그대들을 아프게 다짐해 줄 것인가

—「연장론」 부분

표제인 '연장론'은 최영철이 지닌 관계학이자 시학이다. 그는 등단 이전 70년대 후반부터 시작에 몰두해왔다. 80년대 초반에는 무크지 『지평』에 시를 발표하면서 부산에서 전개된 무크지 운동을 이끌어가는 역할(이윤택, 강영환, 구모룡 등과 함께)을 하였다. 『지평』은 한국사회의 불균등성을 예민하게 감지하면서 그것을 해소하는 것을 문학적 과제로 삼았다. 사회적 불균등, 민족적 불균등 그리고 지역적 불균등에 관심을 기울인 것이다. 특히 다른 무크지들이 사회(계급)와 민족에 주안점을 둘 때 지평은 여기다 지역을 더하였다. 무엇보다 구체적인 삶에 근거를 두면서 세상을 이해하자는 입장이다. 이러한 입장은 상위레벨의 이념을 따라 삶을 해석하는 방식과 달라서 어찌 보면 소박하고 더딘 태도로 보이기도 했다. 그럼에도 진실은 구체적인 것에서 찾아진다는 고집은 여전히 유효하다. 그동안 우리는 쉽게 보편을 말하려는 경향들을 보아왔다. 누구의 보편이냐는 문제를 차치하고라도 일방으로 편향되는 가운데 정작 현실을 놓치는 경우가 많았던 것이다. 돌이켜 보아서 무크지 『지평』의 위상을 다시 말하라고 한다면 나는 구체성의 시학을 들 것이며 이러한 시학의 중심에 최영철이 있었다고 주장할 것이다. 말할 것도 없이 여기서 해묵은 무크지 시대를 이야기하자는 것은 아니다. 그때나 지금이나 꾸준하게 '구체적인 것'에 착목하고 있는 시인 최영철을 이야기하려는 것이다. 80년대 이후 우리의 삶이 달라져온 만큼 이에 따라 최영철의 시적 대상 또한 변화한 것이 틀림이 없다. 그럼에도 한 가지 변함없는 입장은 구체적인 것을 놓치지 않으려는 시인의 의지이다. 이러한 의지와 더불어 시인의 시세계는 더 많고 넓은 외부를 포함하면서 시적 지평을 확산해왔다.

햇살이 꽂힌다/잠든 척 엎드린 강아지 머리에/퍼붓는 화살/깼나 안 깼나

> 쿡쿡 찔러본다//비 온다/저기 산비탈/잔돌 무성한 다랑이논/죽었나 살았나/쿡쿡 찔러본다//바람 분다/이제 다 영글었다고/앞다퉈 꼭지에 매달린 것들/익었나 안 익었나/쿡쿡 찔러본다
>
> —「찔러본다」 전문

시집 『찔러본다』(2010)의 표제작인데, 이 시를 시법의 차원에서 「연장론」과 비교해보자. 우선 진술 방식에 차이가 있다. 「연장론」에 비하여 간결하고 반복을 통하여 리듬을 창출하는 등 훨씬 더 많은 시적 장치들을 포함한다. 그럼에도 이러한 차이는 자연스러운 발화라는 점에서 큰 거리를 만들지 못한다. 발상의 측면에서 사물이 시의 주인공이 되는 방식에서도 상통한다. 단순한 의인관에 의존하지 않고 있다는 점에서 같은 맥락을 보인다. 그렇다면 화자의 위치는 어떠한가. 이 시에서 화자는 사물이 아니라 '나'이다. '나'는 햇살과 비와 바람을 응시한다. 그런데 '나'의 응시는 그들과의 공감 속에서 진행된다. 반복되는 "쿡쿡 찔러본다"라는 진술에서 사물의 현상과 '나'의 행위가 포개지고 있다. 두 편을 비교한다면 최영철의 시법이 지닌 연속성과 변화가 분명하다. 그는 처음부터 사물을 과감하게 시 속의 주인공으로 삼아 진술하였고 사물 현상을 삶과 등치시켰다. 이러한 그의 관계론적 시학은 「찔러본다」에서처럼 사람들의 구체적인 삶으로부터 자연사물 그리고 생명현상 전반으로 확장되고 있는 것이다.

최영철의 시적 과정 전반을 변화의 관점에서 이해하는 일은 하나의 과제이다. 하지만 변화의 지점을 자리매김하는 일은 어려울 뿐만 아니라 경우에 따라서 무익한 일이 될 수도 있을 것 같다. 무엇보다 구체적인 것을 탐문하려는 그의 입장이 달라지지 않았기 때문이다. 가령 『찔러본다』에 게재된 「엄청난 무기」는 「연장론」에서 제시한 화해와 조화에의 열망이라는 주제를 벗어나지 않는다. 역시 화자와 대상이라는 관점에서 차이가 부각되고 있다.

학교 앞 문구점에서 풀 한 통 사들고 나오며/어깨가 우쭐/풀 한 통이면 수십 수백 흩어진 것들/찢어진 것들 반듯하게 하나로 꿰맬 수 있는데/말하고 싶어 자꾸만 들썩이는 가벼운 입/조용히 아무 탈 없이 봉해버릴 수 있는데/무엇이 걱정/이것 하나면 뿔뿔이 흩어진 창세기와 계시록을 붙이고/비운에 찢겨나간 백제와 가야를 붙이고/마지막 숨 넘어가는 생물도감의 실밥을/단단히 단단히 이어 붙일 수 있는데/폭격으로 동강 난 반도의 허리도 이을 수 있는데/무엇이 걱정/동전 두어 개로 이 엄청난 무기를 손에 쥐고/씽씽 찬바람 이는 내 가슴살부터 이어 붙일 생각에/어깨가 우쭐/자꾸만 떨어져 너덜거리는 지구 곳곳/산산조각 찢겨 휘날리는 세계지도부터/구멍 난 땅, 떨어져 흩날리는 꽃잎부터/가만가만 풀칠해 붙일 생각에/어깨가 우쭐

—「엄청난 무기」 전문

「연장론」의 의지가 그대로 이 시에 이어지고 있다고는 볼 수 없다. 인용시의 표제는 천진한 아이의 눈이 만든 아이러니다. "풀 한 통"이 "엄청난 무기"가 될 수 없다는 것은 누구나 아는 일이다. 그럼에도 시인은 아이의 시선으로 상상한다. "그대들이 힘 빠져 비척거릴 때/낡고 녹슬어 부질없을 때/우리의 건장한 팔뚝으로 다스리지 않으면/누가 달려와 쓰다듬을 것인가/상심한 가슴 잠시라도 두드리고/절단하고 헤쳐 놓지 않으면/누가 나아가 부단한 오늘을 일으켜 세울 것인가."(「연장론」에서) 이처럼 「연장론」의 결구는 결연한 의지로 끝난다. 그렇다면 인용시는 의지의 피로를 반영하고 있는 것인가? 그렇지 않다. 세상의 이치를 아는 시인에게 흩어지고 찢어지고 동강나고 떨어진 세상의 일들이 꿰매지고 봉해지며 이어지고 붙기가 쉽지 않다고 인식되는 것은 당연하다. 그렇기 때문에 시인의 희망은 아이의 천진한 상상 속에서 찾아지게 되는 것이다. 일찍이 나는 최영

철의 시적 인식을 "범속한 트임"(『아직도 쭈그리고 앉은 사람이 있다』 해설에서)이라고 한 바 있다. 발터 벤야민의 용어를 빌려다 쓴 것으로 「연장론」이 보여주고 있듯이 세속과 인간의 관계 속에서 시적 진실을 갈구하는 시인의 삶과 인식을 규정하기에 적합한 용어가 아닌가 한다. 그런데 이러한 범속한 트임은 시적 행위에 있어 세속주의를 의미하지만 반드시 이에 한정되는 것은 아니다. 그것은 삶에 대한 인식이나 시쓰기에 있어서 그가 이미 하나의 단계를 넘어섰음을 뜻한다. 가령 「연장론」은 벌써 인간의 한계를 내포한다. 사람들은 그렇게 할 수 없다는 회의가 전제되어 있는 것인데 시인은 애써 이러한 회의를 딛고 일어서려고 한다. 이러한 태도는 시작 과정에서 지속된다. 「엄청난 무기」가 쓰이는 대목도 그러하다. 세상에 대한 환멸을 시인은 힘겹게 극복하려 한다. 아이의 천진성이나 자연의 자발성은 후기시에서 그가 기대는 희망의 거처이다. 그러나 시인의 어법을 간단하게 규정하려 들면 안 된다. 여러 겹의 사유가 이끌어낸 단순함과 자연스러움이기 때문이다.

> 저의 일상성은 변함없는 영역이지만 평이하고 단조롭다는 반성과 불만을 늘 가지고 있습니다. 시적 상상력이 너무 멀리 가면 모호해지기 쉽고, 전달에 집착하면 단순성의 함정에 빠지지만 그것을 넘어서는 세계를 보여주는 것은 쉽지 않습니다. 그러나 시 쓰는 자는 끊임없이 고민해야 할 부분이지요. 의미전달에서 머무는 산문화의 함정을 넘어 시의 특장을 드러내는 방식이 무엇인지, 그것을 죽을 때까지 고민해야 할 부분이지만 만족할 만한 결과를 도출하기란 쉽지 않습니다. 그렇다고 그 일을 게을리 하면 시라는 장르는 경쟁력을 잃고 고사할 것입니다. 정말 가혹한 과업입니다. 지나치게 진지하지도 지나치게 가볍지도 않는 것, 시와 잘 노는 것, 시가 드러내고자 하는 의미와 그 도구인 언어를 잘 가지고 노는 것, 잃었던 흥을 되살리는 것, 우리말의 묘미를 드러내는 것, 그

것이 시인의 고통스러운 과업입니다.

—「최영철-사물의 평등과 조화를 향하여」, 『시를 사랑하는 사람들』 2010년 9-10월호, 36쪽.

배한봉과의 대담에서 최영철이 한 진술인데 시인의 시쓰기에 대하여 매우 직절한 해명이 아닌가 한다. 그가 말한 "가혹한 과업"은 '범속한 트임'의 필연이다. 나는 이러한 최영철의 시적 성취를 "은유 넘기"로 자리매김하고자 한다. 많은 시인들은 필생의 과업을 은유로 생각한다. 나와 언어와 세계를 은유로 연결하면서 자신의 개성을 드러내려는 것이다. 물론 은유의 범위는 대단히 넓다. 좁게는 원관념을 담기 위하여 보조관념을 끌어오는 데서 넓게는 모든 사물에 생명을 불어넣는 물활론에 이른다. "시는 은유다"라는 정의는 이러한 은유의 진폭을 포함하면서 주체 중심의 서정시학을 중심 내용으로 삼는다. 최영철의 시학과 관계학은 처음부터 이러한 은유를 수사학의 중심에 두지 않는다. 은유를 찾는 일보다 일상적인 어법으로 시적 발화를 수행하는 일에 더 많은 공력을 들인다. 그런데 이러한 과정은 처음부터 의도적으로 은유와 거리를 두는 일과 다르다. 그야말로 은유를 넘어서 다시 일상으로 돌아오는 과정이다. 은유는 시적 수사이기도 하지만 세계 인식이기도 하다. 서정시의 기본 원리인 자기표현은 이러한 은유적 인식을 바탕으로 삼는다. 모든 사물을 생명적인 관계로 인식하는 생명시 혹은 생태시는 주체 중심의 은유를 넘어설 때 발현된다. 하지만 시적 의도에 의해 구성된 생태시는 기존의 은유가 확장된 데 불과하다. 다수의 시인들이 삶은 그러하지 않지만 시에는 생태적인 비전을 담는 경우가 있다. 기존의 은유를 자연사물로 확장한 형국이다. 최영철의 후기시가 보이는 생명적 관계론은 초기시부터 일관된 관계시학의 연장에 있다. 그러므로 그것은 새로 발견된 은유가 아니다.

사물에서 시적인 것을 찾는 행위는 삶의 구체를 가장 중요한 시적 덕목으로 삼고 있음을 의미한다. 최영철은 시적 지향이 유인하는 본질 환원의 함정을 스스로 차단하면서 사물과의 교감을 이뤄내고 있다. 사물과의 교감은 그에게 있어 삶과 시를 동시에 포용하는 방법이 되었다. 이러한 방법이 시를 고루한 성채에 가두는 본질주의의 울타리를 헐고 진전한 세속주의의 가능성을 열게 할 것이다. 말할 것도 없이 시의 입장에서 삶은 비루하다. 이러한 삶의 비루함 안에서 시적 지평을 여는 일은 결코 쉬운 일이 아닐 것이다. 내외를 향한 정화 충동을 가라앉히면서 타자와 사물과 교감하는 일은 힘든 연단을 필요로 한다. 최영철은 이러한 연단의 과정을 살아감으로써 범속한 트임을 이뤘다. 사물 안에서 그들의 생애와 역사를 함께 사는 지혜를 터득한 것이다. 그러니 그가 사물들로 하여 스스로 그 본성을 드러내게 하는 시적 깊이를 얻는 것이 당연하다. 최영철의 시를 통하여 우리는, 강요 없이 존재가 열리는 과정을 볼 수 있다.

— 졸고, 「타자 혹은 사물에의 교감」, 『시를 사랑하는 사람들』 2010년 9-10월호, 65쪽.

최영철의 시에 대하여 내가 설명한 대목이다. 여기서 "범속한 트임을 이뤘다"라는 구절은 실제 "시작의 처음부터 견지한 범속한 트임이 확장되었다"로 고쳐 읽혀야 옳다. 그리고 이러한 범속한 트임은 달리 "은유 넘기"로 명명될 수 있는 것이 아닌가 한다. 배한봉과의 좌담에서 최영철은 "모든 서정시는 대부분 다 생태시가 아닐까요. 그런 점에서 저는 굳이 생태시라는 용어를 사용하는 데 좀 거부감을 느낍니다. 모든 생명과 사물, 곧 삼라만상이 서로 유기적인 관계로 엮여 있다는 생태적 상상력이야말로 서정시의 본질이겠지요."라고 진술한다. 최근의 시에서 "생태적 상상력이 발현된 의식을 자주 발견했다"는 배한봉의 질문에 대한 답변인데 최영철의 시에서 생태적 상상력이나 의식을 따로 찾아내려는 것은 그의 시를 잘못 읽는 것은 아니지만 부분적으로 해석할 가능성이 크다. 그만큼 그의 시는 처음부터 인간과 사물, 인간과 인간, 인간과 자연 등의 관계를 인식하고 있다.

> 순한 것들은 돌돌 말려 죽어간다/죽을 때가 가까우면 순하게 돌돌 말린다/고개 숙이는 것 조아리는 것 무릎 꿇는 것/엊그제 떨어진 잎이 돌돌 말렸다/저 건너 건너 밭고랑/호미를 놓친 노인 돌돌 말렸다/오래전부터 돌돌 말려가고 있었다/돌돌 말린 등으로/수레가 구르듯 세 고랑을 맸다/날 때부터 구부러져 있었던 호미를 들고/호미처럼 구부러지며/고랑 끝까지 왔다/고랑에 돌돌 말려/고랑 끝에 다다른 노인 곁에/몸을 둥글게 만 잎들이 모여들었다/돌돌 저 먼데서부터 몸을 말며/여기까지 왔다
>
> —「돌돌」 전문

이 시를 두고 생태시 운운하는 일은 최영철의 시학을 왜곡하게 된다. 돌돌 말린 잎과 돌돌 말린 등을 지닌 노인의 관계도 은유가 아니다. 그들은 우연히 한 자리에서 만나게 되었고 시인의 눈에 포착된 것이다. 자연과 우주에서 우연한 일들은 그 이면에 필연의 법칙을 함축할 수 있다. 그러나 인간의 입장에서 우연한 만남에 의미를 부여하는 일은 어렵다. 애써 필연을 찾아내려는 것이 사람들이다. 시인은 이 시를 통해 필연을 말하거나 우연을 말하려 하지 않는다. "순한 것들"의 생존에 대하여 담담한 눈으로, 그러나 세심하게 바라보고 있다. 이러한 바라봄은 대상을 타자화하는 시선의 권력을 지니지 않는다. "순한 것"에 대한 공감과 순환하는 생명의 이치를 터득하고 있기 때문이다. 하지만 생명의 순환이라는 개념을 이 시를 통해 제시하려는 의도는 없다. 그러한 의도야말로 이 시의 대상이 부과하는 공감 영역을 넘어선다. 시인 또한 이러한 과잉해석을 경계한다. "모여들었다", "왔다"와 같이 현상 그대로를 서술하고 있는 것이다. 그런데 이 시의

묘미는 표제에서 발견된다. 말라가는 혹은 죽음에 다가가고 있는 생명체의 현상을 "돌돌"이라는 의태어로 경쾌하게 서술한다. 그가 말한 시인의 과업—지나치게 진지하지도 지나치게 가볍지도 않는 것, 시와 잘 노는 것, 시가 드러내고자 하는 의미와 그 도구인 언어를 잘 가지고 노는 것, 잃었던 흥을 되살리는 것, 우리말의 묘미를 드러내는 것—이 잘 수행된 느낌이다. 「빈소에 가면 웃음이 나오는 이유」, 「풍장」, 「고양이」, 「아버지 기일」, 「저승꽃」 등도 마찬가지다. 모두 죽음과 같은 무거운 주제를 담고 있지만 결코 주제의 무게에 눌려 가라앉는 어법을 구사하지 않는다. 오히려 무게를 거듭 걷어내면서 생과 사의 문제를 처리한다.

그 처음부터 개성적인 어법의 시를 쓴 최영철은 단지 시의 수사학을 통하여 시적 성취를 이루려 한 시인이 아니다. 그는 늘 구체적인 삶 속에서 몸을 가진 인간의 가능성과 한계를 인식해왔다. 그렇기 때문에 그에게 은유는 거추장스런 장식에 지나지 않았다. 설혹 그의 시가 확장된 은유로 해석되더라도 이는 그의 시가 나아간 어떤 경지를 말하는 데 불과하다. 은유를 넘어서 일상의 언어로 시적 진실을 드러내는 과정에서 그의 시적 외부 또한 끊임없이 넓어졌다. 그럼에도 여전하게 그는 구체적인 삶을 시작(beginning)으로 삼는다. "시작은 항상 시작이다"는 생각을 가지고 있는 그는, 표현보다 서술을, 재현보다 현현을 지향한다. 그의 시법은 이제 우리 시사의 맥락에서 하나의 위치를 얻은 것으로 평가할 수 있을 것이다. 일상시, 생활시, 생태시 그 어디에도 속하면서 그 어느 것으로도 그의 시를 한정하긴 어려운 것이 사실이다.

고단한 실존과 타자 공동체

— 서규정론

우리 시단에서 시인 서규정의 위치는 매우 독특하다. 그의 시는 소외된 주변부 사람들의 삶을 주된 대상으로 삼지만 80년대에 유행하던 민중시와 다르다. 그의 어법은 자주 고백적인 양상으로 표출되어 경험적 자아의 표현으로도 보인다. 또한 사물을 뒤집거나 거꾸로 읽으려는 태도에서 그의 시법이 낯선 경우도 없지 않다. 그의 시는 사물에 대한 재현과 경험적이고 주관적인 표현 사이를 오간다. 이는 그가 구체적인 경험에 바탕을 두면서 그에 대한 실감을 가장 중요하게 생각한다는 사실과 연관된다. 그에게 가장 중요한 시적 토대는 실존이다. 그는 주변부 타자들을 대상화하지 않을 뿐 아니라 그들과의 경험적 접촉을 자아의 과잉 분출로 과장하려 하지 않는다. 오히려 그들의 타자성을 오인하게 하는 기존의 인식의 틀—이념과 주의를 거부하면서 실존의 본디 모습에 육박하려 한다. 그가 사물을 낯설게 읽고자 하는 의도는 신기(新奇)를 창출하려는 것이 아니며 가장 직접적인 감각에 이르려는 몸짓이라 할 수 있다. 단순하게 말할 때 서규정은 민중주의자도 아니고 유아주의자도 아니다. 민중주의자들이 볼 때 그는 아나키스트에 가깝고 유아주의자 혹은 모더니스트들이 볼 때 그는 실존적인 공동체주의자로 비친다. 서규정의 '특이성'이 드러나는 대목은 이와 같이 쉽게 분류되지 않는 데 있다.

내 것도 또 네 것도 모를/낡은 진보, 패권에만 눈이 먼/짝퉁 일색의 가면무도회장에/아무 이득도 없이/긁히고 찢어진/방패만 같던 생 얼굴을 가리고/쭈뼛쭈뼛 들어가기 전에//시민혁명은 계속된다//붉은 포스터가 겹겹으로 나붙은/화장실 곁에서라도/우리 급히 한번만 만날까//더 이상 내 것이 아닌, 당신

—「백야」 전문

시인은 이념과 구호, "포스터"와 "패권"의 욕망으로 "짝퉁 일색의 가면무도장"이 되어버린 현실에서 "생 얼굴"을 만나고자 한다. "우리 급히 한번만 만날까"라는 진술에 진정성의 울림이 있다. "내 것도 또 네 것도 모를" 지식이나 사상의 예속으로부터 벗어나는 "더 이상 내 것이 아닌, 당신"을 만나는 일이 시인이 말하는 "시민혁명"이 아닐까? 추상적인 이념과 소유의 굴레에서 해방되어 타자의 타자성에 이르는 길이 시인의 시적 지평이 아닌가 한다. 「버스가 레드라인을 통과하는 방법 중에서, 굵은 이맛살」에서 시인은 "멍에와 덫인 줄도 몰랐던/인간사회 최고의 허영과 사치가 이념 아닌가"라고 묻는다. 그리고 이어서 "그러나 우리가 다시 도모해야할/화염이며 얼음인 회색지대/영웅도 전사도 필요치 않고/몫도, 계산도 닿지 않는 곳이 이 설원이라면/(…)/이제 그만 눈사람이 되어 슬금슬금 녹아 흐르고 싶다"라고 말하고 있다. 이러한 진술에서 "몫도, 계산도 닿지 않는 곳이 이 설원"이라는 지향이 주목된다. "설원"은 모든 것이 지워진 무소유의 공간이다. 앞서 인용한 시의 표제인 "백야"도 이와 유사한 의미맥락을 지닌 것으로 읽힌다. 시인은 또한 "진보와 보수 색깔 논쟁 중에/피어라, 꽃//불순한 것들이 더 빛나는 법"(「장미원」에서)이라고 진술한다. 그가 말하는 "불순한 것들"이 무엇일까? 그들은 "바글바글 쪄들어 사는 목숨들"이다.

저기 저 중심, 바글바글 쩌들어 사는 목숨들/장미는 벌레를 위해 활짝

핀다/이때, 가시는 곁이 아니라/스스로 나서서 본체라는 누명을 쓰고도/한없는 기쁨에 부들부들 떠는, 오월의 이 느끼한 꽃밭

—「장미원」 부분

시인은 이 시의 첫머리에서 "벽을 부수려다 벽돌에 맞고 실신한 해머를 보았다"라고 한 것처럼 사물의 계보와 위계를 뒤집는 담론을 구사한다. "장미원"에서 그는 "장미"가 아니라 "벌레"와 "가시"를 더 주목한다. 화려한 중심이 아니라 야생의 주변에서 생동하는 가치를 찾고 있는 것이다. 이념의 추상과 앙상한 사상의 권력을 거부하는 그는, 실존의 조건과 몸으로 직면하는 구체적인 삶에 공감한다. 따라서 유토피아의 환상을 거부하고 고단한 실존을 껴안는다. 물론 「四月」이 말하듯이 "질곡의 공정과 정비의 과정" 속에서 "먼 곳"의 자유와 평화를 그리워할 수 있다. "가끔 꿈속에 나타나는 아라비아"와 같은 장소가 그렇지만 시인은 그조차 "공공의 장비"로 회수한다. 무엇보다 이곳에 서 있는 "나"가 생의 주체인 까닭이다. 그래서 "늘 뺑만 치던, 노을이라는 大뺑에 속아/과연 무엇을 살다 떠났느냐/우리가 우리에게 물어야할 고요한 시간을 지나고 있다"(「천년 뒤의 노을」에서)라고 낭만적 허위를 벗어버린다. 환상과 환멸의 거리는 가장 먼 것 같지만 알파와 오메가가 그러하듯이 가장 가깝다. "바닥을 치고 살다 보면 꿈이 높기 마련이여서/가물가물 봉황이 자주 나타나듯이/헛것에 익숙해지기까지/저 역시 마찬가지로 침을 바싹바싹 태우며 살았다니까요."(「예쁜 달」에서) 이처럼 바닥의 삶과 꿈은 상관관계를 지닌다. 그러므로 "헛것"의 환상이 아니라 "침을 바싹바싹 태우며" 사는 과정이 중요하다. "이상향"은 "이미 지나온 동네"(「반반씩」에서)에 불과할 뿐이다. 이처럼 서규정은 지금-이곳의 삶이 지닌 곤고함을 회피하거나 이를 초월하기 위하여 먼곳의 유토피아에 대한 낭만주의적 동경을 선택하지 않는다.

쳇바퀴를 돌고 도는 다람쥐는/빠져나가야할 구멍조차 찾지 않으려고/이빨 빠지고/눈도 멀고/발톱이 다 빠질 때까지, 뛴다/죽음이 가까울수록 조금 더 빠르게/돌다 멈춘 그 순간이/일생이었다/바퀴는, 참 달디 달았다/떠나서 떠난 자 그만 머물게 하고/머물러서 머문 자 이제 떠나게 해/혀끝이 돌돌 말려/차마, 뱉을 수 없는 침방울이 있었다는 듯이/바싹 마른 혀를 도로 삼켰다는 듯이//낙엽이 지고 눈이 내리고, 또 꽃이 핀다

―「맛있는 상처」 전문

이 시의 표제는 "맛있는 상처"다. 본문과 제목의 돌연한 결합은 서규정이 자주 사용하는 기법이다. 이 시에서도 제목은 역설의 미학을 도출한다. 순환과 반복으로 점철된 생이 절실하고 그 상처들이 값지다는 의미를 이끌어내고 있다. 시인은 도금한 희망에 결박된 삶보다 희망 없는 나날의 생존에서 진실을 찾는다. "온몸으로 베껴갈 세계는 언제나 제자리의 것"(「물방울 경전」에서)이다. 그러나 시인의 이러한 진술을 현실에 대한 순응주의의 선언으로 받아들이지 않아야 한다. 그것은 시인이 다음과 같은 말로 우리를 권고하고 있기 때문이다. "같이 가자, 당신도//덧난 욕망과 이념의 길모퉁이에 비켜서서 우물쭈물 하다/젊음을 다 날려버렸을 터이고/빈민이란 족보 하나 얻는데 육십년은 족히 걸렸을 것 아닌가/걸핏하면 마르기 십상인 눈물이라는 무늬보다/눈에 선 핏발, 그것이라도 문신으로 새기며 조용히 따라가자/잉여의, 잉여를 위한, 우린 지금 어깨에도 없는 겨드랑이의 시절이니까"(「문신」에서). 이처럼 시인은 "덧난 욕망과 이념"이 아니라 고통의 "무늬"와 상처의 "문신"에 주목하자고 한다. 또한 주류 권력으로부터 밀려난 "영여의, 잉여를 위한" 시적 지평을 그리고 있다. 시인은 잉여를 만드는 세계를 비판하면서 잉여에 대한 관심과 사랑이야말로 진정한 공동체에 이르는 길임을 인식한다. 가령 그는 버려진 죽음(「프라하의 연인」에서)을 되새긴다. 아무도 모르게 죽어가는 자들과 "죽어서도 숨가쁜 자"

(「모든 축제엔 비가 내린다」에서)들이야말로 잉여 가운데 잉여가 아닌가. 그러나 이러한 사람들이 존재하는 한 진정한 공동체는 요원하다. 가난한 이들의 고통과 타자의 죽음을 응시하지 못하는 사회는 부도덕할 뿐만 아니라 폭력적이다. 모든 인간은 죽는다는 평등의 명제에 공감할 때 그 사회는 타자를 수습하고 잉여를 거둔다. 여기서 우리는 서규정의 시적 인식이 "공생"과 타자들의 평등한 관계에 이른 과정을 눈여겨 볼 필요가 있다. 그의 시세계에서 공생과 평등은 이미 시적 지평을 형성하는 기본 지향이 되었다.

> 이 지상 제 아무리 큰 전투라도/결국엔 오합지졸들로 치루고 말걸/살다 보면 전쟁처럼 재미난 극도 없어/난세에 난다는, 영웅조차 보이지 않는 판국에/대권에만 눈이 먼 누구의 명령 따윌 따르단 말인가//국운이 다하면 같이 가는 것//시체더미 속, 최후의 일인이라는 생색보다/패전을, 패잔의 맛으로 더욱 깊이 우려내어/흔들번들 살아온 이력을/물 타기 하는 것이라면 충분 하리//우리는 전설보다 역설을 믿는 미래의 부족//아직까지 못다 푼 숙제 하나가/위계도 아닌 위계와, 질서도 아닌 질서/그러니까 지배와 굴종이었다면/허공중에 매듭처럼 질끈 맺힌, 새/새는, 뒤도 안 돌아보고 훨훨 날아가게//진군보다, 퇴각의 나팔을 신나게 불어야만 한다/공생/타자들/역설의 시법을 더 밀고가서
>
> —「엘 콘드르 파사」 전문

마지막 구절 "공생/타자들/역설의 시법을 더 밀고가서"라는 시인의 의도를 주목하자. 시인이 생각하는 "공생"은 어떠한 의미를 지닐까? 인용한 시 속에서 시인은 "영웅"이 아니라 "오합지졸들" "패전"이 아니라 "패잔"에 더 의미를 부여하고 있다. 아울러 "진군보다, 퇴각의 나팔을 신나게 불어야만 한다"고 진술한다. 서규정은 "위계"와 "질서"와 "지배"와 "굴종"을 거

부하는 타자들의 공동체를 암시하고 있다. 그는 「사람, 들 그리고 꿈, 틀」에서 "공생이란, 변화와 질서가 가닿은 공통점"이라 규정한다. 이는 "수만 마리의 되새 떼가 한꺼번에 떠올라도/서로의 날개를 다치지 않는" 현상에 상응한다. 이는 달리 "만물이 맞대응으로 문을 여는 세상"(「그 집 앞」에서), "스스로를 심고 가지 뻗고 열매 맺으며/떨고 더 떨어야할 이 세상"(「붉은 자락」에서)으로 표현된다. 비록 자연 사물에 유비된 것이지만 시인은 생명적인 연계에 바탕을 둔 공생의 의미를 강조하고 있다. 가령 「경주 남산」에서 "네 뒷발꿈치 하나 따라 읽는 데에도 반백을 훌 넘기고, 경주 남산 천년의 미소를 띤 돌부처 앞으로 끝이 없이 이어져간 행렬의 중간이 툭 끊어지듯 사라져간 마디를//인연이라 따로 부를까 마는/사람아, 질기디 질긴 끈 하나가 냇물로 풀려//물고기 뛰고 산수유 피는 또 한세상이 이렇게 이어지고 있음을, 십장생 바다 건너까진 아니더라도 어느 공업도시 변두리 무밭에 앉아 네가 날릴 초록 잠자리를 지금의 송사리 떼로 미루어 본다"라고 진술하는 데서도 인연으로 연결된 생명체들의 네트워크를 염두에 두고 있다. 그러나 시인이 공생을 전적으로 자연의 유추에서 찾고 있는 것은 아니다. 이웃과 평등한 타자들에 대한 문제의식이 개입하고 있기 때문이다.

> 버들강아지야, 어서 가자 어서 가 아무리 밍밍한 방죽물이라도/이따금 잔기침처럼 밀어주는 바람 있다면/어느 천지인들 살갑게 반겨주지 않겠니/길가에 버려진 잔돌맹이도 제 자릴 찾기까지는/평지풍파를 겪으며 이 발 길/저 발 길 닥치는 대로 받아낸 맑게 트인 길눈이 있어/海印이여, 한 사람의 꿈이 커지면 두 사람에게 닿고/두 사람 건너 만인에게 울려 퍼져/요요요, 바닥에 또 바닥을 친 버들강아지야/기지개 한번 크게 켜고/잔 돌맹이 한 바퀴만 더 돌아서 가자꾸나/저 숨 받아 내 숨 돌리며 숨에 숨을 실은 보송한 솜털로/서로에게 가라앉는 게 사랑이라/함께 숨

쉬는 이 지상에서 제일로 아득한 거리가, 이웃이란다

—「멀고 먼 지도」 전문

"버들강아지"에게 말을 건네는 형식으로 관계론을 말하고 있는 이 시에서 "바람"은 사물을 매개하는 상징이다. 바람은 자주 내면의 교감 혹은 영혼의 교류를 의미한다. 부처의 지혜로 우주의 모든 만물을 깨닫는다는 "해인"도 이러한 과정의 귀결이다. 이러한 "바람"은 시의 후반부에서 "숨"으로 변주된다. 생명의 교감을 의미하는 이것은 또한 "사랑"의 의미로 증폭된다. 그런데 "함께 숨 쉬는 이 지상에서 제일로 아득한 거리가, 이웃"이라는 구절이 의미심장하다. 그만큼 "이웃"에 대한 "사랑"이 쉽지 않다는 뜻이다. 이웃과의 사랑은 그저 자연스럽게 형성되는 것이 아니다. 끊임없이 타자를 향한 울림과 교통을 이루어내려는 노력이 있어야 한다. "눈멀고 귀 먹어 살아도 이웃으로 배달하고 싶은 호박덩이 같은 마음 하나 있다면, 삶은 곧 신성이며 모독은 아니란"(「우편배달부는 제집의 주소를 모른다」에서) 진술처럼 "서로에게 가라앉는" "사랑"이 이웃과 공생의 근본이 된다. 마음과 마음이 흔들려 번지고 스며드는 "사랑이라는 운동"(「天日」에서)은 신생의 단초이다. 시인은 "사랑, 믿음, 정신, 그리고 시"(「파문」에서)가 생성하는 "파문"에 대한 믿음을 지녔다.

타자들과의 공생은 평등의 관계가 전제되어야 한다. 국외자, 주변인, 부랑자, 광인 그리고 죽어가는 자들을 배제한 공생은 진정한 의미를 갖지 못한다. 그렇다면 이와 같은 타자들에 대한 시인의 인식은 어떠한가? 시인은 앞서 말한 바 있듯이 죽음이 갖는 평등한 가치를 내세운다. 모든 인간은 죽어가는 존재이다. 이러한 점에서 평등하다. 우리가 타자들과 아무런 것을 공유할 수 없다 하더라도 그들을 배려하고 공생해야 하는 까닭이 여기에 있다. 시인은 "백만 대중을 향해 사자후를 토하다가, 그렇지 저격/애도의 물결로 전 세계에 방영되거나/지하도바닥에서 생을 거두거나/뭇 주음들은 하나일 따름"(「흰 바람벽이」에서)이라고 진술하고 있다. 모두가 동등하게 이 땅에 "살다간 유목민"에 불과하다는 것이다. 그럼에도 현실세계에는 위계와 지배와 굴종이 있다. 권력과 돈, 지식과 이념이 소수자들을 만들고 배제한다. 타자들을 배격하고 경계 밖으로 내모는 기존의 체계에 대한 시인의 저항은 역설의 시법, 거역의 언어를 선택하게 한다.

> 지금, 누가 누구를 위해 줄을 내린다는 것이지
> 죽어라 소나기 퍼붓고도//잡고 매달릴 줄이 하나도 없다는 게, 마음까지 다 맑았다
>
> —「맑은 날」 전문

소나기 퍼붓는 날이 "맑은 날"이다. 무엇이 이러한 역설을 낳을까? 그것은 "마음"이다. 무소유, 청빈의 사상이 경쾌하고 쾌청한 심경을 만든다. "매달릴 줄"이 없으므로 세상 일이 명랑하다. 상처와 고통, 낙담과 우울도 "환한 그늘", 풍성한 "적막"으로 바뀐다. "삶은 결국 우울이었고 이슬이었고 너라는 흔적을 언제 지워버릴까 밉고 또 미웠던 그 이름 하나를 달달 외우다, 암전처럼 깜빡 놓친 그 사이를 점등인의 땅에선 또 만월이라 부른다"(「흔적」에서)라고 진술하고 있듯이 "이슬"이 "만월"로 상승한다. 서규정이 보인 역설의 시법은 단순한 낯설게 하기의 기법이 아니다. "행간과 행간을 갈던/멍에가 명예가" 되는 시적 삶의 과정 속에서 터득된 방법이다. "저 핏빛구름을 마저 갈아야 해, 우렁우렁 들려오는 저녁 종소리"(「아주 가벼운 소털 하나」에서)라고 말하는 시인의 내면과 외면의 깊은 교응은 끊이지 않는다. "자신의 무력감이 골수에 나이테처럼 사무쳐 올 때야/내면을 초탈한 고요함으로 연륜을 새기지"(「가객」에서)라고 "가객"의 입을 빌려 시인은 말한다. 이처럼 시업의 연륜을 지닌 시인은 다음처럼 진술한다.

"곧 석양이다, 공동묘지가 가까워/좀비들의 출몰이 아니라, 소득도 계층도 따지지 않는/공터에선 그림자 모두가 왕일 것 같아/그림자로나마 편하게 싸우라고, 비켜 도는 한판이 또 있다"(「그림자 한판」에서). 세상에 대한 야유와 풍자를 훌쩍 뛰어넘어 깨달음의 한 경계를 말하고 있는 것이 아닐까? "그림자"는 그 주인의 계급과 지위를 나타내는 표지를 지니지 않는다. 죽음을 향한 인간은 그림자 현상처럼 모두 균등하다. 모든 인간에게 "미래"란 "호사스런 폐허"(「그림자를 쬐자」에서)에 지나지 않는다. 시인은 죽음으로 세상과 삶을 사유함으로써 만물이 공생하고 상생하는 길을 찾는다. 그러나 그가 찾은 길은 "초월주의자"(「하늘 정원」에서)의 길이 아니다. "천국은 가다만 곳에 있다"(「천사들은 천국에서도 하이힐을 신을까」에서)라는 진술이 말하듯이 그는 구체적인 삶의 과정에 의미를 부여한다. 이러한 점에서 그는 세계내적 초월주의자이다. 또는 초월적 세속주의자이다. 어느 경우든 그에 가장 적합한 수식어는 아닐 터인데, "꾸욱 다문 입, 생략된 부분이 더 절창일 것이며/우리 삶은 한판 꿈이거나, 연극 같지 않던가요/산다는 건 새끼를 꼬듯 제 갈길 꾸불꾸불 꼬아가듯"(「김제」에서) 하는 것이라는 시인의 입장과 어울리지 않는다. 그러므로 시인에게 가장 중요한 덕목은 생의 구체성일 뿐이다.

> 이 땅에 말뚝들아, 하굣길에 학생들이 짊어진 가방 벗어두고/길바닥에 거꾸로 박혀 비보이 흉내를 내며 빙빙 돌 땐/풀빛 고운 하늘도 제 몸 불살라 노을로 퍼지던 것을//천체가 돌면 지구도 따라 돈다/새카맣게 타들어 가던 고구마 줄기도 밭둑이 툭툭 터지도록/주렁주렁 새끼를 품고 꿈틀거리는/뜨거운 모래와 자갈 눈부신 햇빛이면 충분한 산하/여럿이 함께 합류할 계곡의 계율은/굽이쳐 구르는 게 아니라/조금만 더 느리고 만만하게/지구가 돈다면 그에 따라 도는 또 다른 물체가 있듯이/빛을 받아 우리가 어울져 흐른다/돌자/아이들이 머리를 박고 돌고, 소나무는

나이테를 돌 때/솔개야 돌자, 한 바퀴만 크게 돌자꾸나/솔잎 끝에 맺힌 이슬도, 제 모습을 방울이라 부르며 돌아눕는다

—「돌자, 한 바퀴만 더」 전문

이 시는 시인의 세계관을 집약하고 있다. 순환하는 우주의 이치를 따라 자연과 인간이 한데 어울려 살아가는 세계에 대한 갈망이 뚜렷하다. 천체와 지구와 사물과 아이가 서로 유기적인 연관 속에서 생육하는 모습이 아름답다. 가장 작은 "솔잎 끝에 맺힌 이슬"도 제유(synecdoche)의 우주를 표상한다. 그런데 이 시를 유기적이고 역동적인 전체를 유쾌하게 그려내려 한다고 해석하는 것은 소박하다. 이 시는 무엇보다 첫머리가 말하듯이 "이 땅"의 "말뚝들"에게 전하는 메시지를 품고 있다. 시인이 생각하는 공생, 타자 공동체는 달리 무위(無爲)의 공동체이기도 하다. 그래서 천체-지구-고구마-모래와 자갈-이슬-방울로 이어지는 연상이 예사롭지 않다. 가장 작은 것, 사소한 것, 그림자, 죽어가는 자들, 타자들에 대한 그의 관심을 반영한다. 세상을 지배하는 것은 "말뚝들"이다. 그들이 타자들을 만들고 주변으로 몰아내며 마침내 배제하려 한다. 그러나 세상의 진정한 이치는 주변적인 것들의 몫이다. 공생의 거처가 그들에게 있기 때문이다. 「물집」에서 시인은 "새가 되어 떠난/알껍데기"를 보면서 "물집"을 떠올린다. "웃음과 울음 중간에 미소가" 있다는 감각이 이와 같은 상상을 가능하게 한다. "해는 그늘을 밟고 공중에서 풍선처럼 빵 터지는, 소리"(「일어서는 소리」에서)라고 표현할 수 있는 공감각도 시인의 몫이다. "길을 잃고 헤매는 종교와 정치를 젖히고/부지런히 젖을 짜는, 유목민들의 세상"(「보디가드」에서)을 꿈꾸는 시인의 행로가 단지 "결항의 장르"(「나는 창고아저씨」에서)로 남지 않을 것이다. 집 없는 시대, 비문의 시대에 서규정은 "무궁이라는 움막"(「식탁 위의 부탁」에서), 역설의 장소를 찾아서 실존의 공동체, 타자 공동체를 염원하고 있다.

낮은 시선으로 응시하는 풍경

— 동길산론

시집의 제목이 된 「뻐꾸기 트럭」은 "먹는 것 쓰는 것 짐칸에 싣고/이 마을 저 마을 장사 다니는 트럭" 이야기이다. "해도 저물고 사람도 저무는 산골마을"을 넘나드는 트럭은 제철도 아닌 뻐꾸기 우는 소리로 사람들을 부른다. 고즈넉한 시골마을의 삽화가 정겨운데 시 속의 화자는 조심스럽게 풍경을 응시한다. 이 시에서 주목되는 것은 화자의 태도이다. 눈앞에 보이는 정경을 주체 쪽으로 끌어들이지 않고 담담하게 서술한다. 이러한 태도는 "꽃이 피려면 멀은 아카시아가 잎을 쫑긋하고/꽃이라곤 피워보지 못한 내가 귀를 쫑긋댄다"라는 구절이 말하듯 "나"의 시선을 낮추는 데서 비롯한다. 풍경의 세목은 낮은 시선으로 응시하는 가운데 구체적인 서술의 대상이 된다.

동길산의 『뻐꾸기 트럭』에 실린 시편들은 표제시처럼 대부분 시인의 시골 생활을 말하고 있다. 도시와 시골을 오가며 생활하는 시인이지만 도시 이야기는 이 시집에서 찾기 힘들다. 시골 생활의 고절감(孤絶感)과 이에 연원하는 주위 사물에 대한 관찰과 교감 그리고 자기 성찰이 주를 이룬다.

나무와의 대화

시인들은 일찍부터 나무를 경배해왔다. "나무-그토록 멋진 주제"라고 한 사람은 폴 발레리다. 인간의 불안정한 생에 비춰 대지에 뿌리내린 나무는 위대하다. 줄기를 뻗고 가지를 벌리면서 잎과 꽃을 맺는 나무의 생태 또한 아름답다. 그런데 동길산은 단지 나무를 받들면서 찬미하지 않는다. 무엇보다 그는 가장 중요한 대면의 대상이자 대화의 상대로 나무를 생각한다.

> 나를 나뭇가지 한 가지로 올려놓고/한 팔 두 팔 생가지 쳐들었으면 싶네
>
> —「나뭇가지 한 가지」 부분

"나무와 하나 되지" 못하는 자신의 원망을 담고 있는데 이어지는 「나뭇가지」가 말하듯이 "나무"의 자연스럽고 자발적인 생태에 대한 지향을 내포한다. 물론 "부러진 나뭇가지"(「부러진 가지」에서)도 있고 "나무 안에 박힌 가지"인 "옹이"(「옹이」에서)도 있다. 시인은 "부러진 가지"를 보면서 "내 앞에 섰다 간 사람에게/나를 쓰다듬고 간 사람에게/나는 부러진 가지였을까/부러진 가지에서 난 잎이었을까"라고 물음으로써 안쓰러운 마음을 투사한다. 또한 "나무였을 땐 쳐다보지도 않던 가지/나무 안에서 딴딴해진 가지가 가지를 치켜들어/각목이 한때는 나무였음을 보여준다"라는 진술을 통해 "옹이"의 존재의미를 드러낸다.

부러진 가지든 옹이든 흔히 하찮고 쓸모없는 것으로 받아들여지는 것이 상식이다. 그런데 시인은 이러한 상식의 시선을 뒤집는다. 이는 불쏘시개가 된 가지를 "공양"의 대상으로 격상시키는 행위에서도 나타난다. "꽃 피우고 잎 피우던 기억에/비를 맞히지 않는 일/몸을 낮추어 불쏘시개 된 가지/양팔로 받치고 공양간으로 옮긴다/양팔로 받치고 공양을 올린다"(「공

양」에서). 이처럼 시인은 몸을 낮추고 시선을 아래로 가져간다. 마치 들판에 엎드리면 풀꽃과 여치와 나무가 크게 확대되어 면전에 다가오듯이 그는 자신을 숙여 사물을 높인다. 그런데 시인의 이러한 태도는 의도된 관찰 행위가 아니며 경험적 삶에 대한 해석과 병치되고 있다.

> 뿌리 밑에 큰 돌이 있으면/나무가 휘어져 자란다/심기 전에 땅을 다 파 볼 수는 없는 노릇/돌을 단단한 흙쯤으로 알고 순한 뿌리/여기저기 들이대었을 자두는 억울하겠지만/곧게 자라는 것도 나무의 복/휘어져 자라는 것도 나무의 복/휘어져 자라도 나무라서 꽃은 필 것이고/감나무는 백 년 가도 맺지 못하는 열매를/자두의 열매를 맺을 것이다/잠을 잘못 잔 아침/큰 돌을 깔고 잤는지/허리가 휘어져 욱신댄다/단단한 흙쯤으로 알고 생의 뿌리/여기 들이대고 저기 들이대며 몸부림쳤는지/앉아도 휘어져서 앉고/서도 휘어져서 선다/마당에는 할일이 산더미/휘어져도 할일은 해야 한다/마당에 나가려고 섬돌을 딛는다/내딛는 첫발이 하필이면 돌이다
>
> —「섬돌」 부분

이처럼 휘어져 자라는 나무는 땅 밑 바위라는 피할 수 없는 조건을 타고 난다. 이 시가 단순하게 환경결정론이나 순응주의를 말하고자 함이 아닌 것은, 세계와 만나면서 어쩔 수 없이 휘어지게 되는 자아의 등장으로 증명된다. 그만큼 자아에 비하여 세계가 크다. 하지만 시인이 이러한 삶의 정황을 수락하고 있기에 비극적 단절은 발생하지 않는다. 시인의 낮은 시선이 좌절이나 패배를 의미하지 않는 까닭이 여기에 있다. "나무에 각목을 받치는 나도/기울어진 나무"(「나무를 받치다」에서)라는 진술에서 알 수 있듯이 시인은 "기우는" 이들의 상보적인 공조를 상상한다. "기우는 힘으로 뿌리마저 뽑히기 전에/기울어진 나무에 각목을 받친다/기울어진 사람이

각목을 받친다." 이러한 상상은 국화를 묶어세우는 일로도 비유되는데 이 일은 또한 "넘어간 나와 넘어가지 않은 나/이전의 내가 이후의 나를 당기고/이후의 내가 이전의 나를 당긴다"(「국화를 세우다」에서)와 같은 시적 진술을 얻으면서 경험적 자아들과 대칭을 이룬다.

사소함과 생존의 감각

"나무"에 대한 탐구는 연작으로 보아도 무방할 정도로 시인의 집중력을 보인다. 이는 시골 생활에서 가장 많이 접하는 것이 "나무"라는 데 연유하지만, 그것에 자기를 견주어 삶을 토로하려는 시인의 의도를 담기도 한다. 시인은 "나무"를 하나의 사물로 서술하는 데 그치지 않고 삶과 병치시켜 의인화한다. 그리고 낮은 시선으로 사물의 질서를 재구성한다. 시골 생활이 그에게 자연현상에 대한 친화와 더불어 새로운 앎에의 의지를 유발하는 까닭이 여기에 있다. 즉 우연히 맞닥뜨린 사건이나 풍경들이 시적 진술로 발화되는 것이다.

> 눈이 와서 아침부터 펑펑 와서 길이 끊긴다 밖으로 나가는 길 밖에서 들어오는 길 모두 끊겨 눈 속에 갇힌다 바깥과 왕래가 끊기고 나서 알아챈다 나가는 길이 끊기면 들어오는 길도 끊긴다는 걸 나가는 길과 들어오는 길이 다르지 않고 같다는 걸 그것도 모르고 나와 바깥 사이에 놓은 여러 갈래 길 그 길을 끊는다고 아침부터 눈이 온다
>
> —「길이 끊기다」 전문

눈이 와서 길이 끊어지는 풍경을 보면서 시인은 스스로 상상한 고립에 대해 반성한다. 안과 밖의 경계란 대대(待對)관계여서 일방적일 수 없으므로 "나와 바깥 사이에 놓은 여러 갈래 길 그 길을 끊는" 것은 불가능하다

고 생각한다. 이처럼 시인은 일상적인 사건에서 의미를 찾고 있다. 그런데 작은 것, 사소한 것은 큰 것, 지배적인 것에 의해 차단되는 경우가 많다. 일반인들은 풍경을 볼 때 랜드마크에 집중하는 경향이 있다. 시골 풍경이라 하더라도 호수나 산 그리고 정자나무 등을 바라보는 데 익숙하다. 그래서 길섶의 들꽃이나 숲속으로 난 오솔길, 나무와 바위가 만드는 그늘과 같은 소소한 정경을 놓친다. 그러나 시인의 시선에 비친 풍경은 매우 작고 애틋하다. 그가 풍경을 통해 생존의 감각을 확인하고 있기 때문이다.

> 연꽃 이파리에 송송송 난 구멍/다슬기가 갉아먹은 구멍이다/큰 구멍은 입 큰 다슬기가 갉아먹은 구멍/작은 구멍은 입 작은 다슬기가 갉아먹은 구멍/다슬기는 구멍이다/개구리 알집에도 구멍을 내고/도롱뇽 알집에도 구멍을 낸다/보글보글 뜨는 연못 거품은 /어쩌면 다슬기가 물에 낸 구멍이다/얌전해서 그런 줄만 알은 다슬기/눈에 보이는 게 없다/눈에 보이는 건 모조리 구멍을 낸다/구멍이 난 개구리가 연못을 떠나고/구멍이 난 도롱뇽이 연못을 떠난다/구멍이 난 연꽃도 떠날 채비다/이제는 내가 구멍을 낼 차례/내 입도 작은 입은 아니다/작다 해도 다슬기보다는 크다/손을 입처럼 오므려 연못을 뒤진다/물에 구멍이 난다/다슬기에 구멍이 난다
>
> —「다슬기」 전문

이 시에서 시인의 눈은 먼저 "연잎 이파리에 송송송 난 구멍"에서 시작하여 "개구리 알집", "도롱뇽 알집" 그리고 "연못 거품"으로 이동한다. 보는 주체에 고정되지 않고 다양한 사물을 따라가면서 생동감을 형성하고 있다. 그리고 스스로 자연 현상에 동참함으로써 하나의 전체를 이룬다. 물론 이 시에서 진술되고 있는 "다슬기"의 생태학은 공생을 염원하는 시인에 의한 창조된 내용이라 간주된다. "다슬기"의 발견은 다른 시에서 "염소똥",

"딸기", "담쟁이 넝쿨" 등과 만나는 일과 맥락을 같이한다. "염소똥"을 "환약"으로 상상하여 "이파리가 부실한 고추가/한 가마니 두 가마니나 복용하고/꽃은 피는데 열매를 맺지 않는 석류/진물이 나는 돌복숭도 복용한다"면서 "고추는 염소뿔을 닮고/석류는 돌복숭은/염소똥을 닮아 동글동글하다/혹시 알랴/한 입 두 입 베먹을 때면/매엠매엠 염소 우는 소리를 낼는지도"(「염소똥」에서)라고 진술하는 데 이르러 우리는 시인의 동화적 발상법과도 만난다. 그만큼 시인이 자연사물을 순수하게 지각하고 있는 것이다. 이러한 지각은 "붉고 탱탱한 딸기 몇 알"(「끝물」에서)을 찾아 나서고 "담쟁이넝쿨만이 그리는 그림"(「담쟁이넝쿨」에서)을 서술하는 행위와 무관하지 않은데 소박하고 미미한 존재들 모두를 아름답고 귀하게 여기는 태도를 반영한다.

풍경과 삶의 지평

동길산의 시쓰기에서 "나"는 중요한 시적 대상이다. 이는 자기표현을 주된 시법으로 삼는 일과 다르다. 그는 사물을 자기의 경험적 연관에서 자리매김하고 풍경 속에서 자아를 함께 읽으려 한다. 그렇기 때문에 대상을 주관적 정감으로 환원해버리는 감성 위주의 서정과 거리가 있다. 오히려 그의 시는 시적 산문처럼 현상을 잘게 씹어 반추하는 경향을 보인다. 이야기하고자 하는 대상에 차분하고 세심하게 도달하려는 노력이 만든 수사학이다. 그래서 그의 시가 자아내는 리듬은 자연발생적인 정서적 리듬보다 반복과 변주에 의해 생성되는 경우가 많다.

①금방 지은 따뜻한 밥 한 그릇/나를 먹이려고 상에 올리네
②왼쪽에 밥그릇 오른쪽에 국그릇/짝을 맞춘 젓가락 숟가락을 사이에 놓네

③어쩌다 한 번쯤은 두 번쯤은/나도 나에게 잘 먹이고 싶네

④금방 지어서 김이 나는 밥/목이 메게 먹이고 싶네

⑤나를 목메게 하고 싶네

⑥나를 나처럼 생각하던 사람

⑦평생에 한 번쯤은 두 번쯤은/같이 밥 먹고 싶네

⑧젓가락 숟가락 짝을 맞추고/많이 먹어라 먹고 더 먹어라/목이 메게 먹이고 싶네

⑨내가 목메고 싶네

—「밥 한 그릇」 전문

이 시는 아홉 개의 소단위로 분절하여 읽을 수 있는데 크게는 ①에서 ⑤까지, ⑥에서 ⑨까지로 양분된다. 처음 ①과 ②는 시적인 정황 설정에 해당한다. ③에서 의미의 변주가 일어나면서 ⑤에 이른다. 여기에서 화자는 일상적인 식사의 의미를 벗어나 자신을 "목이 메게" 먹이는 행위를 생각한다. 그리고 ⑥에서 "나를 나처럼 생각하던 사람"에 대한 추억과 함께 그를 "목이 메게" 먹이는 염원을 갖게 되면서 의미의 전환이 일어난다. 그리하여 ⑤는 ⑨에 이르러 심화된다. 전체적으로 이 시는 점층적 구조를 지닌다. "왼쪽에 밥그릇 오른쪽에 국그릇", "한 번쯤은 두 번쯤은", "젓가락 숟가락", "많이 먹어라 먹고 더 먹어라"와 같은 어구의 반복과 "나를 먹이려고 상에 올리네", "목이 메게 먹이고 싶네", "나를 목메게 하고 싶네", "목이 메게 먹이고 싶네", "내가 목메고 싶네" 등, 어절의 반복이 겹쳐지면서 의미의 상승이 일어나는 것이다.

동길산은 자주 반복과 변주라는 방법을 통해 리듬을 얻는 한편 의도하는 시적 의미에 도달하는 방법을 활용한다. 그런데 이러한 형식 측면이 지니는 효과는 장단의 양면을 지닌다. 가령 「한 자리」는 "나 하루도 나무가 되지 못했네"라는 산문적 의미를 전달하기 위해 시적 전개과정 전체가 동

어반복에 그치고 있다는 생각이 든다. 즉 의미의 변주가 약화되어 있다. 또한 「술값」은 점강적 구조를 지니나 산문적 내용이어서 시적 긴장이 덜하다. 말할 것도 없이 많은 시편들, 가령 「그대」나 앞서 인용한 「밥 한 그릇」 등에서 반복적 변주의 묘미와 만나게 되는데, 리듬을 크게 의식하지 않은 「아카시아」를 통해 형식과 의미의 조화를 느낄 수도 있다.

> 꽃이 진 아카시아 이파리를 만진다/꽃을 놓아주고 가벼워진 이파리를 만진다/이파리를 비추던 햇빛이 물러난다/이파리는 햇빛을 붙들지 않고/햇빛은 머문 흔적을 남기지 않는다/숲을 감싸는 고요가/그냥 얻어지는 것이 아니라/이파리가 꽃을 놓아주듯이/햇빛이 물러나듯이/놓아주고 물러나면서 얻어진다는 사실을/한때는 꽃이던 당신에게 말하고 싶다/꽃에 맺힌 이슬이던 당신에게 말하고 싶다/이파리에 비하면 꽃은 얼마나 짧은가/햇빛에 비하면 이슬은 얼마나 짧은가/당신은 푸른 고요 속에 어른거리고/나는 꽃이 진 아카시아 이파리를 만지고 있다/꽃을 다 놓아주고 가벼워진 이파리를/놓아주지 못하고 있다

이 시에서도 반복과 변주는 형식적 골격을 이룬다. 그럼에도 이것이 시적 전개의 지배소가 되지 않는다. 그보다 "나"의 의식이 지향하는 바의 지평에 따라 의미를 강조하는 기능을 하면서 시적 흐름을 자연스럽게 심화한다. "꽃이 진 아카시아 이파리를 만진다"는 처음에서 "꽃을 다 놓아주고 가벼워진 이파리를/놓아주지 못하고 있다"는 결구에 이르는 과정은, "꽃"과 "이슬"의 이름을 지닌 "당신"이 매개되어 "이파리"와 "나"의 관계로 전이되면서 교감과 함께 "푸른 고요"로 표현되는 풍경의 깊이를 전한다.

동길산의 시적 관심이 지닌 진폭은 앞서 말한 대로 다양한 시적 조사(措辭)로 나타난다. 더러 어법적 실험도 있으나 여기서 그에 대한 세세한 논급을 줄이려 한다. 오히려 「아카시아」와 같은 시적 성취가 역시 낮은 시선

으로 풍경의 안팎을 찾아가는 그의 태도에서 유발된다는 사실을 강조하려 한다. 그런데 여기서 말하는 '낮은 시선'은 현실로부터 퇴각하는 소극적 은일과 무연하며 오히려 개성적인 시적 지평의 개진과 연관된다.

> 누구였을까/지구는 둥글다고/맨 먼저 생각한 사람은//사과 한 알/지구 반대편으로 굴러가고/누구였을까/사과가 멈춘 자리에/구덩이를 파서 나무를 심은 사람은//잎사귀가 등에 닿는 나무를 배경으로/나를 품었던 이들/속까지 시리게 하는/새파란 능금 같은 이들//한 알 또 한 알/구덩이를 파서/지구 반대편으로 간 이들/이제는 내가 품은 이들
>
> —「가족사진 한 장」 전문

동길산의 시세계에서 예외적인 함축을 담고 있는 시인데, 어쩌면 그의 시인됨의 기원과 연관되지 않을까 생각한다. 이 시가 말하듯 그의 시의 기저를 이루는 정조는 그리움과 외로움이다. 그는 이러한 원망과 고독을 딛고서 사물과 사람을 포용하는 길을 가려 한다. 그의 시는 그래서 항상 낮은 위치에서 살아 있는 감각으로 자연과 인간의 풍경을 이해한다. 그의 시는 풍경에 대한 기투적 응시이며 작고 사소한 삶을 연대하는 지평의 개진이다.

존재의 집은 없다

— 김형술론

김형술에게 시의 언어가 존재의 집이라는 하이데거의 명제는 늘 의심의 대상이 된다. 『무기와 악기』에서 존재의 집과 연관된 내용을 서술하고 있는 시를 찾으라면 겨우 「집사람」 정도를 들 수 있을 것이다. 이 시는 천신만고 끝에 집에서 아이를 낳은 어머니 이야기이다. 시인에게 집의 원형은 이 시가 이야기하고 있는 "어머니"와 연관된다. 많은 서정시인들은 이와 같은 원형의 집, 유년의 공간을 지향하고 상상한다. 그러나 김형술은 유년의 집에 대하여 양가적인 입장을 지닌다. "늘 집이 없는 곳을 꿈꾸지만, 집이 들앉지 못하는 곳으로 향하지만, 집은 힘이 세다. 운명보다 무겁다." (「집사람」에서) 그는 원형의 집이 지니는 인력에 이끌림과 동시에 집으로부터 벗어나려는 의지를 동시에 지닌다. 전자는 그에게 부재의 형식이다. 아무리 가닿으려 해도 도달할 수 없는 시원과 같다. 현실 속에서 이러한 시원, 원형의 집은 없다. 물론 「물소리」가 말하듯이 "소멸되지 않는 날것의 기억들"을 만날 수 없는 것은 아니다. "울음, 노래, 속삭임, 탄식/제 가진 소리들 모두 버리고/마침내 바윗장 같은 침묵 들앉힌/물의 시퍼런 눈빛/이따금 마주치기도 했다". 가령 「노래」는 미분화된 의식의 영역인 유년의 동일성을 말하기도 한다. 하지만 시적 자아가 이러한 정황과 완벽하게 합치되는 일은 일어나지 않는다. 그것은 '물고기'가 되는 일, 달리 말해서 어머니의 자궁 속으로 회귀하는 일, 완벽하게 자기가 소멸되는 사건에 상응할 뿐이다. 이는 사람이 살지 않는 "무인도"(「무인도」에서)의 지경과 다를 바 없다.

시인의 불행은 주지하듯이 언어에서 비롯한다. 가령 말과 글과 삶이 일치하는 시인이 있다면 그는 행복하다. 김형술은 시적 재현으로 이러한 행복이 성취될 수 있다고 생각하지 않는다. 언어의 감옥에서 벗어날 수 없고 말의 벽을 넘기 어렵기 때문이다. 이러한 가운데 두 가지 시법이 창안된다. 그 하나는 시쓰기의 과정을 탐구하는 시쓰기이고 다른 하나는 언어를 재료로 시를 제작하는 것이다. 그 어느 것이든 전통적인 서정의 방법인 재현과 표현과 다르다. 흔히 전자를 모더니즘적인 시쓰기라 한다면 후자는 시를 새로운 사유의 형태로 인식한다고 할 수 있다. 「흰말, 제품, 의자, 침묵—산문」을 통해 김형술은 "의자"라는 흔적으로 남아 있는 "나무"라는 시원에 대한 그리움, 끊임없는 말과의 씨름, 하나의 제품인 시, 그리고 절대언어인 침묵에 대한 꿈 등 얼핏 볼 때 상호 모순을 내포한 시적 지향을 열거하고 있다. 여기서 모순은 시인의 시적 욕망과 그에 기인한 긴장된 글쓰기의 소산이다.

> 여전히 내가 할 수 있는 건/햇빛 와글대는 한낮으로 나서는 일//무덤 속 비명들에 귀를 주고/해진 구두 속 쩔꺽대는/물고기 주검들과 혀를 나누며
>
> —「여름기도」 부분

시인의 현실은 시원이나 원형, "날 것"이 부재하는 공간이다. 애써 이러한 현실을 회피하지 않으려는 데서 우리는 시인의 시적 의지와 만난다. 김형술의 입장에서 시를 존재의 집이라 상상하는 것은 허위다. 그는 이러한 상상계를 구성하고 있는 말들에 절망한다. "물고기 주검"은 그의 시에서

현실의 은유이다. 「벽 속의 말」이 진술하고 있듯이 죽은 물고기를 소생시키는 것은 "제 태어난 바다를" 불러 모으는 일에 다를 바 없다. 그러나 이러한 일이 가능할까? "말의 몸을 가진 나무/벽의 얼굴을 가진 구름들//아아! 나는 열 수 있을까?"(「말과 구름과 나무」에서). 『무기와 악기』에서 가장 중심적인 탐구의 대상은 "말"이다.

> 말을 가둔다/말을 씻는다/말의 울음과 비명을 잠재운다//벽이 걸어다닐 때까지/벽들이 노래할 때까지
>
> —「쉬는 종이」 부분

"말"의 중의(言/馬)는 그리 중요하지 않다. 무엇보다 말을 통하여 부재에 이르거나 말로써 집을 짓는 일이 시인의 관심사다. "넘쳐나는 말의 흔적으로 바다는 술렁댔지만/내가 찾는 말은 없었다//나는 말을 보지 못했다/나는 말을 낳지 않았다/그저 내 몸속 또아리를 튼 무수한/타인의 입술을 가졌을 뿐"(「잃어버린 말을 찾아서」에서). 이처럼 말을 찾는 일은 도로(徒勞)에 그치고 만다. 하지만 시지프스처럼 이를 반복할 수밖에 없는 것이 시인의 운명이다.

> 바다의 바닥에 누워/바다에게 인사를 건넨다/입술 밖으로 나온 말의 형체/천정을 향해 도르르 날아오르는/그저 몇 개의 물방울 뿐인/인간의 언어//일렁이는 벽/일렁이는 시계/방 안의 바다는 느리게 흔들리고/그 너머 반짝이는 물고기 떼/그물을 뚫고/커다란 그물을 끌고 날아간다//날아간다 내 그물/그저 무겁기만 한/텅텅 빈 몸속 말의 허방
>
> —「바다의 전화」 부분

시인의 "말"은 날것에 이르지 못한다. 바다 속 물고기의 꿈은 부재, 심연

속에 있다. "물고기"가 되지 못하는 시인은 마침내 "묵언"과 "침묵"의 유혹을 떨치지 못한다. "뱀에 놀라 미쳐 날뛰는/말들의 집/뱀을 두려워 않는/한 마리 노회한 말의 집//귀 없는 입술들만 둥둥 떠다니는 허공으로/쉼 없이 구름들을 토했다.//종일, 온종일/아무 말도 하지 않았다."(「구름의 말」에서) "종일 천 마디의 말을 했다"로 시작한 시가 "종일, 온종일/아무 말도 하지 않았다"로 끝나고 있다. 말-회의(word-skepticism)는 재현 불가능성에서 비롯하지만 이로써 언어의 감옥을 구축하는 경향을 만들기도 한다. 재현의 언어를 넘어서 현현에 이르려는 시적 몸부림은 지각의 현상학에 이끌리게 되는데 아직 김형술의 시가 이러한 영역을 탐문하고 있지는 않다. 오히려 그는 한편으로 말의 곤경을 추적하면서 다른 한편으로 그것이 만들어내는 환상을 그리려 한다.

> 젖은 구름의 몸들이/숨어 있던 길 위의 발자국마다 고이네//먼저 떠난 이들의 길은 거울이어서 길가의 나무들은 자주 흔들리고 거울 속의 집들 기우뚱거리지만//길 위의 거울들은 모두 노래를 갖고 있네//지상에서 가장 낮은 목소리 지상에서 가장 조그만 반짝임//젖은 노래들 일제히 거울 속에서 날아오르네/처마 끝마다 천진한 구름의 아이들이 음표처럼 매달려//반짝이며 일어서는 모서리 화안한 골목 너머를 내다보네
>
> —「여름 소나기」 전문

분명 이러한 시는 은유의 힘에 의존하고 있다. 김형술의 많은 시들이 은유의 문법을 지니는 것은 그가 언어의 문제와 철저한 싸움을 전개하지 않고 있음을 의미한다. "말"의 중의적 사용도 그러하지만 "구름", "거울", "새", "꽃", "집", "바다", "물고기", "벽", "문" 등은 그의 시를 구성하는 주요 은유의 목록들이다. 어떤 의미에서 이들의 반복은 일정한 차이를 전제하고 있다 하더라도 시적 긴장을 늦추게 하는 측면이 없지 않다. 제작의 관점과

지각의 관점이 착종을 보이는 대목도 은유를 극복하지 못한 일과 연관된다. 물론 "김형술이 즐기는 환상은 미지의 세계에 대한 언어의 몸 던짐이며, 끊임없는 가능성을 여는 꿈의 메카니즘"(허만하, 「말과 어둠의 경계에 서는 전위성」)이라는 지적에 동의할 수 있다. 그럼에도 김형술의 어법을 "중첩적인 목소리를 섞는 폴리포니"로 보는 데 동의하긴 어렵다. 오히려 이 시집에서 언어들은 중복되어 있고 시의 결구가 닫힌 의미로 귀결되는 경우가 많다. 앞에서도 말했듯이 시인의 모순된 시적 의도가 역동적으로 통합되지 못한 탓인데 "날 것"에 대한 지향이 성급했던 것이 아닌가 한다. 다시 말해서 두 가지 갈림길—1) 시를 재현이나 표현의 대상이 아니라 시 그 자체가 새로운 사유가 되는 형식으로 만드는 일과 2) 재현과 표현과 다른 현현의 길을 찾아가는 일을 두고 김형술의 망설임이 개입하고 있는 것이다. 1)이 그동안 시인이 추구해온 길이라면 2)는 새로운 탐구방식이다. 모두 기존의 서정이 지니는 문법과 다른 길이라는 점에 일치하나 그 지향은 환상과 지각이라는 차이를 지닌다. "그러나 아무 말도 하지 못한 채/그저 담배만 푸푸 피워 물면/허공으로 흩어지는 말의 주검들/발아래 물컹거리는 부호들"(「나는, 말이다」에서). 왜 그는 혀 없는 물고기의 꿈을 이야기하는가? 그의 시작을 떠받치는 고독의 근원은 무엇일까? 단지 "말"의 문제만 아닐 것이라 생각한다.

붉은 고통에서 푸른 긍정으로

— 이인우론

시를 불러내는 처음의 감성은 너무 주관적이어서 한계를 갖는다. 감성이 시인됨의 기원이라고 하더라도 자아로 회귀하는 감성 작용의 반복으로 시적 성취를 확대할 수는 없는 일이다. 그러므로 시인으로 산다는 것은 자기의 감성에 충실한 것이 아니라 끊임없이 그로부터 벗어나려는 노력의 연속인지도 모를 일이다. 주지하듯이 감수성을 감성보다 우위에 두는 것은 그것이 지닌 교섭 작용에 있다. 타자와의 만남과 대화는 긴요한 시적 과정이며 마침내 자기를 넘어 보다 큰 세계를 그려가야 하는 것이 시인의 삶이자 운명이다.

이인우의 시를 구성하는 의식의 배후에는 절실함이 있다. 이것은 그리움, 열정, 갈망, 초월 등을 내용으로 한다. 하지만 그가 절실함의 정서 그 자체를 생경하게 드러내고 있는 것은 아니다. 오히려 그는 진정한 "너"를 만나고자 하는 곡진함과 지금의 "나"를 반성하고 보다 확장된 자아의 지평을 열고자 하는 성실함을 보인다. 그래서 그의 시는 뜨거운 내면을 감추면서 짐짓 서늘한 표정을 짓기도 한다. 마치 붉은 불꽃이 열기를 더할수록 푸른 빛을 띠는 것과 흡사하다. 깊은 내면성의 어떤 경지를 찾아가는 과정에 그의 시가 있는 형국이다. 그리고 이러한 과정이야말로 한 시인의 생애가 아닌가 한다.

그의 불타는 목소리를 들으면서부터/바다란 어디든 풀어놓을 수 있는 것이란 걸 알았다/뜯기고 부수어진 지상의 온갖 것들이/제각기 흩어지기에만 바쁜 폐유더미 속에서도/그는 비좁은 몸을 비틀어/내 앞에 시뻘건 바다 한 폭 펼쳐 놓았다/어떤 큰 입술도 닿을 수 없을 것 같은/평원의 끝에 버티고 선 그의 붉은 바다는/사방 닫힌 연기의 결들을 걷어내었고/땅 위 모든 딱딱함을/제 배속처럼 부드럽게 녹이고 있었다/오랜 날/팽팽한 강철에 몸이 묶였을지라도/뜨거운 몸부림 하나로 흡입된 모든 것을 잠재워버리는/그의 바닷가를 거닐다보면/내 가졌던 온갖 절망과 슬픔들이/철벅거리는 노을 속에서/새파란 조각달로 되살아나는 것이 보였다/그의 목소리와 이마를 맞대면서부터/나도 언제인가/오랜 밤 달 없는 어둠 속에 홀로 뜬/내 섬의 이야기를 엮어 그의 바다 같은/너울 한 자락 풀어 둘 수 있으리라 믿게 되었다/검게 쭈그러든 내 몸이 뜨거워 질 때까지/그가 내뿜는 연기처럼 흔들다보면/나도 언젠가는 하늘 높이 불붙는/바다 한 자락 가질 수 있으리란 생각도 하였다

—「소각로 곁에서」 전문

"소각로"에 투사하여 시인은 모든 것을 녹여 새로운 것을 생성하는 과정을 말하고 있다. 우선 불타는 소각로에서 바다를 보는 시인의 시선이 놀랍다. "불타는 소각로"와 "노을이 덮고 있는 바다"를 병치시키고 있는 것이다. 이러한 병치는 의미의 단순한 전이로 끝나지 않는다. 소각로의 "비좁은" 공간이 넓은 바다로 열리면서 소멸은 생성으로 변전된다. 그런데 시의 전개는 여기서 그치지 않는다. 소각로의 이야기와 "나"의 이야기가 다시 겹쳐지고 있는 것이다. "나" 또한 "가졌던 온갖 절망과 슬픔들이/철벅거리는 노을 속에서/새파란 조각달로 되살아나는 것"을 본다. 새로운 생애의 시간이 펼쳐지는 계기를 경험하는 것이다. 여기서 주목을 요하는 대목은 "그"에 대한 "나"의 태도이다. 시 속의 주인공은 "그"가 보인 생성의 과정을

통하여 "나"의 변화 가능성을 겸손하게 예감하고 있다. 다시 말해서 자신이 품고 있는 "섬의 이야기를 엮어 그의 바다 같은/너울 한 자락 풀어 둘 수 있으리라 믿게" 된 것이다. "섬의 이야기"를 자기만의 추억과 갈망이라고 한다면 이를 채우고 있는 것은 나르시시즘과 노스탤지어일 것이다. 그러므로 시인은 자기의 성채에서 나와 열린 세계로 가고 있다.

> 작은 집 하나 짓는다는 것은/큰 산 하나 허무는 일이다/도화도 꽃 버린 산비탈 허물고/얼어 흐르지 않는 계곡 집채 같은 바윗돌도/산 밖으로 밀어내는 일이다/풀 향기에 간간이 뒤척이던 나뭇가지들 사이/내가 언제쯤 이 가난한 망설임을 벗고/흔들리는 수없는 집착을 벗고/작은 집 하나 이웃 나무처럼 세울 수 있을까/내 몸에 긴 칡줄기 서너 가닥/펼쳐 갈 수 있을까/작은 집 하나 짓는다는 것은/내게로 불어오는 바람의 창을 열 두 번씩 여닫다가/그 창의 문살이 되는 일이다/그 문에 칡뿌리로 얽히는 일이다
>
> —「작은 집 하나 짓는다는 것은」 전문

그런데 이 시가 말하듯이 시인은 존재 전환이라는 크나큰 궁극의 목표를 세우고도 그에 이르는 방법에서 성실하여 낭만적인 허위를 보이지 않는다. "망설임"과 "집착"을 벗되 "작은 집 하나" 짓는 것처럼 충실하고자 한다. 이 대목에서 쉽게 우공이산(愚公移山)의 정신을 연상할 수 있을 것이다. 시인의 시쓰기에 대한 신뢰는 자기에 대한 이러한 철저함에서 유발된다. 존재를 여닫는 과정에서 경계가 형성되며 그 문턱에서 새로운 세계가 개진되는 것이다. 시인은 이러한 합벽(闔闢)의 경로에서 "창의 문살"이라도 되고자 한다. 또한 "칡뿌리로" 다른 세계와 얽히고자 한다. 다시 시적 과정에 대한 겸손의 태도를 읽게 된다. 시적인 것은 유별난 감각과 언어로 성취되는 것도 아니고 낯선 비약으로 얻어지는 것도 아니다. 무엇보다 '세계

내 존재'인 주체가 타자와 세계로 나아가는 존재의 성실한 모험에서 찾아진다.

이인우는 시쓰기를 "아픔"(「풀가지 한 뼘」에서)이라 규정한다. 그런데 이러한 "아픔"은 "좁은 땅바닥의 너비"나 "넓은 하늘의 높이" 탓이 아니라 "원하는 돌멩이 하나도 내 손에 없"다는 데서 기인한다. 그는 다시 말한다. "삶도 모르고/무턱대고 바다로 흘러드는 글이 싫어서/바닥까지 닿지 못한 아픔이 싫어서/껍데기 인생이 싫어서/바다는 함부로 글을 받지 않는 것이다." 이상적 공간, 궁극적 지향인 "바다"로 수월하게 직행하지 않겠다는 것이다. 그는 구체적인 인식이 매개되지 않는 가운데 그려지는 바다가 있다면 이는 허구에 불과하다는 생각을 갖고 있다. 그렇다면 구체적인 인식은 어떻게 오는가? 그것은 시인이 말한 "아픔" 혹은 고통에서 오는 것이다. 가령 고통을 통한 인식은 「풍경(風磬)」에서 잘 드러난다. "작은 바람에는 꿈쩍도 않다가도/큰 바람 불면" "제 온몸을 몹시도 내둘러/텅텅 처마 끝 나무벽만 두드리는" "풍경"을 통하여 시인은 다음과 같이 깨닫는다.

> 그 녀석 아무 곳에도 쓸 데 없다며/어느 저녁 부스럼 긁어내듯 그 놈을 떼어내던 날/평평 쳐대는 내 화난 망치 소리를 비웃기나 하듯/그때서야 청아한 울음을 터뜨리기 시작하는/그 녀석 그 이상한 녀석/그 뒤로 나는 아,/내게로 온 그 깊은 그리움 속에 갇혀 버렸다/풍경을 흔들어 줄 바람을 기다리는 슬픔보다/울음 대신 처마 벽을 치는 슬픔이 훨씬 더/간절한 기다림인 줄은 그 때 알았다
>
> —「풍경(風磬)」 부분

이러한 사건이 시사하듯 고통으로부터 인식에 이르는 행로가 순탄치 않다. 그래서 시인은 1) 진실되게 타자에 다가가려 하고 2) 자기를 돌아보며 3) 사물과 타자와 교감하려 한다. 타자에 대한 진실된 만남은 그의 시에서

"나-너"의 문법으로 나타나는 바, 달리 "사랑"의 방식이라 할 수 있다. 일방의 "나"가 타방의 "너"를 말하는 것이 아니라 예의 겸손의 태도로 "너"를 이해하고 사랑하려 하는 것이다.

> 네가 슬쩍 떠나니까 금낭화가 피더라/네가 슬쩍 걸어간 길엔 제비꽃도 피더라/네가 슬쩍 기대고 간 흙담에는 싸리꽃도 피더라/네가 잠시 앉았던 자리엔 목련도 피어/네 얼굴 그늘보다 더 짙은 꽃그늘이/네 앉던 자리마다 온통 덮었더라/어느새/그리 컸던 우리 집은 동산이 되고/개만 짓던 지붕 위엔 새도 앉더라/그런데 웬 일이지/너무 커서 못 살겠다던 그 쓸쓸했던 집이/네 그리 훌쩍 가고나니 왜 더 적막하지/숲 가득 새 매일 찾아드는 큰 동산 되었는데/네 걸어가던 그 길은 점점 더 좁아져서/내 손바닥 오솔길로 들어앉더라
>
> —「내 손바닥 속에 네 손금」 전문

물론 이 시에서 "나"에 대한 "너"의 우위는 절대적이다. 그것은 "너"에 대한 기억들이 "나"의 운명이 되고 있기 때문이다. 이러한 점에서 이 시는 단연 연애시다. 그런데 연애시는 가장 기본적인 시의 문법을 지닌다. 이는 주체와 타자의 동일성을 지향한다는 점에서 그렇고 또한 이러한 지향이 쉬이 확보되지 못한다는 데서 그렇다. 전자는 시적 원리가 되고 후자는 시의 계속성을 담보하는 과정이 된다. 특히 후자에 있어 "사랑"의 테마는 불가피한 고통을 동반한다. 나르시시즘적인 주체에 대한 강압도 고통의 한 요소이지만 이보다 사랑의 완성이 지연되는 가운데 고통이 유발된다. 에로스와 로고스의 불일치가 헤어짐의 고통을 주는 것은 당연하다. "네가 지나가고 난 뒤에/내가 어디에 있었던가를 알았다"(「첫눈을 보내며」에서)는 진술은 사랑의 고통에 뒤따르는 인식의 일반화된 양상이다. 사랑의 고통은 주체로 하여금 타자에 대한 이해를 학습하게 한다. 하지만 사랑의 고통은

자기 연민의 위선을 유인하기도 한다. 시적 주체는 이러한 위선으로부터의 자유를 획득하지 않으면 안 된다. 이러한 자유는 자기의 고통뿐만 아니라 타자의 고통을 함께 인식하는 데서 가능하다. "내가 네가 되마/이제는 더 짖지 마라"(「못물이 논바닥에게」에서). 마침내 타자의 고통에 육박하게 되는 것이다.

이인우의 시에서 반성적 주체는 성실성을 견지하려는 태도에서 이미 전제된 것이다. 반성은 감성으로 통합된 주체를 분화하여 의식을 확대하는 행위이다. 그래서 이것은 그 행위 자체로 볼 때 비시적이다.

> 나도 지지 않는다/물갈이도 못하는 네 집 더러운 연못과는 달리/내 가슴 속 세상은 아침마다 반성하고 나온다고/그래서 내 가슴 속 세상은 비단잉어보다 더 곱다고/나도 늙은 정자 올려다보며 악다구니 한다
>
> —「사명암에 올랐다가」 부분

반성은 대상과 대립할 뿐만 아니라 자아를 분화시킨다. 그러나 반성의 결과는 "비단잉어보다 더 곱다"는 미적 화해(和諧)의 상태가 된다. 이러한 점에서 반성은 자기에 대한 배려이다.

> 밤새 앓는 저 몽돌 움튼 자리는/민박집에 흐드러지던 큰 왕벚꽃 나무/내 삶도 그러려나 목젖이 쓰리어/지난 봄 풀어진 꽃잎 쓸어 대창에 엮어/바닷가 햇볕 속에 널었던 것인데/어느새 그 꽃들 저렇게 말라/날 밝도록 오징어떼마냥 퍼덕이고 있다/마흔토록 삭지 않는 내 가슴 몽돌도/내년 봄쯤 저렇게 출렁일 텐가/파도 속에 하얗게 파묻혔다가도/못 잊는 이야기되어 다시 필 텐가
>
> —「봄, 그 뒤 학동에는」 전문

이처럼 대상에 투영된 자기의 모습은 자기도취와 자기연민의 경계를 넘어 자기인식에 도달하는 과정이 된다. 물론 기억에 고착된 자기 동일성은 진정한 주체로 나아가는 길에 방해가 된다. 그러나 외상(트라우마)으로 일그러진 원한과 분노가 아니라면 내부의 고통들에 대한 자각은 존재의 중요한 진전을 가져온다. 이러한 진전은 고통의 경험을 타자의 그것으로 펼쳐가는 일과 무관하지 않다.

그런데 시를 추억의 양식이라고 하는 것은 시의 한 양상을 말하는 것이지 모든 시를 규정하는 정의는 아니다. 대체로 추억은 현재의 고통으로부터 회피하려는 의식의 정향(定向)을 지닌다. 이러한 점에서 본다면 추억은 시적 글쓰기의 바람직한 진행에 그리 큰 도움이 되지 못한다. 가령 추억이 현재의 악을 증명하거나, 직면한 고통을 회피하려는 방편이 될 때 그렇다. 말할 것도 없이 이러한 추억의 형식이 무가치하다거나 의미 없다는 것은 아니다. 시쓰기가 한 시인의 경험적 삶과 연속되면서 그것이 궁극적으로 존재의 자유를 보장하는 방향으로 나아가야 한다는 관점에 설 때 고통 없는 추억이 가지는 의의는 약화되는 것이다.

> 여름이면 그 골짜기 더 깊었다/긴 해도 계곡 큰 바윗돌 곁으로 더 늘어졌다/아카시아 나무들은 더 낮게 물가로 내려와서/내 손 붙들고 널뛰자 했다/깜장 고무신 신은 호박 벌떼가/속옷도 잊은 내 등에서 물레질을 놀았고/배고픔은 숯불 위에 타는 삘기풀 냄새로 먼저 채웠다/여치방아로 시간을 빻고/메뚜기 구이로 한낮을 이끌던 그 터에/지금은 거대한 덩치로 서 있는 저 전문 대학교/거기에 이젠 내 제자들이 가득 차 있어/그러저럭 복개된 시멘트가 잠시 정다워진다/그리운 세상들은 그렇게 간다/골짜기는 부킹 나이트 술판으로/깜장 고무신 신은 벌떼들은 모텔의 불빛으로/삘기풀 연기도 화장품 냄새로/세리골 추억이 그렇게 간다
>
> —「세리골 추억」 전문

이 시에서 추억은 고통의 경험을 확인하는 과정이 아니다. 그보다 상실의 감정을 증폭하는 장치가 되고 있다. "그리운 세상들은 그렇게 간다"라는 체념적 진술이 말하듯 이분법적 대비의 효과를 시적 진실의 심화로 이어가고 있는 것은 아니다. 말할 것도 없이 유년의 추억이 가지는 의의는 그러한 지각으로 오늘의 현실을 비판하려는 데서 찾아진다. 하지만 이러한 돌아봄의 방식이 가지는 가능성은 한정되어 있다. 그런데 이인우의 주된 관심사는 이러한 추억이 아니다. 그에게 추억은 한편으로 이 시가 말하듯이 잃어버린 세계이면서 다른 한편으로 고통의 경험을 기억하는 통로로 받아들여진다. 그가 이러한 두 가지 측면을 고려하고 있다는 점을 각별히 주목할 필요가 있는 것이다.

> 저 강도 비좁은 강바닥이 아픈지 신음을 한다/심장 놓인 아래가 무겁다한다/강 섶 돌덩이같이 굳은 살점을/지나는 짐 꾸러미들이 철썩철썩 치면/더러는 물결이 일고 더러는 비명이 들린다/여위고 긴 몸뚱이 나와 같아서/삐걱거리는 뼈마디가 우리와 같아서/저 강도 노을에 흐를 때는 그리움에 운다/괴로움 긴 동아줄에 일일이 이어/늘 버리고 떠나는 사랑을 하나씩 하나씩/제 몸의 추억 속에 떨어뜨린다
>
> —「컨베이어」 전문

표제 설정에서 이 시는 이미 "강"의 이미지를 소격하고 있다. 흔히 강은 지속성, 존재의 정체성, 역사 등을 말하기 위해 차용된다. 이 시에서도 이러한 강의 이미지가 겹쳐지지 않는 것은 아니다. 그럼에도 이 시의 주된 착상은 "신음" "굳은 살점" "비명" "삐걱거리는 뼈마디" 등 고통의 은유로 이어져 있다. 그래서 이 시의 강은 "버리고 떠나는 사랑"의 고통들이 누적된 삶을 표상한다. 인간의 "몸"도 이와 같아서 여러 겹의 고통의 경험들이 중첩되어 있는 것이다. 시인의 이러한 추억관은 가장 직접적으로는 가족

사적 경험과 관련된다. “평생 돈돈 하시다가 돈 한 푼 못 남긴 아버지”(「아버지 바다」에서), “빈궁한 살림”과 아버지로 인한 억압에 분노의 삶을 산 “어머니”(「발톱 빠지는 날」에서), 불행하게 생을 마감한 형과 누이(「형에 대한 기억」, 「뜬 공」에서) 등 가족사에 얽힌 고통의 경험들이 서술되고 있다. 물론 그의 시 속에 등장하는 가족 이야기가 실제 시인의 가족 이야기와 일치한다고 단정할 수는 없다. 하지만 고통의 가족사를 통하여 말하고자 하는 시인의 의도는 분명히 드러난 셈이다. 그것은 추억과 고통의 결합이라는 시인의 시문법이다.

> 산수유 내려가는 언덕이 보이고/샘가에 선 아우가 나를 불러 문득 걸음 멈추었네/사랑하는 아우가 세상에 왔노라며/형아 배가 고파, 휘파람새도 날 불러 세우네/어쩌다 장마 덮인 여름에 네가 와서/느닷없이 배고픈 세월을 부르고 있느냐/장맛비에 패인 세상의 아스팔트는/부른 배를 못 이겨 자꾸 짓물러 가고/맨몸 내달던 산비탈 꼭대기는/불빛들 젖은 멀미만 빤짝거리는데/아우는 여태껏 풀피리 불어/가고 없는 산비알 사랑을 찾네/사라진 산수유나무를 그리워하네/나무는 등걸만 남긴 채 썩고 없어도/가진 만큼 얼마나 더 갖고 싶어 사람들이 슬픈지/그리운 아우는 알 수가 없어/형아 배가 고파, 오늘도 산수유 언덕에 섰네/휘파람새 입술만 달랑 매달고/깜빡 잊어버린 그 시절로 날 불러 세우네
>
> —「형에 대한 기억 1—휘파람새」 전문

이 시가 주는 미묘한 비애미는 고통의 경험과 추억을 합쳐놓은 데서 유발되고 있다. 보다 구체적으로 말해서 그것은 “휘파람새”가 불러낸 “형”에 대한 “나”의 추억에 기인한다. 이 시에서 “나”는 현재의 “나”와 과거의 “나”로 등장한다. 이러한 두 개의 자아가 제시됨으로써 이 시는 다소 난해하게 읽힌다. 하지만 이러한 이중의 발화로써 형에 대한 추억과 고통의 경험

이 통합된다. 나아가서 추억을 휘발시킨 현재의 정황 또한 고통의 연속성 위에 있음을 증언한다. “산수유나무”가 사라지고 “아스팔트”로 포장된 길이 나면서 절대 빈곤에서 헤어났으나 사람들은 시장의 욕망이라는 또 다른 고통에 허덕이고 있는 것이다. 그렇다면 시인은 왜 추억으로 고통을 말하려 하는 것일까? 이는 어느 정도 시인의 세계관과 연관시켜 해명이 가능할 것이다. 그런데 시인의 세계관은 역사를 차용한 시편들(시집의 5부에 실려 있는 시들)에서 잘 드러난다. 「고려사 읽기」 연작에서 시인은 세계를 무차별화된 폭력과 불의로 읽고 있다. 많은 상징과 사건으로 직조된 이 아름다운 연작에 대한 세심한 언급은 뒤로 미루거니와, 무엇보다 그 시작으로부터 끝에 이르는 수미상관의 주제가, 주인공이 지닌 “간절함”의 희망이 지상의 세계에서 이루어지지 않는다는 것을 의미하고 있다는 점에서 의미심장한 바 있다. 다시 말해서 시인은, 삶이 고통이며 세계가 이 고통을 근본적으로 치유할 수 없다는 생각의 일단을 피력하고 있는 것이다.

> 모든 희망이 모든 절망을 만든 아침길에 앉아/나는 또 먹지 못할 풀섶을 뒤적일 것이고/울음 우는 일 외에는 그 어떤 것도 할 수 없었던/내 간절함의 까닭을 찾다가, 찾다가,/이윽고 나도 풀밭이 되어 쓰러질 것이다/그리고는 그 푸른 풀밭아래/잠이 되어 묻힐 것이다/나를 밟고 또 밟는 사람들의 발소리를 들으면서…/아니다!
>
> —「풀밭잠-고려사 읽기 16」 부분

연작의 마지막 결구이다. 희망이 절망이 되고 마침내 소멸에 이를 수밖에 없다는 묵시록적 비전이 제시되고 있다. 그럼에도 마지막 “아니다!”라는 진술이 던지는 파장이 적지 않다. 아직은 희망을 놓지 않고 있는 것이다. 이처럼 시인은 역사읽기라는 우회적 경로를 통하여 세계를 해석하고 주체의 인식을 말한다. 그리고 여전히 고통의 경험을 공유하면서 긍정의 지평을 찾고자 하는 의지를 포기하지 않는다. 이러한 의지는 타자를 탐문하는 시편들에서 잘 드러난다. 이인우가 그려내는 타자들은 대개 주변인들이다. 그는 그들의 삶을 통하여 우리의 삶에 만연한 고통을 확인하고 그럼에도 가능한 교감과 연대를 찾는다. 가진 것 없으면서 헐값에 애써 모은 박스를 나누어 주는 "재활용수집소 김씨"나 불우와 몸을 나누는 "귀머거리 서희", 그리고 고난의 삶을 견디며 긍정의 삶을 이끄는 횟집 "미자 엄마" 등은 시인이 그들이 지닌 고통을 이해하고 그들에게 사랑의 감정을 보내는 사람들이다. 그렇다면 시인은 왜 부단히 이러한 사람들을 찾아 시를 쓰는 것일까? 단순한 호사취미일까? 그렇지 않다. 시인은 이러한 타자의 고통을 통하여 자기의 고통을 인식한다. 또한 이들의 삶에 깊은 공감을 보낸다. 시인의 이러한 입장은 스스로 기꺼이 이들의 편에 설 수 있다는 것을 시사한다.

왜 사람들은 고통 속에 살아야 하는가? 이인우 시인이 지속적으로 품고 있는 의문이다. 그리고 이러한 삶을 극복하는 길을 "사랑"에서 찾고 있다.

> 가뭄을 준비하는 일은/오랜 기다림을 견뎌내는 일이다/기다림의 뿌리에까지 가 닿아/금이 가도 잔잔한/바닥의 흔들림을 바라보는 일이다/오래 안길 줄 모르는/물살에 시달리는 일이/견뎌서 이기는 사랑인 줄 알고/황토빛 수면의 출렁거림이 만들어주는/몸 곳곳의 흠집과 떨어져나가는 살점들이/살아가는 흔적인 줄 안다/어느 살점이 더 멀리/물살에 떠밀려 갔는가를 확인한 뒤/저수지는/제 몸의 수위가 얼마나 높아졌는가도 깨우친다/낮은 곳으로, 낮은 곳으로 더 멀리/떨어져 나가는 가장 뜨거운 살점 속에/시퍼런 볏대 자라는 들판이 있다
>
> —「저수지」 전문

시인은 "몸 곳곳의 흠집과 떨어져나가는 살점들이/살아가는 흔적"이라

고 말한다. 그리고 "낮은 곳으로, 낮은 곳으로 더 멀리/떨어져 나가는 가장 뜨거운 살점 속에/시퍼런 볏대 자라는 들판이 있다"고 한다. 고난 속에 희망이 있다는 것이다. 그렇다면 이러한 희망의 거처는 어디인가? 부와 권력은 아닐 것이다. 욕망으로 이글거리는 시장도 아닐 것이다. 생명을 압살하는 콘크리트 거리도 아닐 것이다. 물론 그렇다고 시인이 이러한 대상들을 절대적으로 배척하고 있다는 것은 아니다. 그렇지만 이들로부터 희망을 구할 수 없다는 것을 자명한 사실로 인식한다. 시인은 가난한 사람, 자연, 생명 들로부터 희망을 찾는다. 그는 가난한 사람들에게서 연대감을 느끼고 자연으로부터 깊은 이끌림을 받는다. "온갖 힘없는 잡놈들의 터전이기에/나 아직/여길 떠나질 못했다"(「우포에 살다」에서). 결코 시인의 한갓된 수사학적 발언이 아니다. 「도토리나무」와 「눈과 햇살」 등의 시가 보이는 경쾌한 상상이 가능한 것도 이들이 자연과 생명을 노래하고 있기 때문이다.

> 때때로 나는 저 강에 가서/흙구덩이 파내어 내 몸을 푼다/흙바닥 기듯이 물구나무도 선다/느티나무 뿌리까지 머리를 내려/거꾸로 솟은 내 사지가 생가지에 얽혀/흔들리는 소리를 듣다가 보면//온 세상이 쬐꼬만 나를/정성껏, 정성껏 떠받들고 있음을 확인하게 된다//강바닥까지 내려간 내 머리에서//날카로운 뿌리가 돋아 강소리로 우는 것은/아마도 저 강같이 아름다운 밤이 내 몸에 감겼거나/굽이굽이 슬펐던 긴 이야기가/내 몸에 강줄기로 숨어있는 탓일 게다/매끄러운 강표면을 닮기 위해/모질도록 잘려나간 내 살갗들이/강바닥 어딘가에/고운 모래알로 흐르는 탓일 게다
>
> —「강물의 소리」 전문

자기가 지닌 고통의 경험은 물론, 타자의 고통을 헤아리고 모든 생명을

연민하는 시인에게 모든 존재를 향한 감각은 열리게 마련이다. 살아 있는 소리뿐만 아니라 이 모두가 서로를 연결하는 그물코임을 알게 되는 것이다. 이처럼 고통은 인식을 확장하고 존재에 대한 긍정과 내면의 영성을 이끌어내는 단초가 된다. 이인우의 시는 이러한 단초를 잘 가꾸어 생성의 시학을 구성하는 성과를 얻었다. 보다 더 깊어져 "고운 모래알"의 투명한 반짝임이 더욱 절실하게 와 닿기를 기대한다. 붉은 고통으로부터 푸른 긍정에 이른 시적 과정에 경의를 표하면서.

생성의 푸른 도정

— 최원준론

금빛미르나무숲을 나오다

"북망(北邙)"이라니? 시집 표제가 먼저 충격을 준다. 앞서 발간된 시집의 제목은 "금빛미르나무숲"이다. 10년이 지나 다시 시집을 묶는 그에게 그 사이 무슨 일이 있었던 것일까? 그의 시 속으로 들어가기 전에 먼저 떠오른 물음이다. 북망, 사람이 죽어서 가는 곳. "금빛미르나무숲"과 "북망"의 이미지는 사뭇 거리가 있다. 그런데 그는 이미 「금빛미르나무숲」 연작의 마지막 시편에서 어떤 실마리를 남겨놓았다.

> 이제 이 숲에서 떠나려 하네 금빛미르나무숲의 그 두꺼운 외투 차곡차곡 접어 벗어둔 채 초분 속 이불 끌어당겨 덮어주고 이곳 넝쿨집 지었던 내 희디흰 발가락 금빛 풀씨에게도 다음 봄 금빛미르나무숲으로 데려가리라 약속하진 않았네 그래 이제 더 이상 이곳을 금빛미르나무숲이라 말하진 않겠네 이 숲이 초토의 자물쇠 속에서 물관에 둥지를 틀 때까지 나는 이미 숲이 아니네 폭설이 나의 투명한 비늘이 되어 푸른 심장의 푸른 피를 데우고 새로운 금빛미르나무와 함께 줄지어 떠났던 그 이승의 초입 아—뒤따라오던 나의 아이들이 잠에서 일어나 금빛숲 화르륵 불지를 때 내 비로소 흙에서 또 다른 금빛꽃으로 만개하겠네 젖은 꽃 잎사귀

털어말리며 금빛씨앗 안주머니에서 다시 꺼내놓겠네 또 다른 세상의 금빛미르나무숲 눈여겨보며 그래 내 다시 떠나서 이곳으로 돌아오리라 약속하진 않을 것이네 이젠 내가 숲이라 말하진 않겠네…금빛미르나무숲

—「금빛미르나무숲 20」 전문

단지 식물적 상상력이라고 말하기엔 난해한 내용을 내포한 시인데 그만큼 이 연작이 존재론적인 기획의 산물이기 때문이다. "이제 이 숲에서 떠나려 하네"로 시작하여 "이젠 내가 숲이라 말하진 않겠네"로 끝나는 이 시는 나와 숲의 관계에 대한 해명을 요구한다. 이는 특히 "이젠 내가 숲이라 말하진 않겠네"라는 결구의 다짐 다음에 "…금빛미르나무숲"이라고 여지를 남기고 있는 태도와도 연관된다. 도대체 "금빛미르나무숲"의 함의가 무엇일까? 이 이미지가 처음 등장하는 「지독한 숲」의 "그래, 돌아가는 길은 끊겼다/금빛미르나무숲"이라는 종결은 지금-이곳과 다른 세계라는 의미를 시사한다. 여기서 '끊어진 길'은 현실과의 단절을 의미하기도 하지만 달리 "금빛미르나무숲"이 숭고의 영역임을 뜻한다. 숭고에의 지향을 통하여 비루한 현실을 지우려는 시인의 의도가 엿보이는 대목이다. 이러한 시인의 의도는 "푸른 그리움 품고 앉아 다음 영혼의 뜨개질 시작하는 곳, 미르나무꽃까지 날아오를 금빛 날개의 시간"(「금빛미르나무숲 3」에서)이라는 서술에서 보다 선명해진다. 그런데 "다음 영혼"을 꿈꾼다는, 이토록 도저한 지향을 초래한 연유는 무엇일까? 쉬이 해답이 주어질 리 없겠지만 선연한 이미지의 창출에 상응하는 배후가 있지 않을까 한다. 만일 그렇지 못하다면 "금빛미르나무숲"은 한갓 시적 조작에 그치고 말 것이다. 그러나 「금빛미르나무숲」 연작은 1) "꽃으로 가는 새로운 길"(「금빛미르나무숲 4」에서), 2) "절정의 깊은 파정의 환생"(「금빛미르나무숲 5」에서), 3) "신의 거처"(「금빛미르나무숲 6」에서), 4) "후생"(「금빛미르나무숲 7」에서), 5) 시원의 "자궁"(「금빛미르나무숲 8」에서), 6) "내가 가야할 길"(「금빛미르나무숲 10」에서), 7)

간직하고픈 이상향(「금빛미르나무숲 13」에서), 8) "참으로 눈부신 사람"이 있는 곳(「금빛미르나무숲 14」에서), 9) "새로운 세상"(「금빛미르나무숲 16」에서), 10) 사랑과 희망(「금빛미르나무숲 18」에서), 11) "금빛미르나무숲"으로 환생하는 "아내"(「금빛미르나무숲 19」에서) 등 다채로운 변주를 보인다. 이러한 변주는 다분히 의도된 것인데 새로운 삶의 지평을 열려는 고투를 담고 있다. 그래서 이것은 낮의 백일몽이나 밤의 꿈과 다른 시적 상상의 세계이다. 인용시는 "금빛미르나무숲"을 향한 시적 기투의 대단원에 해당한다. 이 시를 통해 시인은 사랑과 행복, 충일한 생명의 합일이 있는 이상향을 떠나 다시 현존으로 귀환할 뿐만 아니라 또 다른 길 찾기를 실행하려는 의지를 보이는데, 이러한 의지는 "초분"-"초토"-"흙"으로 이어지는 의미의 맥락과 함께한다. 그러므로 "북망"은 "금빛미르나무숲"을 통과한 시인이 다시 설정한 시적 좌표에 해당한다.

북망으로 가는 길

"북망"의 징후는 앞서 보았듯이 「금빛미르나무숲」 연작에 이미 내재되어 있다. 현생의 경계를 넘어 전생과 후생을 사유하는 과정에 필연적으로 죽음의 문제가 등장하기 때문이다. 가령 "몇 번의 후생으로도 내 누워야 할 눈부신 미르나무 꽃 암술에, 손이 닿아질는지 모를 일이다…… 그곳 무덤으로 들어가는 층계, 금빛미르나무숲"이라는 진술이 담긴 「금빛미르나무숲 7」에서 "무덤"이 하나의 경계가 된다. 전생을 상상하고 후생을 꿈꾸는 일은 자유롭다. 하지만 이러한 자유로움을 아무런 매개 없이 노래한다면 그것은 공상에 그치고 만다. 비록 "금빛미르나무숲"을 찾아 떠난 시인의 실존적 당위가 인정된다고 하여도 숭고의 지향으로 몸의 구체적인 고통을 대체할 수 없는 일이다. 그것은 "금빛미르나무숲이 있는 심장 하나"(「금빛미르나무숲 13」에서)를 간직한다는 차원에 그친다. 이러한 경험의 존재방식은 단속적(斷續的)이어서 전생을 불러 후생을 도모하려는 시인의 시도는 결국 현생의 문제로 환원되고 만다. 물론 황홀한 숭고의 경험은 필연적으로 존재의 변화를 이끈다. 시인이 "금빛미르나무숲"을 통과하면서 삶의 지평을 쇄신하고 있음에 틀림없다. 세속과 인연과 욕망으로부터 초연해지는 시적 자아의 등장이 이를 반증한다.

그러므로 "금빛미르나무숲"을 나와 "북망"으로 가는 길은 다르지 않다. 어찌 보면 이미 갔던 길을 다시 돌아간다. 하지만 처음 그 길은 아니다. 마음 다잡고 다시 생을 탐문하는 길이기에 시인은 쉽게 초월하거나 숭고에 굴복하려 들지 않는다. 전생과 현생과 후생의 경계인 "북망"은 부정이 아니라 긍정의 양식이다. 전생의 황홀을 내재화하면서 현생을 긍정하여 후생에 대비한다.

> 길은 絶緣입니다./관계를 베어버리는/一言之下입니다.//길 따라 세월도 끊기고/인적도 무망합니다./어제와 오늘이 그렇습니다.//길을 떠나는 것,/손금 길과 손등 길의 고비길입니다.//돌덩이 하나씩 덜어놓고/훌훌 날아가 버리는 것.//그리하여,/길은 絶緣입니다./一言之下입니다.
>
> —「北邙」 전문

"길은 절연"이라는 시적 선언으로 시작되는 표제시의 문법은 역설이다. 먼저 제목과의 유추에서 '북망으로 가는 길은 절연'이라는 해석이 가능한데, 길이 곧 절연이라는 의미를 단정하고 있는 것은 아니다. 이는 "관계", "세월", "인적", "어제와 오늘", 운명("손금") 등 삶을 구성하는 내용들이 길 위에서 명멸한다는 생각과 연관된다. 문제는 "길"이 아니라 삶을 인식하는 태도이다. 이 시에서 "일언지하"의 "절연"은 길이 아니라 "북망"이다. "북망"이 있으므로 "길"은 "절연"을 품는다. 하지만 길의 본래 속성은 「북망-겨울, 양천강」에서 보듯 어떤 대상을 향한 지향을 내포한다. 이는 「북망-고

사목」에서 다시 확인된다. "고사목"이 "표표히 서 있는 성긴 인연"을 표상하듯이 길은 인연을 되새기게 한다. 그러므로 "북망"과 "길"은 존재의 방법론으로 차용되고 있다. 이는 「북망」에서 「北邙.」에 이르는 연작시가 시인의 의도된 시작 과정이라는 사실과 연관된다.

> 北邙은 홀가분한 길/그 길 따라 가면/출렁출렁 홍시 같은 등불,/불 밝히고/귀 씻어 내린 계곡물 소리도/유장하다/살아있음을 장엄하게 하는 길,/北邙은/모든 것 훌훌 털어버린 이의/명징한 비움/홀연한 보폭이 거침없는 곳//하여 영혼의 종소리 뎅뎅 울리고/겨울 참나무, 줄지어 함께 떠나는 곳/그래서 北邙은/산 자만이 가는 길/다시 살기 위해 가는 길
>
> —「北邙.」 전문

제목에 마침표를 찍는 방식으로 시인은 일련의 시적 과정이 마감되었음을 알린다. 「금빛미르나무숲」 연작과 마찬가지로 「북망」 연작 또한 기획된 탐구의 소산이다. 전자가 황홀한 풍경과 존재를 합치하려는 상상이라면 후자는 죽음을 향한 인간의 시간에 대한 물음이다. 죽음은 모든 것을 무로 돌리지만 그것이 있으므로 삶은 풍요롭게 해석된다. "가는 길 밥상마다/곱게 문 열고/화들짝 화들짝 꽃은 핀다./손가락 끝 하늘이/나풀나풀 펄럭이고/北邙 자락마다/제 꽃잎 여는 소리,/그윽하다"(「북망-꽃은 피다」에서). 시인에게 "북망"은 위험한 "절연"에 대한 편향[타나토스]과 일정한 거리가 있다. 오히려 그것을 통하여 "살아있음을 장엄하게 하는 길"이자 "산 자만이 가는 길/다시 살기 위해 가는 길"을 탐문한다. 정작 내세운 "북망"보다 "길"의 이미지가 더 많은 의미를 함축하게 된다. "북망"을 향한 "길"은 생성과 소멸, 비움과 버림의 반복이다. 또한 존재가 사물에 눈을 뜨는 과정이다. 가령 시인은 "그래, 무이산 깊은 절벽 앞에서/내 결가부좌가 산을 열 수 있을까?/끓는 찻물 한 잔에/만화의 긴 강 다 볼 수 있을까?"

(「북망-신독」에서)라고 묻는다. 이처럼 죽음의 기제는 앎에의 의지를 생성한다.

표상이 지니는 의미심장함과 달리 시인이 "북망"을 끌어온 의도의 단초는 소박하다. 북망이 "태어나자 바로 길 떠나는/명명백백의 그 곳"(「북망-업장을 업고」에서)이기 때문이다. 그럼에도 마음에 "북망"을 품고서 삶을 바라보는 시인의 시선에 주목하지 않을 수 없다.

> 눈짓 하나에도 산이 열리고/손짓 하나에도 강이 흐르는,/금빛 미르나무숲 가리키는 곳//산 업장이 죽은 업장을 덮고/그 업장이 또 다른 업장을//업고 가는 길//그리하여 푸른 命門 짓물러/다음 이승 보이는 언덕//벼락 치듯 잠깐,/가는 길과 오는 길이 합쳐진다./손바닥 위 森羅萬象이 흔들린다.
>
> —「북망-업장을 업고」 부분

이처럼 시인은 "북망"을 두고 생을 지각한다. 죽음에 대한 인식으로 사물에 대한 의식이 민활해질뿐더러 전체에 대한 감각 또한 형성된다. 물론 "산 업장이 죽은 업장을 덮고/그 업장이 또 다른 업장을/업고 가는 길"과 같은 표현은 상투적이다. 그럼에도 "손바닥 위 삼라만상"이라는 구절을 얻어낸 시인의 인식지도가 부각된다. 특히 인용시는 "북망"과 "금빛미르나무숲"의 이미지들이 상보적인 관계에 놓여 있음을 시사한다. "금빛미르나무숲"의 황홀이 모든 경계가 지워진 지평에 있듯이 "북망" 역시 경계를 넘나든다. 어느 정도 불교적인 연기론을 연상할 수 있으나 이에 대한 논급은 군더더기가 될 가능성이 크다.

인연과 관계를 넘어서

시인은 삶과 죽음이 같은 도정에 있음을 말하기 위하여 "북망"을 차용한다. 그에게 가볍게 현실을 부정하거나 인간적 가치들을 무화하려는 의도는 없다. 이미 "금빛미르나무숲"을 통하여 시도한 소통의 시학을 보다 구체화하고 있다. 그것은 삶과 죽음이 하나의 길 위에 있다는 것이다. 「북망-어허, 달구」가 말하듯이 삶과 죽음이 하나인 세계는 "눈부신 꽃"들로 그득하다. 그런데 시인은 유한한 몸을 지닌 인간사의 고통을 망각하려 들지 않는다. 이보다 생사일여의 유토피아를 가정함으로써 고난의 삶을 견디려 한다.

> 터널을 지나다 보면, 늘 깜빡 길이 끊기네./무덤 속 내 아이 보러 가듯 끊임없이 질척대는 그 자궁길 들어서면 가도 가도 기약 없는 금빛미르나무숲 언덕. 내 두 손에서 뻗어 오르는 푸른 넝쿨 잎으로도 내 부끄러운 음부 가릴 수 없네./그 터널 속으로 스며든 나의 아이는 어디로 갔을까? 질척대는 길 위에서, 손잡고 나오지 못했던 나의 두 손과 주저했던 나의 머리를 스윽 지워버리고 난 후에도, 나의 아이는 돌아오지 않네./터널 속 떨어지는 물방울이 차갑게, 아이의 눈물처럼 금빛 숲 발밑에 고이고, 얼마나 추울까? 뿌리 사이로 스며든 아이의 얼굴 제대로 볼 수가 없네./이제 지워진 손으로도 아이야, 너는 나의 불길한 생각 손사래 치는구나. 지워진 아이, 내 가슴 밀치며 그 숲에서 나오려 하질 않네./터널만 지나면 언제나, 질척대는 자궁길 지나온 듯 눈물이 나네. 망개넝쿨숲에 갇혀 망연자실하듯 온몸 할퀴운채, 그 아이 생각에 깜빡 깜빡, 길이 끊기네.
>
> —「터널을 지나며」 전문

최원준의 시에서 가족이야기는 인용시처럼 자주 알레고리로 포장된다.

"무덤 속 내 아이 보러 가듯 끊임없이 질척대는 그 자궁길 들어서면 가도 가도 기약 없는 금빛미르나무숲 언덕"과 같은 표현이 그러하다. "무덤 속 내 아이"와 "끊임없이 질척대는 그 자궁길" 그리고 "가도 가도 기약 없는 금빛미르나무숲"이라는 세 가지 의미 단위의 조합이 예사롭지 않다. 이어지는 진술은 "금빛미르나무숲"에 존재하는 아이를 현실로 불러올 수 없다는 의미를 유추하게 한다. "터널"을 "자궁길"로 유비한 것은 아이의 상실과 부재에 대한 시적 화자의 원망을 드러내기 위한 의도의 소산이다. "그 터널 속으로 스며든 나의 아이는 어디로 갔을까?"라는 물음이 시사하듯 시 속의 "아이"는 태어나지 못하고 사라진다. 그리고 시인은 그 "아이"를 "금빛미르나무숲"에서 만날 수 있다고 상상한다.

가족의 알레고리는 「책상과 아내」 연작에서 나와 "아내"의 관계에 대한 이야기로 이어진다. 이 연작에서 시인은 "나"를 "책상"이라는 사물로 치환한다. 이는 「고치 속의 아내」에 그려진 "아내"의 모습과 겹쳐지면서 치유되지 않는 단절의 문제가 암시된다. "그녀의 아이를 버리고 생긴 버릇"과 "그녀의 눈빛을 닮은 그 아이가/가끔씩 나를 힘들게 했다"는 진술에서 "아내"의 삶과 "나"의 삶이 소통하지 못하고 있음을 알 수 있다.

> 나뭇가지 위에 걸어둔 책상은 그대로 매달려있다./팽팽한 책상 속, 활시위를 당긴다./투명한 음률로 화살은 태양을 향해 날아간다./그 곳에는 몸 활짝 열린 아내가 있다./매번 화살은 아내에게로 도달하지 못하고/책상은 태양으로 인해 절망한다./흔들리는 금빛가지 위에서/끊임없는 책상의 허방/태양을 향하지 못한 활시위/아내를 품지 못하는 책상은/더 이상 책상이 아니다./나뭇가지 위에 걸려있는 책상은 그대로 매달려만 있다.
>
> —「책상과 아내」 전문

이처럼 나와 아내의 관계는 "책상과 아내"의 관계로 치환되어 있다. "아내"에 결코 도달하지 못하는 "책상"이 의미하는 것은 무엇일까? 사실 인용시에서 "책상"을 "나"로 바꾸어 읽으면 해석은 간단하다. "아내"와의 단절이 "나"에서 비롯되고 있음을 뜻하기 때문이다. 그러나 시인은 "책상"을 내세운다. 그렇다면 "나"와 "책상"은 어떤 맥락을 지니고 있는가? 「꽃에 갇히다-책상과 아내 · 3」는 "나"-"책상"-"아내"의 구도를 말하고 있는데 "나"와 "책상"은 서로 다른 객체가 아니다. "책상은 원고지 한 장 펼칠 수 없다"라는 구절이 말하듯이 "나"는 "책상"과 같은 존재로 그려진다. "아내라는 이름에는 가시가 있다./손가락 찔리며 깨닫는 무망한 사막언덕"이라는 진술처럼 "나"는 "아내"에 대한 근원적인 "허방" 의식을 지니고 있다. 그래서 "나"는 "책상"이라는 사물과 다르지 않다. "아내를 품지 못하는 책상은/더 이상 책상이 아니다." 자조와 탄식이 담긴 알레고리로 쉽게 그 의미가 와 닿지는 않는다. 하지만 시인이 "금빛미르나무숲"을 그리고 "북망"을 통해 생을 연단하는 과정과 무연하진 않을 것이라 생각한다.

> 그대만큼 내 아이를 닮았을까요? 자기 손금 누가 볼세라, 주먹 꼬옥 쥐고 펴 주지 않던 내 아이처럼, 그대 땅 속의 기지개도, 주먹 쥔 채 숨겨놓은 손금이네요. 그 손금 속에는, 겨우내 쥐며느리와의 사랑도 있고, 홀씨 같은 자식, 바람에 날릴 때의 소망도, 고이고이 간직하고 있을 테지요. 부디 험한 땅 위 세상, 제대로 한번 살아보자고, 주먹 불끈 쥐고 일어서는 품이, 내 아이처럼 가상하네요. 그늘에 숨어 두 손바닥 살며시, 그대 운명 펼쳐 보여주지만, 나로 하여금 허리 한풀 꺾어, 그대 마중하게 하는 것마저, 이미 낯설지가 않네요. 결국 펴보이고야 말 손바닥의 손금이지만, 잠깐쯤은 숨길 줄도 아는 그대의 지혜로움이, 보고 싶은, 보고 싶은, 내 아이처럼 새롭습니다.
>
> —「고사리」 전문

이 시는 알레고리를 탈피하여 적합한 시적 상관물을 얻고 있다. "고사리"에서 시인은 "아이"의 쥔 주먹을 연상한다. "손금"은 최원준의 시에서 자주 운명을 뜻하는 시어로 반복되는데 그는 "고사리"에서 운명을 감추려 한 "아이"를 발견한다. "주먹 꼬옥 쥐고 펴 주지 않던 내 아이"는 그리움의 대상이다. 시인의 간절한 원망이 이 시를 통해 매우 구체적인 언어로 발화되고 있다. 이처럼 "아이"의 부재라는 모티프는 그의 시적 욕망의 기원을 형성하는 요인 가운데 하나이다. 그러나 시인은 가족이야기에 고착되지 않는다. 앞서 말했듯이 "금빛미르나무숲"을 상상하고 "북망"을 오가는 까닭이 관계와 인연의 덫에서 벗어나 보편의 지평을 개진하고자 하는 의지와 무관하지 않기 때문이다.

완전한 사랑을 향한 푸른 도정

최원준의 시에서 "길"은 중요한 은유이다. 대다수 그의 시는 길 위에 선 자의 의식을 대변한다. 여기서 길은 어떤 지향을 뜻하기도 하고 시간과 공간을 함께 말하기도 한다. 한편 이것은 과정에 대한 강조로도 읽힌다. 이처럼 "길"의 함의는 많은데 실제 유동하는 시적 주체로서 풍경과 만나는 일이 다반사다. 다시 말해서 내면의 문제를 바깥의 세계와 교섭하면서 풀어가려는 의지가 크다는 것이다.

> 모두 털어 버린 나뭇가지의 잎새를 추억하며 그들의 작은 영혼의 내재율을 본다. 시시각각 변하는 계절의 계단을 밟고 날아오르는 것은, 정작 그들의 노래가 아니라 그들 자체이다 그래, 가을에 모든 잎을 떨어트려 본 나무는, 이듬의 푸른 잎의 절정을 예감할 수 있는 법. 홀로이, 홀로이 깊은 길을 잃고 어느 낯선 계곡에 젖어들 때, 그들 한 그루 한 그루가,

낮은 어투의 목소리로 우우- 경구 한 줄씩 읊는다. 어디로 가든 길은 있고, 아무리 가도 길이 없다는 것, 내 앞에 떡 버티고 섰는 바위산에서 무릎을 친다. 아찔한 현기증으로 내세의 잠깐 동안이 눈앞을 스칠 때 아뿔싸! 그들이 피해간 막다른 자리에, 큰바람 맞으며 내가, 서 있다.

—「대둔산, 겨울 참나무」 전문

이 시에는 최원준의 시세계를 구성하는 의미들이 집약되어 있다. 먼저 "길"과 그 위에 선 "나"의 모습이다. "어디로 가든 길은 있고, 아무리 가도 길이 없다는 것"이라는 "길"의 역설은 인연과 절연, 출발과 귀환이 반복되는 삶의 도정을 의미한다. "북망"과 다른 형식이지만 이 시에서도 시적 화자는 "죽음"과 대면한다. 또한 "나무"에 대한 시인의 시적 관심이 뚜렷한데 시 속의 주인공에게 중요한 표상으로 작용하고 있다. "나무"의 생태가 "경구"가 되는 것은 유동하는 인간에게 그것이 인고와 부동의 이미지를 지니기 때문이다. "가을에 모든 잎을 떨어트려 본 나무는, 이듬의 푸른 잎의 절정을 예감할 수 있는 법." 뿌리 내리지 못하고 부유하는 인간에게 "나무"는 자주 경배의 대상이 된다. 길을 나서 숲에 이르고 나무와 만나는 일은 최원준의 시에서 하나의 골격을 형성하는 서사다. 시인은 이러한 수행적 서사를 통하여 초극과 신생을 염원한다. 예를 들어 「숲, 지독한」과 「숲, 필로폰 같은」은 "숲"을 향한 "지독한" 들림 혹은 금단의 고통을 토로한다. 이미 "금빛미르나무숲"이 말하고 있듯이 완전한 합일의 황홀경은 끝없이 지연된다. 그러나 간혹 순간적인 환각으로 접하게 되는 황홀의 경험은 존재를 추동하는 힘이 된다.

문득 잠에서 깨어납니다./아주 익숙하고 따뜻한 어둠/나를 감싸고 있는 과육의 부드러움은/마치 내 어미의 자궁 같기도 합니다./굼뜬 기지개를 게으르게 켭니다./언뜻 진한 수액 한 줄기/내 입가를 적십니다./황홀

> 한 감미로움/내 몸은 터질 듯이 환하게 열리며/푸르디푸른 길로 나섭니다./무척 낯익은 곳입니다./그래도 가야할 길은 만만찮습니다./앞서가는 산줄기와/뒤따르는 강물을 손금에 올려놓고/두어 번 꽃을 피워야 할 세월입니다./그래도 좋습니다./아직 나는 너도밤나무 열매 안/굼뜬 기지개 펴는 애벌레니까요.
>
> —「너도밤벌레의 사랑」 전문

이와 같은 원초적 공간은 시인이 지향하는 완전한 합일이 내재한 원형에 해당한다. "어미의 자궁"과 같은 상태를 욕망하는 일이 심리적 퇴행으로 비난되는 경우가 없지 않지만 어떠한 간극이나 단절도 없는 "사랑"으로 번역될 수도 있다. 이는 "황홀한 감미로움/내 몸은 터질 듯이 환하게 열리며/푸르디푸른 길로 나섭니다"라는 구절에 투사된 시적 화자의 진술과 연관된다. 물론 "가야할 길"은 "앞서가는 산줄기와/뒤따르는 강물을 손금에 올려놓고/두어 번 꽃을 피워야 할 세월" 속에 있다. 그럼에도 "황홀한 감미로움"의 추억은 전도에 있을 어려움을 견뎌내게 한다.「담쟁이 넝쿨」에서 말하고 있는 "전류관 같은 사랑"은 원초적인 무의식의 변주다. 이러한 "사랑"은 삶과 죽음을 넘어선다. 마치 경계가 없는 자궁 속과 같다.

> 내가 가야할 집은 어디인가?/그 집 가지 끝, 느타리하늘꽃 씨방에서/나는 불쑥 손 벌리듯 자리앉아/다른 또 한 여자 기다리고 있다./그래, 그 집의 끝이 이제는 보이는가?/어디에 쯤 파정의 봄을, 호주머니에서/꺼내어 보여줄까?/나무 위를 걸어 명확한 육감으로/그 숲에 나를 부려놓으면,/우주를 떠다니던 꽃가루 한 움큼/지상의 한 접점으로 밀려들어가고/그녀의 웅크린 손금 사이로/나는 알몸으로 빠르게 스며든다./시린 물소리 속으로 깊이 침잠하며/또 다른 한 여자의 몸 열리는 소리/기 ·

다 · 린 · 다

—「파정」 전문

"내가 가야할 집은 어디인가?" 결코 간과할 수 없는 시인의 존재론적인 물음이다. 이는 "그대들 가야 할 집이 보입니다"로 시작하는 「애벌레의 노래」와 비교된다. "추억하고픈 싱그러운 시간을 깔고 앉아/깊고 깊은 잠을" 자는 애벌레의 "집"은 행복의 공간이다. 이들의 생애는 "시작과 끝이" 명확하다. 이들이 "도롱이집을 떠나와" 훨훨 다니는 곳도 "황금가지"이며 "우주를 불꽃같은 꽃가루로/훨훨" 날아다닐 수 있기 때문이다. 그러나 인용시의 화자는 "그래, 그 집의 끝이 이제는 보이는가?"라고 거듭 묻는다. 예의 "그 숲에 나를 부려"놓고서 "우주를 떠다니던 꽃가루 한 움큼"을 간직한 채 "기 · 다 · 린 · 다". 중간점들이 시사하듯 그 기다림이 완성으로 귀착될 것이라는 보장이 없다. 혹은 지연될 수도 있고 "허방"에 그칠 가능성도 없지 않다. 이처럼 인간의 "집"은 불안정하다. 그래서 시인은 "환원(還元)"(「물혹잠」에서)을 생각한다. "금빛미르나무숲"을 향한 길이나 "북망"으로 가는 과정은 모두 "환원"의 재귀적 반복의 양식인데 달리 생성을 위한 도정이라 할 수 있다.

금빛미르나무숲으로 들어서면,/흩뿌려 놓은 작은 우주와/미세한 전압의 생명체가/우주를 운행합니다.//그 푸른 공간의/공전과 자전이,/급기야 내 손 위에 앉습니다.//숲의 굴참나무 이파리에도/손금 같은 운명이/서로 달리 길을 오고, 가고,/또는 가고, 옵니다.//하여 내가 들어서는 숲은/그 숲을 울리는 영혼의 유리잔 소리로/우주를 온통 가둬 두고 있습니다.

—「숲의 우주」 부분

최원준의 시가 지향하는 궁극적인 관심이 잘 드러나 있는데, 쉽게 초월의 지평을 열지 않는 노력이 요긴하다. 이러한 점에서 풍경과의 교응은 그의 시가 구체성을 얻는 방법이 된다. 그렇다고 존재론적 긴장을 풀고 풍경의 시간 속으로 자아를 방류하는 일은 피하는 것이 좋다. 풍경을 통해 해사(解辭)를 얻기보다 구체적인 감각의 시어들을 탐문하는 과정을 기대한다. 그럴 때, "금빛미르나무숲"의 상상과 "북망"의 사유가 방법에 그치지 않고 의미 있는 성취로 남을 것이다.

우울한 야성

— 배재경론

서정이 깃든 자리

배재경 시의 주조는 도시적 삶에 대한 그의 양가적인 의식과 연관된다. 원체험의 공간을 도시의 대척인 시골에 둔 그에게 도시는 화해할 수도 거부할 수도 없는 현실이다. 도시는 시인과 우리 모두에게 이미 압도적인 삶의 공간이어서, 자유롭게 시골로 정신적 망명을 도모할 수 없는 것이 피할 수 없는 삶의 조건이 되었다. 그럼에도 시인은 의식의 기저에 유년과 고향의 조화로운 기억에 대한 지향을 품고 있다. 유년과 고향은 서정적 발상이 움트는 의식의 창고이다.

> 세상 모든 임산부를 보면 나는 미치고 싶다/이 환란의,/숨이 턱턱 막히는/불안한 시간들을 탈출해/잠들고 싶은,/끊임없는/그리움의 저장소
>
> —「유혹」 전문

이 시가 유년과 고향을 직접 말하고 있는 것은 아니다. 보다 근원적인 생명의 처소인 모성을 이야기하고 있다. 그런데 배재경에게 고향과 유년의 추억은 "어머니"에 대한 기억과 밀접하다. 유년의 추억이나 고향의 삶이 다 아름답고 행복한 것은 아니다. 어린 시절이지만 누구에게나 소소한

불운과 불행이 끼어들 수 있는 법이다. 그러나 이러한 세파의 외피를 벗겨내면 그 중심에 원형질에 가까운 행복의 처소가 존재한다. 온갖 애증의 기억을 걷어낸 자리에서 맞는 환한 화해의 자리가 서정이 깃드는 곳이다. 서정의 지향은 그래서 기억 저편을 넘보면서 미래의 지평도 내다본다.

> 한겨울 칼바람이 들창을 마음껏 유린 한다//따뜻한 아파트 시절이 그리운 밤이다/창마다 두 겹의 비닐을 덮었건만/겨울전령은 쉬 물러날 줄을 모르고/이렇게 냉혹한 冬戰士들이 활개 하는 밤/그리운 그녀는 어떻게 보내는지,/두터운 이부자리 속으로 파고들며/그녀, 생각에, 몸은, 더욱, 오르라든다//아장아장 걷기도 전 숨통이 멎어 버려진 嬰兒/밤새 끌어안은 채 울음으로 살려놓았다는 그녀,/사내가 죽자 정든 고향을 떠나야만 했던 그녀,/아이를 위해 무작정 도시로 편입해온 그녀,/그런 그녀가 평생을 몸 바쳐 키운 아이 하나//그 아이 이제 마흔을 넘긴 중년이 되었구나/중년의 배 멀미 심하게 앓는 밤이면/그리운 그녀, 가보고 싶어 우는 사내/뜨거운 눈물로 키운 그녀의 사랑만큼/사내의 눈물도 고드름처럼 더께더께 익어 가고/그 고드름 그녀의 둥근 집에도 더께더께 익어갈 것인데//아~ 어쩌란 말이냐!
>
> —「그리운, 그녀,」 전문

이 시 속의 주인공이 시인임을 알긴 어렵지 않다. 간절한 고백의 목소리와 군데군데 배치한 쉼표는 곡진한 마음을 나타내는 장치들이다. 시가 전하는 이야기에 따르면 시인은 영아 시절 사경을 헤맨 일이 있다. 어머니의 간절한 정성이 그를 되살린 것인데 아마 장성한 후 그 사실을 알 수 있었을 것이다. 시인의 유년은 때 이른 아버지의 죽음으로 악화되며 그의 어머니는 생계를 위해 고향을 떠나 도시로 이주하게 된다. "벚꽃 잎이 밥알처럼 흩뿌려지는 사월,/두해 전, 푹푹 새벽 눈길을 접으며 떠나간 누이/꽃눈이 와도 돌아오지 않는다"라는 「달맞이」의 구절은 시인에게 누이가 있었고 그녀가 일찍이 집을 떠났음을 말한다. 이러한 사정들이 전하듯이 어머니의 지극한 사랑과 보살핌 속에서 시인이 성장한 것임을 알 수 있다. 시인에게 어머니라는 원체험은 서정이 깃든 본디 자리가 아닌가 한다. 유년의 추억이나 고향으로 가는 길은 모성을 찾아가는 경로에 가깝다. 그에게 모성은 유년에 내재한 불행의식을 견뎌내게 하는 힘이 된다. 그럼에도 무의식 저편에 웅크리고 있는 트라우마를 다 지우지는 못한다.

> 잠들지 못한 이부자리에 어느 사이 안개가 들이닥친 듯 짬짬이 소스라치듯 놀란다. 저 안개 속으로 사라져간 아부지가 부릅뜬 눈으로 나타났다 지워지고 병중의 어머니는 마른기침을 하며 내 턱밑까지 이불을 끌어 올린다. 오들오들 산중의 홀로 남은 무섬처럼 온몸을 사로잡는 밤, 느닷없는 이 안개의 기승을 침묵과 탄식으로 마주하며 그녀가, 울먹이기 시작한다.//오랜 기억 저편, 안개의 폭풍이 지나면 마을의 누군가는 다시 볼 수 없었고 아이들은 오래도록 웃음을 가져오지 않았다. 우리는 한동안 게를 잡거나 숨바꼭질도 낚시도 할 수 없었다. 밤새 울먹이던 그녀가 나타나지 않는다.
>
> —「안개기행—욕지도에서」 부분

"안개"는 의식의 저편으로 자아를 이끄는 매개이다. 의식과 무의식의 경계를 허물면서 어린 시절 사라진 "아부지"가 불현듯 "나타났다 지워지고" "병중의 어머니"는 울음을 토하고 만다. 어머니 또한 실재가 아니며 고스란히 시인의 기억 속에 남아 있는 모습이다. 아득한 유년의 시간과 중첩된 말년의 표정인 것이다. 이처럼 안개의 급습은 시인이 지닌 유년의 상처를 환기한다. "웃음"을 잃고 어떠한 놀이에도 열중할 수 없었던 "오랜 기억 저편"의 정지된 화면이 떠오르는 것이다. 그러나 이러한 상처 난 기억에도 불구하고 어머니가 사는 고향은 치유와 화해의 장소이다. 가령 「그 집에는 깡이가 산다」에서 노모가 기거하는 "골목집"은 "깡이"라는 강아지와 "딸아이" 그리고 "어머니"가 "부채살 웃음"을 자아내는 화평의 공간이다. 이러한 "어머니"에게 시인이 사는 도회는 "까막소"(「봄, 별, 에 울다—어버이날에 쓰는 편지」에서)로 비유된다. 시인 또한 도시가 "탐욕과 모래배의 세상"이라는 생각을 버리지 못한다. 이미 서정적인 세계관을 체득하고 있기 때문이다.

도시의 그늘

배재경 시인의 시에는 두 개의 "달"이 있다. 하나는 환한 미소로 충만하여 지상의 집을 비추는 달이고 다른 하나는 창백하게 메말라가는 달이다. 굳이 이분법으로 나눈다면 고향의 달과 도시의 달이라고 할 수도 있다.

> 휘영청 달이 떠/어느 집을 수색하기 시작했다/마당 가장자리에 질서 정연히 고개를 내민 잡풀들이며/대추나무 늘어진/녹슨 철 대문에 매달린 우편함이 인사를 건넨다/빈둥빈둥 정원을 거니는 강아지 달을 향해 컹컹 무료함을 달래고/늦은 저녁을 준비하는 움직임이 창에 일렁인다/그윽히 퍼져나는 된장국 내음//달은 마침내 그 집을 포위하기로 한다/된장 내음 피어나는 초록의 정원을 가진,/강아지 심심하여 마당을/휘돌다 달에게 무료의 눈빛을 거두지 않는/그 집을 포위하고/포획한 사냥감처럼 시선을 거두지 않는다/얼굴 가득 미소를 가다듬으며/지상의 걸음이 다하도록/스러져 가는 달
>
> —「문득, 밀려드는」 전문

한마디로 저녁이 있고 달빛이 내리는 화평의 집을 그리고 있다. 배재경

의 시에서 가장 서정적인 장면이 연출된 시가 아닌가 한다. 이 시에는 모든 감각이 공존한다. 소리와 빛과 냄새가 한데 어우러져 있다. 본래 모든 감각은 공감각이다. 달빛의 면적과 부피는 소리의 면적과 부피와 만난다. 여기에 또한 "된장국 내음"의 부피와 면적이 교차한다. 조화로운 것은 감각만 아니다. 시 속에 등장하는 모든 사물들이 서로 교응하고 있다. "달"과 "잡풀들"과 "우편함"이 서로 "인사를 건네고" "강아지"가 "달"을 향해 짓는다. 물론 저녁을 짓는 시 속의 주인공은 전면에 등장하지 않지만 이 시에서 "달"은 "지상의" "집"을 축복하고 있다. "달"의 축복을 받는 "집"은 사랑과 따뜻한 저녁이 있는 행복의 공간이다. 표제가 말하듯이 시인은 이러한 "집"에 대한 그리움이 "문득, 밀려드는" 감정에 사로잡힌다. 그러나 다음과 같은 시에서 "달"은 전혀 다른 이미지로 다가온다.

> 아침 출근길 내내/창백한 달이 따라온다/얼굴의 절반은 어느 늑대에게 뜯겼는지/간신히 혈흔만 지운 채/한 쪽 눈과/한 쪽 귀와/그리고 절반의 코와 입술이/하얗게 하얗게 메말라 있다
>
> —「불혹의 정거장」 전문

앞선 인용시에서 그 "집"을 비추던 온전하고 충만한 "달"은 사라지고 상처로 얼룩지고 고갈된 "창백한 달"이 등장하고 있다. 도회에 사는 자아가 투사된 모양이다. "불혹의 정거장"이라는 표제 또한 예사롭지 않다. 서정의 지평을 상실한 도시의 그늘진 삶의 표정을 암시한 것이 아닐까? 이는 고향으로 가는 길에서 만나는 「달맞이 꽃」의 "달"과 비교할 때 더욱 확연하다. 후미진 도회에서 볼 때와 전혀 다른 얼굴로 다가오는 여인처럼 고향의 달은 충만하다. 고향을 떠나 도회를 전전하는 시인에게 도시는 "누추한 시간들"의 누적으로 인식되고 자신의 역사는 "도시의 부랑자처럼/역전 창부의 음부처럼 아무렇게나 방치되었던 내 발자국들"(「자화상—윤정

이에게」에서)로 폄하된다. 도대체 무엇이 시인을 이러한 자학에 빠지게 하였을까?

> 장대비 쏟아지는 빗속의 출근길/빌딩골목어귀 누군가에게 버림받은 의자 하나/아직도 쓸만해 보이는 회전의자 하나/하염없이 비에 울며 쓸쓸히 내 시선을 붙잡네/검정고시를 준비하며 막노동판을 기웃거릴 때/늘 동경의 대상이었던 저 의자,/단추공장 직공시절 눈매가 무서운 주임을 떠받치고 있던 저 의자,/공장을 나서며 나도 꼭 의자의 주인이 되겠다/고 맹세하며 힘차게 걷어찼던 저 의자,/짧게 끝난 영업사원 의자는 늘 비어 있었고/지방신문 기자시절 내 의자는 붙박이지 못하고 주소지를 자주 옮겼네/기획사 실장시절 의자는 유일한 공간이고 힘이었네/이제 사무실을 열고/다시 내 의자는 쓸쓸해지기 시작하네/언제나 비어있는 그 의자를 지키기 위하여/매일 의자와 이별을 한다네/저 빗속의 의자처럼 버려지지 않기 위하여/아니 쓸쓸한 내 의자로부터 버림받지 않기 위하여/안간힘, 안간힘 쓰네//저 빗속의 의자 하나,/장대비 속을 서성이는 사내 하나,
>
> —「의자」 전문

「의자」는 「불혹의 정거장」과 「자화상」의 상호 변주라 할 수 있다. 이 시는 "출근길"의 "자화상", 나아가 시인의 개인사를 "의자"라는 오브제를 통하여 서술한다. 홀어머니의 사랑을 받고 컸지만 시인을 기다리고 있는 세상은 험난하기만 하다. "검정고시를" 치르고 "막노동판을" 기웃거리다 공장 노동자가 되기도 한다. 또한 "영업사원"과 "지방신문 기자"를 거쳐 "기획사 실장"이 되면서 자신의 "의자"를 갖게 된다. 마침내 자신의 "사무실"을 열었지만 "언제나 비어있는 그 의자를 지키기 위하여" 분주할 뿐이다. "버려진 의자"는 "의자"를 지키고 "의자로부터 버림받지" 않으려는 시인의

상황을 투사하게 한다. "안간힘"의 의지로 살아가고 있지만 도회의 삶은 부단한 소외와 실패의 불안을 선사한다. "빗속의 의자 하나"와 "장대비 속을 서성이는 사내 하나"의 병치는 혹 도래할지도 모를 자신에 대한 염려의 표현이다. 그런데 자기에 대한 염려는 좌절과 절망으로 자신을 이끌지 않겠다는 각서와 같다. 시인은 부박한 도시의 삶을 견뎌내려 한다. 고향으로 망명하지 않고 모성으로 회귀하지 않겠다는 시인의 의지는 도시의 유혹과 미몽에 정직하게 대응하는 방식을 선택하게 한다.

우울한 야성과 고요에 대한 염원

배재경은 고향과 도시를 이분법적인 양자택일의 대상으로 생각하지 않는다. 도시는 그나 우리에게 낯선 체험에 그치지 않으며 재귀적인 반복을 통하여 이미 익숙한 경험이 되었다. 그래서 그 또한 압도적인 일상이 된 도시경험을 수락하고 대응한다. 이러한 과정에서 그는 두 가지 행로를 추구한다. 그 하나는 도시적 삶에서 타자가 된 이들에 대한 관심이다. 다른 하나는 스스로 부박한 도시, "광채와 색도의 시대"(「명퇴의 방」에서)를 건너는 방법을 터득하는 일이다. 「명퇴의 방」, 「지상의 방 한 칸」, 「통근열차」와 같은 시가 전자에 해당한다면 「초생달」과 「동물원에서」는 후자에 속한다. 「통근열차」는 "통근열차" 속의 지친 한 여성을 그리고 있지만 난폭한 도시와 그 속의 사람들의 모습을 매우 구체적인 이미지로 이끌어내고 있다. 이는 "군중 속에서 유령처럼 나타나는 얼굴들,/까맣게 젖은 나뭇가지 위의 꽃잎들"로 진술된 에즈라 파운드의 「지하철 정거장에서」를 연상하게 한다.

그녀, 속된 말로 퍼지게/앉아 기운다/부석부석한 얼굴에 달겨 붙은 고요/여자의 초점 없는 눈을 외면한/창 밖 도시는 빛과 어둠의 골목들을 쉼 없이 보여준다/덜커덩 덜커덩/기차는 정기적인 우울한 음악을 연주하며/지상의 모든 풍경들을 가로 지르고/그녀는 더욱 기울기만 한다/무릎 위에 단정히 놓인 두 손의 평화가/툭 불거진 광대뼈와 주름 들기 시작한 눈자위에 묻혀 불안하다//기차는 정거장마다 한 꾸러미의 사람들을 토사물처럼 게워내고/노오란 달덩이들이 점점이 세워진 플랫폼을/패잔병처럼 흐느적흐느적 빠져나간다/驛舍는 마치 왕성한 식욕의 동물처럼 사람들을 빨아들이고/기차는 플랫폼을 벗어나 다시 또 자신만의 사랑을 한다//빛과 어둠의 저 끝에 여자의 집이 보인다/아이들은 마당의 지푸라기처럼 흩어져 잠이 들고/한 떼의 바람이 여자의 집 구석구석을 핥고 지나간다/정차역에서 잠깐, 눈을 떴을 뿐/그녀는 아직도 불안한 평화에 묻혀있다

—「통근열차」 전문

첫머리에서 만나는 약간의 어색함은 배재경 시인의 개성적인 어법과 연관된다. 이러한 어색함을 논외로 할 때 이 시는 완성도가 높은 절창에 속한다. 시 속의 주인공은 창밖의 파노라마적인 풍경의 주체가 되지 못하고 졸음을 이기지 못하는 여인이다. 그녀는 도시가 "외면한" 타자이다. 그러하기에 그녀의 얼굴에서 보이는 "고요"와 그녀의 자세가 드러내는 "평화"는 일시적일 뿐만 아니라 전정한 것이 되지 못한다. 소외된 이의 불안한 표정에 불과하다. 1연과 마찬가지로 2연에서도 사람들은 도시의 주인이 되지 못한다. 그들은 "한 꾸러미"에 불과하며 게워낸 "토사물"이나 "패잔병"에 비유된다. 역동적이고 에로틱한 것은 역사와 기차의 관계이다. 전도된 사물의 질서를 통하여 시인은 소외되고 물화된 도시민의 표정을 전경화한다. 시인은 또 다시 3연에서 직유를 구사한다. 여인의 아이들이 "지푸라기처럼 흩어져 잠이" 들었다는 진술에 이르러 절제의 미학마저 느끼게 한다. 직유의 직접성이 이미지를 더욱 선명하게 부각하는 효과로 이어지

고 있다. 더욱 충격적인 것은 시 속 주인공의 행보이다. 그녀는 아이들이 잠든 집을 향하기 위하여 "정차역"에서 내리지 못한다. "아직도 불안한 평화에 묻혀" 있기 때문이다. 소외되고 가난한 타자의 삶을 이처럼 담담하게 서술한 것은 도회의 풍경에 대한 시인의 미적 거리와 무연하지 않다. 확실히 이 시는 배재경 시인이 이룬 하나의 성취이다.

「명퇴의 방」이나 「지상의 방 한 칸」 또한 밀려나고 배제된 이들의 유령 같은 삶을 잘 서술하고 있다. "명퇴"의 아이러니는 그것이 전혀 명예스럽지 않다는 데 있다. 명퇴한 이의 "방"은 "바퀴벌레"와 "쥐들"로 북적이고 "어둠"과 "거미줄"로 덮이어 있다. 그리고 "더께 더께 쌓여있는 먼지의 세상 가득,/푸른 곰팡이만 메마른 벽을 따라/잎을 틔운다 여전히 창밖은 달이 뜨고 별들은/악세사리처럼 주렁주렁 유혹을 해댄다."(「명퇴의 방」에서) 세상에서 거세되면서 그는 자기만의 방의 주인이 되지도 못한다. 그는 존재하지만 보이지 않는 유령과 같다. 「지상의 방 한 칸」에 등장하는 주인공도 마찬가지다. 오로지 죽음을 맞음으로써 "지상의 방 한 칸"을 구할 수 있게 된다. "칠십육 년 하고도 15일을 버티다 버티다/더 이상의 기다림에 지쳐 사내는 스스로 목을 꺾었다/그러자 방 한 칸이 생겨난 것이다." 그런데 시인은 타자들의 삶을 동정과 연민의 감정양식으로 서술하지 않는다. 가능한 감정을 소거함으로써 삶에 내재한 비극성을 조용히 되새기게 하는 것이다. 이러한 타자들에 대한 서술과 달리 주체의 입장에서 시인이 도시적 삶에 대응하는 방식은 역동적이다. 이것은 불모의 도시로부터 야성과 진정한 에로스의 회복을 구하려는 시인의 입장을 대변한다. 그는 자연에 내재한 생명력으로 도시적인 고갈과 불임에 대처하며 도시의 온갖 거짓 유혹에 온몸으로 부딪히려 한다.

> 중앙로 우뚝 세워진 건물 타일이 황홀하다. 늘씬한 여자의 허벅지를 탐하듯 차를 세우고 침을 흘린다. 번쩍번쩍 타일은 화려한 색채로 유혹을

해댄다. 제기랄, 당장 달려가 섹스라도 한판 뜨고 싶다. 언제나 그 자리 그대로 위치한 채 어서와, 어서와 나를 가져봐. 쉼없이 지껄이는 타일들의 지저귐, 아니야 아니야 왜 나는 이곳에 붙박혀 세상의 온갖 더러움들을 빨아들이고 사는지, 말 좀 해줘, 나를 위로 좀 해줘, 누가 저 무지막지한 건물에 타일을 붙였을까? 이제 그만 좀 떼어줘, 끊임없이 당신과 나를 포장하는 얼굴로 더 이상 타일을 사용하지 말아줘, 말아줘,//타일은 타이른다. 유혹과 경계, 화장의 기술을 유감없이 보여주는 저, 저, 저,

—「타일은 타이른다」 전문

잘 정제된 시라고 할 수는 없으나 도시에 대한 시인의 입장을 잘 드러낸 시가 아닌가 한다. 그는 진정한 야성을 가로 막는 도시의 현란한 유혹의 시스템에 저항한다. "사람은 저마다의 고래를 꿈꾸며 잠이 든다"(「고래 없는 고래 꿈」에서)고 생각하는 그에게 텔레비전 화면에 등장하는 "고래"는 박물관에 박제된 그것과 다를 바 없다. "타일"로 치장한 건물처럼 도시는 화려한 "화장의 기술"로 유혹하지만 소비와 소모를 유인할 뿐이다. 도시는 더 많은 욕망을 부풀리고 더 많은 배설과 더 많은 배출을 유도하는 시스템이다. 이러한 시스템 속에서 야성을 찾으려는 시인은 우울하다.

숫놈 한 마리는 연신 사람들을 훑어보며/으르릉 으르릉 짧은 울음을 토한다/금방이라도 달려들 듯 위엄을 세우는 사자의 갈기가/봄바람에 힘차게 나부꼈다/아이들이 던지는 과자류들을 아예 거들떠보지도 않은 채/인디안 전사처럼 상춘객을 노려보는 사자,/나는 그 사자의 눈빛을 보면서/아찔함을 느꼈다. 조금 전 우리들이 점심으로 먹었던 갈비살/사자의 눈빛은 마치 갈비살을 대하는 탐욕스런 내 눈 마냥/절절한 식욕을 불태우고 있는 것이 아닌가/빌딩 속에서 살아와 더없이 부드러운/사람의 갈비살을 빼수어 먹고 싶은 불타는 저 사자의 눈,//갑자기 눈보라가

봄 하늘의 동물원을 급습한다

—「동물원에서」 부분

시인은 동물원 속 "사자의 눈빛"에서 도시 속에서 억압된 야성을 일깨운다. "대리만족"(「흐늘 흐늘 혹은」에서)과 "헤어나지 못하는 절망"(「포르노비디오 배우」에서)의 반복, 그리고 "실효불가능의 밤"(「신 데탕트」에서)이 지속되는 타자화된 욕망의 도시에서 그는 야성을 견지하고 그것을 회복하려는 의지를 품는다. "무성히 피었다 사라지는 도시의 빛들과/새벽이 올 때까지 꿈적도 않는/웅크린 산의 굽은 등을 건너/흐물흐물 도시와 숲과 산을 에워싸는 강물들은/끊임없는 교성에 젖는다."(「초생달」에서) 그러나 그의 이러한 꿈은 거듭되는 좌절의 경험으로 이어진다는 점에서 우울하다. 그래서 그는 탈주와 고요에 대한 지향을 그의 시적 색인의 하나로 남겨두고 있다.

참으로 오랜만에/찌르레기 소리 들어 봅니다/도회를 벗어나야만/이렇게 당신의 소리를 듣습니다/그대가 던져 주고 간/석양만이 붉은 울음을 토합니다/저 뜨거운 울음의 눈자위에/내 한 점 서글픔도 던져봅니다/어느 해던가,/당신이 불현듯 떠나고/또 어느 해던가,/새벽사내처럼 찾아든 그 혼몽이/그래도 그립고 그리운 시간들이였습니다/그러고 보니 참으로 부질없는 욕망의 등짐만/가득 짊어지고 헤맸던 것 같습니다/옷깃을 스멀스멀 파고드는 한기가/못내 심통을 부리기 시작합니다/그때나, 지금이나 변함이 없건만/우리는 왜 이리 사시사철 맑았다 흐렸다 울다 웃었다 이 모양인지/참 얼굴 붉어지는 세상입니다/두고두고 그리운 낙엽들을 쓸어봅니다

—「가을연서」 전문

"도회를 벗어나야만/이렇게 당신의 소리를 듣습니다"라는 대목이 아프게 다가오는 시가 아닌가 한다. 시인은 궁극적으로 세속도시에서 초월할 수 없다고 생각하는 것일까? "참을 수 없는 적막"(「고요를 만나다」에서)이 내려앉은 들길이나 산길에서 만나는 "고요"에 대한 이끌림을 그는 끊을 수 없는 것일까? 말할 것도 없이 이에 대한 답을 시인에게 강요할 필요는 없을 것이다. 도시에서 시인이 경험하는 의지의 피로를 우리는 승인해야만 한다. 들길의 지향을 뒤로 하고 도회와 몸을 섞는 시업을 지속하였지만 시인은 고요에 대한 갈망을 포기하지 못한다. 그것은 시가 지향하는 궁극적인 외부이기 때문이다. 시는 자기의 문제에서 시작하여 마침내 세계와 더불어 자기를 완성하는 과정이다. 모성으로의 이끌림을 떨치고 야성의 목소리를 저음으로 삼으면서 도시적 삶을 노래하려 한 시인의 성취를 우선 주목할 필요가 있다. 야성의 추구와 고요의 탐문 사이에서 유발된 우울이 걷히는 날, 우리는 그가 제시하는 새로운 시적 지평을 기대해도 좋을 것 같다.

찾아보기

ㄱ

ㅇ

ㅊ

ㅋ, ㅌ

ㅍ

ㅎ

은유를 넘어서

초판 1쇄 발행 2015년 5월 29일

지은이 구모룡
펴낸이 강수걸
편집장 권경옥
편집 양아름 문호영
디자인 권문경 박지민
펴낸곳 산지니
등록 2005년 2월 7일 제14-49호
주소 부산광역시 연제구 법원남로15번길 26 위너스빌딩 203호
전화 051-504-7070 | 팩스 051-507-7543
홈페이지 www.sanzinibook.com
전자우편 sanzini@sanzinibook.com
블로그 http://sanzinibook.tistory.com

ISBN 978-89-6545-298-0 03810

* 책값은 뒤표지에 있습니다.
* 이 도서의 국립중앙도서관 출판예정도서목록(CIP)은 서지정보유통지원시스템 홈페이지(http://seoji.nl.go.kr)와 국가자료공동목록시스템(http://www.nl.go.kr/kolisnet)에서 이용하실 수 있습니다. (CIP 제어번호: CIP2015013254)
* 본 도서는 2015년 한국문화예술위원회, 부산광역시, 부산문화재단 지역문화예술특성화 지원사업으로 지원을 받았습니다.